河北大学人文社会科学学术文库项目资助

文学翻译：意义重构

Художественный перевод: реконструкция значения

赵小兵 / 著

人民出版社

责任编辑:虞　晖　陈鹏鸣
封面设计:周方亚

图书在版编目(CIP)数据

文学翻译:意义重构/赵小兵 著.-北京:人民出版社,2011.12
ISBN 978-7-01-010493-5

Ⅰ.①文…　Ⅱ.①赵…　Ⅲ.①文学翻译-研究　Ⅳ.①I046

中国版本图书馆 CIP 数据核字(2011)第 263013 号

文学翻译:意义重构
WENXUE FANYI:YIYI CHONGGOU

赵小兵　著

人民出版社 出版发行
(100706 北京朝阳门内大街166号)

北京市文林印务有限公司印刷　新华书店经销

2011年12月第1版　2011年12月北京第1次印刷
开本:710毫米×1000毫米 1/16
印张:21　字数:310千字

ISBN 978-7-01-010493-5　定价:45.00元

邮购地址 100706　北京朝阳门内大街 166 号
人民东方图书销售中心　电话 (010)65250042　65289539

目 录

序言　翻译研究的"学"与"术" ………………………… 郑海凌 1

第一章　绪论 ………………………………………………………… 1
　第一节　意义在翻译中的重要性 ………………………………… 1
　第二节　该研究的主要目标、内容、方法、理论价值和
　　　　　实际应用价值 ………………………………………… 4
　第三节　中西方翻译学的意义问题研究概述 …………………… 6
　　一、中国翻译学的意义问题研究的现状 ……………………… 6
　　二、国外翻译学的意义问题研究的现状 …………………… 10
　第四节　对文学翻译中的意义问题的初步思考 ……………… 16

第二章　作为交际行为的文学翻译 ……………………………… 21
　第一节　跨语言交际的翻译行为 ……………………………… 21
　第二节　跨语境审美交际的文学翻译行为 …………………… 30

第三章　文学翻译——一种复杂的意义生成行为 …………… 38
　第一节　文学翻译行为中的对话语境与主体问题 …………… 39
　　一、对话语境 …………………………………………………… 39
　　二、主体问题 …………………………………………………… 43
　第二节　文学翻译行为中的主体与主体性 …………………… 44

一、谁是文学翻译行为中的主体？ …………………………… 44
　　二、译者身份 ………………………………………………… 48
　　三、作者和主人公 …………………………………………… 51
　　四、读者主体 ………………………………………………… 54
　第三节　文学翻译行为中的译者主体性 ………………………… 60
　　一、主观性 …………………………………………………… 60
　　二、创造性 …………………………………………………… 64
　　　（一）文学翻译是译者的审美再创造活动 ……………… 65
　　　（二）文学翻译是译者的语言艺术再创造 ……………… 68
　　　（三）文学译者——文学译本的再创作者 ……………… 71
　　三、选择性 …………………………………………………… 76
　　　（一）译者选择的主观性 ………………………………… 76
　　　（二）译者选择的倾向性 ………………………………… 81
　　　（三）译者选择的和谐意识 ……………………………… 86

第四章　文学译本的意义重构　　　　　　　　　　　　　　93
　第一节　文学原作中的意义分类和意义踪迹 …………………… 94
　　一、意义的分类 ……………………………………………… 95
　　　（一）字面—语言意义 …………………………………… 95
　　　（二）意蕴—人文意义 …………………………………… 96
　　二、意义的"踪迹" …………………………………………… 100
　　　（一）意象 ………………………………………………… 101
　　　（二）意境 ………………………………………………… 102
　　　（三）典型 ………………………………………………… 104
　　　（四）意图 ………………………………………………… 106
　　　（五）作者的声音 ………………………………………… 108
　　　（六）情节与细节 ………………………………………… 109
　第二节　文学翻译行为中的意义重构 …………………………… 111
　　一、意义感悟空间的重塑 …………………………………… 111

二、《静静的顿河》翻译个案研究 ·· 112
   （一）金人先生的翻译生平简介 ······································ 112
   （二）情节、细节的忠实再现 ·· 113
   （三）意象、意境等艺术至境的重塑 ······························ 120
   （四）倾听作者的声音 ·· 125
   （五）意义重构中出新意 ·· 127
   （六）金人先生的翻译艺术特点管窥 ······························ 135

第三节 文学翻译行为中的意义变异和新意衍生 ······················ 138
  一、文学文本中的意义的非终极性和衍生性 ······················· 139
  二、意义在迁移中的变异 ··· 143

第四节 译者的意义—意向性 ··· 148
  一、"意义—意向性内容"及启发 ·· 149
  二、译者的意向性背景（结构）及意向行为 ······················· 155
  三、在译者意向性中的意义实现 ··· 162

第五章 意义的筹划与突显 ·· 168

第一节 意义的合理筹划 ·· 169
  一、意义的筹划 ·· 169
  二、意义筹划的合理性 ·· 178

第二节 文学翻译中的意义突显 ·· 193
  一、翻译的基本思想——译意 ·· 193
  二、文学翻译的特征之一：意义突显 ·································· 195
  三、意义突显的诸多方面 ··· 199
   （一）明确——补足意义 ·· 199
   （二）添加——衍接意义 ·· 202
   （三）融合——精练意义 ·· 206
   （四）优序——强调意义 ·· 208
   （五）填充——实现意义 ·· 209
   （六）重点——囹囵译意 ·· 211

四、意义突显需要注意的问题 …………………………… 216
　　　　（一）意义突显仍讲究语言表现法 ………………… 216
　　　　（二）文学翻译中的审美把握 ……………………… 217

第六章　文学翻译中的语境与意义问题 ………………… 220
第一节　语境理论的概况 …………………………………… 221
　　一、语境论的发展评述 …………………………………… 221
　　二、语境的分类 …………………………………………… 226
　　　　（一）上下文或前后语 ……………………………… 226
　　　　（二）语用环境 ……………………………………… 227
　　　　（三）个人语境 ……………………………………… 228
　　　　（四）时代社会语境 ………………………………… 229
　　　　（五）虚构语境 ……………………………………… 229
第二节　文学翻译行为中的语境问题 ……………………… 230
　　一、文学翻译中的语境的特殊性 ………………………… 230
　　　　（一）文学翻译不同于普通的言语交际 …………… 231
　　　　（二）文学翻译不同于口译 ………………………… 234
　　　　（三）文学译者不同于普通读者 …………………… 235
　　　　（四）外国作品的译者不同于其母语读者 ………… 236
　　二、文学翻译行为中的语境分析 ………………………… 237
第三节　文学翻译中的意义生成与语境的关系 …………… 243
　　一、在上下文中确定词义 ………………………………… 243
　　二、言外之意寓于语用环境中 …………………………… 247
　　三、译者的个人语境对翻译的影响 ……………………… 261
　　四、重塑意义感悟的语境因素 …………………………… 299

第七章　结语 ………………………………………………… 304

参考文献 …………………………………………………… 312
后　记 ……………………………………………………… 324

序 言
翻译研究的"学"与"术"

郑海凌

清代文人吴乔讲文与诗的分别时说过,文是把米做成了饭,诗则是把米酿成了酒。这比喻通俗而又深刻,耐人寻味,给人以会心的微笑。关于翻译,古人也有很好的比喻。例如,好的翻译可以像饭和酒一样,不好的翻译或者像"葡萄酒之被水者",或者"有似嚼饭与人,非徒失味,乃令呕秽也"。中国古代的文人喜欢用诗话或者随笔之类来谈艺,喜欢用比喻来表现思想和智慧。也有很多大诗人干脆连诗话也不写,担心诗话作而诗亡。在西方人的观念里,诗是天才的非自觉创作;诗不是一门受规则指引的艺术,它不是起源于知识而是起源于灵感。文学翻译家也常常抱有这种观念,只是因为原作所固有的坚强的抗译性使他们的译作不能像原诗一样醉人(一个德国人说译诗只有坏的和次坏的两种),不得不保持二度创作者的低调。中国的翻译研究,最初也是以随笔札记的形式出现的。例如东汉以来佛经译者留下来的言论资料,其中就包含着思想的闪光和学术的片段,如果用西方人的手段加以逻辑推衍,是可以演化出一个学理体系的。就是不加以逻辑演化,保持它们的原汁原味,依旧是中国文化史上的耀眼的智慧明珠。当代翻译界学者注意学术的体系化和系统性,已逐渐克服过去那种由朦胧的诗性产生的零碎不成系统的表述方式,正在朝着规范化系统化的学理建构的方向发展。在这一方面的进步是,翻译研究的层面观念已经被人们认识和接受了。有了清晰的层面观念,至少在讨论问题的时候就不会像当初那样发生糊里糊涂的

文学翻译：意义重构

争论，把应用翻译层面的问题和语言哲学层面或者文学及其他层面的问题混淆起来。翻译研究领域里的"学"与"术"的分野，随着学者们学术意识的觉醒也逐渐清晰起来。这首先得益于20世纪西方语言哲学的兴起。语言哲学家们清晰的理性给翻译研究提供一个新的空间，翻译问题对人文社会科学诸多领域的渗透，以及这些领域的前卫学者们对翻译问题的关心和交叉研究，使得本来处在夹缝中的翻译学科很快就火起来。一般来说，国内外从事翻译研究的大致可分为这样两拨儿人：一拨儿是从事应用翻译学研究和教学的，他们的目标是翻译的艺术和技巧；另一拨儿是从事文学、哲学、语言学、文化学、传播学、心理学等学科研究的，他们的目标是透过翻译来考察本学科的新方向和新问题。由于在不同的层面上，学者们目标、兴趣和着眼点不同，所运用的理论和方法不同，其研究成果和所涉及的问题也在不同的层次上。就应用翻译学而言，有一个问题曾长期困扰着那些爱较真儿的学者们和充满成就感的翻译家，那就是翻译理论和实践的关系问题。理论和实践的关系看似简单，但认真讨论起来你会发现它本质上是一个哲学问题，它不但涉及道与器、名与实、知与行等等传统的哲学认识论问题，而且涉及现象学、阐释学以及语言哲学领域里的许多前沿问题。在这个问题上，曾经有不少学者试图向翻译家们灌输一种思想：高深的翻译理论完全可以对翻译实践起助推器的作用。但翻译家一般是不买账的。文学翻译活动本质上是一种艺术创造活动，而艺术创造是需要借助主体的灵感、灵气和灵性的。众所周知，一个人的灵感、灵气和灵性往往产生于恍恍惚惚渺渺冥冥。艺术本来是说不清楚的，说清楚了也就没有艺术了。每每讨论到这些问题，有经验的翻译家往往特别神气。就是不神气别人也会以为他神气。因为任凭你在理论上说的字正腔圆，头头是道，真正动手做翻译还是人家翻译家厉害。后来翻译家出身的学者曹明伦教授在北大辜正坤先生门下写了一篇宏大而富有创见的博士论文，《翻译之道：理论与实践》，把这个问题真正说清楚了，才终于平息了多年来此起彼伏的翻译理论和实践关系的争论。其实，按照中国固有的传统研究思路，在应用层面上以翻译论翻译，这样的翻译研究的确是一件很困难的事情。应用翻译的问题单在中国就已经研究了一千多年，该说的话前人都说过了，该确立的原则和标准前人已经确立了，该发现的技巧前人早发现了。在这种情势下，翻译研究课题的选择就构成了对研究者真正的考验。在"术"的层面上，翻译本来是大有可为的。季羡林先生曾经把翻译看做人类传承文明和传播文化的重要手段。可是，选择翻译方法论作为学术研究的课题就需要很大勇气。一般研究者没有相当的翻译经验，对翻译过程中的艰难险阻没有切身体会，其结果如果不是对以往翻译技法的泛泛综述，就是脱离实际的空谈。而综述和空谈都不是学术论文的对象。你洋洋洒洒写了十几二十几万字，到了翻译家手里很可能用几句话或者几个字就说清楚了。

翻译研究由"术"的层面到"学"的层面，经历了一个漫长的探索过程。在这个过程里，钱钟书先生提出的"抗译性"概念一度被学者们所忽视。"抗译性"是翻译文化学的基本概念。它是文化的基本特质，也是翻译研究走出"术"的层面的垫脚石。钱先生指出，"在那些西洋批评家眼里，词气豪放的李白、思力深刻的杜甫、议论畅快的白居易、比喻络绎的苏轼——且不提韩愈、李商隐等人——都给神韵淡远的王维、韦应物同化了。西方有句谚语：'黑夜里，各色的猫一般灰色'。"西方学者对中国诗的隔膜恰恰是对"抗译性"的最好解说。抗译就是难译，是中国诗对翻译的对抗，经得起好好歹歹的翻译，任凭你再好的翻译家都译不妥帖。此后发表的钱先生的《林纾的翻译》等著作指引学者们跳出"忠实与不忠实"的思维定式，去关注翻译的本质问题。与西方的翻译研究相比，这一过程在中国虽然起步稍稍晚一些，但讨论的问题大同小异，只是西方学者受语言哲学的影响，对翻译研究形而上的问题觉悟较早。在中国影响较大的美国学者尤金·奈达是一个很权威的翻译术研究者，他提出的动态对等理论之所以在中国有很多知音，是因为他的思路与另一个在中国产生了较大影响的俄罗斯学者费多罗夫的等值翻译理论同出一辙，再加上中国学者在学术思想上有本土的"信达雅"理论垫底，学习和应用上述理论就会得心应手。真正把翻译研究提升到形上层面的是德国学者伽达默尔和法国学者德里达。在这两个人之前，德国学者沃尔特本雅明在一篇随笔《译者的任务》里借助于翻译的不可译性

文学翻译：意义重构

谈玄，借助"纯语言"、"被打碎的圣器"等晦涩的语词描绘一幅云遮雾罩的图景。表面看来，本雅明云里雾里的表述方式好像是哲学家在人类生存层面上的幽思，可从译者的任务的视角仔细想想他还是在翻译术的层面上谈论问题，只是努力把简单的问题说复杂，故作高深罢了。由于伽达默尔和德里达一开始就不是从翻译的效果出发，由于他们的目标不是研究如何把作品译得好，他们的研究和发现产生哲学效应就是顺理成章的了。伽达默尔借助翻译来重新建构阐释学。他的学术思路的起点是翻译与阐释的密切联系。西方语言中的"阐释学"（Hermeneutics）一词来源于古希腊神话中的神的信使兼译者赫尔默斯（Hermes）。赫尔默斯在神与人之间进行传达与沟通，把神谕翻译成人间的话语，担负着翻译和阐释双重使命。可见在西方人心目里翻译和阐释是一个过程的两个方面。用伽达默尔本人的话说，翻译过程本质上包含了人类理解世界和社会交往的全部秘密。翻译是隐含的预期、从整体上预先把握意义以及如此被预先把握之物的明白确立这三者的不可分的统一。许多学者称引伽达默尔的"视界融合"，以为是他对翻译理论的贡献。其实"视界融合"依然是"术"的层面上的东西。真正把对翻译过程的考察变成形而上思辨的是他的"突出重点"。用他本人的话说，"如果我们翻译时想从原文中突出一种对我们很重要的性质，那么我们只有让这同一原文中的其他性质不显现出来或者完全压制下去才能实现。"从哲学层面上说，"突出重点"也并非伽达默尔的发明。美国哲学家怀特海在讨论人的思维方式时曾经指出一个人所共有的特质："重要性"。他是说人在考虑问题时是受"重要性"支配的，审美倾向和价值观会不自觉地向着重要的方面倾斜。这就是俗语常说的，对缺少钱的人钱就是真理，对缺少健康的人健康就是真理，对缺少爱的人爱就是真理。人的思维过程是一个不断选择的过程。"重要性"左右着人的选择标准。伽达默尔的"突出重点"也是说译者受了"重要性"的驱使，在翻译过程中会不自觉地突显一些重要的成分，从而破坏了译文与原文忠实对等的原则。德里达是做翻译起家的，并且翻译的是现象学哲学的著作（他出版的第一部译作是《几何学的起源》），对翻译的基本问题他有深刻而又独特的理解。有学者以为他的"解构"思想的形成是

序言　翻译研究的"学"与"术"

受了翻译的不确定性的启示。他把哲学当做一个真正的翻译问题来思考，认为哲学的原点是翻译。他说过，"如果如果要我给'解构'下个定义的话，我可能会说'一种语言以上'。哪里有'一种语言以上'的体验，哪里就存在着解构。世界上存在着一种以上的语言，而一种语言内部也存在着一种以上的语言。这种语言的多样性正是解构所专注和关切的东西。"在德里达看来，哲学的真理问题、意义问题都可以用翻译研究的思路加以阐释。

讨论翻译研究的"学"与"术"，自然会让人联想纯粹理性与实践理性的问题。几年前我发表在《中国翻译》上的一篇文章《现象翻译与实在翻译》讨论过这个问题。我当时说过，翻译研究是一门学问，本来包含着深奥的哲理，本应该焕发出纯粹理性的智慧之光，却因为人们相信经验观察的普遍有效性而变得模糊暗淡了。对观察证据的轻信源自常识，而常识往往形成对思想的遮蔽。我说的这些话曾经引起误解。黑龙江大学的博士生信娜告诉我，同学们以为郑老师主张翻译研究必须是纯粹理性的。我以为，翻译研究可以在应用层面、技术和技巧层面、语言学层面、比较文化和比较文学层面以及哲学层面上进行。不论在哪一个层面上做研究，都可以提出有理论意义和学术价值的问题。学术是讲究境界与格调的。有境界则自成高格。按照中国固有的学术观念，学术本来是两三素心人在荒村老屋中商量培养之事，有着无限的风流雅韵和清高。后来在科学主义的影响之下学术变成一种职业，有千百万人靠着这个吃饭，学术研究自然就是另一番景象了。但无论如何，学术毕竟是学术。学术研究有它自身的规律和规范。在当下生存哲学的左右之下，在白纸打上黑字就有希望被认为是学术论文的氛围里，恪守学术的底线则是当今学者们的使命。而博士生的培养应该是这方面的着力点，因为博士阶段是一个人由非学者向学者转变的转折点。博士生应该保持清醒的头脑，明晰学问之所以成为学问的道理。一篇博士论文，即使不能达到真正的意义上的学术创新，不能形成某一种思想，那它至少也应该是一种真正的学术研究的训练。所谓学术研究训练，这里指的是学生在老师的指点下照着博士论文学术规范把一个没有多少学术意义的问题做一番例行的考察。学生通过写论文学会做学问的基本套路，也就是经受了必要的学术研究训练。对

文学翻译：意义重构

于一个博士生来说，如果不能到达相当的境界，不能为本学科的理论建树作出切实的贡献，却也应该在本专业领域经受正规的学术训练，从而找到进一步深造的起点。

　　文学翻译行为的意义问题，是翻译研究领域里的基本问题之一。在这个问题上，中外学者已经做了大量富有启示意义的研究。例如，辜正坤教授的《互构语言文化学原理》从文字学、文化学和哲学层面上提出问题，揭示人类语言与文化在互构互生过程中隐含的文本意义生成秩序的基本规律。再例如，许钧教授的学术专著《翻译论》的核心章节《翻译意义论》，从文化学、符号学、语言哲学等视角对文学翻译行为的意义问题进行全面而深入的探索，确立了文学翻译的意义价值观。赵小兵博士在学界前辈们思想的照耀之下，刻苦钻研，研究的是一个很有学术价值的理论问题，并且很有心得。他把学理层面的现象和理念反过来运用于"术"的研究，解决了理论联系实际的问题，也是很有意义的。他在博士论文的基础上写成这部著作，成为他继续深造作出更大成绩的基石。值得一提的是，赵小兵是一位好学上进的青年学者，有很好的科研能力，相信他在将来的工作中能不断作出新的成绩。

第一章
绪　论

第一节　意义在翻译中的重要性

我国早期典籍《周礼·秋官司寇》篇里有象胥（谓通言语之官）这一名目，在唐朝贾公彦所作的义疏里提到了翻译的定义："译即易，谓换易言语使相解也。"罗新璋教授诠释为："翻译是把一种语言文字换易成另一种语言文字，而不变更所蕴涵的意义，——或用近年流行的术语说，并不变更所传递的信息，——以达到彼此沟通、相互了解的目的。"① 这就是说，翻译行为之所以发生，就在于通过变易语言文字达致沟通与了解意义的目的。"英国的约翰逊博士对翻译的定义是'变成另一种文字而保留其意义'……贝洛克说："翻译是'外国话借本国尸还魂'（the resurrection of an alien thing in a native body）。"② 这些定义突出了意义在翻译中的重要性。

我们再来看一看常见的翻译定义。

费奥多罗夫说："翻译是用一种语言把另一种语言业已表达出来了的东

---

① 罗新璋：《我国自成体系的翻译理论》，《翻译论集》，商务印书馆1984年版，第1页。
② 思果：《翻译新究》，中国对外翻译出版公司2004年版，第208—209页。

文学翻译：意义重构

西准确而完全地表达出来。"①

卡特福德说："翻译是一项对语言进行操作的工作：即用一种等值的语言（译语）的文本材料去替换另一种语言（原语）的文本材料。"②

巴尔胡达罗夫说："翻译是把一种语言的言语产物在保持内容方面也就是意义不变的情况下，改变为另外一种语言的言语产物的过程。"③

奈达说："所谓翻译，是指从语义到文体在译语中用最切近而又最自然的对等语再现原语的信息。"④

许钧说："翻译是以符号转换为手段，意义再生为任务的一项跨文化的交际活动。"⑤

刘宓庆说："翻译是一种语际传播行为，翻译的实质性特征，是双语在交流中的意义对应转换。"⑥

《中国翻译词典》："翻译是语言活动的一个重要组成部分，是指把一种语言或语言变体的内容变为另一种语言或语言变体的过程或结果，或者说把一种语言材料构成的文本用另一种语言准确而完整地再现出来。"⑦

上述所有的翻译定义都涉及语言，说明翻译首先是一种语言现象，并且涉及非语言的东西——即语言之蕴涵内容，但是使用的概念并不统一，出现了"意义"、"内容"、"信息"、"东西"等概念，还出现了"言语产物"、"文本"、"文本材料"等术语。这说明在翻译中人们通过使用新的语言来传递某种蕴涵内容，这是毫无疑问的，但用来表达蕴涵内容的概念并不统一。"信息"、"内容"、"东西"都是"意义"这一概念的同义词，这些同义词还可以增加，例如"情趣"、"意味"、"韵味"、"精神"，等等。尽管"意义"这一概念在翻译领域已存在多年，并且已被广泛使用，但目前人们对

---

① Фёдоров А В. Основы общей теории перевода. Москва：2002, c. 15.
② J. C. 卡特福德：《翻译的语言学理论》，穆雷译，旅游教育出版社1991年版，第24页。
③ 巴尔胡达罗夫：《语言与翻译》，蔡毅、虞杰、段京华编译，中国对外翻译出版公司1985年版，第4页。
④ 谭载喜：《新编奈达论翻译》，中国对外翻译出版公司1999年版，第11页。
⑤ 许钧：《翻译论》，湖北教育出版社2003年版，第75页。
⑥ 刘宓庆：《新编当代翻译理论》，中国对外翻译出版公司2005年版，第42页。
⑦ 林煌天：《中国翻译词典》，湖北教育出版社1997年版，第167页。

"意义"的内涵尚未达成共识，在翻译研究领域，"意义"并不是一个统一的概念。因此，翻译虽有了诸多定义，但人们对翻译的认识仍然是相当模糊的，对于文学翻译的认识更是如此。

1985年，牛津大学出版社出版了由美国哲学家马尔蒂尼主编的《语言哲学》一书，在这部书中第一部分为"真理与意义"，编者在引言中提出如下的问题："意义是什么？依据什么来分析意义？这些作为意义之依据的东西的本体论地位如何？最基本地意谓某物或具有意义的究竟是语词，还是语句，或是人？"① 这种提问的方式，这种不局限于语言学来思考问题的方式，其本身就意味着在解决意义问题上跨出了重要的一步。鉴于意义问题是语言哲学研究的核心问题之一，鉴于翻译理论中"意义"这一概念已相当通行，早已为人们所熟知和接受（尽管人们对意义的理解仍然很模糊），因此本书采用"意义"这一概念，而不采用"意义"一词的诸多同义词，如"意思"、"意味"、"精神"、"韵味"、"信息"等概念。

前述诸多定义虽不一致，使用的概念也不统一，但毫无疑问，确立了"意义"在翻译中的中心位置。许钧教授说："说得最为明确，最富于概括力的，莫过于尤金·奈达所说的'Translation means translating meaning'。'翻译即译意'，这句名言将翻译的根本任务明确地摆在了我们的面前"②。奈达的这一说法，强调了语言功能的核心是意义，奈达认为，用社会符号学和语言符号的功能观能较好地解释翻译活动，因为二者都强调语际转换中与译文有关的"一切因素都具有意义"。

意义在翻译运作全程中起轴心作用，凡是成功的译作都工于达意，无论是翻译家，还是翻译理论家，对于翻译中的意义问题都是十分关注的。在文学翻译中，意义仍然是关键词，是一个根本的概念。虽然文学翻译不可避免"失本（偏离原文）"、"变异"，但是，如果不考虑原作的实质含义和文学性，是不可能产生合格的文学译作的。刘宓庆教授说："中国和外国任何一

---

① 马尔蒂尼：《语言哲学》，牟博、杨音莱、韩林合等译，商务印书馆1998年版，第13页。
② 许钧：《翻译论》，湖北教育出版社2003年版，第140页。

部翻译史，史家评议功过是非纵便有千差万别，但幸获褒评的翻译家无一不是在达意传情上用足工夫者。这个常常被忽视的事实证明：忽视意义的翻译者，不但损毁了世人对翻译的信任，同时也损毁了译者本身。"[1]

可见，意义在翻译中居于核心位置，但翻译中的意义究竟处于什么状态，是凝然不动地存在于原作中等待译者去传达？还是在翻译过程中产生意义？意义生成与哪些因素有关？这些问题迫切需要翻译研究者细致地、深入地去探究，以期建立起比较科学的翻译学意义观。可以说，如果不弄清"意义是什么"这个问题，"翻译的实质是什么"的问题，就始终是一个谜。奈达说"翻译即译意"，但是在翻译转换过程中，意义可能发生丢失和变化，究竟是什么原因引起了意义的变异？这属于翻译学的意义理论研究课题。正如许钧教授所言："若要能对'翻译什么'作出一个解答，'意义'问题是不能回避的。"[2]

第二节 该研究的主要目标、内容、方法、理论价值和实际应用价值

本书将重点探讨以下问题：

跨语境审美交际的文学翻译行为；文学翻译中的主体和译者主体性；文学译本中的意义重构，文学翻译行为中的意义变异和新意衍生；文学翻译在译者的意向性中的意义—实现；意义的筹划与突显；文学翻译中的语境与意义问题。

主要内容：

第一章《绪论》：意义在翻译中的重要性，目前中外翻译学的意义问题

---

[1] 刘宓庆：《翻译与语言哲学》，中国对外翻译出版公司2001年版，第278页。
[2] 许钧：《翻译论》，湖北教育出版社2003年版，第141页。

研究概述，对文学翻译行为中的意义问题的初步思考。第二章《作为交际行为的文学翻译》：翻译被视为跨语言的交际行为，文学翻译被视为跨语境审美交际行为。第三章《文学翻译——一种复杂的意义生成行为》：文学翻译行为涉及复杂的语境，翻译主体和译者主体性问题。第四章《文学译本的意义重构》：文学文本（原作）中的意义可大致分类为字面—语言意义和意蕴—人文意义。意义的踪迹有意象、意境、典型（形象）、意图、作者声音、情节、细节以及各种语言结构特点等。以金人先生翻译《静静的顿河》为个案分析，阐明文学翻译行为中的意义重构，乃是探寻文学文本中的意义，探索并再现原作的意义踪迹，重构语言艺术的空间。论述文学翻译行为中的意义变异和新意衍生，论述译者的意义—意向性——译者的意向性背景（结构）及其意向行为，阐明文学翻译在译者的意向性中的意义—实现这个命题。第五章《意义的筹划与突显》：译者对意义的筹划及意义筹划的合理性，意义突显是文学翻译中的重要特征。第六章《文学翻译中的语境与意义问题》：语境论的概况与语境分类，文学翻译行为中的语境分析，文学翻译中的意义生成与语境的关系。第七章《结语》。

研究方法：

运用翻译学、语言哲学、文学理论、认知语言学等的研究成果进行跨学科研究，将演绎论述与翻译实证分析相结合，系统深入地研究文学翻译行为中的意义问题，力求做到论证严密，论据充分，行文流畅。

本课题的理论价值：

（1）运用多学科的研究成果，以译者的翻译行为为逻辑起点，深入地研究文学翻译中的意义重构，具有理论新意。

（2）文学译本的意义重构，文学翻译行为中的意义变异和新意衍生，文学翻译在译者的意向性中的意义—实现，意义的筹划与突显，以及文学翻译中的语境与意义等新颖问题的研究，具有理论价值和原创性，希望将文学翻译的意义理论研究推向一个新的水平。

实际应用价值：

深入研究肖洛霍夫的《静静的顿河》，并对金人先生和力冈先生的两个中译本进行对比研究，将演绎论述与翻译实例辅证相结合，以使该研究具有很强的实践指导意义。

第三节　中西方翻译学的意义问题研究概述

一、中国翻译学的意义问题研究的现状

郑海凌教授在2000年出版的《文学翻译学》一书中，提出文学翻译标准"和谐说"，强调译者"在对立差异中求和谐"，提出"译事六法"（整体把握、译意为主、以句为元、以得补失、显隐得当、隔而不隔①），即文学翻译的方法原则，涉及意义重构问题。揭示了文学翻译中的翻译变异和意义动态生成的规律，彰显了译者主体的创新意识。王秉钦先生说："中国传统译论以'信'为本，以'信'为美，强调译者及其译作对原作的忠实，而'和谐说'强调译者的创造性，提出'和而不同'的审美原则，逐渐走出原文文本中心的樊篱，走向读者。"②

意义是翻译理论的核心问题。翻译学的建设与任何学科一样，意义理论是一项重要的基础研究内容。刘宓庆教授说："我们的基础研究，几个大的理论范畴（板块）一定要清晰、明确：（1）意义（意向）理论；（2）理解、（文本）解读理论；（3）对策理论（即表现对策论，译文操控包括风格和文体的表现论）；（4）翻译传播（效果）理论；（5）翻译审美理论；（6）文化翻译理论；（7）翻译思想研究；（8）翻译教学理论等等大约八个大的板块。"③ 意义理论被刘宓庆教授置于翻译学基础研究之首，这说明他对翻

---

① 郑海凌：《文学翻译学》，文心出版社2000年版，第338—376页。
② 王秉钦：《20世纪中国翻译思想史》，南开大学出版社2006年版，第270页。
③ 刘宓庆：《翻译十答代序》，《中西翻译思想比较研究》，中国对外翻译出版公司2005年版，第V页。

译中的意义问题的高度重视。许钧教授说，对于翻译而言，意义占据一个独特的位置，意义的理解、阐释与再生产，贯穿翻译的整个过程，若不能对"意义"有个科学的解释，就无法科学地描述和解释翻译活动。可见，翻译学的意义问题研究是非常重要的。各种"意义理论"都有可能为翻译学的意义问题研究提供思考或探索的入径。

刘宓庆教授在2001年出版的《翻译与语言哲学》中，对现代语言哲学的各种意义观进行了介绍与分析，同时就"中国翻译学意义理论架构"提出了自己的观点。语言哲学是在关注意义问题中发展成为一个时代思潮的，其核心问题之一就是意义问题，"一般认为，语言哲学的中心问题是：一、语言和世界的关系；二、语言或语词的意义问题。"[①] 所以研究意义问题，离不开对语言哲学的各种意义理论的关注。刘宓庆教授在2005年出版的《新编当代翻译理论》中，这样来定义翻译："翻译是一种语际传播行为，翻译的实质性特征，是双语在交流中的意义对应转换。"[②]"在交流中的意义对应转换"，强调了翻译的动态意义观："翻译学更加关注的是动态的意义观。动态的意义观的基本特征是将意义与交流密切挂钩，也就是说话语目的和效果密切挂钩，总之与'用'密切挂钩。动态意义观认为意义寓于使用，使用调节意义。翻译学认为脱离了使用（运用，应用）的词语意义是'没有生命的意义'，因而不能完成传播信息的任务。"[③] 刘宓庆教授采用目的论和功能主义的研究途径来论述意义问题。在2005年出版的《中西翻译思想比较研究》中，以两章的篇幅内容，分别以"维特根斯坦的意义观与翻译研究"和"翻译是一种'语言游戏'"作为标题，研究了翻译中的意义问题。这是他对动态意义观的一种诠释。

许钧教授在2003年出版的《翻译论》中，分七章论述了七大翻译问题，第三章为"翻译意义论"。他对传统的语言意义观与翻译观的关系作了

---

① 陈嘉映：《语言哲学》，北京大学出版社2003年版，第17页。
② 刘宓庆：《新编当代翻译理论》，第42页。
③ 刘宓庆：《新编当代翻译理论》，第48—49页。

文学翻译：意义重构

简要梳理，并对索绪尔的语言意义观作了透彻的分析，对维特根斯坦的"意义即用法"给予了分析，并用于阐述翻译中的意义问题。许钧教授通过维特根斯坦的"意义即用法"发现意义的不确定性，而这种不确定性，与交流者双方的参与和所处的特定环境有关，意义流通"需要一个真实的交流行为"，"需要激活意义所不可缺的交流的社会性"。许钧教授在揭示维特根斯坦意义观对翻译研究的启示时，提到意义生成"与使用者紧紧地结合在一起"，这是非常重要的。因为，所谓翻译，即译者"使用语言的过程"，译者发挥主体性和创造性，本身就是一种有意义的行为。紧接着许钧说："在翻译中要注意重建原文意义生成的环境，重建交流的空间。"从这些论述中我们看到译者对意义生成的重要作用，也看到"重建原文意义生成的环境，重建交流的空间"，对于意义传通的重要性。"意义"是什么，意义是如何产生的，应该如何看待文学翻译中的意义问题，这是本课题需要深入探究的问题。

许钧教授在2005年出版的《译道寻踪》一书中，对意义问题的论述很新颖，对于解释翻译中的意义问题颇有启发。他以奈达的"翻译即译意"开始论述，认为无论从纯语言学的观点看，还是从文学角度看，或是从文化层面上看，文本是一个非确定性的意义开放系统。对于意义，尤其是一个文本的意义，至今在理论上还未达成统一的认识，不同时代的不同学者或理论家对何为意义，何为文本的意义存在着不同的，甚至对立的观点。他由一段西方文论引出论述：一是译者需要翻译的文本的意义不是完全澄明的，也不是凝固不变的一种意义；二是文本的意义是开放的、悬浮的，既躲避着译者—读者的把握，但同时有着被无限重新解释的可能性；三是作者、文本与读者（也就是译者）之间存在着某种互动的关系，这是文本意义得以理解的先决条件。然后他根据周宪对话语的意义问题的观点，作出了如下分析：意义是一种动态生成的东西，而主体间对话与问答是导致意义呈现出来的根本环节。许钧教授对意义问题的论述，对于本课题的意义问题研究有所启发。本课题将以译者的翻译行为为逻辑起点，来进一步探讨文学翻译中的意义问题。

刘宓庆教授和许钧教授从维特根斯坦的"意义即用法"出发，强调了意义在交流中的动态生成和"语境"的重要性，"意义即用法"使意义生成与语言使用者（译者）的关系凸显了出来。维特根斯坦的"意义即用法"，这是促使翻译研究中重视译者主体性的一个重要的意义观点。刘宓庆说："理解是人类普遍的高级认知活动，一般说来，'理解'是指对意义的领悟，集中于人类大脑的维尼克区，司掌语言的意义解码。这里的所谓'意义解码'，实际是一项多重任务，即不仅指把握概念，还包括透析话语（句子、句段）的意向（主要涉及情感、态度和目的），扩及话语从局部到整体的形式观照和效果感应。"[①] 他将翻译中的理解图示为：概念维度（对 SLT 意义的理解，主要涉及概念）；意向维度（对 SLT 意向的理解，主要涉及作者的情感、态度和目的）；文化维度（对 SLT 表现法的感应，主要涉及作者如何运筹形式和效果，包括意象、意境，等等）。这表明刘宓庆教授注意到了翻译主体的意向在意义生成中的作用。他在 2005 年出版的《翻译美学导论》（修订本）中说："意义在'用'中表现为形式的随机性很大，这是因为'用'给意义带上了意向，'意向'的随机性很大。因此我们也可以说语用中的意向决定形式，意向赋形为形式……意向一般含蕴在意义中，表现集中于句子一级，'句'是意向的基本层维。句子也是翻译审美的关键层级。人的意向变化莫测，句子因而形式纷呈，成为翻译审美中的一大任务。"[②] 通过这些论述，显然我们可以把翻译中的意义与译者使用语言的意向联系起来，与此同时刘宓庆教授说："翻译中的'意'，不在译者"，"'意'在作者"。刘宓庆教授在论及翻译中的意义问题时，看来没有把翻译中的意义问题与译者的意向联系起来。意义的产生根源包括意向这一重要维度，刘教授注意到了这一意义维度，但没有关注译者的意向与意义生成的关系问题。

本课题将在前人研究的基础上，以译者的翻译行为为逻辑起点，进一步研究文学翻译行为中的意义问题。波兰哲学家兼语义学家沙夫把意义看成是

---

① 刘宓庆：《新编当代翻译理论》，第 62 页。
② 刘宓庆：《翻译美学导论》，中国对外翻译出版公司 2005 年版，第 12 页。

文学翻译：意义重构

"互相交际的人们之间的一种关系"①，这对于解释文学翻译中的意义生成是很重要的意义观点，文学翻译作为一个互动的复杂交际行为，不可能是某一个人所完成的行为，意义生成关涉众多翻译中的主体。我们认为，如果离开这一意义观念，是难以解释清楚文学翻译中的意义问题的。我们再来看一看国外对翻译中的意义问题的论述，以便借鉴其中的研究成果。

二、国外翻译学的意义问题研究的现状

美国的尤金·奈达、英国的罗杰·贝尔、法国的翻译释意派等，都曾借鉴有关的意义理论对翻译中的意义问题进行过有益的研究。

先从奈达的翻译意义论谈起。对于中国翻译界而言，自20世纪70年代以来，奈达的翻译思想一直起着重要的作用。"奈达的基本翻译思想可以总结成下面三句话：（1）翻译是交际活动；（2）翻译主要是译意；（3）为了译意，必须改变语言表达形式。"② 奈达本人最关心并且最为强调的就是翻译中的意义问题，奈达多年来研究翻译中的意义问题。在他看来，翻译是跨语言、跨文化的交际活动，交际的目的就是要使参与交际双方或各方能彼此沟通，相互理解，那么主要涉及的就是语言的意义问题。

在1975年，他出版了《语义的成分分析》和《语义结构分析探索》，为解决翻译中的意义问题而探索语义，此后他发表了《符号、意义和翻译》、《译意》等专著，并与人合作出版了《跨文化的意义传递》、《从一种语言到另一种语言》、《语际交际的社会语言学》等著作，可见奈达对翻译中的意义问题的重视和深究。他先后从描写语言学、交际理论和社会语言学（符号学）角度对翻译中的意义问题进行了深入的研究。在描写语言学研究阶段，他把意义区分为"语法意义、所指意义和联想意义"，到了社会符号学研究阶段，他把意义区分为"修辞意义、语法意义和词汇意义"，这三类意义又各细分为"所指意义"和"联想意义"两个层次。奈达认为"意义

---

① [波兰]沙夫：《语义学引论》，商务印书馆1979年版，第264—268页。
② 郭建中：《当代美国翻译理论》，湖北教育出版社2000年版，第64—65页。

不仅仅寓于词汇之中和语法结构之中。符号不论在词汇层次、语法层次或修辞层次，也不论在副语层次或超语言层次，都是具有意义的。同时，社会符号学还涉及语音象征（如象声词语的意义），'华丽文章'的联想意义，强调修辞结构的意义，甚至'活泼风格'的意义。"①

译意并不表明形式是不重要的，奈达认为，"形式也表达意义；改变形式可能也就改变了意义。因此，他对改变形式提出了五个条件：（1）直译会导致意义上的错误时；（2）引入外来语形成语义空白（semantic zero），读者有可能自己填入错误的意义时；（3）形式对应引起严重的意义晦涩时；（4）形式对应引起作者原意所没有的歧义时；（5）形式对应违反译入语的语法或文体规范时。"② 奈达在意义问题上提出"动态对等"，后来又提出"功能对等"原则，与此同时为了弥补形式意义在翻译中的丧失，奈达提出"形式对等"（后改为"形式对应"），以与动态对等（或功能对等）相区别。奈达的所谓形式对应，就是指在目的语中保留源语的形式结构，不管这种形式结构符合不符合目的语表达形式的规范。针对这一点，申丹教授在《论翻译中的形式对等》一文中指出，所谓形式对等是用目的语中的对应形式结构来替代源语中的形式结构（申丹，1997）。申丹的这一辩证在很大程度上解决了翻译中内容与形式的矛盾。这样，译文在内容与形式上就能达到更大程度的统一。③ 许钧说：奈达的翻译意义研究"对翻译实践具有直接的理论指导意义，且有很强的可操作性。"④ 奈达的意义理论比较重视读者的接受和反应。奈达有一句众所周知的名言："翻译即译意"。他提出动态对等，功能对等意义观。奈达也说，"对等"绝不是数学意义上的完全的等同，实际上要达到翻译对等是不可能的，那只能是一种理想的状态。奈达的"译意"，正确地强调了意义在翻译中的作用和核心地位，但译者如何促使意义生成，则是需要进一步探讨的问题。

---

① 谭载喜：《新编奈达论翻译》，中国对外翻译出版公司1999年版，第90页。
② 郭建中：《当代美国翻译理论》，第66页。
③ 郭建中：《当代美国翻译理论》，第75—76页。
④ 许钧：《翻译论》，第166页。

文学翻译：意义重构

接下来看一看英国罗杰·贝尔的翻译意义论。1991年英国翻译理论家罗杰·贝尔出版《翻译与翻译过程：理论及实践》一书，其中有对意义问题的详细论述。此书分三大部分：模式、意义和记忆。第一部分以语言学和心理学为基础研究了翻译过程，建立了翻译的过程模式。在描写过程模式之后，在第二部分则以占该书一半以上的篇幅内容探讨了意义问题。第二部分（意义）旨在强调，不管从它的理论地位上考察，还是从它的实际应用考虑，意义是翻译中的中心问题。① 第三部分则是以"意义"为宗，集中讨论了信息的两个基本方面——记忆和知识。

贝尔提出了一个贯穿全书的问题："翻译时译者在干什么？"为了回答这个问题，在第一部分为翻译过程提出了一个初步的综合模式，该模式引出了全书所关注的两个关键问题：意义的本质和记忆中的信息储存与处理。第二部分的中心议题是意义：传统的词义、句义、语义意义以及交际值，然后将它们置入功能语言模式中，并与语篇和话语联系起来。这一部分分为三章：第三章、第四章和第五章。从第三章起，"将注意力从翻译过程模式化的心理学问题转到更单纯的语言学问题了"②。第三章探讨了所谓"天真译者的翻译观"（词义和句义）。第四章采用功能主义研究路径，进一步探讨了意义问题。在这一章提出的语言模式区分了三个主要的意义类型——认知意义、互动（interactional）意义和话语意义——通过一系列的网络和选项系统供交际者使用。第五章最终放弃了第三章和第四章带有浓厚临时假定色彩的论述，深化意义探讨的路径，将注意力转向语篇和话语研究。探讨了语篇标准、话语功能的实现形式——言语行为、交际合作原则，以及根据文体参数（即语旨、语式和语场）来衡量的语篇形式结构和交际功能。总之，贝尔是在语言学基础上探讨翻译中的意义的，涉及语义学、语用学、语篇语言学、话语语言学、社会语言学等领域，他的视野宽广而富有洞察力。许钧说："罗杰·贝尔对意义的分析与归类有个明显的特点，即摆脱以往的纯理

---

① 罗杰·贝尔：《翻译与翻译过程：理论与实践》，第3页。
② 罗杰·贝尔：《翻译与翻译过程：理论与实践》，第105页。

12

论分类……既有宏观的把握，又有微观的佐证，具有系统性，而且与翻译实践结合得相当紧密。"① 贝尔从最基本的词义、句义探讨开始，逐渐深入到对语篇、话语的研究，这样层层深入，逐步剖析，逐渐地否决前面不正确的方法论，从而将意义的研究落实到语篇、话语上。他将意义分为"语义意义"和"交际值"两大类，并且将一个小句（可视为最小的翻译单位）的语义意义和交际值合并成"语义表征"这一概念，形成了一个完全脱离语言的语义表征（language-free semantic representation），这一表征构成了读者所领会的、且由小句表达的全部思想意义。语义意义是不受语境制约的、比较确定的意义，即词汇意义等，交际值是对语境敏感的意义，是随使用环境而变化的，翻译被视为一种特殊的双语交际行为，这样看来，交际值概念无疑是很有现实意义，我们认为极具学术价值。贝尔说："本章（第五章）的主要任务是把语义意义和交际值这两个意义因素联系起来。"② 这说明语义意义和交际值并不是截然分开的两个概念。"语义表征"是一个抽象、普遍的概念和关系集，代表小句所表达的全部思想。小句（最小翻译单位）的语义表征包含句法、语义和语用信息（小句结构、命题内容、主述结构、语域特征如语旨、语式和语场、示意语力）③。一个翻译单位，比如一个小句，其语义表征是对小句进行三向分析（即句法、语义和语用分析）的结果，也是我们翻译成目的语时进行三向合成的基础。贝尔说，即便我们是着手分析翻译过程，也必须承认翻译不是把语言 A 中的小句译成语言 B 中的小句，而是把 A 小句拆解成它的语义表征，以此为基础，在另一种语言里（即译文，translation）或在同一语言里（即释义，paraphrase）建立另一个可替换它的小句④。我们认为这些论述都是很有说服力的，它基本上是符合翻译操作过程的。"语义表征（语义意义和交际值）"这一概念显得简明扼要，具有概括力。

---

① 许钧：《翻译论》，第169页。
② 罗杰·贝尔：《翻译与翻译过程：理论与实践》，第210页。
③ 罗杰·贝尔：《翻译与翻译过程：理论与实践》，第77—78页。
④ 罗杰·贝尔：《翻译与翻译过程：理论与实践》，第78页。

文学翻译：意义重构

贝尔在第二部分的第四章，采用功能主义研究途径，区分了三个主要的意义类型——认知意义、互动（interactional）意义和话语意义。其中的"互动意义"，我们认为这是一个特别重要的概念。让我们看贝尔的定义："互动意义是认知意义里的积极方面，因为它含有交际者运用的知识。交际者此时是言语情境中的介入者，而不是情景的观察者。"① 正如以往翻译研究者忽视了"互动"生成意义一样，贝尔尽管给出了"互动意义"的定义，但是他本人似乎没有充分重视这一概念。如果把翻译看成是一种交际行为（如他和其他许多翻译理论家所认为的那样），那么作为一个实际有效的交际介入者的话，译者将对意义生成产生影响，这种影响产生的意义分量则可名之为"互动意义"，或别的名称，我们将在本课题中对贝尔忽略的这一问题给予补充探讨。此外，如果把翻译视为一种特殊的言语交际行为和话语行为（正如贝尔认为的那样），那么，"交际值"这一概念也将越出篇章和话语本身的范围，而与语言使用者（译者）发生关系，从而揭示出某种意义维度。可是，在贝尔论翻译中的意义的一大半书中，却忽视了对这层意义的进一步揭示。他在研究翻译过程模式之后，进行了意义研究，而他主要从语言学和心理学基础来建构翻译过程模式，那么意义分析自然是在这个模式框架中进行的，从而限制了他对意义问题的总结。他对翻译中的意义问题的探讨是深刻的、细致的、有条理的，并且最后把研究意义的重点落在语篇和话语上，这无疑是正确的。他对翻译中的意义问题的研究富有启发意义。让我们再倾听一遍贝尔充满真知灼见的话："毫无疑问，语言不能离开它的使用者而独立存在，同样，语言使用者也不能脱离他赖以生存的社会。不论你把语言看做知识还是看做交际，它的构成成分并不是单个、孤立的句子，这一点不言自明，鉴于此，我们必然要扩大语码分析的范围，同时摒弃'……句子层面以上的结构变化不定，关注句子才更现实……'这类狭隘的语言研究观。我们要超越脱离语境的语言形式研究，转向话语中对语境敏感的语

---

① 罗杰·贝尔：《翻译与翻译过程：理论与实践》，第210页。

言运用，最终使语码研究超越句子进入语篇。"①

再来看一看法国的翻译释意派从翻译实践出发，对意义问题的深入研究。翻译的释意理论是由塞莱丝柯维奇首先创立，并与勒代雷合作发展起来的。许钧说："该学派对意义的阐述非常明确，其最大的贡献便是区分了潜在的意义和现实化的意义"②。这种分类法有助于我们在解释翻译中的意义问题时，清楚地看到翻译过程中的意义生成和意义变化。释意派的弟子安帕罗·于诺多·阿尔比在《翻译的"忠实"概念》一书中，发展了释意派理论中对意义的认识，澄清了七个与翻译有着密切关系的概念，并就翻译中经常遇到的这几个概念与意义的异同作了剖析③：（1）含义（signification）、现实化含义（signification actualisee）与意义。（2）信息（information）与意义。（3）效果（effect）与意义。（4）意图与意义。（5）风格（style）与意义。（6）内涵（connotation）与意义。（7）不言之意（implicite）与意义。阿尔比认为意义是"诸如风格、内涵、信息等因素共同作用之下的一种综合。"不同类型文本的翻译，某些因素所起的作用有所不同，在诗歌中风格与内涵的因素会占上风，而在科技文章中则是信息因素起重要作用。这样就明确了意义与信息、效果、内涵、风格等概念之不同，不能混淆，"意义是一个综合的概念"④，并非指某种意义的因素，或者说某种意义的表现。信息、内涵、形象、形式、效果等是构成意义的因素，也可以说是探寻意义时的重要依据。释意强调的是释意篇章，与言语交际、语境有关，与译者的认知知识有关。指出译者语言知识、主题知识和百科知识对理解表达的重要性。法国释意派理论与奈达的译意理论似乎有着内在的关联。彰显了译者的认知知识的作用，在篇章、言语的意义上来理解翻译，充分肯定翻译是言语行为。不过只把语言当做表达意义的工具（释意理论强调翻译是交际行为，

---

① 罗杰·贝尔：《翻译与翻译过程：理论与实践》，第209页。
② 许钧：《翻译论》，第170页。
③ 许钧：《翻译论》，第170页。
④ 许钧：《翻译论》，第172页。

在自然交际中，语言只是工具，因此翻译的对象应该是信息内容，而不是语言①），而未看到语言本体的创造再生意义的能力，恐怕是理论认识上的不足吧。

目前，文学翻译与非文学翻译被区分开来，文学翻译学亦成为一门新兴学科。目前国内外学者对翻译的意义理论问题给予了高度的重视，并进行了大量富有启示意义的研究。奈达出版过专著《译意》和《跨文化的意义传通》等，提出了"翻译即译意"的思想和功能对等观。英国贝尔和法国释意学派的翻译研究，亦具有很大的启发意义，许多问题值得深入探究。已有学者论及了翻译中的意义生成问题，并注意到意向与翻译中的意义（实现）的关系，但翻译主体和主体性与意义生成的关系还有待于深入研究。文学译本的意义重构，以及意义生成与语境的关系，也需要深入研究。文学翻译中的意义问题是一个有必要深入研究的重要理论问题，本选题具有理论新意和现实意义。

第四节　对文学翻译中的意义问题的初步思考

中外翻译数千年的历史，积累了丰富的翻译经验，在语际翻译实践的基础上有过不少经验总结和研究。中国翻译史上的文质之争，以"信"为本的翻译观念，这是建立在"意义是可以完整传达到另一种语言中去的认识之上的"②。似乎原文有终极意义，原作者的意图是固定不变的，并且意义在传译的过程中不会发生变异。马建忠说："译成之文，适如其所译而止，而曾无毫发出入于其间，夫而后能使阅者所得之益，与观原文无异，是则为善译也。"马建忠的"善译"论极精彩，但细想一下，文学翻译真的存在

---

① 许钧、袁筱一等：《当代法国翻译理论》，湖北教育出版社2001年版，第155页。
② 林克难：《从对意义认识之嬗变看翻译研究之发展》，《四川外语学院学报》2006年第1期。

"无毫发出入于其间"吗？译者用这样的标准来衡量自己的译文，不是否定自己的译文，便是认为翻译理论不管用。针对片面强调"信"的质派（直译派）的主张，钱钟书先生说："如文人自谦'拙作'，征婚广告侈陈才貌等，而'直译本'亦与其数，可谓善滑稽矣。"[①] 随着翻译学学科地位的逐步确立，文学翻译和非文学翻译开始分野，出现了文学翻译学这门学科[②]。由于绝对的"信"和"等值"达不到，于是出现了"发挥译语优势"，翻译标准"多元互补论"，"在差异和对立中创造和谐"等新译论。

我国早期文学翻译就重视传达原作之"意"，如佛典翻译之"贵其实"、"勿失厥义"、"案本而传"的目的即在于"得圣意"而径达。奈达所谓的"翻译即译意"，乃是对翻译实质的概括。马建忠说的"善译"，傅雷的"神似"，钱钟书的"化境"，以及国外的"等值"论，与文学翻译中的意义问题亦相关，讲的是理想标准，是理想状态的翻译。文学翻译不是简单的趋同复制，不是单纯语言转换的活动。文学翻译的过程，无论如何都是一种变异操作，是译语的异化和优化操作。"译语异化是普遍存在于译本中的语言行为和文化现象……译语的异化是两种语言、两种文化的对抗与对话。好的翻译是译语的优化，即保持异化适度。译语的优化将是我国新世纪翻译文学的新的诗学潮流。"[③] 原文的意义并不是固定不变的，意义在传译过程中会发生变化，发生异化。钱钟书先生的"化境"说涉及文学翻译的异化本质，"《荀子·正名》篇对'化'的释义是：'状变而实无别而为异者，谓之化'"[④]。"钱钟书对'不隔'的解释就是'达'，而'达'在原文和译文中间起着居中作用，它在'化'与'讹'的两极之间的某个地带，恰如其分地调节两者之间的辩证关系"[⑤]。

巴尔胡达罗夫："翻译一词有两层意思：一是指'一定过程的结果'，

---

① 钱钟书：《译事三难》，《翻译论集》（罗新璋编），商务印书馆1984年版，第23页。
② 郑海凌：《文学翻译学》（王秉钦序二），文心出版社2000年版，第9页。
③ 郑海凌：《译语的异化与优化》，《中国翻译》2001年第3期。
④ 郑海凌：《文学翻译学》，文心出版社2000年版，第97页。
⑤ 陈大亮：《重新认识钱钟书的"化境"理论》，《上海翻译》2006年第4期。

文学翻译：意义重构

即译文本身；二是指'翻译过程本身'，即翻译这一动词表示的行为，而这一行为的结果则是上面说过的译文。"① 从诸多翻译定义来看，翻译通常被理解为一个行为过程，由于文学翻译中的意义问题与翻译主体，与主体间的关系，以及译者的主体性很相关，以翻译行为为逻辑起点来论述意义问题，可以将主体意识对意义的影响，将主体的动机和目的等因素纳入研究的范围。维特根斯坦的"意义即用法"观点，使意义不确定性和语境问题凸显出来，文学翻译行为中的意义问题与语境问题密切相关。

　　翻译起源于人的交往需要，抗译性就意味着可译性。翻译是传承人类文明和文化的重要方式，文学翻译以其特有的语言艺术性、形象性、审美性，在人类的文明发展史上发挥着独特的作用。文学翻译是审美的翻译和形象的翻译，文学翻译使用的语言是文学语言，依靠传达形象、重塑意境等来传情达意。意义不是物质"实体"，它不是可以从一个地方完整地搬运到另外一个地方的固定不变的东西。意义是被译者解读出来的，它同美一样，通常是遮蔽着的，蕴涵在作品之中，它若有若无，但可以追踪。意义在文学翻译中常会丢失，或者发生变化。翻译离不开语境问题，译者总是在具体的语境下解读作品并传递意义，既有言辞内语境，也有言辞外语境，均通过译者的个人语境反映出来。译者理解原作者和原文本，总是从自己的先有结构（知识结构，审美能力结构，社会阅历，学识水平等）出发的，金元浦说："一个读者只有具备了语言的解悟能力，具备了审美经验构成的艺术修养，具备了对先前阅读的直接及间接的记忆，以及在社会历史文化中生成的艺术感官，才可能解读文学。一个没有过文学解读史和艺术感受史的人不可能解读文学，一个没有任何艺术记忆的人不可能解读文学，一个没有能感受形式美的眼睛、没有能感受音乐美的耳朵的人也不可能理解和感受艺术"②。这段话虽然讲得有些夸张，有些绝对化，但表明一个人的语言能力和文学修养

---

① 巴尔胡达罗夫：《语言与翻译》，蔡毅、虞杰、段京华译，中国对外翻译出版公司1985年版，第1页。
② 金元浦：《文学解释学》（文学的审美阐释与意义生成），东北师范大学出版社1998年版，第316页。

对文学作品的理解是非常重要的。译者解读文学作品的过程，避免不了自我理解，有时甚至是在无意识的自我理解中进行的。译者在历史语境中解读意义，发掘意义，这个过程是在与原初意蕴的实质含义的冲撞下发生的。译者无疑是在追索原初的实质含义（这个实质含义客观地存在于语言和文本之中），然而在一定程度上又离不开译者的意识和自我理解，包含了译者对自身经验及历史—生存状态的理解，译者在对原作进行审美感知和理解的时候，无疑会从原作中寻找人类生存的意义和自我解释。刘小枫说："任何新的解读都是在历史语境与原初意蕴的张力中伸展的"①。所以，在译者发掘作品中的意义中，包含了译者自我的某种表现。译者在文学翻译中不可避免地存在着"隐微写作"。文学翻译"将异国异族的、另一种语言的精神带入了自我理解"②。这样，原初的意义没法保持原状，必然发生变异，译者作为历史中的生存者，他是自身及其所代表的语言文化群体的意义筹划者和隐微写作者。

德里达说："翻译对于我来说，对一般的解构来说，就不是各种问题中的一个，它是问题本身。"③ 在德里达看来，翻译不是确保某种透明的交流，而应当是去书写具有另一种命运的其他文本。翻译的文本成为一种与原作有着血缘关系的文化衍生物，仿佛是子女后代对生身父母生命的一种延续。翻译在一种新的语境、新的文化中打开了语言和文本的崭新历史。文学翻译具有文化创生的意义，北宋赞宁在《译经篇》中对翻译性质揭示道："译之易也，谓以所有易所无也"，翻译必为本民族增加其"所无"，但往往又是以其"所有"来呈现的，总之是要增加新的内容和新的表现形式，开拓新的视野。意义是人们在社会生存中的一种精神养料，译者筹划作品的原初意义，需要具有创新意识，但文学翻译中的筹划意义，绝不是随意的、胡乱的猜测与解释，而是本着科学的态度，从人的社会联系和生存发展中发现原作

---

① 刘小枫：《圣灵降临的叙事》，生活·读者·新知三联书店2003年版，第80页。
② 刘小枫：《圣灵降临的叙事》，第78页。
③ 德里达：《书写与差异》，张宁译，生活·读者·新知三联书店2001年版，第22页。

文学翻译：意义重构

中的意义踪迹，从而使原作中的蕴意显现出来。文学翻译是在对话之中发生意义生成的行为，也是反映译者的创造性和文学修养的意义—实现活动。

　　意义问题是文学翻译中的核心问题，但意义不是固定不变的"实体"，意义蕴涵在意象、意境之中，是从具体的上下文和语境中解读出来的。文学翻译中的语境问题，将是本课题研究的重要内容，文学翻译中的意义并不是简单直露地表达出的，译者通过采用各种表意手段，如各种修辞手法可以使意义蕴涵丰富和表达含蓄，意义是在语境中显现出来，烘托出来的。另外，译者的个人语境可能会对翻译结果发生很大的影响，本课题将从译者的翻译行为角度展开论述。译者在筹划意义的基础上，进一步用另一种语言重写的过程，在一定程度上是突显意义的过程。选择文学文本来翻译，就是突出主题的行为，意义就蕴涵在翻译选择之中。文学翻译的根本任务就在于实现意义（文学审美性）的沟通与交流，如何实现意义的沟通与交流呢？在后面的章节论述的问题将与此有关。

第二章
作为交际行为的文学翻译

波兰哲学家、语义学家沙夫将"意义"看成是互相交际的人们之间的关系①,突出了人与意义的关系的要素。意义首先是人类理解的问题,而理解以人为中心,意义与人的关系紧密相连,尤其是在使用语言进行交际的活动之中,人们在交往中的互动关系是构成意义的一个能动的因素。维特根斯坦的语言的"意义即用法"和"意义——意向性内容"的原理②,将意义与语境联系起来,更突出了意义与语言使用者及其意向性之间的关系。为了解释文学翻译行为中的意义问题,有必要首先弄清"翻译行为"这个过程,弄清"文学翻译行为"过程。

第一节 跨语言交际的翻译行为

所谓"行为",是指"人在主客观因素的影响之下而产生的外部活动,既包括有意识的,也包括无意识的。在正常情况下,人的行为一般也都是有

---

① [波兰]沙夫:《语义学引论》,第264—268页。
② 江怡:《维特根斯坦——一种后哲学的文化》,社会科学文献出版社2002年版,第24—25页。

文学翻译：意义重构

意识的。"① 人的行为结构系统是由人的内部需要、无意识和非内部需要与环境相互作用而构成的。这种构成所形成的行为机制使人产生行为。环境的作用，有群体的压力，有传统习俗，有传统文化和价值观，有政治环境，等等，这些因素都会作为环境的因素刺激人的非内部需要，通过意识或无意识，产生不同程度的动机，从而导致人的行为。行为"以明确的目的性和倾向性为特征，是人类所特有的社会活动方式。"② 可见，行为是一种具有目的、动机的有意识的活动，但是行为的起因却可能是无意识的，有出于非内部需要、因环境迫使而发生的行为，有出于内部需要而发生的行为。行为始于动机，终于效果。行为总是与意图相关联③，也必然产生后果，后果是行为本身最重要的部分。黑格尔说："后果是行为特有的内在形态，是行为本性的表现，而且就是行为本身，所以行为既不能否认也不能轻视其后果。"④ 行为不仅包括具体的实施过程，还包括行为的动机（意图）以及行为的结果，这三个环节相互关联，不可分割，构成一个有机的行为整体。行为是一种必然带来后果的社会活动方式，任何行为都是社会行为，都受着一定的准则和规范的制约，行为具有约定俗成的伦理和原则。

巴尔胡达罗夫认为，"翻译"一词通常有两种理解：一是指译者的活动过程，即行为过程的状态——翻译行为，二是指译者的活动结果，即行为过程的结果——译文本身⑤。翻译行为与翻译结果即译文是密切关联的。将翻译区分为行为过程和结果，可能是苏联翻译理论家费奥多罗夫较早提出来的，一直延续至今。费奥多罗夫认为，"翻译"这个概念所涵盖的活动范围非常广泛，"翻译"一词属于大家都能理解的通用词，但是它作为表示一种人类的专门活动及其结果，需要我们作进一步的明确和进行术语上的界定。

---

① 朱智贤：《心理学大词典》，北京师范大学出版社1989年版，第786页。
② 罗利建：《中国行为科学导论》，电子工业出版社1988年版，第70页。
③ 意图并非总能在结果中实现，维特根斯坦说："当人们说：'这是刹车杆，但是它失灵了'时，所论及的是意图。"（参见维特根斯坦《哲学评论》，第31节）
④ 黑格尔：《法哲学原理》，范扬、张企泰译，商务印书馆1979年版，第120页。
⑤ Бархударов. Л. С. Язык и перевод, Вопросы общей и частной теории перевода [M]. М. Международные отношения, 1975, c. 5.

第二章 作为交际行为的文学翻译

翻译这个词表示两层含义：其一，表示以心理活动形式完成的过程，也就是把一种语言（原语）的言语作品（文本或口头话语）用另一种语言（译语）重新创造出来；其二，表示这一过程的结果，也就是用译语写成的新的言语作品（文本或口头话语）①。费奥多罗夫在1953年出版的《翻译理论概要》一书说："翻译是用一种语言手段忠实全面地表达另一种语言手段表达的东西"②，在1983年的更新版本《翻译通论基础（语言学问题）》中说："翻译是一种心理活动过程，是把一种语言（原语）的言语作品（文本或口头话语）用另一种语言（译语）重新创造出来。"③ 这是从翻译行为来定义翻译的，他认为翻译的对象及结果都是"言语作品"。巴尔胡达罗夫在20世纪70年代出版的《语言与翻译》中，也是将翻译既看成译者的行为过程，又看成是行为过程的结果。他将翻译定义为："将一种语言的言语产物在保持内容层面（即意义）不变的情况下转换成另一种语言的言语产物的过程。"④ 这是从翻译行为来定义翻译的。他认为翻译属于言语活动，指出翻译的对象不是语言系统，而是言语产物。顺便指出，巴尔胡达罗夫与费奥多罗夫一样，认为翻译理论是一门语言学学科，强调把翻译理论纳入语言学范畴。值得注意的是，巴尔胡达罗夫强调了翻译理论与对比语言学的研究对象的区别。对比语言学同一般语言学一样，研究的是语言体系，它的任务是揭示两种语言体系在语音、词汇和语法结构上的异同。翻译研究的对象是具体的话语，对翻译理论来说，最主要的是研究对比在语言中，在话语结构中语言现象的相互联系、相互作用。就是说翻译理论不是去研究原语和译语文本间的所有关系，而只是研究那些有规律性的关系，即典型的、常规地重复出现的关系。⑤ 这就使翻译行为离开语言系统而进入言语范畴。根据前面我们对"行为"概念的理解，翻译行为本身是一种具有社会制约性的社会行

---

① Фёдоров А В. Основы общей теории перевода ［M］. Москва：2002, с. 13.
② 蔡毅、段京华：《苏联翻译理论》，湖北教育出版社2000年版，第6页。
③ Фёдоров А В. Основы общей теории перевода ［M］. Москва：2002, с. 13.
④ Бархударов. Л. С. Язык и перевод, с. 11.
⑤ Бархударов. Л. С. Язык и перевод, с. 7, с. 26.

文学翻译：意义重构

为，它既有行为发生的起因和目的，也有行为过程的结果。翻译发端于作者创造原文的行为，或者发端于译语读者的需要，终于译者再创造译文的行为，但是一个完整的翻译过程，应该说还包括译文发生的影响即后果，这就涉及译文读者的阅读与传播行为。由此可见，费奥多罗夫和巴尔达罗夫对翻译的定义，只截取了中间的关键片断，他们是从译者的翻译行为来定义翻译的，翻译概念可区分为行为过程与行为的结果，人们可以根据自己的兴趣进行选择研究，或者研究过程，或者研究结果。

我们还可以举出众译论家对翻译的定义。我国唐朝的贾公彦对翻译的定义最为著名："译即易，谓换易言语使相解也。"陈西滢说"翻译与临画一样"，何匡认为："翻译的任务就是要把原语言形式中表现出来的内容重新表现在译文的语言形式中。"① 这些定义，基本上是把翻译放在语言和文本层面的转换上，应该指微观的翻译行为，即译者的翻译行为本身，强调语言转换的具体操作过程，把翻译看做是"以语言和文字作为媒介与对象的翻译行为"②。所以，翻译研究的一个重要方面是对译者的翻译行为过程的研究。但是研究视野则要更宽些，从翻译行为的起因和动机开始，经过译者的选择和再创造，直至译文作品的接受与传播，其中所涉及的所有影响因素都是翻译研究的范围。

俄罗斯翻译理论家科米萨罗夫从翻译行为的角度给翻译下定义，不是把翻译看成译者（一个人）的言语行为，而是看成复杂的跨语言交际行为，翻译的目的是在操不同语言的人群之间实现言语交际。一个完整的翻译过程应该包括三个言语行为：创造原文的言语行为，创造译文的言语行为，使原作和译作实现统一（объединение）即交际等值的行为③。而翻译行为的真正实现者是译者，书面形式的文学翻译尤其如此。科米萨罗夫将"翻译定义为这样一种语言中介，译者借助它运用译语创造出与原作在交际上等值的

---

① 何匡：《论翻译标准》，《翻译论集》，第613页。
② 辜正坤：《中西诗比较鉴赏与翻译理论》，清华大学出版社2003年版，第305页。
③ Комиссаров. В. Н.《Лингвистика перевода》, М. 1980, с. 25–50.

第二章　作为交际行为的文学翻译

文本，而译文的交际等值指的是它在功能、内容和结构上与原作一致。"①他使用翻译的"超语用任务"（прагматическая сверхзадача）概念，我国有学者认为首次涉及了翻译活动中的主体因素，更为准确地反映了翻译活动的实际情况②。这种说法是否准确姑且不论，但是看到了科米萨罗夫提出这一概念的重要意义。顺便说一下，什维策尔提出过一个类似的概念"确当"（адекватность），认为等值与确当这两个范畴具有评价规范的性质。等值是针对翻译的结果而言，使跨语言交际而产生的文本（即译本）与一定的原文参数相符合，确当则与跨语言交际过程（即翻译过程）有关，与行为过程的决定性因素和过滤因素（фильтр）有关，与为了同交际情境相符而采取的翻译策略有关。也就是说，等值回答的问题是译文是否与原文相符，确当回答的问题是翻译作为一个过程是否符合具体的交际条件。③ 科米萨罗夫在1999年出版的《现代翻译学》中又提出另一个类似的概念——"翻译外的最高任务"（экстрапереводческая сверхзадача），用来说明翻译中的顺应（адаптация）现象。所有翻译都是译者为了实现某种目的而创造文本。④ 总的说来是为了准确地再现原文，以确保译作最大限度地接近原作；但是，由于翻译是使用译语的具体言语行为，是针对一定条件下的具体读者的，所以译者有时利用翻译来达到自己的目的，或解决自己的问题，例如宣传、教育的目的，使译作适合某一群体的特点，或者译者想把自己对原作或者对所述事件的态度强加给译文读者，等等。这就是翻译行为本身的语用性，此时的"语用"表达另外一种意义——实际目的或实际任务⑤。为了实现这一语用任务，译者有时可能改变甚至曲解原文，不按翻译原则进行操作，这种情况下译者的翻译行为就不是严格意义上的翻译行为了。科米萨罗夫指出："仅

---

① Комиссаров. В. Н. 《Теория перевода（лингвистические аспекты）》，М. 1990，с. 44-45.
② 吴克礼：《俄苏翻译理论流派述评》，上海教育出版社2006年版，第176页。
③ Швейцер. А. Д. Теория перевода. Статус, проблемы, аспекты［M］. Москва：Наука，1988，с. 95.
④ Комиссаров. В. Н. Современное переводововедение ［M］. Москва：ЭТС.：1999, p. 147.
⑤ 吴克礼：《俄苏翻译理论流派述评》，第521页。

文学翻译：意义重构

仅从译者活动的角度来研究翻译是不够的"，他将翻译作为语言学研究的对象，认为翻译的一些共同不变的特点是由语言因素决定的，他说"不应该把翻译看做是言语活动，而应当把它看做是语言体系的表现形式"①，他不像巴尔胡达罗夫那样，将翻译作为言语范畴来研究，我看这是两人的翻译研究的区别所在。然而，他认为应把翻译置于跨语言交际的广阔背景下进行研究，以揭示决定交际的语言内因素和语言外因素，这无疑是正确的。

目前，因为翻译过程涉及诸多外部环境因素和译者主体性问题，所以备受研究者关注，而翻译理论的对象和客体问题，至今是一个众说不一的问题。加尔博夫斯基说，"谈到翻译时首先指的是具体的翻译过程，在具体的时间和空间中展开的翻译行为。"②列夫津和罗森茨维格严格区分翻译过程和翻译结果，他们认为翻译理论的客体是翻译过程本身，什维策尔认为翻译理论的对象包括翻译过程和翻译过程的结果。斯多布尼科夫在总结各家观点的基础上，认为翻译理论的对象是对翻译过程的规律，影响翻译过程进行和决定翻译结果的各种因素的研究。斯多布尼科夫将翻译理解为在语际交际范围内的起中介作用的特殊类型，他推崇科米萨罗夫的翻译定义，即翻译是一种用译语创造交际上与原文等价文本的语言中介，与此同时这种交际等价体现在翻译接收者将译文和原文在功能、内容和结构层面等同起来。③因此，一个完整的翻译概念不单指译者的翻译行为，还与作者创造原文的行为和读者阅读释义的行为，以及译者进行翻译操作时应考虑的周围环境因素密切相关。

目前，人们对翻译过程的研究较多，翻译研究重视译者的翻译行为，尤其是肯定译者在翻译行为中的主体性和创造性。本课题以译者的翻译行为为逻辑起点来研究文学翻译行为中的意义问题，将翻译视为跨语言交际行为和

---

① 吴克礼：《俄苏翻译理论流派述评》，第559—560页。
② 吴克礼：《俄苏翻译理论流派述评》，第630页。
③ 吴克礼：《俄苏翻译理论流派述评》，第571页。Сдобников В В，Петрова О В，Теория перевода，учебник для студентов лингвистических вузов и факультетов иностранных языков. Нижний новогород：Изд．НГЛУ．2001．

译者的社会行为。

翻译行为作为跨语言交际行为,其示意图可表示如下:

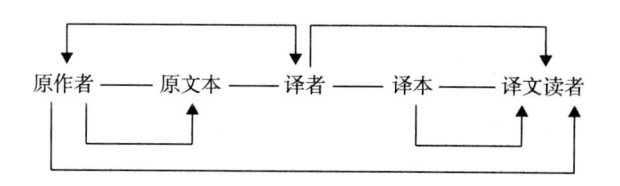

```
        ┌─────────────────────┐  ┌──────────────────┐
        ↓                     │  ↓                  │
原作者 ──── 原文本 ──── 译者 ──── 译本 ──── 译文读者
              │          ↑
              └──────────┘
```

上图翻译交际公式反映了语际交际的结构。原文本和译本都是一种"宏符号",原作者、译者和读者都是交际中的主体,箭头表示各种语用学关系:原作者和原文本之间的关系,译本与译文接受者即读者的关系,译者和原作者之间的关系,译者和译文读者之间的关系,以及原作者和译文读者之间的关系,后面三种关系尤其重要。从译者到原作者方向和到译文读者方向的箭头,表示译者的活动总是致力于透彻地理解文本中表达出的原作者的意图,并保证向读者(听者)施加原作者意欲施加的影响。译者与原文本的关系是译者作为读者解读原文的问题,译者和译文的关系则是译者创造译文的问题,此图中没有用箭头标示出来,这些关系是理所当然的,因为此图旨在表明翻译交际中符号与使用者之间的关系,以及交际中的主体之间的关系,所以示意图是非常简略的。为了更加明确地表示从原作者出发,直到译文接受和传播的一个完整的翻译交际行为过程,我们有必要看一看一个翻译行为过程中的交际情形,下图是斯多布尼科夫在《翻译理论》一书中考察借助译者中介而实现的交际行为示意图①(图见下页)。

从上面的箭头所指方向看出,从交际者-1(符号发出者)到交际者-3(符号接受者),要完成一个完整的翻译交际行为过程,必须经过译者这个语言中介环节,译者处在翻译过程的中心,译者是参与沟通与交流的主体之一,是促进沟通和交流的媒介。翻译交际过程并不像大多数研究者认为的那样从译者分析原文文本开始,而是从交际一方产生一定的交际意向开始。交

---

① Сдобников В В, Петрова О В, Теория перевода, учебник для студентов лингвистических вузов и факультетов иностранных языков. Нижний новогород: Изд. НГЛУ. 2001.

文学翻译：意义重构

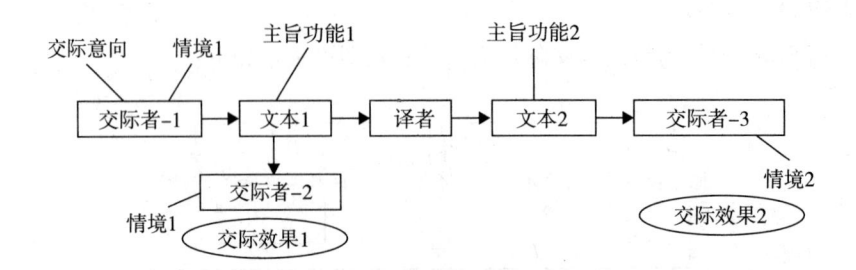

```
交际意向  情境1        主旨功能1              主旨功能2
   ↘     ↙              ↓                     ↓
  [交际者-1] → [文本1] → [译者] → [文本2] → [交际者-3]
                ↓                              ↘
            [交际者-2]                         情境2
   情境1    (交际效果1)                    (交际效果2)
```

际者-1 出于某种需求，产生了交际意向，接下来通过意向性活动创造出言语产品（文本1），参与周围的交际活动。为实现某种交际意向创造的文本1具有一定的功能，这就是交际者-1在文本创造过程中所预先考虑的功能。文本1的主旨功能1产生一定的语用影响，也就是对同一语境下（情境1）的交际者-2（文本接受者）产生交际效果1。但在跨语言交际条件下，则必须经过译者的语言中介，译者通过分析文本1，弄清文本1中创作的目的和作者的交际意向。在透彻理解交际者-1的交际意向和文本1的主旨功能后，译者用译语创作新的文本2，该文本原则上完成与文本1同一的主旨功能，但实际上是不可能的，因此称为主旨功能2，文本2对自己的接受者所施加的交际效果2类似于文本1对自己的接受者所施加的交际效果1，但这两种交际效果也只能是大致相同，而不可能等同。其实，即使在同一文化的框架内，在同一语境中，一个文本针对不同的接受者所产生的影响也会有所不同。这样，译者在文本2中对其接受者施加交际影响后，完成翻译交际行为的过程。从这个翻译行为的过程来看，译者的语言中介是实现翻译行为的关键，译者的交际意向（如果译者具有不同于信息发出者即交际者-1的交际意向）则是导致主旨功能2和交际效果2与主旨功能1和交际效果1拉大距离的重要的主体因素。其实，交际者-2和交际者-3也具有自己的意向，这会影响译本的选择和译文的接受与传播。恩格斯曾说过，就个别人来说，他的行动的一切动力都一定要通过他的头脑，一定要转变为他的愿望和动机，才能使他行动起来。这就是说，译者参与解读文本1，弄清信息发出者的意向，首先要经过大脑的思维活动，在创造另一个语言的文本2时，必然根据自己的理解进行选择、取舍，进行再创造，这都与其愿望和动机密切相关，因此译者完成翻译中介行为，就是带着自己的意向创造新文本的活动，文本2的读者或听者在接受时，同样是在自己的意向性活动中进行释义活动的。所以，斯多布尼科夫给出的这个跨语际交际行为示意图，忽略了译者的交际意向和接受者的交际意向。因此，可以将整个翻译行为过程的示意图作一下改进（如下图），增加交际意向一维，这样便可以把科米萨罗夫所谓的翻译中的"超语用任务"包含在内了。

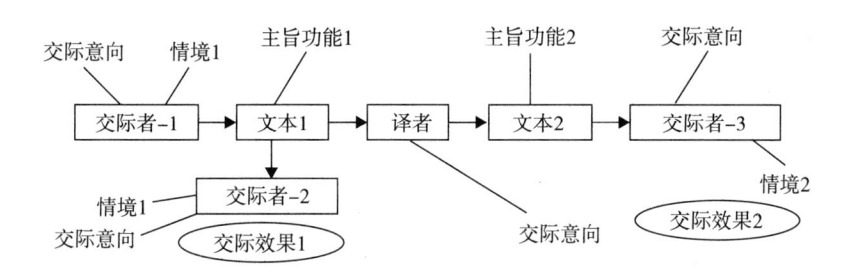

```
  交际意向  情境1      主旨功能1          主旨功能2       交际意向
     ↓       ↓           ↓                 ↓              ↓
  ┌──────┐  ┌─────┐   ┌─────┐   ┌─────┐   ┌──────┐
  │交际者-1│→ │文本1│ → │译者 │ → │文本2│ → │交际者-3│
  └──────┘  └─────┘   └─────┘   └─────┘   └──────┘
                ↓                                    ↑ 情境2
        情境1 ┌──────┐                        
     交际意向 │交际者-2│         交际意向          交际效果2
             └──────┘
             交际效果1
```

可见，翻译从微观上讲是译者的言语行为，是一种语言转换行为，但从宏观上看则是一种社会行为，有时候翻译具有自己的特殊目的，涉及超语用任务，应该把翻译行为放在大的社会文化背景下来审视。什维策尔说："翻译是言语交际的一种特殊形式……如果不考虑到翻译过程实施的主体是具体的人而不是理想化的人，那么就不能确当地（адекватно）描写翻译过程。翻译研究要在广阔的社会文化语境中进行，并考虑到影响翻译过程的各种语言外因素——社会、文化和心理等方面的因素。"① 翻译行为的内容是广泛的和复杂的，它不只是简单的双语活动或两个文本之间的转换活动，而是一种特殊的社会行为。翻译行为涉及许多问题：被译文本的选择，译者的翻译策略，译本在目标语系统的接受与传播，等等，不但涉及语言和文本因素，还更多的涉及众多的外部非语言因素。孔慧怡指出，不应只停留在语际转换过程或这个过程的产品上，而应该把这一范围扩展到翻译过程开始以前和翻译产品面世以后的各个阶段，比如选材、选择读者、出版安排、编辑参与、

---

① Швейцер. А. Д. Теория перевода. Статус, проблемы, аспекты [M]. Москва：Наука，1988，с. 8.

文学翻译：意义重构

当代反应和历史地位，而每一个阶段都会受到当时的社会、文化和经济环境的影响①。翻译行为如同任何一种行为一样，具有发生的动机或目的，具体的操作过程，以及所带来的必然的结果或后果。这就是说，译者的一个完整的翻译行为，这是为了实现跨语言跨文化的交际行为的语言中介，必然包括翻译的动机或目的，翻译的具体操作过程，以及促使译本在译语环境中的接受与传播。弄清了"翻译行为"这个概念后，我们再来看文学翻译行为这个概念。

第二节 跨语境审美交际的文学翻译行为

本书所说的文学翻译，主要指诗歌、小说、散文、戏剧等的翻译，为读者提供审美愉悦和艺术享受的作品的翻译类型，文学翻译使用文学语言，注重语言的形象性和审美性。这种翻译行为基本上属于书面形式，译者可以有宽松的思考时间，可以达到很高的艺术水准，能充分发挥译者的主体性、双语天赋和语言艺术才能，译者可进行类似于文学原创的译文再创造，因此这是一种复杂的再创造行为，它是具有高度审美性和艺术性的语际交际行为。

中外许多译论者认为翻译是艺术，主要就是针对文学翻译而言的。文学翻译的俄语表述是 художественный перевод，我国学者通常译为"文学翻译"，但也有学者主张译为"文艺翻译"，因为"从词源来看，俄语中文字类的艺术作品称为'文艺、文学'（художественная литература）。毫无疑问，这种用语含有一种特殊的意味：文艺翻译属于创作，属于艺术。这种意味更容易为苏联译界所接受。"② 例如苏联文艺学派翻译理论的一代宗师加切奇拉泽认为："文学翻译属于艺术创作领域，同原创作一样，要服从艺术

---

① 孔慧怡：《翻译·文学·文化》，北京大学出版社1999年版，第9页。
② 吴克礼：《俄苏翻译理论流派述评》，前言第Ⅲ页。

创作的规律和语言规则。"① "文学翻译即是一种艺术创作形式"②，我国学者也不乏将文学翻译视为艺术创作的。鉴于"文艺翻译"这一术语来自于俄苏文艺学派译论界的见解，并且因为翻译与创作毕竟有些区别，本文仍采用"文学翻译"这一概念。但我们仍然可以认为，文学翻译是一种具有高度艺术性和审美性的语际交际行为。

1954年，茅盾在全国文学翻译工作会议上这样论述文学翻译："对于一般翻译的最低限度的要求，至少应该是用明白畅达的译文，忠实地传达原作的内容。但对于文学翻译，仅仅这样要求还是很不够的。文学作品是用语言创造的艺术，我们要求于文学作品的，不单单是事物的概念和情节的记叙，而是在这些以外，更具有能够吸引读者的艺术意境，即通过艺术的形象，使读者对书中人物的思想和行为发生强烈的感情。文学翻译是用另一种语言，把原作的艺术意境传达出来，使读者在读译文的时候能够像读原作时一样得到启发、感动和美的享受。"③ 这个定义突出了文学翻译的特殊性——艺术意境和艺术形象，以及读者对美的感受和感动。他接着论述道："这样的翻译，自然不是单纯技术性的语言外形的变易，而是要求译者通过原作的语言外形，深刻地体会了原作者的艺术创造的过程，把握住原作的精神，在自己的思想、感情、生活体验中找到最适合的印证，然后运用适合于原作风格的文学语言，把原作的内容与形式正确无遗地再现出来。"这个定义具有丰富的内涵。郑海凌教授以文学语言作为分界，划分了文学翻译与非文学翻译的界限，论证了文学翻译是形象的翻译和审美的翻译这一命题④。因此，文学翻译是一种特殊的文学创作行为，是基于原作的语言再创作艺术。译文也和原文一样是文学作品，文学译者所使用的语言是文学语言，文学译作具有审美性和形象性的基本特征。

---

① Гачечиладзе Г. Р. Художественный перевод и литературные взаимосвязи. М.: Советский писатель, 1980, с. 88.
② Гачечиладзе Г. Р. Художественный перевод и литературные взаимосвязи. с. 95.
③ 茅盾：《为发展文学翻译事业和提高翻译质量而奋斗》，《翻译研究论集》（1949—1983），外语教学与研究出版社1984年版，第10页。
④ 郑海凌：《文学翻译学》，第46—56页。

文学翻译：意义重构

文学翻译作为一种再创作行为，这一点已经为广大译界学者所共认。古今中外许多学者，包括文学家和翻译家论述过文学翻译的创造性和困难。茅盾说，文学翻译需要译者发挥工作上的创造性，又要完全忠实于原作的意图，好像一个演员必须以自己的生活和艺术修养来创造剧中人物的形象，而创造出来的人物，又必须符合剧本作家的原来的意图一样。这是一种很重要的工作。翻译者和作家一样，应当从生活中去发掘适当的语汇，或者提炼出新的语汇。这也是翻译艺术的创造性的一个方面。郭沫若认为，翻译（文学翻译）是一种创作性的工作，好的翻译等于创作，甚至还可能超过创作，这不是一件平庸的工作，有时候翻译比创作还要困难。创作要有生活体验，翻译却要体验别人所体验的生活。许多人都慨叹过译事难，也曾指出过翻译的困难可能超过创作。文学翻译在整个文化发展史上时而充当驿马，时而充当媒人，兢兢业业地交流文化和缔结文学因缘，其贡献是有目共睹的，但翻译和创作终究是有区别的。

文学翻译涵盖了文学接受和文学创作领域。译者从原作获得审美感受的过程，就是文学接受的过程，然后进入文学创作的过程，这两个过程完成了，才算完成一个翻译行为。文学翻译同文学创作一样，具有审美特征和形象特征。所以，许多文学家从事过文学翻译后，都曾经指出"翻译比创作困难"。文学翻译与文学创作一样，同属于审美、艺术的范畴，而文学翻译除了译者需要具备优异的文学修养和艺术鉴赏力以外，还应该懂得更多，至少多一种语言，多一些杂多的知识，需要懂得、理解别人（原作者）懂得和感悟的东西，像作家那样进行语言表达和思维，做到"随心所欲不逾矩"，这同样需要一种文学境界，也需要更多的学识。本雅明的话可以作为注脚："甚至文学史也不提倡那种传统观念，即伟大的诗人都是优秀的翻译者，路德[①]、福斯和施莱格尔都是无与伦比的翻译者，他们作为翻译者比作

[①] 马丁·路德是文艺复兴时期德国伟大的翻译家，他顺从民众的意愿，采用民众的语言，于1522—1534年翻译刊行了第一部"民众的圣经"，也就是德文版《圣经》，开创了现代德语发展的新纪元。

第二章 作为交际行为的文学翻译

为创造性作家更重要,他们当中的一些伟大作家,如荷尔德林①和斯特凡·乔治,都不能简单地算作诗人,他们首先是翻译家,然后才是诗人。"② 本雅明不把荷尔德林等作家简单地称做诗人或作家,而首先称他们是翻译家,他认为路德等翻译家,作为翻译者比作为作家更重要,对文学、文化的贡献更大。文学翻译与文学创作虽然同属于文学范畴,却是不同的文学创造类型,也是不同性质的文化行为。本雅明说:"一些翻译者的任务包括发现趋向目标语言(译语)的特殊意念,这种意念在那种语言中生产原文的共鸣。这是翻译的特征,是基本上将其与诗人的工作相区别的一个特征,因为后者的意念在总体上从不是指向这样一种语言,而其唯一和直接的目标则是特定的语境方面。与文学作品不同,翻译并未置身于语言森林的中心,而是置身于外,面对着长满了树木的山脉;它在没有进入的情况下造访了那片森林,唯独以那个地点为目标,在那里,作品自身语言的共鸣能够在陌生语言中引起颤动……诗人的意念是自发的、原始的、显在的;翻译者的意念是衍生的、终极的、观念的。"③ 这个比喻生动形象,它说明作为自发、原始、显在的文学创作,是直接处于语言森林的中心,不需要经过别的语言的中介即可实现意念的表达,而翻译则不同,它必定通过层层语言的阻隔,至少两种语言的阻隔。如果语言森林的中心即是本雅明所说的"纯语言"的话,那么文学创作则是更加原初地、本真地接近纯语言(本雅明所用的术语),而翻译呢,则只能是中介的、衍生的,必须经过语言的观念转换而接近那个"纯语言"。原文对某种或某些意义的整体"显在",在译文中则可能变得支

---

① 荷尔德林(1770—1843),德国古典浪漫派诗歌的先驱,后 36 年是在精神错乱中度过的。他翻译过索福克勒斯的《安提戈涅》和《俄底浦斯》。本雅明在《译者的任务》这篇影响深远的文论中,对荷尔德林所译的《索福克勒斯》发出了这样的赞叹:"语言的和谐如此深邃以至于语言触及感觉就好像风触及风琴一样"。海德格尔有《荷尔德林诗的阐释》出版,认为荷尔德林是最纯粹的诗人,海德格尔选择荷尔德林,是要进行一场诗与思的对话,是要从哲学上显现存在的意义。荷尔德林的诗《人,诗意的栖居》中阐述了诗、语言、人、思与存在之间的至情至性、至亲至近的关系,其中有这样的诗句:"充满劳绩,然而人诗意地/栖居在这片大地上"。
② 瓦尔特·本雅明:"翻译者的任务",《本雅明文选》(陈永国、马海良编),中国社会科学出版社 1999 年版,第 285 页。
③ 瓦尔特·本雅明:"翻译者的任务",《本雅明文选》,第 285—286 页。

文学翻译：意义重构

离破碎。"由于译者根据自身母语资源进行了相应的调整，所呈现的译文凝聚着宿语（译入语）文化经验，从某种意义上讲，只是原文的一种'片面'的文化整饬，可见翻译究其本质其实就是一种基于母语文化经验所进行的文化调适……译家独具特色的文化调适盖出于各自时代的文学选择与文化策略，以及受制于这种策略与选择所历史形成的文化范式。"① 本雅明的"纯语言"概念有点儿类似老庄哲学中的道或本原的世界，简单地说，经过一种语言直达"纯语言"，比起经过两种语言的观念转换来路程更近。庄子说："一与言为二，二与一为三。自此以往，巧历不能得，而况其凡乎？"庄子慨叹万物一体的存在经过一再、再三的言说就走样了，人因此离开原来的道越来越远，思想的混乱越来越严重。然而，我们终究要凭借语言，凭借翻译来认识真理，来认识和分享其他国家和民族的思想家、艺术家对生活世界的思想、体验与感悟。而且，翻译经过延续原作生命和衍生新意，也参与了文化创造，尤其是在一个国家一个民族的文化转型时期，文学翻译对于思想和观念的更新和新文化的创造，具有不可替代的作用。这或许就是本雅明那么推重路德等人的缘故吧。

我们了解了文学翻译的性质以后，可以对文学翻译行为作如下描述：文学翻译行为是一种审美的文学交流行为，一种跨语境的审美交际行为，一种再创造艺术，它是重塑文学语言和文学文本的审美创造行为。托佩尔说："文学翻译是创造，这不仅因为译者完成了译语语言手段的选择，而且因为他在新的条件下，包括语言的、民族的、社会的、历史的，等等，重新创造一部艺术作品。文学翻译就是创造新的文化财富，其规律最终在艺术范围内。"② 文学翻译行为可视为一种跨语境的审美交际行为，文学翻译的创作本质是矛盾的，"因为它既要把外语作品变成本国文学，又要保留它是另一民族的创作，如果译文不能成为本国文学，那它就不会作为艺术作品接受，

---

① 傅勇林：《文化范式：译学研究与比较文学》，西南交通大学出版社2000年版，第4—8页。
② Топер. П. М, Перевод в системе сравнительного литературоведения Рос. акад. наука Ин-т, мировой литературы им. А. М. Горького М.：Наследие，2000，с. 29.

如果它不能作为另一民族的创作保留下来，那它将不再是译作。"① 所以，文学翻译者的任务就是在另一个语言环境中恢复原作的文学作品的面目，与此同时又要保证译语读者的审美接受，确保文学、文化的交流与沟通。这样就得考虑作者、译者和读者在文学交流过程中的相互关系，而原作则构成了文学翻译中的"客观化"对象，这一"客观化"对象在译者、作者和读者的互动中幻化成文学译本，译者、作者和读者之间的互动生成新的意义，"客观化"的对象经过译者的意向活动，被翻译传达到一个新的语言文化环境之中，并且仍保持其文学作品的本色。这个过程可用以下简图来表示：

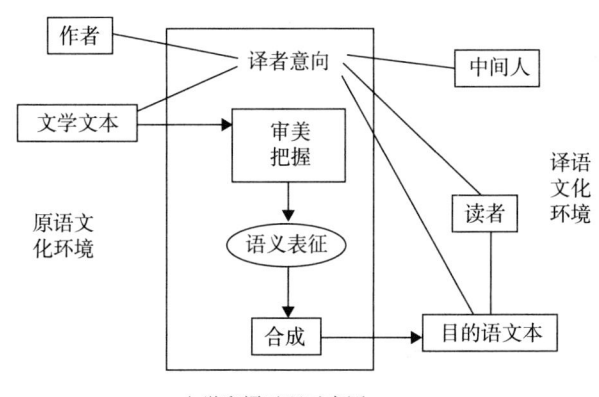

文学翻译过程示意图

正如前文所述，翻译不只是从译者的翻译操作开始，文学翻译是从作者为原语文化环境撰写出文学文本开始的，而作者写作也有一定的动机和目的，至少考虑了阅读群体的趣味。译者的翻译行为是翻译的核心部分，译者对文学文本进行审美把握，在形成语义表征之后进行目的语合成，这个过程必定是在译者的意向性活动中进行的，在一定的目的和动机中进行的，译者的意向活动指向作者、读者、中间人以及文学文本和译语文本，文学翻译行为是在译者的意向性活动中创生意义的。所谓中间人，就是在作者、译者和读者之外，对翻译行为产生重要影响的人或者组织。译者是翻译行为的主体，是将文学作品转换为译语文学作品的具体实施者，译者的文学翻译行为

---

① 吴克礼：《俄苏翻译理论流派述评》，第464页。

文学翻译：意义重构

开始于对文学文本的解读，终于文学译本的重写，中间要进行复杂的翻译操作，进行复杂的思维活动和审美把握，将文学作品从一种语言文化环境移植到另一种语言文化环境，这个过程渗透了译者许多艰苦的劳动，其意向性思维活动跨越两个语言和两种文化环境。在这个过程中也不排除译者借助翻译行为实现某些个人目的，文学翻译为译者提供了发挥主体性和创造性的广阔空间和自由。常乃慰曾说："严吴（严复、吴汝沦）两氏对译事有一共同的认识，就是无论在翻译与创作中都应努力表现自己，并且表现得好；译品自有其独特的风格价值，并不依赖于原作品。"①

由上图中可以看出，在文学翻译行为过程中，作者、中间人和读者都可能发挥各自的作用，不过不是像译者那样直接发生作用，例如中间人和读者对译者选择文本、翻译策略和翻译方法有影响，却是通过译者发挥主体性而产生影响的。文学译作完成之后，即进入下一个环节，即文学译作的接受和传播阶段，这个阶段是读者对文学译本进行检验和欣赏的过程，也是文学翻译行为成功与否的一个检验环节。该环节由于已经处在译者的翻译操作行为之后，所以非译者本人所能控制，译者只是被动地收到来自读者、中间人，甚至是作者的反馈意见，促使译者在下一次翻译行为中改进其工作质量。整个文学翻译行为，并没有因为一次翻译行为过程的结束而结束，一个合格的译者将会不断地从事新一轮的翻译工作，因此文学翻译行为将连续不断，环环紧扣，每个环节都是相接的，相互影响的。译者的文学翻译行为是文学译本成功与否的关键环节，为了改进自己在翻译过程中的明显错误和疏漏，可能进行重译，或者因为不能胜任翻译工作而放弃。

综上所述，翻译是一种跨语言交际行为，文学翻译则是一种特别的跨语言交际行为，是由作者、译者、读者等构成交际多方的跨语境的审美交际行为。顺便说，翻译理论家什维策尔、科米萨罗夫、奈达、贝尔等都认为翻译是一种跨语言的交际行为。在翻译过程中，交际者具有各自的意向，从而会影响最终的意义生成。译者是文学翻译的中枢环节，居于文学翻译的中心，

---

① 常乃慰：《译文的风格》，《翻译研究论文集》（1894—1948），第368页。

译者的意向是造成翻译发生意义变化的重要因素。然而，文学翻译行为中的意义问题，不单纯是译者赋予意义的问题，文学翻译并不是译者随意的创作行为，而是发生在翻译主体间的一种复杂的意义生成行为。第三章将进一步论述文学翻译的意义生成行为。

第三章
文学翻译———一种复杂的意义生成行为

　　正如巴尔胡达罗夫所言,翻译属于言语活动,翻译的对象不是语言系统,而是言语产物即话语,这就使翻译行为脱离语言系统而进入言语范畴。与巴尔胡达罗夫同时代的语言学派翻译理论家切尔尼亚霍夫斯卡娅也持同样的看法:"翻译是一种言语活动,其目的是改变言语产物的结构,即在保持内容方面不变的情况下改变表达方面,用一种语言来代替另一种语言。"[①] 在文学翻译过程中,文学文本中的语词、语句等的语义表征(罗杰·贝尔的术语,参见前文),在译者的言语行为中与具体的文化语境相结合,从而产生动态的意义。语词的意义随着语境的变化而变化,因语言使用者的赋义而生成意义,同一个语词在不同的语境中会产生不同的含义,不同的使用者也会赋予语词不同的用法,因而衍生不同的意义。

　　本课题以译者的翻译行为为逻辑起点,探究文学翻译行为中的意义问题。本章我们主要探究与文学翻译行为中的意义生成有关的语境和主体问题,侧重主体问题,特别是译者的主体性。

---

① Черняховская Л. А. Перевод и смысловая структура. М. Международные отношения, 1976, с. 3.

第三章 文学翻译——一种复杂的意义生成行为

第一节 文学翻译行为中的对话语境与主体问题

文学翻译行为涉及复杂的对话语境和主体问题。为了进一步揭示意义是如何产生的问题,有必要探讨文学翻译行为中的主体(性)及主体间性问题。

一、对话语境

文学翻译行为包含复杂的对话语境。文学翻译行为的语境与现实语境有很大的差别,并且复杂得多。

现实语境是日常的生活,人们在现实语境中的交往是直接的,是与人进行直接交往与对话。现实语境要求一个人在交际行为中理解一个话语的同时,要满足有效性的要求,或履行一项义务,或作出一个回应。交往中的人可以互相听见,看见,形成最直接的对话关系。但是,文学翻译行为却涉及文学文本和文学译本的内部语境、文学文本和文学译本所依存的外部语境、跨语言跨文化的语境转换,等等。文学翻译行为涉及复杂的语境,既包括了上下文、发生言语行为的情境、某个社团的社会文化(即文学文本创作的内外部语境)[1],更包括了译者所面临的跨语境,以及译语读者所处的文化语境。吕萍博士在其博士论文《文学翻译的语境与变异问题研究》中,对文学翻译过程中的语境构成及其相互作用进行分析,提出一系列适用于文学翻译研究的新概念,如情境语境、个人语境、语境差异、语境化,等等。她认为文学翻译研究中的许多问题都与语境密切相关,如归化和异化、不可译性、再创造、译者的风格等基本问题,都是在语境转移过程中因语境差异和语境化而引发的。的确,文学译者运用另一种语言对原本进行意义重构,

---

[1] 戚雨村:《语用学说略》,《外国语》1988年第4期。

文学翻译：意义重构

"在交流中使意义再生"的过程，是实现跨语境的文学交流与对话的过程，译者须考虑语境化、语境差异和语境变化等复杂的语境因素。程永生教授在《描写交际翻译学》一书中，将翻译视为一种特殊的交际，认为翻译交际的交际语境既是多层次的，也是动态的，他研究了翻译语境的层次性①。

现实语境是发生言语行为的实际情境。文学文本（原作）语境是虚拟的世界，除了上下文以外，还指文中描写的事件情境。在文学文本语境中，有作者模拟现实而描写出的"实际"交往情境、作品的基调和情绪气氛（即吕萍博士说的情绪语境），包括主人公在其中进行活动的情境（场合、语域等），作品中的对话及环境，以及作品主人公的年龄、身份、地位、职业、性格等特征。在文学译本语境中，同样具有按照实际生活规则而描写出的"实际"交往情境，这仍是虚拟的世界。文本语境与现实情境之间存在着重大区别，这是文学文本与实际生活之间的区别。正如哈贝马斯说："文学文本与日常生活之间一直都有个界限……在日常交往实践中，言语行为的活动领域是行为的具体语境，其中参加者必须熟悉所处环境，并且要处理一些问题；在文学文本中，言语行为的目的是让人接受，接受又使读者从行为中解脱出来，他所遇到的语境以及他所面临的问题，和他没有切身关系，文学并不要求读者采取日常交往所要求于行为者的那种立场。"②

值得注意的是，哈贝马斯在这里提到的"读者"，主要是普通读者，不是指以一个读者身份解读文学文本的"译者"，至少两者之间存在着差别。译者只是在阅读文学文本的移情体验、想象过程中，才像一个普通读者，即只负责接受的普通读者，但是在整个跨语境的文学审美交际过程中，译者绝不仅仅是一个普通读者，他还是一个再创作者，是文学译本的当之无愧的作者。所以，译者不可能从翻译行为中解脱出来，他所遇到的语境问题，都与他具有密切关系，只有在审美对话过程中，把握好了语境转换和语境差异，像一个现实中的言语行为者那样，参与到实际的翻译行为当中，才能履行其

---

① 程永生：《描写交际翻译学》，安徽大学出版社2003年版，第35—84页。
② 哈贝马斯：《交往行动理论》第1卷，重庆出版社1994年版，第239—240页。

应负之责任。文学译者在跨语境的交流对话中，必然有着自己的立场，有着自己的情感倾向，有着自己的任务，他需要对作者的思想和精神意趣进行审美把握，并设法用另一种语言表达出来。这些都是单纯作为一个普通读者的移情感受无法相比的，从这个角度来讲，译者在文学翻译跨语境的交际对话中的再创作身份与普通读者有着明显的不同。吕俊教授关于译者与读者的区别，提出了"情感的读者"与"理性的译者"两个概念，他的分析很精到，并且涉及文本语境与现实语境的区别与联系："读者间接地参与文本中的交往活动，如要真正读懂一个文本，他首先要失去自我，全身心地进入文本，把虚假当成真实，以直观的感受去体验书中人物的关系与命运，尽管书中的话语不要求他真的去做什么，但也必须以真情实感对待它，并和直接参与者一样去理解和阐释这些话语。就运用话语的普遍性原则和论证性原则而言，文本语境应与日常的现实语境没有区别，因为作者创造的虚拟世界并不是完全的虚构，而是以现实世界作为依据、根据作者的合理想象而构成的。作者在文本世界中成了他的'第二个自我'，他是以自己的情感的真实在创造文本世界。这使得读者在阅读过程中，把'不信'搁置起来，以它为真实世界，并同样以第二个自我的身份而进入其中……读者是作为译者的前提，但如果只做一个读者，还很不够。他要翻译，就不能像普通读者一样仅以直接感受去体验文本世界，只要倾注感情就可以了。他读完之后，要从文本世界走出来，与它保持一定的距离，进行审美批判……译者先成为读者是为了进入文本，而要成为译者又得走出来，恢复自我，找回理性。因为翻译是一种有目的的社会活动，要有社会规范的制约，语言转换要有语言规律的约束，个人审美倾向还要做适当的调整，文化态度也存在选择的问题。"[①] "从文本世界走出来，与它保持一定的距离，进行审美批判"，即是说译者从其唯一的位置出发，以一个审美创作主体的身份与作者及其人物进行交流对话，而不是盲目地"失去自我"，这样才能使文学交流在一个平等的层面上进行。

[①] 吕俊：《文学翻译：一种特殊的交往形式——交往行为理论的文学翻译观》，《解放军外国语学院学报》2002年第1期。

文学翻译：意义重构

译者需要参与交流与对话，因为他处在接受环节的中转点，而不是终点，译者必须把收受到的传递到下一个环节，他面临着一个重要的任务，就是参与审美交际，要将他与作者及笔下人物和"客观化"的文学文本内容的对话中所创获的意义，向下一个交际者即译语的读者进行传递，以便读者也能参与到跨语境的文学对话中来。

译者参与文学文本语境中的对话，在想象中倾听和接受文学文本虚拟世界所发生的存在—事件，充分地把握原作中的"客观化"内容而发掘意义，并设法在跨语境中表达意义，在用另一种语言表达出来时，译者需要根据读者及其接受环境的需要来调整文学译本的表达。总之，译者参与对话环境包括：首先在想象中参与文学文本虚拟世界中的作者与主人公的活动，暂时忘记自己，随作者一起经历主人公的生活事件和言语行为，深入体验，并且对文本中的人与人之间的关系进行审美的把握。译者在解读原文摄取意义的过程中，文学文本以外的语境（原文所依存的环境）也进入译者的视野，成为不可回避的因素。金元浦说："本文（即文本本身）必须涉及语境，任何文学本文都不可避免地处于一定的语境之中，还要涉及如何进入与其环境的相互关系之中。"[①] 这就是说，译者必须在文学文本由以产生的环境中去理解作品，同时又要使文学译本适应新的环境，从而在跨语境中实现意义的交流与再生。走过这一个复杂的过程，是非常有意义的，因为这是获得生活意义和世界意义的过程，译者通过与作者以及作品中的人物的交流与对话，丰富了自身的阅历，给自身的进步注入了外来的力量。

总之，通过对文学翻译行为的复杂语境的粗略考察，我们的眼前展开了广阔的语境世界，从而使我们认识到文学翻译不是一个封闭的过程，文学翻译行为并不局限在文学文本内部，而是超出了文学文本运作的范围，变成了在美感经验和艺术交流的事件中，通过他人（作者、主人公）的观察和体验向我们揭示生活意义和世界意义的视野。文学翻译是一种跨语境接受与对话交流的审美交际行为，通过作者、作品、译者和读者之间的交互作用，实

---

① 金元浦：《文学解释学》（文学的审美阐释与意义生成），第 77 页。

现艺术的现时经验和过去经验,此地经验和彼地经验的不断交流沟通。关于文学翻译行为中的语境问题,我们将在第六章结合翻译实例分析,做比较系统、深入细致的研究。

二、主体问题

为了深入揭示意义是如何产生的问题,有必要探讨文学翻译行为中的主体及主体性问题,在沙夫看来,意义即是互相交际的人们之间的一种关系。所以探明了文学翻译行为中的翻译主体及主体间性问题,即是对于意义问题的一种间接解释和说明。蔡新乐教授说:"假若没有对主体的构成以及由此而来的主体间性的组成具有充分的认识,所谓翻译研究只不过是对翻译的结果或者说过程的一种描述——如果对创造之因持无关紧要的态度,只是把翻译视为一种实践活动或经验对象,便不能触及它进入存在的根本。"[①]

翻译主体研究近几年来成为国内翻译理论界的研究热点之一,张思永在《中国海洋大学学报》(社会科学版)发表综述文章,将国内翻译主体的研究分为两个阶段作了比较全面的介绍。他说:"从传统译论向现代译论的发展过程中,翻译主体研究也经历了从传统的翻译主体研究向现代翻译主体研究的转向,其突出特点是研究者的理论意识逐渐增强,研究的层面也呈现出多样化的趋势。但我们也不得不看到,诚如许多学者认为的,国内的翻译主体研究还处在起步阶段,许多方面,如翻译主体性、翻译主体间性等问题的研究还只是一个开端,还需要更深入、更全面的研究。"[②] 本章将对翻译主体和译者主体性问题做一些探讨,这是解决文学翻译行为中的意义问题的前提条件,意义与翻译行为中的主体(人)密切相关。只有弄清了翻译主体及其之间的关系,以及弄清翻译主体性,才能真正解决文学翻译中的意义生成问题。

译者虽不是原创作者,却在文学翻译行为中起着关键的作用,文学翻译

[①] 蔡新乐:《翻译的本体论研究》,上海译文出版社2005年版,第147页。
[②] 张思永:《国内翻译主体研究综述》,《中国海洋大学学报》2007年第2期。

是从译者独特的位置进行跨语境的审美交际行为，译者是文学翻译行为中的主角，译者是翻译主体，这是毫无疑问的。但是还有哪些主体，这些主体之间的关系如何，他们在文学翻译行为中所起的作用如何，是需要探究的问题。

第二节 文学翻译行为中的主体与主体性

文学翻译是跨语境的审美交际行为，译者是文学翻译行为中当之无愧的主角，但译者并不是文学翻译行为中的唯一主体。还有哪些主体，这些主体之间的关系如何，他们各自在文学翻译行为中所起的作用如何，我们来进行一下细致的探究。

一、谁是文学翻译行为中的主体？

谁是翻译的主体？国内许多学者，如杨武能、袁莉、许钧、谢天振、查明建、屠国元、陈大亮等都研究过这个问题。许钧总结国内有关"谁是翻译的主体"的讨论，得出了四种答案："一是认为译者是翻译的主体，二是认为原作者与译者是翻译的主体，三是认为译者与读者是翻译的主体，四是认为原作者、译者与读者均是翻译的主体。"[①] 许钧认为狭义的翻译主体是译者，广义的翻译主体是原作者、译者和读者，但应视具体情况而定。从文学翻译行为角度来探讨主体问题，就是从具体情况出发来考虑翻译的主体问题。

译者是翻译主体，没有译者，翻译行为就不可能发生。但是，在文学翻译中是否还有其他的主体？译者是否是翻译行为中的唯一的主体？在直接面对听讲者进行文学讲解和翻译的过程中，至少存在着两个交往主体，那就是

[①] 许钧：《创造性叛逆和翻译主体性的确立》，《中国翻译》2003年第1期。

第三章　文学翻译——一种复杂的意义生成行为

教师与学生（听讲者）。在教师讲解文学作品的过程中，甚至还会出现学生提问，不明白时还可要求再讲一遍，有些类似于现场口译，具有明确的交往主体。但又有所区别，区别在于现场口译有作者在场，译者在场，更有听众在场，他们都参与到了整个翻译交际行为之中，共同完成一个翻译行为—事件。我们可以进一步设想一下文学翻译行为的主体，文学翻译通常是在听众或读者不在场的情况下由译者独立完成的，在这种情况下，译者是显而易见的翻译主体，但是如果译者要负责地完成翻译任务，除了具备在语言、文学方面的翻译资格以外，还需要考虑译本的可接受性，以及与原作者和原作的关系。这就是说，文学翻译仍然涉及译者与读者和作者的关系，甚至涉及译者与主人公（人物）和事物、事件等的关系。虽然没有直接面对面，但仍应以正常的交往原则（起码的尊重态度和礼貌原则）来处理彼此之间的关系，以一种珍爱的审美态度来观照作者和读者，切实地考虑他们无声的要求，这就需要译者具有想象力，以"好感的共感"和"同情的珍爱"态度来对待他们。这是可以做到的，也是译者负责的精神的体现。尤其是作者及其作品中的一切，需要译者准确地进行审美把握，以充分负责的态度去对待，不可随意篡改原意，当然只有在译者准确地理解了作者或作品的意思之后，才可能做到这一点。在读者和作者不在场的情况下，译者不能因为他们的缺席（不在场），便随意地对待他们，译者需要具有负责的精神。巴赫金曾提醒过我们在对待我与他人的关系时，不能背后说人。这句话是具有深刻含义的，不能歪曲别人的意思，最要不得的是给别人抹黑，不论是有意的还是无意的，这需要依靠译者的良知、心胸和学识来做到。杨恒达曾论及译者的良心问题，即译者是否以作者主体的可认知性为前提："就译者作为认识主体而言，我们从哈贝马斯交往行为理论中可以得到两方面的启迪。首先，哈贝马斯对非认知主义的抨击是从道德角度出发的，而在翻译问题上，是否以作者主体的可认知性为前提，涉及译者的良心问题。译者在翻译中扮演的认识主体角色不同于普通读者充当的认识主体角色。因为读者可以误解作者的意思，当他向别人阐释或介绍作者原意的时候，是以自我的身份出现的……而译者则不一样，他是以作者的身份说话，他在翻译中的误读和曲解

文学翻译：意义重构

在一般情况下都会被读者看成作者的本意。既然译者是以作者的身份说话，他在翻译中就有一个否定自身，进入文本作者主体的过程。在这个问题上，译者的伟大之处在于甘愿把自己看做文本作者的传声筒，他既是认识主体，又要否定自己，尽量让作者借他的语言来说话。这就像演员一样，既要认识角色，又要成为角色。能否做到这一点，或者说尽可能接近这一点，就要看译者是否真诚，是否有对得起作者、对得起读者的良心，这是一个道德问题。"[1] 许钧评论杨恒达这段话说，"否定自身，进入文本作者主体"的观点有其合理的一面，这即是译界所关注的理解文本的客观性问题。他说关于"良心"问题，这实际上是任何一个译者都挥之不去的"情结"，那就是"忠诚"的观念。许钧本人和金圣华等译界学者都曾谈到翻译的道德问题，金圣华说："译者在早期虽有'舌人'之称，却不能毫无主见，缺乏判断；译者虽担当中介的任务，却不是卑微低下、依附主人的次等角色。翻译如做人，不能放弃立场，随波逐流；也不能毫无原则，迎风飘荡。因此，翻译的过程就是得与失的量度，过与不及的平衡。译者必须凭借自己的学养、经验，在取舍中作出选择。"所以，译者尊重作者，并不需要亦步亦趋，而是要平等的对话，既不能忽略作者在文学翻译行为中的主体地位，也不能丧失译者自己的主体地位甘愿作"仆人"或完全"隐身"，而是积极地发挥主体能动性，在选择中求平衡，保持翻译的度与和谐，在阐释作者之意和文学文本之意中，融入自己的"学养、经验，在取舍中作出选择"。

可见，在文学翻译行为中，最明显的一个主体是译者，译事活动离开译者则无法进行，还有作者、读者，他们是不在场的主体，是隐形的主体，因为他们是可能影响和制约译本面貌的人的因素，需要译者以负责的精神去认真对待。杨武能先生从"文学翻译的主体同样是人"的角度得出作家、翻译家和读者同是翻译主体的结论[2]。查明建则认为，确定谁是翻译的主体要

---

[1] 杨恒达：《作为交往行为的翻译》，《翻译的理论建构与文化透视》，上海外语教育出版社2000年版，第99页。
[2] 杨武能：《翻译、接受与再创造的循环——文学翻译断想之一》，《翻译思考录》（许钧编），湖北教育出版社1998年版。

看如何理解"翻译"一词，如果"翻译"专指翻译行为本身，那么翻译的主体就是译者；如果"翻译"指涉翻译活动全过程，那么原作者、译者和读者都是翻译的主体①。很明显，翻译不是将自己大脑中的所思所想用语言表现出来，不是凭着记忆口诵笔录，那么翻译必然涉及原作者和原作，还有读者。谢天振在《译介学》中谈到除了将译者和读者看成是翻译主体，也把接受环境包含了进去，这实质上是将翻译看成在一定的交往情境下发生的交际行为，不但注意到了人的因素，还把物拟人化，这个观点虽有争议，但也值得重视，它体现了交往中的对话精神。顺便指出，作品中的主人公也是属于隐性的"人"，译者在进行翻译操作时仍需以"珍爱"之心来对待，不可将主人公的身份和声音消解在其他声音和客体之中。屠国元区分了翻译的中心主体和边缘主体，把译者作为中心主体，把原作者和读者作为影响制约中心主体的边缘。这种说法不无道理，可是细细分析起来，又觉得不太清楚，因为中心和边缘究竟是什么意思，还需要进一步的说明。在文学翻译行为中，译者是显明的主体，是明摆着的事实，但最终由译者揭示出来并反映在译本中的世界意义和生存意义，却不一定是专属于哪一个主体，而是产生于译者、作者和读者之间的互动关系，所以很难说谁是中心主体，谁是边缘主体。作者、译者和读者均是一个完整的翻译行为中的主体，但各自所发挥的主体作用有所不同。在关于什么是翻译的主体这个问题上，译论界还有其他一些观点，例如袁莉认为译者是唯一的主体性要素②，陈大亮认为主体与人之间不能画等号，作者与译者不存在对话关系③。张思永评曰："显然陈（指陈大亮）是在狭义的翻译概念的基础上得出这一结论的。"④但不得不承认，袁莉特别强调了译者的主体性，陈大亮也注意到了作者、译者与读者是不同的主体，他明确指出译者是唯一的翻译主体，并把原作者和读者分别称

---

① 查明建、田雨：《论译者主体性》，《中国翻译》2003年第1期。
② 袁莉：《关于翻译主体研究的构想》，《面向21世纪的译学研究》（张柏然、许钧主编），商务印书馆2002年版。
③ 陈大亮：《谁是翻译主体》，《中国翻译》2004年第2期。
④ 张思永：《国内翻译主体研究综述》，《中国海洋大学学报》2007年第2期。

文学翻译：意义重构

为创作主体和接受主体，这对于进一步的翻译研究是有所启发的。

综上可见，近年来我国译论界在关于什么是翻译的主体这个问题上，其实已经做了大量研究，首先是正确地强调了译者主体的作用，这几乎是所有研究翻译主体的学者的一个共同点。个别学者在强调译者的作用的时候，出现片面的倾向是可以理解的，因为译者长期处于被忽视的尴尬地位，对译者作用的片面强调，认为译者是唯一一个主体，就是对译论界长期忽视译者主体性问题的一个反驳。20世纪90年代初，罗新璋指出："翻译理论中，抹杀译者主体性的论调应少唱，倒不妨多多研究如何拓展译者的创造天地，与局限中掌握自由……今后的翻译理论里，自应有译者一席之地。"① 这一号召功不可没，在21世纪初出现了对翻译家的特别关注，袁莉提出对主体研究的构想，指出翻译主体研究尚处于初级阶段，穆雷曾撰文对翻译主体的特殊人群——翻译家在中国的研究情况作了详细的回顾和描述。② 2001年许钧出版《文学翻译理论与实践》一书，这是他在对国内著名翻译家访谈的基础上写成的，实际上是研究翻译主体即翻译家的一个成果③。但也应该说，不能只强调译者是翻译行为的主体，还应重视其他主体因素。下面我们不妨把译者、作者和读者等主体作一下分析，以便更准确地把握这些主体之间的关系。

二、译者身份

译者身份问题，这是翻译主体研究的重要内容。如今，译者从传统的奴仆地位一跃而上升为文学翻译行为的一个创造主体。关于译者的身份一向有许多比喻性的说法，中国传统译论中对译者最典型的比喻是"仆人"说，或"一仆二主"说，中外译论中将译者比喻成：舌人，媒婆，戴镣铐的跳舞者，传声筒，应声虫，画家，摄影师，桥梁，摆渡人，协调人，叛逆者，

---

① 罗新璋：《中外翻译观之"似"与"等"》，《翻译新论》（杨自俭、刘学云编），湖北教育出版社1994年版。
② 穆雷、诗怡：《翻译主体的"发现"与"研究"》，《中国翻译》2003年第1期。
③ 许钧：《文学翻译的理论与实践——翻译对话录》，译林出版社2001年版。

第三章 文学翻译——一种复杂的意义生成行为

不忠的美人,隐形人,等等。这些对译者的称谓,反映人们不同的观点,既有对译者在翻译中的作用的肯定,但多是对译者的误解,更有对翻译本质的不明确,这是因为缺乏深入的研究和细致的考察。为了说明译者的身份,我们来看一看翻译在整个人类文化史上所起的作用。

毫无疑问,翻译在人类文化史上发挥了巨大的作用,非其他精神活动形式所能代替。有人统计过,人类阅读的资料一半以上是经过翻译来的。翻译对于人类文明起着根本性的作用,越是影响深远的文明,就越是有渊源,越离不开翻译继承与传播。人类文化几乎全是靠了借鉴和引用外来语的成果而得以完善和发展的。外来文化通过翻译,将文明、宗教和政制带给世界人民,原初文明的根苗就是这样散布到世界各地,扎根异域后开花结果的。例如,苏美尔人将文明带给巴比伦的闪族人;雅弗人带给希腊人;罗马、基督教带给未开化的民族;拜占庭、瓦利亚基人、南斯拉夫部落带给东斯拉夫人,等等①。历史上任何一个民族的经籍或传说,对于外行和外族人来说,无一不是某种程度上的外来语和不懂的东西,这都需要专门的学问和知识,译者承担着破译的任务,他们是某些领域的行家里手。在巴赫金看来,译者是破译或继承传统的老师和语文(语言)学家:"语文(语言)学家是什么样的人呢?无论语言学家的文化历史面貌存在着多么深刻的差异,从印度祭司到当代欧洲的语言学家、语文学家,都是他人的'秘密'书面语和话语的破译者,是破译或继承传统的老师、翻译。"② 正是在破译和继承传统的过程中,最古老的语言哲学产生了,诸如吠陀的词语学,希腊的逻各斯学说等。欧洲小说是在自由地(改换形态地)翻译他人作品的过程中诞生和形成的。例如,在法国小说的产生过程中,严格意义上的翻译成分并不非常典型,在这一过程中,非常重要的一点是将叙事诗改写成小说。德国小说的诞生则是,德国化了的法国贵族对法国小说或诗歌进行翻译和改编,从而开始了德国小说的先声。翻译、改编、给予新解、变换语调,是同他人话语之间

---

① 巴赫金:《周边集·马克思主义与语言哲学》,河北教育出版社1998年版,第423页。
② 巴赫金:《周边集·马克思主义与语言哲学》,第421页。

文学翻译：意义重构

多层次的相互作用。这也是骑士小说作者文学意识形成的过程。① 西方《圣经》中说的以斯拉（Ezra）等人，另外如 Mattithiah，Shema，Anaiah，Urah，Hilkiah，Meaaseiah 等人都是祭司一类的人。他们是早期的学者和翻译人才，有学识，许多都是族里最有威望、最受尊重的人，后来成了族长②。在我国古代，在《周礼·秋官》和《礼记·王制》中，有关于周王朝的翻译官职的记载。他们被称为象胥，是"国使"、"礼官"（"大行人"和"小行人"）、"舌人（即译官）"，"舌人，能达异方之志，象胥之职也"。象胥的具体任务，是负责接待四方民族和国家的使节与宾客以及通译事宜，下属办事人员，有上士、中士、下士和徒等三十一人。上士、中士、下士都是官职名称，翻译东南西北语言者，分别称"寄"、"象"、"狄鞮"、"译"。③ 可见，译者担负着传承古代文明和外来文化、建设新文化的重任，他们是破译历史和文明的老师和语言学家，鸠摩罗什、玄奘等翻译家都曾享有非常崇高的荣誉和地位。因此，译者是翻译主体，这是没有问题的，也并非毫无地位，其文化身份和学者身份是有渊源的。

杨武能在《翻译接受与再创造的循环》一文中从阐释学和接受美学的角度，阐述了译者作为阐释者和接受者的角色，并指出真正的文学翻译家应该同时是学者和作家④。田德蓓在《译者的身份》一文中详细讨论了译者的四种身份，即读者身份，作者身份，创造者身份，研究者身份，并指出这四种身份是一个相互交融的统一体。译者在翻译过程中应兼顾这四种身份的不同作用⑤。

译者作为一个生活中人在从事文学翻译时，首先是一个道德主体和再创造主体，他在文学翻译行为中无疑地变成了文学译本的再创作者（参见后

---

① 巴赫金：《小说理论》，河北教育出版社1998年版，第164—166页。
② 《圣经》（简化字现代标点和合本），中国基督教两会2000年版，第759页。
③ 马祖毅：《中国翻译简史》，中国对外翻译出版公司1998年版，第2页。
④ 杨武能：《翻译、接受与再创造的循环——文学翻译断想之一》，《翻译思考录》（许钧编），湖北教育出版社1998年版，第227—235页。
⑤ 田德蓓：《译者的身份》，《翻译的理论建构与文化透视》（谢天振编），上海外语教育出版社2000年版，第351页。

文论述译者的创造性)。而活跃在文学译本中的原作者与主人公形象,是经由译者的体验、感受和重写才活现在译本之中的,译者带有自己的声音,使作品在新的环境中得以再生和延续生命,与此同时又要力图保持原作者和主人公的本来面目,使其发出自己本来的声音。唯有译者的学识素养和克己功夫才能做到这一点。

三、作者和主人公

在文学翻译过程中,译者眼中的作者是什么意义上的作者?是生活中的那个作家形象,还是作品中作为叙述人的声音、意识和形象?我们知道,在文学作品中体现出来的那个作者形象,与主人公一样在作品中有自己的声音和意识,读者从译本中读到的应该就是这样的一个作者吧(当然可能发生变形)。作者不是生活中与日常事务打交道、工作着的那个人,不是作为传记主人公的那个作者,而是作为创造者的个性活跃在文学文本中的那个特有的声音和意识。作者与他创造的主人公的独特世界联系在一起,或者部分地客观化为作品中的叙述人,他是体现在自己作品中的一个真正的个性。译者应该这样来看待作者,即把作者看成是在艺术观照中引导着我们去认识主人公世界的那个个性面目,我们往往将这个面目纳入他所创造的主人公世界里去认识。我们通过作者与其笔下人物的关系,从他对笔下人物的态度中来认识作者,一句话,我们从作品的事件中,将作者作为事件参与者,作为读者在作品中的权威引导者来加以理解。所以说,作者既是原作品的创造者,更是原作品中的一个意识、一个声音。他是整个翻译活动中的一个创作主体,他创造的文学文本是译者重写译本的依据,作者又是译者重写文学文本中的一个角色。在文学翻译中,虽然作者是隐形的,但作品早已完成,或许作者本人真的"死了",但他留下的文学作品还在,他从生活中捕捉到并表现于笔下的人物,包括他自己的形象,仍活跃在文学作品的气氛里,只要一拿起作品,这些形象、这些声音就会跃然纸上。正如巴赫金所说:

"作者对读者来说是有权威的,是必不可少的;读者不是把作者视作一个人,一个他人,一个主人公,一种存在的规定性,而是视作一个需要遵循的原则（只有研究作者的生平时才当做变成主人公，变成存在中确定的人，可以观照的人）作者作为创造性的个性，是一种特别的、非审美性质的创造个性。这是从事观照和建构的积极个性，而不是被观照和被建构的个性。只有在我们把作者加工创造的主人公的独特世界同作者联系在一起时，或者作者部分地客观化而成为叙述人的时候，作者才能构成真正的个性。对我们来说，作者不能也不应被视为一个人，因为我们处于作者之中，我们移情到了他的积极观照之中。只有到艺术观照结束的时候，即当作者不再积极地引导我们的观照时，我们才把在他引导下所体验的我们的积极性客观化为某个人、作者的个性面目；作者的这个面目我们往往乐于纳入他所创造的主人公世界里去。不过这个客观化了的作者，这个不再是观照原则而已成为观照对象的作者，不同于作为传记主人公的作者。从作者其个性中来解释他的创造确定性，以存在来解释创造积极性，这种做法在多大程度上是可行的，这决定着传记作为一种科学形式所特有的地位和方法。作者首先应该从作品的事件中，作为事件参与者，作为读者在作品中的权威引导者来加以理解。在作者所处时代的历史世界中来理解作者，理解作者在社会集体中的地位，理解他的阶级状况。在这里我们已经超出了对作品事件的分析而进入到历史领域；纯历史研究不能不考虑到所有这些因素。文学史研究的方法论已超出本文的范围。在作品内部，对读者来说作者是应予实现的诸创作原则的总和，是积极施于主人公及其世界的外位性观照因素的统一体。作者其人的个性化，已是读者、批评家、史学家的派生性的创作活动了，这个创作活动独立于作为积极观照原则的作者之外，它使作者本人变成了被动者。"[1]

　　作者是他本人创作的作品中的一个形象，与其笔下的主人公一样，是参与到作品事件中的一个角色；作者又不单纯是这样一个角色，整个原作都是在他的审美观照下，在他的创造活动中产生的，他是一个创作主体。由于作品已经完成，在文学翻译行为中译者依据此作品来筹划意义，因为译者主体

---

[1] 巴赫金：《审美活动中的作者与主人公》，《哲学美学》，河北教育出版社1998年版，第303—304页。

第三章　文学翻译——一种复杂的意义生成行为

的凸显而容易忽视原作者，我们从直接的口译实践中很容易想见作者是翻译行为中的一个主体，翻译中的意义生成开始于作者，而不是译者；作品中的作者与现实生活中的作者是不同的，现实生活中的作者是有生命极限的，有生命终点的，但作为与主人公一样活跃在作品中的声音和形象，作为创作主体的作者，是永远不会"死"的，只要作品被阅读，被翻译，作品的所有价值都可能在新的价值层面上重新展开，被扩大，被发挥，作者的事业就在延伸，就在发扬光大。在文学翻译中文学原本的作者仍然控制着话语权，正因为这样，一度出现过要求译者隐身的主张。到了目前译论比较理性的阶段，不该太偏激地又主张只有译者才是翻译主体而忽略了作者这个创作主体，译者主体性的张扬并不意味着原作者地位的失去，译者主体性并非单指译者的创造性，还包括译者受到的限制；我们在解读原作品时，对于作为传记主人公的那个作者，作为现实生活中的那个作者进行研究，旨在准确地把握作者的创作意图，体会原作者的艺术创造的过程。但这种超出文本范围的研究不构成译本中的中心内容，不能以这样的一个作者形象来代替已经客观化，作为叙述人和文本中的角色的那个作者。然而，译者不能仅仅局限于从文本中来了解作者，不能局限于从作品本身来理解。除了将作者与其主人公的世界联系在一起来进行理解以外，还可以从作者所处时代的历史世界中来理解作者，理解他在社会集体中的地位和阶级状况。不过，这些理解都是辅助的，是为了更好地理解作品内涵。我们研究作者的人生经历和心路历程，是为了确切地把握作者言之未尽之意和传达出原作深刻的思想内涵[①]。至于原作者在文学史上的地位问题，那不是译者特别关心的，译者应特别关注的是翻译行为—事件的有效性和译作的广泛接受性。

　　之所以说作者是文学翻译行为中的主体，是因为文学文本是作者的创作产品，文学作品中的人物，包括作者的形象，以及所描写的生活、事件等，悉归作者名下。与此同时，我们也应该看到在有些作家的作品中，主要人物在艺术家的创作构思之中，的确不仅仅是作者议论所表现的客体，而且也是

[①] 葛校琴：《作者死了吗?》，《外语研究》2001年第2期。

文学翻译：意义重构

直抒己见的主体，主人公的议论绝不只局限于普通的刻画性格和展开情节的实际功能，也不是作者本人的思想立场的表现，主人公的意识被当做另一个人的意识，不变成作者意识的单纯客体①。从宽泛意义上说，作品中的一草一木都具有生命，都是"活物"，译者应以"珍爱"之情厚待之。傅雷在1962年1月7日致著名小提琴大师梅纽因的信中，谈到翻译巴尔扎克《幻灭》时的感受说："如今与书中人物朝夕与共，亲密程度几可与其创作者相较。目前可谓经常处于一种梦游状态也。"② 这是一种翻译境界，书中的主人公变成了与原作者一样的主体，受到译者的"珍爱"，彼此成了形影不离的亲密伙伴，傅雷先生正是这样来处理笔下人物的，实现与笔下人物的对话与交流。创作了文学作品的作者，是作品中的一个声音和形象，或者说是读者（译者）解读原作时的一个特殊的视角，是"作为读者在作品中的权威引导者"。

四、读者主体

读者也是文学翻译行为中的主体。虽然文学译本不是由读者书写的，但读者是文学译本的接受主体和审美主体，文学译本是否成功，在很大程度上决定于读者的接受和评价。

在传统翻译观念里，读者因素通常被研究者所忽视，但是在翻译实践中，读者因素通过影响译者的翻译行为，有时候却占到了相当重要的位置。20世纪随着我国全面译介国外的哲学著作和接受美学文论等，许多翻译学者从哲学转向和接受美学文论受到启发，在译学研究中对读者因素给予了特别的关注，吴持贵（1989③）、穆雷（1990④）、许钧（1996⑤）、吕俊（1998）⑥ 是较早撰文论述译文读者的学者。近年来，这种关注的势头更是

---

① 巴赫金：《诗学与访谈》，河北教育出版社1998年版，第5页。
② 怒安：《傅雷谈翻译》，辽宁教育出版社2005年版，第82页。
③ 吴持贵：《文学翻译者的接受美学》，《中国翻译》1989年第6期。
④ 穆雷：《接受理论与习语翻译》，《中国翻译》1990年第4期。
⑤ 许钧：《译者、读者与阅读空间》，《外国语》1996年第1期。
⑥ 吕俊：《翻译：从文本出发》，《外国语》1998年第3期。

有增无减，贺文照（2002）①、曹英华（2003）②、胡安江（2003）③、周兰秀（2007）④、林红（2006）⑤、黄四宏⑥等一批翻译界青年学者，更是揭示出译文读者对翻译行为的操纵和影响，可见读者主体是一个不可回避的问题。应当说，在这些译论之中，除了正确地强调读者对翻译行为的影响，从翻译行为的整体关系中把握读者因素以外，也有个别论者仍抱持读者中心论的论调，与接受美学最初出现读者中心论一样，犯了片面、极端的错误。

20世纪发生了从认识论的主体哲学到语言本体论的解释哲学转向，这一转向使主客体的二元对立关系消解，变成了主体与主体间的对话关系。这一转向使西方文论从作者中心论向文本中心论转向，后又由文本中心论转向读者中心论⑦。接受美学是20世纪60年代在读者中心论这一范式之下的一种理论潮流，对读者地位的确立，是接受美学的一大贡献。接受美学的理论基础主要是现象学美学和阐释学美学，在姚斯和伊瑟尔接受美学理论中，所采用的一些重要的概念范畴，诸如"期待视野"、"效果史"、"未定点"、"具体化"等均是从海德格尔的"先在结构"、"理解视野"和伽达默尔的"成见"、"视野融合"和英伽登的"具体化"等概念范畴衍化而来的，接受美学的形成有许多历史渊源，如俄国形式主义，布拉格的结构主义，英美新批评等。到了20世纪70年代末，接受美学的代表人物姚斯、伊瑟尔等，面对理论界的众多批评，深刻反思自身理论的片面性和极端性，逐步修正了早期的极端立场，日益将接受美学发展为一种文学对话和交流的新理论，其理论中心也由先前极端的读者中心立场转变为本文——读者相互作用的交流

---

① 贺文照：《中国传统译论中的读者观照》，《外语与外语教学》2002年第6期。
② 曹英华：《接受美学和文学翻译中的读者关照》，《内蒙古大学学报》2003年第5期。
③ 胡安江：《论读者角色对翻译行为的操纵和影响》，《语言与翻译》2003年第2期。
④ 周兰秀：《译文读者对翻译行为的影响——以晚清小说的翻译为例》，《南华大学学报》2007年第1期。
⑤ 林红：《文化视域下的译者、读者与可译性限度》，《四川外语学院学报》2006年第6期。
⑥ 黄四宏：《被遗忘了的创造性叛逆——文学翻译中译文读者和接受环境的创造性叛逆》，《四川外语学院学报》2005年第2期。
⑦ 金元浦：《"间性"的凸现》，中国大百科全书出版社2002年版，第67页。

文学翻译：意义重构

论立场。① 下面，我将从译界诸位学者的论述中梳理出关于文学译本读者的观点。

曹英华以接受美学为视野，将翻译活动置于大的历史文化环境中，从共时和历时的角度探讨了作为接受主体的译文读者对文学翻译活动的影响。她认为："译文读者是文学翻译过程中一个能动的主体，读者对译语文本的阅读和接受是一种创造性的审美行为……译者对译文读者语言和文化审美特征的关照以及对译文读者情感需求的关注是影响文学活动成功的要素之一……无论是直译还是意译，归化还是异化，应以读者的可接受性为基础，引导读者阅读和鉴赏。当然，优秀的翻译家不会一味消极地迁就读者，他们会以高度的责任感和强烈的为读者服务的意识通过译作向读者输入新的文法，先进的文化，灌输新的思想，从而提高译文读者的语言和文化修养，这才是更积极意义上的读者关照。"②

胡安江认为，读者是译本解读和译本评价中最活跃的和最不可或缺的因素，他探讨了翻译研究中的读者角色及其对翻译行为的操纵和影响。读者的阅读及其对译本的阐释，其本身在某种意义上来说也是一种翻译行为。谢天振在《译介学》中称这种现象为一种"创造性的叛逆"。他说："由于读者的'翻译'是在译者翻译的基础上进行的，因此他的'翻译'与原作相比的话，必然比译者的翻译更富创造性，更富叛逆精神"③。事实上，出现这种现象是因为不同读者，其世界观、文学功底、教育背景以及个人修养等诸多因素的差异造成的。波兰哲学家诺曼·英伽登认为文学作品的本文只能提供一个多层次的结构框架，其中留有许多未定点，只有在读者一面阅读一面将它具体化时，作品的主题意义才逐渐地表现出来④。接受理论在译学研究中有着举足轻重的作用，它将人们从传统的批评模式中解脱了出来，与此同

---

① 金元浦：《接受反应文论》，山东教育出版社1998年版，第23—74页。
② 曹英华：《接受美学和文学翻译中的读者关照》，《内蒙古大学学报》（人文社会科学版）2003年第5期。
③ 谢天振：《译介学》，上海外语教育出版社1999版，第165页。
④ 张隆溪：《二十世纪西方文论述评》，三联书店1986年版，第196页。

时正如胡安江所说:"它在翻译实践和文化交流的过程中所起的作用无疑是划时代的",他同时又指出:"过于强调读者的主观性及其在阅读、阐释和文本评价中的巨大作用,似乎有喧宾夺主之嫌。"①

周兰秀认为,传统的翻译研究只重视原文与译文是否对等,直译意译孰是孰非等问题,忽视了译文读者及其阅读接受这一维。而以目的论为核心的德国功能派翻译理论则将目光转向翻译活动中译者的能动介入、译入语文化和接受者对翻译行为的影响上,翻译目的论肯定了译文读者的作用并强调了译文读者的重要性,给传统的翻译理论研究带来了新的视角和思路。她通过对晚清小说翻译情况的研究,以生动具体的事例证明译文读者对翻译行为有着多方面的影响:译文读者的社会背景对翻译选材的影响;译文读者的美学标准对翻译语体风格的影响;译文读者的价值标准对翻译思想内容的影响;译文读者的阅读习惯对翻译形式的影响。

贺文照说,译者在从事翻译活动时必然要或多或少地考虑读者的存在,这就是最基本的读者观照。他在梳理翻译史与译论中的与读者有关的翻译思想中,得出了以下启示:在翻译介绍某一外来文化初期,由于读者固有习惯影响力的作用,译者必然要在一定程度上迁就读者;同时由于翻译条件的限制,以及读者鉴赏能力的有限,翻译往往比较粗糙,这也是与读者接受能力相适应的、迫不得已的办法;读者各方面的特征不是一成不变的,随着时代的变化,读者因素发生变化,从观照读者出发,翻译的策略、技巧也应该随之而发生变化。他指出,消极地迁就译语读者只是读者观照的一个方面,另一方面是致力于向读者输入新的、异质的文化思想,引导读者接受新文化,两方面的完美结合才是对读者观照的完整理解,译者对读者的观照不要走极端。

林红发现,译者的理解能力和表达水平,读者的解读能力在很大程度上决定了源语意义的阐发。译事是一种三元关系,它涉及原文作者、译者和译文读者三个因素。在艺术地再现原文的过程中,译者首先要把握译文读者的

---

① 胡安江:《论读者角色对翻译行为的操纵和影响》,《语言与翻译》2003年第2期。

文学翻译：意义重构

审美期待和接受取向，以便使译文读者在读完译文之后，得到与原文读者大致相同的感受。

根据目前关于读者主体的研究情况，我们可作如下分析：

其一，译文读者是翻译研究中不可忽视的一个能动性的主体，而不是一个被动的消费者。读者的阅读和欣赏本身就是一种特殊的翻译行为，只不过这种翻译行为并不体现为文学文本，而在于读者在阅读理解、领悟共感中，获得了审美乐趣和丰富了自己的阅历，从而肯定作品和扩展作品的生命。正是由于来自读者的关注，特别是来自异语、异域的读者的关注，一个作品才显示出特有的影响力和生命力，作品的生命力就体现为读者的主动接受和潜移默化的被教化，读者对作品的阅读，仿佛实现着将作品中蕴涵的能量向人身上的转移与再生。接受美学理论应用于翻译研究之中，将读者从一个被动的接受者提升为一个能动的主体，这为译学研究开辟了一个新的视角。接受美学与奈达的读者反应论相比，既有共同点，也有明显的区别，奈达的读者反应论是认为译文读者与原文读者尽可能相同，而接受美学对读者因素的强调，却肯定了读者的多样性和能动性，强调了多种理解和解释的可能性。译学研究对读者因素的重视，也可以促进我们对于译者的研究，因为译者首先是一个读者，强调读者理解的多种可能性，也就肯定了每一个译者的唯一性和有效性，从而使得对文学翻译的评判标准不执著于某一个标准。

其二，译文读者在一定程度上决定着翻译作品的命运，从而影响译者的翻译行为。读者是译者在文学翻译行为中的观照对象，译者以其与读者相通的身份（译者首先是一个读者），可以估计到读者群体的需求。成功的翻译，如林纾的翻译，主要在于引进外来思想、文化方面作出了重大贡献，而不是因为一味地迁就读者。所谓"迁就"，"迎合"读者的口味，无非是使其翻译介绍的东西变得容易接受而已。若文艺设法俯就，就很容易流为迎合大众，媚悦大众。文学译者除了传播文化信息，更重要的是，作为一名艺术家，还肩负着引导读者、启发读者、教育读者从而提高读者的任务。因此，一个成功的译者，既要能适应读者需要，又要有引导读者进入高一级思维的能力与境界。

其三，在文学翻译行为中，读者因素不是一个孤立的方面，它与译者直接相关，并且读者的兴趣指向应该就是译本，而译本堪称原作在另一种语言环境中的"化身"。在翻译过程中，作者—作品—译者—译品—读者共同构成交往事件中的整体，译者的翻译行为离不开对文学文本的表达，也离不开对译文读者的观照，作者、译者和读者构成翻译行为中的"人"因素，他们共同作为翻译中的主体，缺一不可。

综上所述，译者是确定无疑的翻译主体，在文学翻译行为的实施过程中，各个主体之间对话关系的实现，必须依靠译者从其唯一位置出发负责的翻译行为。译者所肩负的重任是集各个主体于一身，其他主体的影响和作用，均通过译者的翻译行为体现出来，从宽的文学翻译行为角度讲，作者（甚至作者笔下的主人公）、译者、读者都可以是一个完整的翻译行为中的主体，因为他们都是文学翻译这种跨语境审美交际行为中的交际者，他们在译者的想象中与译者进行着对话，形成主体间的和谐关系，称做主体间性。郑海凌教授曾经从译者"自我"构成的角度揭示过主体间性："译者作为翻译主体，在翻译中充当多重角色，既要体会原作者的思想、感情，模仿其神情、语气，让'自我'与原作者融为一体，又要充当译者的角色，在解读原作和艺术传达上发挥再创造，同时还要充当译文读者的角色（即潜在的读者），考虑'自我'能否被读者接受。这就是，译者'自我'的构成中包含着原作者、译者和读者。"[①] 所以，严格地说，在文学翻译行为的操作过程中，主要是译者在发挥作用，而译者主体性的发挥，则与多个其他主体具有规律性的关联。译者既是主动的再创作主体，又受到多方主体的无形限制、影响和操控，一个成熟的译者，必然会主动地接受，负责地履行与各方主体形成的主体间的关系。第三节我们转入论述文学翻译行为中的译者主体性。

---

① 郑海凌：《文学翻译学》，文心出版社2000年版，第282页。

第三节　文学翻译行为中的译者主体性

作为生活中人的译者，在现实生活中担负着家庭和社会责任，所以译者的文学翻译行为具有现实的生活基础，并不是在完成象牙塔中的纯审美行为。因此，译者首先是一个伦理主体，他以一个存在者的肉身在完成翻译行为，他的负责的文学翻译行为只能是从其唯一位置出发而展开的，不可避免地使翻译行为具有明显的目的、动机和意图。译者在实施文学翻译行为时，作为文学文本的一个解读者，首先是文学作品的审美主体，然后是一个再创作主体，这时的译者无疑变成了文学译本的作者，他在现实的文化环境中选择翻译策略。原作品中的各种形象（包括作者形象）通过译者的审美体验和艺术把握，重新活跃在文学译本之中，并在新的语言环境中鲜活地存在，译者受到多种因素的影响，会不可避免地具有主观色彩和情感倾向。

主体性问题从本质上说即人的活动的能动性问题。"人之存在的主体性就是人作为主体在与客体的关系中所显示出来的自觉能动性，具体表现为人的自主性、自为性、选择性、创造性等。"[①] 译者在与作者、文学文本和读者的对话中表现出主观性、创造性、选择性等，文学翻译行为是一个译者选择和发挥创造性的过程。

一、主观性

我们在阅读外国文学的翻译作品时，通常会有一种错觉，以为那就是外国文学，其实不过是译者的手笔（衍生物），有时误以为译者真的能做到完全"隐身"和"忠实"，能够原模原样地把文学文本再现出来，却不知文学译本和文学原本是两种不同的文本，表面上是外国文学，其实是本国化本土

---

① 杨金海：《人的存在论》，广西人民出版社1995年版，第216页。

第三章 文学翻译———一种复杂的意义生成行为

化了的外国文学，带有译语文化的痕迹，并渗透着译者的主观色彩。

"人们关注对象世界而疏于反思自我……尚未自觉地把自我看成是对象世界的凝视者，更未意识到我们所能言谈的客观世界只是相对于自我的主观呈现……胡塞尔揭示了古希腊自然主义的实质，即把自己的'主观世界'作为'客观世界'来认同和描述。"① 同样的道理，译者在从事文学翻译时，也是带着自己的主观性在解读文学文本，并且将所得之"意"表现于文学译本之中。文学文本为译者提供了能被言说、被思维的某种确定性和明晰性，但这种确定性和明晰性不是绝对的确定性和明晰性，是指固着在文学文本中的内容具有客观性的一面，对读者具有明显的普遍必然性，但这些"客观化内容"仍不能自动地呈现出来，须凭借读者的个体意识才能呈现出来，所以文学译本是译者的主观性和文学文本的客观性相结合的产物。不同译者存在着主观性的差异，不同的自我感觉导致文学译本呈现出不同的面貌，同一个文学文本可以产生多个译本，异彩纷呈，这正是译者主体性的表现之一。具有共同的语言文化背景的译者，因为自我感知和他人感知应有某种共通性，所以同一个文学文本对于一个译者所呈现的样子，也基本上相当于它向另一个译者所呈现的样子，这既是因为文学文本的客观化内容导致的，也是人类体验和感知的相通性（主体间意义上的普遍有效性）所致。"主体自我不仅是感性知觉的，它同时是理性反思的。"② 这就是说，主观性并不是完全地任意性，也要受着理性思维的制约，自我意识须与普遍必然理性相结合，方显出其力度和洞察力。主体自我也是理性反思的，意识活动的前提必然是自明性，即从自我的感觉和切身体验出发，再加以理性反思，既是经验感觉的，又是先验的逻辑功能的。正因为译者主体的主观意识参与到了文学翻译行为之中，才使得客观化内容能够显示出价值来。译者要翻译一部文学作品，首先在于自我意识感知，他所能再现的无非是其主观认知的，而不是文学文本所具有的，文学译本只是文学文本的主观显现，读者阅读到

---
① 高秉江：《胡塞尔与西方主体主义哲学》，武汉大学出版社2000年版，第4页。
② 高秉江：《胡塞尔与西方主体主义哲学》，第27页。

文学翻译：意义重构

的译本不过是原本的主观显现，即是在译者的意识中的部分实现，文学作品通过译者的认知和赋义活动而被读者所接受。而译者的意识除了具有个体主观性的一面外（这是无法避免的），还具有普遍必然性的一面，即译者特别是优秀的译者是一个文化群体的代表者，是集体意识和集体需求的表达者。但是，"从严格认识论的自明性出发，我们只能谈论主体自我的知觉经验和主体自我的意识，尽管我们在日常经验中本能地把这些知觉经验和意识还原为外在客体，即使我们在梦中也会这样做。但严格地说，我们可以言谈、交流的世界最多不过是世界（如果我们仍是在素朴意义上设定一个世界实体的存在的话）的主观显现，即世界 = '视界'，这是现代主体主义认识论的基本出发点。"①

傅雷先生说："翻译极像音乐的 interpretation，胸中没有 Schumann 的气息，无论如何弹不好 Schumann。朋友中很多谈起来头头是道，下笔却无一是处，细拣他们的毛病，无非是了解歪曲，sense 不健全，taste 不高明……对内容只懂些皮毛，对文字只懂得表面，between lines 的全摸不到。这不但国内为然，世界各国都是如此。单以克利斯朵夫与巴尔扎克，与服尔德几种英译本而论，差的地方简直令人出惊，态度之马虎亦是出人意外。"② 傅雷这里讲的有两点值得注意：其一是译者的文艺天赋很重要，sense，taste 要高明，这样文学作品的意蕴才能显现出来。译者胸无点墨，缺乏艺术和审美眼光，仅靠斤斤于字词忠实，是没有用的，这正说明了任何事物均在主观中呈现这个道理，不具有高明的主观性，文学阐释难见新意，也难以切合原文的深意；其二，傅雷强调了译者须具有认真的态度，具有一种探究精神，不满足于皮毛所得和表面的东西，而要获得字里行间的意蕴。这样，译者的主观性发挥才具有深度，也才能够称得上是健全的主观性，即一种非胡为的主观性，它基于事实和理性，基于译者个体与其他主体"移情"沟通的共通性，从而克服偏见和浅见。傅雷在 1961 年 5 月 24 日写给傅聪的信中说：

---

① 高秉江：《胡塞尔与西方主体主义哲学》，第 48 页。
② 怒安：《傅雷谈翻译》，第 46 页。

"我自己常常发觉译的东西过了几个月就不满意；往往当时感到得意的段落，隔一些时候就觉得平淡得很，甚至于糟糕得很。当然，也有很多情形，人家对我的批评与我自己的批评并不对头；人家指出的，我不认为是毛病；自己认为毛病的，人家却并未指出。想来你也有同样的经验。"[①] 这同样说明了译者的主观性的存在，这种主观性无疑将会对文学译本的面貌产生影响。

可见，离开了译者（读者）主体，原作根本无从谈起，根本就不存在客观的文学文本。文学译本是依靠译者的审美把握和知识构建能力而赋予意义的。在文学翻译行为中，经过了译者的赋予意义，译者的综合能力，其个性、素质均表现在文学译本之中，文学文本中的所有意义要素，甚至微言大义和言外之意，都经过译者这个功能性主体"化"解，在了然于胸之后，重新表现在文学译本之中。文学翻译即是文学文本被译者主观呈现出来的过程，这个过程渗透着译者思索的声音，以及评价、态度等。文学文本中的任何材料，都经过译者的接受能力和感知时空形式的过滤，从而留下了译者这个接受主体的主观痕迹，在再表现于文学译本之中时，也不能避免译者的主观表现。文学文本不可能原初地呈现在译语文本之中，必然经过译者的认知整合、统摄而显现于译本之中，文学文本经过了译者的意识改造和重新建构。文学文本犹如一个彩色的多棱镜，在某一时某一社会文化环境中，译者有时可能只看清其中的一些面貌，或者说只有其中的一些面貌清晰地呈现出来，有时不能避免猜测和主观想象。

因为不可避免地会存在着译者的主观性，所以在文学翻译行为中会发生各种各样的意义变化。"在处理语篇的过程中，我们输入了我们自己的信念、知识、态度等。其结果是，在某种程度上，任何的翻译都将反映出译者自己的思想和文化观，即使自己尽量地保持不偏不倚的态度。毫无疑问，在大多的科技文献、法律文献和行政文献的翻译工作中，这种风险被降低到最低限度；但是，文化取向会在不知不觉中悄然潜入……只要涉及具有主观性

---

① 怒安：《傅雷谈翻译》，第58页。

的话语,对源语语篇和目标语语篇诸种微妙的侧重均肯定是千差万别的。"①可以说,译者的体验和主观参与,对于文学文本的理解和表达产生决定性的影响,使得文学翻译带有译者的主观色彩。

所以,读者是通过译者的意识屏幕而接受文学文本的,要想探寻文学文本的真意,需要透过译者的自我意识屏幕。文学翻译行为发生的起点,便是译者主体的主观性思维活动,当然,正如前文所述,这种主观性并非完全的主观,而是在主观意识下具有客观必然性和合理性,既有合理的成分,又有片面、偏见的成分。而译者在翻译中的主体间性,即译者与其他的主体之间的和谐对话关系,则是克服译者"独断式"的重写文学译本的行为,一个作品在一个时代、一个社会群体中被接受、受欢迎程度,必依赖于一定的普遍必然性和人类认识的共通性,协调好主体间的关系,则是对于译者从其唯一位置出发的文学翻译行为的局限性的克服与超越,也即是对译者的主观性的超越。文学文本是一个意义开放的系统,并不是封闭的、静止的和一成不变的,而是具有在时空中的生命历程,具有无限开放性和可塑性。因此,它是一个"活"的存在,不过为了继续存"活",则需要译者(读者)凭借其思维活动将其激活,通过译者的翻译行为而在另一种语言文化环境中存"活",译者的主观性既是解读文学文本和重塑语言文本的前提,又是严肃的文学翻译需要超越的东西。所以,文学翻译行为似乎总是会陷入一种悖论之中,译者必须在矛盾之中解决冲突和差异问题,是"在差异和对立中创造和谐的过程"②。下面我们来看译者主体性的另一种形态——创造性。

二、创造性

"主体性无疑密切联系着创造性:主体性的体现和发挥全在创造性,创造性离不开人这个主体及其主体性。"可以说,译者的主体性最重要的体现就在于创造性,关于翻译的创造性,已经有论文和专著论述过这个问题。本

---

① Basil Hatim:《话语与译者》,王文斌译,外语教学与研究出版社2005年版,第15页。
② 郑海凌:《译理浅说》,文心出版社2005年版,第77页。

文力图作出新颖的论述，运用洪堡特的"语言的创造性"原理和巴赫金的文本理论，从译者发挥学识和文学素养，实现文学文本的审美感知、理解和生动再表达等方面来谈译者的创造性。简言之，译者的创造性主要体现在其语言能力、领悟能力、文学修养、审美能力等方面。文学翻译行为渗透着译者的精神与个性，文学翻译成功与否，关键在于译者的文学修养和创造性。译者依据文学文本再创造一个新型文本，使文学文本以另一种语言（文学语言）的面貌存"活"，并赋予新的生命，这不能不说是一种创造。

（一）文学翻译是译者的审美再创造活动

文学翻译首先要求译者充分理解文学文本，要能审美地感知到作品的内容和底蕴，并进一步用文学语言生动形象地再表达出来，保持语言的新鲜感、美感、"媚"感。译者在解读文学文本时具有主观性，批评家可能指责译者没有理解原意，没有真正理解作品的意思，对作品的审美把握不到位。这看似简单，却不只是一个语言问题。从支谦《法句经序》中的"名物不同，传实不易"开始，继而道安的《摩诃钵罗若波罗蜜经钞序》中的"五失本"，"三不易"，以及后世译者慨叹翻译不易的声音持续不绝。翻译之难，最难的第一关就是"传实不易"、"愚智天隔"，译者以有限之身实现跨越时空距离的理解与传达，必须具备相当的学识才行。况且，文学文本中涉及的知识范围包罗万象，变化万端，作者写作时可以如天马行空，任意发挥，展开天才的想象力，而译者则要越过时空的距离对作者之意，对作品中的语言进行审美把握和准确理解，实属不易。文学作品的语言其审美特点包括四个方面，即音乐性、形象性、含蓄性与情感性[1]。此外，译文的表达则是最考验译者的功夫的，译者必须具有写作的才能和天赋，至少具有按照文学文本重写另一种文学语言的能力，"随心所欲不逾矩"，要达到一种高超的驾驭语言的技艺实属不易，这必须要有语言才能和天赋。当代译论家仍多有慨叹，例如思果说："我不免想，智慧比原作者低得多，文字的修养训练比原作者差得远的，怎么能翻译那人的作品？常人翻译天才作家的作品，结

---

[1] 童庆炳：《文学概论》，武汉大学出版社1999年版，第149—156页。

文学翻译：意义重构

果只有逐字死译，杀死原作者，把活凤凰译成丑小鸭！大多数诗的译作都毁灭了原作的音乐和辞藻，古今中外一样。有的佳译是新创作，不是人人做得到的，中国的词曲，英国的民歌，都是要唱出来的，译作又怎样唱法？——要可以唱，就要另创旋律。译者不仅要写作，根本要创作。"① 在文学翻译中如涉及对原意的追寻和探究，需要遍查资料，有时仍不可得。严复说的"一名之立，旬月踟蹰"，这不是花时间就能一下子解决的事情，它需要学识，以及在学识基础上的灵感发现，这不能说不是创造，至少是创造性的劳动，偶有所得，堪与诗人寻章摘句相比。

更有意思的是，文学文本是一个意义开放的系统，绝不能一次性地用一种语言完全地表达出来，一经表达，便渗透了译者的主观性，就走样，无法保持凝止不变。思果说："诗不能译，译就是毁灭，已经是老生常谈了。译者只能再创作，把一首诗用另外一种文字重新写出来。音调、韵律、辞藻是诗的性命，一经翻译，就烟消云散了。只有另创音调、韵律、辞藻。不过这已经不是翻译，而是创作。"② 文学翻译是在艺术的领域里做事情，要跨越两种语言、两种文化的距离而实现传通和交流，这需要译者的再创造。这里需要解决"抗译性"的问题。译者凭借自己的审美理解，以及对译语环境中读者心理和接受基础的把握，为了实现一个文学作品在异语、异域文化环境下的接受和传播，必须懂得翻译"增"、"减"的艺术，懂得平衡的艺术。王国维评辜鸿铭英译的《论语》和《中庸》说：一是"过于求古人之说之统一"，二是"全以西洋之形而上学释此书"。"前病失之于减古书之意义，而后病失之于增古书之意义"。郑海凌教授说："这里的一'增'一'减'，实质上是中西文化的对话与交流"③，这正是译者考虑语言和文化差异所做的创造性的重写。既要实现审美和文化的传通，又要达致理解，有时译者不得不做变通处理，不得不进行适应性的重写。这个重写的本领，好比写文章

---

① 思果：《翻译新究》，第200页。
② 思果：《翻译新究》，第211页。
③ 郑海凌：《译理浅说》，第223页。

一样，它需要准确地把握，精致地揣摩，细心地平衡，需要长期的磨炼和适应过程。另外，文学翻译亦涉及译者的文学修养和艺术才能，译者须具有敏锐的语感和美感，古人将"天见人，人见天"改为"人天交接，两得相见"，"辞旨如本"，"质"而能"雅"，"破例加以文饰……放宽了尺度，美化了译文，文学翻译之'道'得见端倪"①，从而达到一种艺术创造的境界。文学翻译是一种艺术，译文须具有艺术感染力，使人读后受到启迪。为什么一个文学文本过一段时间需要重译，原因之一就在于在当时的环境下，为了更好地被译语文化环境中的读者所接受，译者作了变通处理，进行创造性的重写，因而使文学文本的意义得以显现的同时，可能增加原作所没有的东西，或者损失了原作中的某些内容。随着时代变化，风气更新，被遮蔽了的文本意义从文学文本中显露出来，清楚地显现在新的一代学人面前，因而一个文学文本就有必要进行重译，进行新一轮的再创造。

黄振定说："德里达认定，翻译恰如有人（指本雅明）早指出的，就是通过转化原文来赋予原文以生命，翻译的使命就是通过使语言延伸（'延异'和'播撒'）来保证语言'活下去'、'活得更好'，活得超出原作者之外。因为恰如一般所谓'生命'就在于'活下去'、'活着'，语言的生命也就在于如此破坏性的翻译活动，它是整个语言存在、语言世界的生命延续。活动、破坏、差异即是存在和意义之所在！这正是解构主义的真谛。"② 正是译者的创造性，有时甚至是"破坏性"的翻译行为，使得文学文本在另一种语言中得以再生，有时的确并不清楚是否传达了原作之意。"但其实德里达是坚决否认'人'的因素的（为了彻底打破传统形而上学）。一切只有语言自身的'游戏'、'撒播'、'延异'，其中决无翻译者的作用。所谓翻译活动类似'背负重物''艰难行进'，既不是什么形式载有内容和意义，也完全是语言自身的事情而与译者无关。"③ 黄振定教授认为，德里达的"延

---

① 郑海凌：《译理浅说》，第213页。
② 黄振定：《解构主义的翻译创造性与主体》，《中国翻译》2005年第1期。
③ 黄振定：《解构主义的翻译创造性与主体》，《中国翻译》2005年第1期。

文学翻译：意义重构

异"、"撒播"毕竟有链条状、蔓延状，有依附性和延宕性，翻译也至少有个"接合性"的问题。黄振定援引根兹勒的话说，德里达毕竟肯定翻译不是求得与原文意义相似，而毋宁是一种爱的运动、充分详细地把原文的意向方式传入自己的语言。因此，语言中确有解构主义无法否认、又与其主旨格格不入的东西，尤其是人作为语言之源，译者作为翻译行为的操作者，可以充分发挥其主体能动性。译者在新的语言文化环境中，考虑读者的接受基础和需要，用一种新的语言创造地构建出和谐的新文本，它离不开译者的语言能力和精神参与。文学译者是一个创造者，理应使文学文本在新的语言和文化环境中焕发出新的生命。接下来，笔者运用洪堡特的"语言创造性"原理和巴赫金的文本理论，来进一步阐明文学译者的创造性。

（二）文学翻译是译者的语言艺术再创造

翻译是一个复杂的过程，涉及许多因素，但最基本、最重要的表现形式是语言，尤其是文学翻译，更是重写文学语言的审美活动。文学翻译是一种艺术化的语言活动。我们将翻译主要看成一个行为过程，将文学翻译看成在另一个语言文化环境中实现文学文本的交流沟通。洪堡特将语言看成一种活动，而绝非产品，他说："语言就其真实的本质而言，是某种连续的、每时每刻都在向前发展的事物……语言绝不是产品，而是一种活动。""我们不应把语言视为无生命的制成品，而是必须要在很大程度上将语言看做一种创造……""语言是一种精神劳动"[①] 洪堡特所说的"语言"，可以看成言语行为，文学翻译就是一种复杂的审美交际的言语行为。译者首先是一个双语使用者，译者对文学文本的翻译，即实现文学文本在另一个语言环境中的生命延续。洪堡特将语言视为一种活动，无异于强调了语言与"人"之间的紧密关系。一部作品如果不被阅读，就不能成为当下的作品，如不被翻译，永远也实现不了在异域的传播，为了达到文学沟通交流的目的，译者的双语能力和审美情趣起着重要的作用，译者发掘文学文本中的意义并重写文学语

---

① 威廉·冯·洪堡特：《论人类语言结构的差异及其对人类精神发展的影响》，姚小平译，商务印书馆2004年版，第55—57页。

言，这是一种审美交际的创造性言语行为，译者赋予文学文本以新的生命。在洪堡特看来，语言是"一种积极作用的力量"，因被使用而产生意义，它"对精神产生有力的、生动的影响"，语言具有巨大的创造力和影响力，它本身就是一种创造精神的工具，但这种创造离不开人对语言的使用。因此，文学翻译作为一个语言艺术的创造过程，可以作如下理解：每一次文学翻译行为都是具有高度审美意义的言语活动，是"精神不断重复的行为"，是在复制思想、精神和情趣中探寻世界意义和生活的真谛，是探索文学作品意义的再创造；既然"语言的真正定义只能是发生学的定义"，作为语言艺术的文学翻译，就是连续不断、永无止境的生成意义的言语活动，文学文本中的意义不是固定的，而是处于动态的、开放的状态。在文学翻译过程中，译者的知识学养、审美感知和精神情趣等不断地渗透到翻译行为中，促使意义的生成。

洪堡特在论述语言时，还谈到了精神力量的继承问题："在研究语言时我们不可避免地会置身于历史进程的中心，我们会发现，为我们熟知的任一民族或语言都不能被视为初始的开端。由于每一语言都从生活于不为我们所知的史前时期的先民那里继承了材料，所以，生成思想表达的精神活动始终跟某种既成的材料有关，它并不完全是在创造，而是在进行改造。这种精神活动是以一种恒常不变的、相同的方式进行的。因为，它的源泉是同一种精神力量，这一精神力量仅仅在不十分广的一定限界内发生变异。这种精神活动的目的是相互理解。"[①] 文学翻译不同于原创，但又具有明显的创造性。如果说作家创作是在收集素材的基础上，自由地建构（虚构）语言的话，那么，译者的创造则更多一些限制，主要不是自己创造，而是创造性地建构新的文学语言，使文学文本中"既成的材料"重新活现在文学译本之中，使文学文本的语言在译本中得到复活和延续。虽然文学翻译是一种创造活动，却是一种可预见的有规律性的意义重构活动，因为原作成为再创造的材料和依据。翻译是不同于创作的再创造，但译作传承了原作的审美情趣和精

---

① 威廉·冯·洪堡特：《论人类语言结构的差异及其对人类精神发展的影响》，第57页。

文学翻译：意义重构

神力量，而实施这一再创造转变的主体即是译者。

　　文学翻译是否成功，关键在于译者。译者对文学文本审美感知和理解而创获意义，译作的面貌在很大程度上取决于译者的语言能力，以及知识学养、精神趣味等。翻译中的再创造，直接与译者的精神个性相关。翻译终究是语言生成、发展的过程，北宋赞宁在《宋高僧传·译经篇》卷一首篇之"系"（作者对该篇的评析）中，开宗明义地概括了翻译的性质："译之言易也，谓以所有易所无也。"揭示了在翻译过程中从无到有的语言和意义创新，而文学翻译则是浸透着译者生命能量的意义生成活动。洪堡特说："精神特性的特点尤其在于，它的产品不仅只是人们赖以进一步构建的基础，而且蕴涵着能够创造出产品本身的生命力……它的创造活动具有它自身也无法解释的性质。"洪堡特把人类语言的产生理解为生物发展史上的突变，把一种新语言的出现解释为语言发展史上的突变。在一种语言每时每刻都在进行的活动中，由于"精神特性"的作用，突变也随时随地有可能发生。[①] 可见，文学翻译在创造新的文学译本的同时，由于文学语言本身的形象性、抒情性、音乐性等特点和译者的精神个性的作用，势必会产生新奇的东西，这是精神特性的表现。译者的精神个性是言语活动中非规律性的创造行为的根源。

　　每个人都可能进行创新，但创新的大小和性质有所不同，如果这种创新是由一个"天才"人物作出的话，就会产生非同寻常的效果。文学翻译在组词造句方面，个人就享有很大的自由。句子结构和词语组合虽然有一定的规律性，但精当的表达并不能归因于规律的作用，而是取决于运用语言的个人。同样的一些词，由于被赋予不同的含义，或者重新调整其搭配，可以使语言获得某种独特的个性，通常人们所说的传神的功效，或在于此。一个人如果只是会正确地使用一种语言的"公有财富"，或者说只是懂得其语言规则，还不能说懂得了语言的运用，真正妙趣的语言可能具有某种奇异的形式，似曾相识又与众不同。Unger 说："只有当他（指运用语言的人）出于

[①] 姚小平：《洪堡特——人文研究和语言研究》，外语教学与研究出版社1995年版，第129页。

精神个性的需要，不由自主地投入语言创造活动之中，创造出新词新语、新型文本的时候，才称得上是语言'天才'"①。文学译者是一个特殊的语言使用者，他运用语言的过程实际上是一个创新的过程，虽然在某种意义上说语言是无生命的东西，但它包含有生命的胚胎，具有潜在的创造性和生命力，遇到合适的使用者，即"能够创造出产品本身的生命力"。一个高明的译者即是善于激活语言的创造性和生命力的人，可以妙笔生花，趣味无穷，新意便由此而产生。语言是一个取之不尽、用之不竭的宝库，一个善于驾驭语言的人可以充分利用之。翻译家与作家一样，都需要有高度的语言审美能力和语言创造能力。

（三）文学译者——文学译本的再创作者

文本问题也是与文学译者相关的一个问题。巴赫金的文本理论对于我们理解翻译，理解文学译者的主体性和创造性很有启发。文本（口头的和书面的）其所指接近于话语、表述、言语、语流等概念，强调的是作为连续话语整体的不可分割性，而语言是文本的基石和材料。巴赫金说：

"每一文本的背后都存在着语言体系。在文本中与这一语言体系相对应的，是一切重出复现的成分，一切能够重出复现的成分，一切可以给定在该文本之外的成分（给定物）。但同时，每一文本（即表述）又是某种个人的、唯一的、不可重复的东西；文本的全部含义就在这里。这指的是文本中关系到真理、真、善、美、历史的东西。对这一因素来说，一切能够重复出现的成分都只是材料和手段。这一因素在某种程度上已超出语言学和语文学的范围。这第二因素为文本本身所固有，但只能在情境中和文本链条中（即在该领域的言语交际中）才能揭示出来。这不是与语言体系的成分（可复现的成分）相关联，而是与其他文本（不可重复的文本）通过特殊的对话关系相关联。"②

这里强调的是文本中的"第二个因素"，即"某种个人的、唯一的、不

---

① 姚小平：《洪堡特——人文研究和语言研究》，第129页。
② 巴赫金：《文本、对话与人文》，河北教育出版社1998年版，第302页。

文学翻译：意义重构

可重复的东西"，"指的是文本中关系到真理、真、善、美、历史的东西"，它密不可分地存在于话语情境和文本链条之中。文本的全部含义则是由语言符号体系的手段来表达的。在文学翻译过程中，译者并不是简单地复制语言，而是在跨语境中重建文学语言和文学译本，以达到审美交流的目的。译者的每一次完整的翻译行为就生成一个独特的译本。巴赫金说：

"由主体来复现文本（如返顾文本、重读文本、重新上演、引用文本），是文本生活中新的不可重复的事件，是言语交际的历史链条中的一个新环节……任何时候也不能彻底翻译，因为不存在潜在的统一的文本之文本。文本的生活事件，即它的真正本质，总是在两个意识、两个主体的交界线上展开……这是两个文本的交锋，一个是现成的文本，另一个是创作出来的应答性的文本，因而也是两个主体、两个作者的交锋。文本不是物，所以绝不可把第二个意识、接受者的意识取消或者淡化。"[1]

每一次翻译都是一次不可重复的事件。文学文本是作家心血的结晶，是"现成的文本"，而译作是译者"创作出来的应答性的文本"，文学翻译是一种再创造，不过是在跨语境中进行的与文学文本紧密关联的再创造。"文本不是（死）物"，而是"活物"，渗透了人的创造性意识，文本一经产生，就开始了自身的旅行，具有自己的生命历史。然而文学作品具有的"生命"犹如生活中的"美"一样，尽管常常可以让人体验和感受到，但是不同的眼界却会呈现（显现）出不同的景观。文学译者是一个特殊意义的读者，它首先是原作的忠实理解者，更是一个文学文本的再表达者。哈吉姆（Hatim）说：

"译者不仅具有双语能力，而且具有双文化的视野。译者在多种文化（包括意识形态、道德体系和社会政治结构）之间起中介作用，力图克服那些阻碍意义传译的不一致之处。作为符号在一种文化共同体里具有价值的事物在另一种文化共同体中却可能缺乏意蕴。处于一个独特的位置来识别这种差异并竭力消除这种差异的人，就是译者……一个经翻译的语篇反映了译者

---

[1] 巴赫金：《文本、对话与人文》，第304—305页。

第三章 文学翻译——一种复杂的意义生成行为

的解读……尽管普通读者可以在其创造性的解读过程中融入自己的信念和价值观念,可译者却必须保持更多的警惕性。在源语语篇中各种意识形态方面的细微差别、文化方面的各种倾向等,必须通过译者自己对现实的看法而得到全面的传递。"①

文学译者在阅读原作的过程中,总离不开个人的领悟,译者必须发挥其创造性,让无言的文本无言的符号灵动起来,对原文本进行深刻、广大和精微的理解,以便获得含意并建立一个新型文本,即一个能够延续文学文本生命的新文本。译者用诗化的语言创造性地显示意义,从而赋予作品以生命。文学译作是文学原作的"来世"和"转生",犹如火之传于薪,神之传于形②,神魂之于形体犹如火焰之于灯烛。"薪尽火传",易形、换形而传神也。译者驱遣译文语言,重塑文学语言建立起文学译本,以传承原作之神韵。没有译者的再创造,原作再精彩再有神韵也无法"转生",也无法在译语文化环境里继续存"活"下去。然而,译者重塑文学语言,不是对原作者的完全重复,原作者并没有用译语书写过,译者也不能逐词逐句地复制语言,译者只能发挥创造性以建立起新的文本,在诗歌翻译中尤其如此。1929年殷夫翻译的裴多菲的那首讴歌自由的小诗(《生命和爱情》:生命诚可贵,爱情价更高,若为自由故,二者皆可抛),虽有人认为它的忠实程度不高,但不可否认,殷夫的译文的精神实质同原诗歌是一致的。殷夫用中国读者乐于接受的工整的五言诗形式来翻译,而未采用原诗歌的形式。这是"失"原诗之"本",然而文学翻译本来是不可避免"失本"变形的,变形而传神。可以说,这首诗是殷夫的翻译,也是殷夫的再创作,与此同时显然又不能否认它是译自裴多菲。这首五言绝句,当称作裴多菲与殷夫共同的作品了。殷夫实现了原诗在中国的传诵,这首诗不知激励过多少人。

如果说原作是作者的表述,译作则是译者的表述,作者的表述通过译者的表述表现出来,译者直接成了作者的屏幕,译语读者透过译者的眼界和再

---

① 哈吉姆:《话语与译者》,第345页。
② 慧远曾用"薪尽火传"来喻指释典之转生。参见2007年版《管锥编》第三册,第1546页。

文学翻译：意义重构

创造，得以了解作者的思想情感及其文学文本，译者实际上成为作者的合作者和代言人，作者则依靠译者而获得新生，原作依靠译作而被了解。作家写就一部作品之后，这部作品就成为读者和引用者的"他人话语"，译作则是"他人话语"在另一个语言环境中的整体文本表现形式。隐蔽的、半隐蔽的、分散的"他人话语"等形式，即是不同的翻译形式，包括全译和各种变译形式①。在译者的表述中既有作者已经在文本中表现的东西，亦有译者创新的东西。译文不能完全属于作者，更主要应归属于译者。当我们读到巴赫金下面的这段话后，对译者的创造性就有了更加深刻的认识：

"表述从来都不仅仅是在它之外先已存在的某种给定的和现成的东西的反映或表现，表述总是创造某种在它之前并不存在的东西，绝对新的和不可重复的、且总具有价值（真、善、美等）的东西。但这新的东西总是从某种给定的东西（语言、所观照的现实、经历的感受、说话主体本人、他实有的世界观，等等）中创造出来的。一切给定的东西，全在创新的东西中得到变形。"②

文学译本是文学文本的变形和创新，这种"新的、不可重复的"译本是在语境转换中产生的，是译者的新的表述。巴赫金在《马克思主义与语言哲学》一文中说，话语的含义完全是由它的上下文语境所决定的。有多少个使用该话语的语境，它就有多少个意义③。这句话几乎与维特根斯坦说的"一个词的意义就是它在语言中的用法"一样深刻。语言的意义存在于它的用法之中，有多少种用法就有多少种意义。译者结合新的文化环境，用新的语言创造新的表述和用法，使译本保持和延续原作的生命。一切给定的东西要在新的语言和文本中再现出来，免不了会发生变形。长期以来，人们对于翻译有一种误解，误认为可以更换语言而不改变作者或原作的本意，翻

---

① 黄宗廉在《变译理论》一书中对变译的定义是"指译者根据特定条件下特定读者的特殊要求，采用增、减、编、述、缩、并、改等变通手段摄取原作有关内容的翻译活动。"参见黄宗廉《变译理论》，第96页。
② 巴赫金：《文本、对话与人文》，河北教育出版社1998年版，第327页。
③ 巴赫金：《周边集·马克思主义与语言哲学》，第423页。

第三章 文学翻译——一种复杂的意义生成行为

译实际上被看成机械的复制了,其创造性的特性并没有被人真正认识。一切全归结于先已给定的东西,原文本是现成的,语言表现手段是现成的,作家的世界观是现成的,作家笔下的主人公形象是现成的。于是借助现成的手段,依据现成的世界观和现成的作家反映现成的对象,在翻译中一切都是现成的,译者就只有隐身,并变成透明的屏幕,才能实现翻译所要达到的目标,实际上这是不可能的。原文中的一切必须在译者的主观体验、审美感知,甚至是自我理解中被再度创造出来,带有译者的主观色彩。巴赫金说:

"打在引号里的话语(即令人感到并用作他人话语)和不加引号的同一个话语(或另一个话语)。言语之间在他性的程度上(或被掌握的程度上)存在着无数的级差,同说话者保持着不同的距离。与作者的话语层面比较,各种话语处于各种不同层面上,并保持着不同的距离。"[①]

译者的话语与作者的话语处在不同的层面上,并保持不同的距离,如何适度地保持与作者的距离,这是一个动态平衡的问题,是在不同的语言、文化之间,在不同的读者之间,求得语义、语用上的和谐,有时候需要添加和补偿,有时候需要减省和忽略。文学译者对原作品的审美观照,其中渗透着译者的精神、志趣、立场、态度,更有译者新的体验和感受。文学翻译作为跨语言、跨文化的审美交际行为,是一个创造性的过程,其创造性体现在对文学文本的理解和语言文本的重塑之中,体现在译者作为审美主体主动地筹划意义与突显表达。译者重塑文本的过程,并不是复制行为,而是一种新的表述行为,其中渗透着译者的情感倾向、立场态度和精神力量。如果把原作比作作家的单声语(文学文本是由作家本人创作的,其实作者只是让他笔下的主人公讲话,他自己则或远或近、或明或隐地跟着,他也在讲话,不过是在表达自己的思想和对主人公的评价态度等,严格地说原作不是独白的,不是单声语),那么,译作就是双声语,因为译者参与到了译文的再创造之中,译文中不可避免地会有译者的声音,或远或近,或高或低都能听到译者的声音。译作与原作形成一种对话关系,译者与作者也是一种对话关系。这

[①] 巴赫金:《文本、对话与人文》,第328页。

就是说，译作不是对原作的复制，而是发生了变形，正因为发生了变形，因而成为一个新的作品，译者也不可能完全隐身。译者的现身体现为独特的审美体验和新奇的理解，译文是译者的再创造。文学译本是一个综合体，译者深入到原作的各种复杂关系之中，了解原作中的各种对话关系和人物的社会状况（可通过语言变体等加以识别），从而把握作品中的形象，这离不开译者的创造性。译者在新的语言文化环境下，考虑读者的接受基础创造新的文学译本，构建和谐的新文本，这无疑是一种创造行为。每一次文学翻译行为都是一次创新，借用巴赫金的话说，是一次"唯一的、不可重复的事件"。

综上所述，文学翻译是译者的审美再创造，是译者的语言艺术再创造，文学译者是文学译本的再创作者。文学文本必须通过译者新的表述，而且依赖于文学译者的再创造，才得以在另一种语言环境中继续生存。文学译本是文学原作的"来世"和"转生"，而译者正是实现这一"转生"的关键环节，文学译本中有译者的形象和再创造。译者形象乃是译者"自我"在译文中的反映。

三、选择性

文学翻译是选择的艺术，译者跨越两种语言、两种文化进行意义的转换，处处面临着选择。从所译文学作品的选择到翻译策略的制定，从原文的理解到再表达，从字、词搭配，句与句之间语意的连接，以及整个译文语篇的前后一致，均离不开译者的选择。

译者的选择具有很大的主观性和倾向性，亦具有顺应性和适应性等特征。郑海凌、许钧、胡庚申等教授曾经论述过译者的选择问题[①]。我在探究译者的选择时，主要以俄汉翻译实例进一步论述文学翻译中译者的选择。

（一）译者选择的主观性

首先，译者选择被翻译作品，具有很大的主观性，因为在兴趣、爱好、

[①] 郑海凌：《译者的选择》，《译理浅说》，第85—90页；许钧：《在选择中翻译》，《译道寻踪》，第19—33页；胡庚申：《翻译适应选择论》，湖北教育出版社2004年版。

性格、气质方面存在着明显差异。译者要了解清楚自己本来就很不容易,根据自己的情况作出恰当的选择,又是一件难事。傅雷先生说:"两个性格相反的人成为知己的例子并不少,古语所谓刚柔相济,相反相成;喜爱一部与自己的气质迥不相侔的作品也很可能,但要表达这样的作品等于要脱胎换骨,变做与我性情脾气差异很大,或竟相反的另一个人。倘若明知原作者的气质与我的各走极端,那倒好办,不译就是了。无奈大多数的情形是双方的精神距离并不很明确,我的风格能否适应原作的风格,一时也摸不清。了解对方固然难,了解自己也不容易。"① 这说明译者选择作家及其文学作品,如同交朋友,最好是性情志趣相投,否则难以融洽。另一方面,译者在翻译作品之前,就得考虑自己能否胜任和适合翻译哪类型作品,勉强不得。此外,一部文学作品是否值得翻译,是否译得好,难度是否适中,这都是需要认真考虑的问题。这往往会决定译作的成功与否。最糟的情况恐怕是译完后才发现自己并不适合翻译这个作品,或者作品思想品位和艺术境界不高。这将导致时间的浪费,即使是不动笔翻译,而仅仅是反复阅读多遍,也会耗费大量精力,尤其是翻译长篇小说,译者的选择更需要慎之又慎。总之,译者选择作品具有主观性,但不是完全的主观化,任意化。译者的选择虽然是主观的,但依靠其艺术趣味和艺术才能。我认为,测验"适应"与否的第一个尺度是对原作是否热爱,第二个尺度是译者自己的艺术眼光如何,艺术直觉和感受力如何,均决定了译者选择的结果如何。这样看来,译者选择被译作品这一关,是至关重要的,它可以说是翻译成功的一个必要条件,是翻译成功的基础。因此,译者选择的主观性须以其艺术美感和创造性为基础的,不是任意的主观性。

译者在翻译过程中的选择性同样具有主观性,并且离不开译者的创造性。郑海凌教授说:"译本产生于两种语言、两种文化的对抗、对话和融和之中"②,译者是化解矛盾的主体,是实现对话达到交际目的的主体。译者

---

① 怒安:《翻译经验点滴》,《傅雷谈翻译》,辽宁教育出版社2005年版,第8—9页。
② 郑海凌:《译理浅说》,第86页。

文学翻译：意义重构

在选择被译作品之后即开始进入翻译过程，是采用归化译法，还是采用异化译法，这都与译者自己主观的选择有关。译者如何组织译文，如何行文，如何适切原意进行表达等种种选择，无不带有个人的主观色彩。然而，译者在领悟到文学文本的含意之后，不论是采用归化，还是异化，是直译，还是意译，都要确保准确地传达原作的含意，译文须通畅，语意连贯，力求使译文读者获得与原文读者相当样的感悟和启发。所以，译者的主观选择离不开对原文的准确解读，亦须发挥艺术想象力和创造力，方能实现跨语言跨文化审美交际的目的。我们来看一看下面这个例子：

（1）— Прощай! — сказал он, высвобождая руку из холодных мослаков Ивана Алексеевича. — Должно, не свидимся.

……

Иван Алексеевич выступил из рядов, окликнул с дрожью в голосе：

— — Эй, браток, кровинушка родимая! Ты ить злой был помнишь? Крепкий был……а?

Валет повернул постаревшее от слёз лицо, крикнул и застучал кулаком по смуглой реброватой груди, видневшейся из-под распахнутой шинели и разорванного ворота рубахи：

— — Был! Был твёрдым, а теперь помяли! … Укатали сивку! … ……

— — Ить это Валет? — — спросил его шагавший позади Прохор Шамиль.

— — Человек это, — — глухо ответил дрожа губами, пестая на плече жёнушку-винтовку.

译文1：

"多多保重！"他从伊万·阿列克谢耶维奇硬邦邦的手掌里抽出自己的手，告别说。"大概，咱们再也见不到啦。"

……

伊万·阿列克谢耶维奇又从队伍里窜出来，颤抖地喊道：

"喂，小老弟，亲人哪！你过去可是个狠心肠的人……记得吗？你过去可是个硬汉子……啊？"

"钩儿"扭过泪痕纵横，显得苍老的脸，叫了一声，用拳头捶着从敞开的大衣和褴褛的衬衫领子里面露出来的、瘦骨嶙峋的黝黑的胸膛。

"过去是啊！过去是个硬汉子，可现在叫他们糟蹋坏啦！……灰马给累垮啦！……"

……

"这不是'钩儿'吗？"从后面走过来的普罗霍尔·沙米利问他说。

"他是个人，"伊万·阿列克谢耶维奇嘴唇哆嗦着，抚弄着肩上的步枪背带，闷声回答说。

译文2：

"再见啦！"他一面说，一面把手从伊万·阿列克塞耶维奇那冰凉的大手里往外抽。"恐怕咱们以后见不到啦。"

……

伊万·阿列克塞耶维奇从队伍里走出来，用打颤的声音呼唤道：

"喂，老弟，好兄弟！你本来是个厉害角色嘛……还记得吗？本来是条硬汉子呀……不是吗？"

"杰克"转过泪水纵横因而显得十分苍老的脸，用拳头捶着敞开的军大衣和破烂的衬衫领子里露出来的黑糊糊、瘦骨嶙峋的胸膛，高声叫喊道：

"本来是的！本来是硬汉子，可是现在不行啦！……叫人家折腾坏啦！……"

……

"这不是'杰克'吗？"走在伊万·阿列克塞耶维奇后面的普罗霍尔·沙米尔问道。

"是他，"伊万·阿列克塞耶维奇抚摩着肩上相依为命的步枪，嘴唇哆嗦着，低声回答说。

文学翻译：意义重构

　　这是《静静的顿河》中的一段情景，描写了哥萨克同乡好友在前线相遇的感人场景。译文1饱含情感，语气的把握准确，语句的连缀自然和谐，尤其是对话部分处理得很精当。透露出浓厚的战友之情，既热烈又悲壮，依依惜别之情跃然纸上，读来令人震憾。尤其是最后一句将"Человек это"直接译作"他是个人"，这句答非所问的话（或许是自言自语）看似平淡，实则是一种觉醒的声音，体现了译者独特的理解，这是对战争中人的价值的体认，从而显出战争的非人性本质。这是对战争中人的命运的沉思，是伊万·阿列克谢耶维奇发出的感慨，并且渗透着作家肖洛霍夫的声音。这体现了译者独特的感受和主观选择，译者的艺术创造正是在这独创的理解和表达中体现出来。译文2无疑也具有明显的主观色彩。例如"再见啦！""恐怕咱们以后见不到啦。""可是现在不行啦！……叫人家折腾坏啦！"这些话语看似平静，更加克制，更像是平常的告别话，而没有备受战事摧残之恨。"Человек это"被译为"是他"，语气上作了淡化处理，似乎是有意减弱那种悲壮疾愤的情感。这体现了译者自己独特的理解和选择。然而，我们看原文中人物的行为反应（"用拳头捶着"，"嘴唇哆嗦着"），感觉这样处理未必妥当，尤其是这段话的后半部分。窃以为译文2与原文的气氛不大相和，在准确传达原意上稍逊于译文1。顺便说，"叫人家折腾坏啦！"没有准确译出 Укатали сивку! 的含意，语气也不如"灰马给累垮啦！"来得沉痛强烈，掷地有声。

　　郑海凌教授说："译者在翻译中受到客观的限制，不得不忠实于原作，但他的选择又是非常主观的。译作里的一字一句，都是译者个人主观的选择。尽管他作出选择考虑到原作，但在原作指向的空间里，译者可以选择自认为恰当的表达。所以译者对原作的忠实是主观的相对的忠实。这种忠实也可以算作不忠实。任何译作，不论译者在主观上多么愿意忠实于原作，但在客观上总会同原作保持一定距离。"① 换言之，翻译需要有忠实原文的态度，但译者的理解和表达无疑具有主观性，翻译不是复制原文的语言，而是在译者对原作主观理解和选择中进行创造性的重写，与原作在语言形式上保持一

---

① 郑海凌：《译理浅说》，第87—88页。

定距离。但是将译文与原文进行比较，又能感觉丝丝入扣，意思不悖原文。这就是译者主观性中体现出来的创造性，是不忠实中的忠实。文学翻译是相当灵活的，是译者主观的艺术选择和再创造。因为原文的语言是文学语言，能给人生动形象的感受，译者的审美感受和独特理解，虽带有主观色彩，却也表现了其审美能力和创造能力。文学翻译为译者的创造留下了很大的空间和自由度，在译者的主观选择中产生意义的微小变化。有的译者语语破俗，有的忠实而又动人地把意思表达出来，有的求译文忠实、通顺和美，有的力求翻译异化、追求异国情调。思果则认为翻译是一种抵抗，抵抗英文的"侵略"，"费力地也要找出中文原来的表现法和字眼来。"① 译者各有各的选择，各有各的喜好，在翻译选择中体现了译者的个性和主观色彩。但译者的选择，不管存在多么大的差异，都是在原作提供的再创造空间里进行选择。肯定"译者在翻译中有一种自我表现的心理"②，这意味着译者可以享受选择和创造的自由度，其选择只要不悖原文就无可厚非。既可以说选择是为了紧贴原文，又可以说是为了便于读者理解或者艺术上的审美表现。在通常人们感觉跌脚绊手的空间里，高明的译者可以感觉很自由，虽有困难仍游刃有余，仍能做到在意义和意境上与原文丝丝入扣，这恐怕就是所谓的"因难见巧"吧。

（二）译者选择的倾向性

译者翻译时还存在明显的倾向性。许钧教授指出，译者的一个倾向性是追求"语言优美"，而忽视作者的个人风格③，这一点对于我们理解译者的选择很有启发。文学译者为了达到译文的文学性，往往追求"语言优美"，这是一个事实。例如：

(2) — Пойдём. Пойдём, ради бога! Пусть он себе лежит, — шептал товарищ, дергая Валета за руку.

---

① 思果：《翻译新究》"序"，第 VI 页。
② 郑海凌：《译理浅说》，第89页。
③ 许钧：《译者的倾向》，《译道寻踪》，第265页。

文学翻译：意义重构

译文1：

"看在上帝的面上，咱们走吧，走吧！让他在这儿安息吧。"同伴揪着"钩儿"的手，耳语说。

译文2：

"咱们走吧。天啊，咱们走吧！让他自个儿躺在这儿吧。"同伴扯着"杰克"的手，小声说。

两个哥萨克散兵"钩儿"与同伴，在去最前沿进攻的路上，看见一棵松树下一具死尸，是站着的，误以为是个活人。这位死去的士兵是因为中了德国人的毒气，想逃命，终因毒气入了肺里，逃到一棵松树下就死去了，人却是站着的。"钩儿"壮着胆子用枪托子捅了捅，不料这个人却倒下了，差点儿砸着人。"钩儿"俩把死尸放正，让脸朝上，顾不上掩埋便继续赶路了。译文1的表达透出一股文雅气，例如将"лежит"译成"安息"，将"шептал"译为"耳语"，突出了主人公庄重而又严肃的心情；译文2也许是为了避免语言"文饰"，而采用了更加贴近普通士兵的朴实语言。译者将"лежит"直译为"躺在这儿"，将"шептал"译为"小声说"，整个行文语言朴实，通顺自然，没有雕琢的痕迹。两位译者都是著名的翻译家，为什么会出现明显差别的译文呢，原因就在译者对语言运用的倾向性不同，译者有这样的权利。前者具有语言美化倾向，后者则追求语言朴实自然（这也是译者的倾向性）。译文之优劣，须从整个文章的气氛来判别，不能因为译者使用语言的倾向性来定，译者在原文提供的创造空间里允许有选择的自由；译文只要保持前后一致，符合艺术的真实，就不愧为好的译文。我们再看下面这段翻译：

（3）Но к ночи загудела гора, взголчились на площади вороны, ……и Пантелей Прокофьевич решил:〈Прищемило весну, завтра саданет мороз〉. Ночью ветер повернул с востока, легонький морозец кристальным ледком латал изорванные оттепелью лужины. К утру дул уже московский ветер, тяжко давил мороз. Вновь водворилась зима.

译文1：

但是夜幕降临的时候，山谷咆哮起来，乌鸦在广场上呱呱乱吵，……潘苔莱·普罗柯菲耶维奇断定："春信夭折，明天又将是一场寒冻。"果然，一夜东风，春寒又在融化了的水洼上结了一层薄冰。凌晨，又刮起了从莫斯科吹来的北风，严寒袭来。冬天重临。

译文2：

但是，快到半夜时候，山吼叫起来，乌鸦在广场上呱呱乱吵，……潘捷莱·普罗柯菲耶维奇断定："春天缩回去了，明天严寒就要回来。"夜里就转了东风，轻寒又给几天的暖和天气融化了的水洼蒙上一层薄冰。天快亮的时候，就吹起了来自莫斯科方向的风，严寒气势汹汹地扑了过来。又是一片冬天的景象。

对照两个译文，可明显地看出译者不同的倾向性。译文1进行了语言美化，语言精练，给人一种美的感受，但潘苔莱的心理活动（如"春信夭折"）似乎译得文气了些，不大符合普通哥萨克的特点。可能因为这个缘故，译文2将潘捷莱的内心话语译得自然贴切，生动感人，如"春天缩回去了，明天严寒就要回来。"整个段落的语气和行文风格都发生了变化。

顺便说，文学翻译追求"语言优美"，避鄙俗，有时的确可能收到良好的艺术效果。但这种译法通常更适合（也是必需的）用来翻译作品中的作者话语，或者说有一定文化修养的叙述人的话语。"语言优美"运用得当，可使译文增色不少，有时则导致相反的结果。

（4）Немцы выбросили по всей линии окопов рогатки с сетчатой проволокой.

译文1：

德国人在整个阵地前沿都布满了带铁丝网的鹿砦。

文学翻译：意义重构

译文 2：
德国人沿着战壕栽满了鹿砦和铁丝网。

《现代俄汉双解词典》对 рогатки 一词的解释："拒马（一种障碍物）"，"（使牲畜不能通过的窄道用的）木项圈"，由此我们知道德国人在阵地前沿布置了木桩障碍物及缠有铁丝网的荆刺，是为了防止俄国战马和士兵突破第一道防线，冲到战壕边。两位翻译家都将 рогатки 译成了"鹿砦"，用词可谓讲究，可读者恐怕有许多人不懂是什么意思。只有靠去猜，或者查查字典才能懂，此处倒不如让读者大众不费力气地阅读过去最好。

我们有时可见一些译者在文学翻译中采用古雅的字词，有时甚至是生僻字词。译文夹杂古文，文白相间，可收简洁精练之功效，也能增强译文的文雅气，恰当运用可以使译文增色不少。据说，严复的"信达雅"中的"雅"，是因为受到桐城派的"雅洁"原则的影响而提出来的①。用词讲究文气雅洁，的确可以增强译文的文学性和可读性，但有时也不免因词害意，失于古奥难懂，译者的这个倾向宜正确运用。好的译文，好在对人物语言的准确刻画，对文章的语气和情绪准确把握，而不只是用词之文雅。例如：

（5） Казаки принесли с собой раненого и убитых, выстраиваясь переговаривались:

— — Похоронить надо своих.

— — Без нас похоронят.

— — Тут об живых надо думать, а мертвякам мало надо.

译文 1：
哥萨克把伤号和阵亡的都抬回来，他们整顿队伍，在交谈着：
"应该把我们的人埋掉。"
"这用不着咱们操心，他们会埋掉的。"

---

① 韩江红：《严复话语系统与近代中国文化转型》，上海译文出版社 2006 年版，第 74—75 页。

"应该多为活人想想,死人的需要已经很少了。"

译文2:

哥萨克们把受伤的和打死的都抬了回来,一面整顿队伍,一面七嘴八舌地说话:

"应当把自己弟兄埋好。"

"不用咱们管,自会有人来埋的。"

"多替活人想想吧,死了的用不着多操心啦。"

上面两个译文读来均使人感到亲切、自然,令人油然而生忧伤之情。这就是"不隔"的译文,一种达到仿佛浑然天成的境界,实际上却带有译者的倾向性——译出普通士兵话语的朴实无华和真实可信。两位翻译家无疑都带有各自的主观色彩在解读原文,从而使译文呈现出不同的状态,然而都着意于语气的传达和整体气氛的把握,译文中的人物形象显得鲜活,富有生命力。译文既贴合原文,读来又极生动形象,诚如傅雷所说,将译者"所了解的,体会的,又忠实又动人地表达出来"。但也可以说是并不忠实的,因为两种译文都含有译者的主观色彩,从而使两种译文之间,译文和原文之间互相照应,相映成趣,真的是两种语言两种文化的交流与对话,对照起来阅读是一种享受,一种美的感受。

追求"语言优美"是译者的倾向性中的一个显著特征。此外,一个平淡无奇的普通词汇,译者可能用译语中的不同的词语来替换,例如原文中一个普通的"说",译者可能译出各种样式,如译作"喝道","耳语说","开口道","瞎嚷嚷","挺身嚷道","高声叫道",等等,译者的重写带有很强的主观色彩。因为语言、文化之间存在差异,要真正实现意义的传通,有时非得进行同义替换或同义词替换不可。有时则没有必要,译文反而更具神采,更加贴近原文。

文学翻译应使译文整体和谐,前后一致,做到人物形象前后一致,语意连接前后照应等,译者宜识之。有的译作在局部看来无可挑剔,整体效果却不佳。有的译作表面没有什么惊人之处,也不字字避俗,却做到了前后连贯，和谐一致，其中就包含了译者的独具匠心和艺术追求。

译者的选择性，除了因为个人的主观性和倾向性之外（倾向性还有许多方面，在此不一一举例），还受着社会文化环境等非语言因素的影响。范祥涛、刘全福①、宋志平②、夏元③、胡庚申④等学者对译者的适应、顺应选择的论述，使我们可以更全面地了解译者的选择性，在此恕不重述。下面我们进一步探究一下译者选择的和谐意识。

（三）译者选择的和谐意识

文学翻译是一种复杂的跨语言跨文化的审美交际行为，作者、译者和译语读者均为翻译中的主体，他们之间可以形成一种和谐统一的关系，这种和谐关系是由译者来创建和把握的，依靠译者发挥其主体性来实现。作者、读者的主体性不能自行实现，只能依靠译者负责的翻译行为来实现。通常文学翻译行为中只存在译者的主体性，而不存在作者和读者的主体性，后者的主体性只能经由前者间接地表现出来。然而，文学翻译并不是译者随意的创作行为，而是发生在翻译主体间的一种复杂的意义生成过程。因此，译者选择必须具有和谐意识，确保在主体间实现意义的交流沟通。

文学翻译中的意义生成是一个非常复杂的过程，虽然译者是翻译行为的实现者，作者和读者等主体因素需由译者负责的翻译行为表现出来，但译者并不是翻译中的唯一主体，作者、读者等翻译主体在文学翻译的意义生成中是非常重要的。成熟的译者自我应包括作者和读者的自我，应与作者和读者保持和谐相通，你中有我，我中有你，译者的声音里融合了作者和读者的声音。译者是一个表现者，但他表现的不是自己，而是作者和读者，正是译者的和谐意识是实现意义在跨语言跨文化的主体间成功传通的关键。译者的和谐意识，是一种整体的意识，是兼顾各种意义生成关系的整体的、平衡的意

---

① 参见论文《论翻译选择的目的性》。
② 参见论文《翻译：选择与顺应——语用顺应论视角下的翻译研究》。
③ 参见论文《价值冲突中的〈圣经〉翻译——明末清初耶稣会传教士的翻译策略和关键译名选择》。
④ 参见《翻译适应选择论》一书。

识,以确保译文言语的流畅和语意连贯①。卡特福德正确地将意义定义为"各种关系的网络总成",这一点对我们理解译者选择的和谐意识很有启发。译者和谐意识中的意义生成行为,需要考虑原文中的关系网络(语篇内各成分之间的相互关系),社会文化语境或超语篇因素,还有作者、译者和读者之间的相互作用关系(沙夫认为意义即是互相交际的人们之间的关系)。显然,译者不可能一味地主观,一味地创造,一味地任意选择。译者主观性的前理解,促使了原文字里行间潜在的语义信息明确化,并传达到译文读者那里,实现意义的理解与沟通。不可能排除前理解的主观性,但"前理解所具有的主观性,是译作背离原作的原因之一。"② 所以,译者在各种关系的意义网络中,保持和谐的整体意识是至关重要的,这是确保译文成功的关键。主观性和倾向性是文学翻译中译者选择的重要特征,但译者的选择必须具有和谐的整体意识,才能处理好文学翻译中的各种关系,减少误译和隔膜。既让作者感到他/她的作品被准确地翻译了,在新的时空中获得了新的生命,又让读者从译作中领略到了原作的美感和艺术魅力,译者的和谐意识是非常重要的。文学译者面临复杂的跨语言跨文化的语境问题,还需要处理好与作者、文学文本和读者之间的各种关系,确保文学翻译的成功。文学翻译中的意义生成发生在译者对原文复杂的文学语言和艺术结构的审美感受中,在对字、词、句、段、篇的意义关系的准确理解中,在对翻译中的各主体间关系的审美把握和意义传达中,在对周围环境的适应中和审美观照中,最终体现在译者建构文学译本的创造性书写中。各种关系集于译者一身,各种平衡的工作需由译者来完成,译者选择的和谐意识,实际上是一种高度的创造性意识。译者正确地把握文学翻译中的各种主体间的关系,把握语篇内外之间的关系,充分地考虑跨语境问题,是保证文学译本与文学文本之间的意义关联和和谐一致的重要途径。

译者须具有和谐的整体意识,使文学译本达到和谐的境界。郑海凌教授

---

① 王东风:《连贯与翻译》,上海外语教育出版社2009年版,第6—11页。
② 郑海凌:《文学翻译学》,第249页。

文学翻译：意义重构

说："文学作品的译者既要有烛照万物的敏锐眼光，又要随时在被动中求主动，他不但要具有作家的审美能力和艺术表现力，而且要具有学者的丰富和渊博。因此，就文化构成而言，译者是学者与艺术家的化合。"① 因此，要使译文真正具有高质量和内在的和谐美，研究工作是很必要的，这可能是达到和谐意识的途径吧。世界之大，包罗万象，只有经过一番研究工作，才能弄清事实，也才能度越翻译中的诸多困难。译者的翻译行为，不单纯是面对文学作品直接进行理解的问题，需要大量地查阅各种字典，翻阅相关资料，才能弄清原文中字里行间的含意，这是一件非常艰苦的工作。翻译一部文学作品，为了使译文言之有据，言而有理，行文有美，非得要像学者一样进行与翻译有关的研究工作不可。请看下面这个译例：

（6）Вновь в калмыцкий узелок завязалась злоба меж Петром и Степаном. Случай стерег Петр, смерть стерегла Степана, — лежать бы ему на берегу Западной Двины с петровой отметиной на черепе.

译文1：

仇恨又重新在彼得罗和司捷潘之间打了一个死结。彼得罗在等待时机，死神在等待司捷潘，——他很可能在脑盖骨上带着彼得罗的印记躺在西德维纳河岸上。

译文2：

彼特罗和司捷潘之间的仇恨又结了一个死结。彼特罗瞅着机会，死神瞅着司捷潘。他很可能在头盖骨上带着彼特罗的枪弹长眠在西得维纳河畔。

这段文选取自《静静的顿河》第二部第五章。单纯读汉语译文，我们看不出有什么翻译难点，但对照原文，才发现两位翻译家笔下的"死结"原来是由原文中的"калмыцкий узелок"译过来的。这究竟是指的什么？是怎样的一个结？калмыцкий 是 калмыки（卡尔梅克人）的形容词，在顿

---

① 郑海凌：《文学翻译学》，第269页。

河地区住着三类人，一类是哥萨克人，一类是外来户，一类是卡尔梅克人①。最底层要算外来户，他们是逃到顿河流域来的俄罗斯的和乌克兰的贫苦农民，地位最低，没有土地，多是当雇工受着奴役的，而卡尔梅克人与哥萨克地位稍高些，卡尔梅克人似乎更加凶悍些。彼得罗是哥萨克，而司捷潘也是哥萨克，他们之间形成了"калмыцкий узелок"，这是什么意思，是深仇大恨？他们结仇的原因很简单，司捷潘为了报葛利高里之恨（司捷潘的老婆阿克西妮亚是葛利高里的情人），据说司捷潘借回家休假之机与葛利高里的嫂子（彼得罗之妻）睡过觉，司捷潘和彼得罗之间由此多了一个"结"。作者用"калмыцкий узелок"（卡尔梅克之结）这个比喻是什么意思？是暗示卡尔梅克人与哥萨克和外来户之间的（民族）矛盾？还是无意中流露了作者的某种情绪和对卡尔梅克人的某种态度？在《静静的顿河》中，惩罚队中有许多卡尔梅克人，他们干了许多坏事（参见《静静的顿河》第七卷中的第12章、第19章）。联想到各种公报私仇的情况，可以想见这个"结"是多么厉害，多么富有深意。想必两位翻译家都没有从字典或资料中查到这个词组，不能准确地说出其含意，均将"калмыцкий узелок"译成"死结"，也未加注释。在我看来这是根据上下文进行的猜测。没有办法的，译文须连贯成篇，前后语意要顺畅连接，这也是一种翻译技巧。但问题仍然是存在的，试想这样的问题如果很多，恐怕译者有时会翻译不下去，甚至成句成段地省略，译文的质量将难以保证。遗憾的是，"калмыцкий узелок"这个词组由于没有确凿的资料佐证，难以准确地确定其含义。在译文1中，с петровой отметиной на черепе 被译成"在脑盖骨上带着彼得罗的印记"，语句通顺，意思却不甚明确；译文2将其译为"在头盖骨上带着彼特罗的枪弹"，进行意义显化，表达就清楚流畅多了。

以上分析表明，文学翻译的确不是一件容易的事情，译者具备学者的严谨精神是必需的。为了充分地理解一首诗、一段文的意蕴，勤翻字典多查资料是必要的，有时关涉整个作品的主题。这是一个严谨的译者应有的态度。

---

① 参见《静静的顿河》第六卷第1章。

文学翻译：意义重构

只有勤翻字典，多查资料，经过了周密的研究，才能准确把握原文字、词、句、段、篇的含意，然后才能重写出好的译文，与原文和谐不隔的译文，深受读者喜欢的译文。这样才谈得上译者具有和谐的整体意识。

文学翻译是一个探寻意义的过程，译者查阅资料进行研究，准确把握原文艺术结构和字里行间的意蕴，以便重新书写出优秀的译文，做到"随心所欲而不逾矩"。文学翻译就包括对其中的"矩"[①]的认识。不同的人对于"矩"是什么，可能会有不同的理解，我认为这可能是一定的时代和社会文化环境中大家共识的、共同接受的东西，包括共同的理解和共同的规范等。译者在翻译文学作品时，不可能不进行相关的研究工作，否则，一味地追求创造，借"创作"之名行"胡译"之实，只能使翻译失败。只有在对原文透彻理解的基础上，才能使译文在精神意趣上与原文保持一致，虽然译文效果可能千差万别，因为人各不同，理解有别，但精神姿质仍可保持与原作接近，在原作提供的创造空间里，译者可以自由地发挥，游刃有余，这就是翻译中的创造性，也是译者的和谐意识的表现。

文学翻译为译者的选择提供了广阔的创造空间，而译者的选择离不开译者的创造性。但译者的创造性是从其选择的主观性、倾向性和和谐意识等特征中表现出来的。文学翻译是选择的艺术，译者的选择不可避免地具有主观性和倾向性，从被译作品的选择，到最后完成翻译，这是一次艰苦的跨语言跨语境的意义传通旅程。在这个旅途中，译者会感到是在不断地攻克难关，跋山涉水，度越艰险到达目的地，与此同时会时时感到创造的自由，选择的自由，感到生命的意义。译者在千方百计准确把握原意和艺术特色而重写译文，几乎兼具作家和学者身份，译者选择最可贵的特征是其和谐意识，他的艺术才能和和谐意识是译文成功与否的关键。

综上所述，文学翻译所涉及的复杂语境，既包括文本语境，又包括文本外的语境，既有真实语境，又有虚构语境，还有语境差异和语境变化，等

[①] 许渊冲先生认为所谓的"随心所欲不逾矩"，就是风筝不断线，飞得越高越好。在文学翻译中所谓的"矩"，就是与文学原作的必要的关联，同时文学翻译达到一种成熟的艺术境界。

等。因此文学翻译行为不是一个封闭的过程,而是超出了文学文本运作的范围,文学翻译变成了在美感经验和艺术交流的事件中,通过译者想象他人(作者、主人公、读者)而揭示生活意义和世界意义。文学翻译是一种跨语境接受与对话的审美交际行为,通过作者、译者和读者之间的相互作用,实现艺术的现时经验和过去经验,此地经验和彼地经验的不断交流与沟通。

意义的生成,除了与语境有关外,还与主体问题有关。维特根斯坦说:"语言的意义即其用法",人对语言的使用,就会产生意义。在本章里我们探讨了文学翻译行为中的主体、主体间性问题,特别是译者的主体性问题,旨在间接阐明意义是如何产生的。对文学翻译行为中的主体问题的阐明,即是对于意义问题的一种间接解释。文学翻译行为中的意义生成源于作者或文学文本,译者是文学翻译中当之无愧的翻译主体,意义生成的关键在于译者,译者主体性的种种表现,如主观性、创造性、选择性等,均会对文学翻译行为中的意义生成发生决定性的作用。但是,在翻译行为的意义生成过程中,译者并不是唯一的主体,作者是文学翻译中的创作主体,译者是翻译中的审美主体和再创作主体,是一个必不可少的媒介,透过译者主体的意识"屏幕",促成作者与读者的交流沟通,缔结文学姻缘。根据沙夫的观点,意义乃是交际过程中的人们之间的一种关系,那么作者、读者和译者这三者主体之间的交互作用,必然会影响意义生成。但作者和读者的主体性只是一种潜在的主体性,必须通过译者的主体性才能表现出来。文学翻译就是译者对作者之意和文学文本之意的审美把握与再表达,同时也是译者在想象中对读者释义活动的审美关照,并且将这种想象中的关照融入文学译本的书写之中。因此,在文学翻译行为中,通常只存在译者的主体性,而不存在作者和读者的主体性,后者的主体性只能经由前者间接地表现出来。因此,翻译中的主体间性指的是,译者如何正确地保持和谐意识,处理好与作者(文学文本)[①]、

[①] 关于作者可以有两种解释:其一是指文学文本中的作者声音和作者意识;其二是指写作文学文本的那个作者。我们说译者与作者、读者形成主体间的关系,主要是指译者与作者所创作的文学文本以及译语读者之间的关系。

文学翻译：意义重构

读者之间的对话交流关系，亦即译者在翻译中须具有和谐意识，这是对主观性的超越，同时也是实现跨语境的文学交流，实现主体间的文学交流。一个完整的文学翻译行为，其意义生成源于作者赋予作品意义，中间经过译者的翻译操作，然后是译语读者的阅读释义。实际上，在文学翻译过程中译者对主体间的关系的把握和译者主体性的发挥，促使了意义的生成，可以说，译者集作者、读者、译者多种身份于一身，通过译者的中介实现主体间的对话交流。译者在翻译过程中起着决定性的作用，不同的译者，便会有不同的意义呈现，同时反映出不同的主体间对话关系。对话关系的微妙变化会影响意义的最终生成。

因此，文学翻译行为中的意义问题不单纯是作者赋予意义，也不是译者赋予意义，尽管译者是文学翻译中的中枢环节，但意义的产生并不只是关涉译者或作者一个人。文学翻译并不是译者随意的创作行为，而是发生在翻译主体间的一种复杂的意义生成行为。作者的主体性和读者的主体性均由译者体现出来。正如前文所述，文学翻译不是从译者开始，而是从作者创作文学作品开始的，从作者赋予作品意义开始的，读者则是文学译本的接受主体。因此，在文学翻译中，意义正是在作者、译者、读者等主体之间的交互作用下实现的，确切地说，是译者发挥主体性、创造性，保持和谐意识，沟通各方交际者，实现文学原作在跨语境的文学交流中的意义重构。

第四章
文学译本的意义重构

随着翻译学学科地位的确立和发展，翻译研究进入了一个新的阶段。目前翻译研究已进入建构主义阶段。文学翻译与非文学翻译被区分开来，文学翻译学亦成为一门新兴学科，郑海凌先生在2000年出版的《文学翻译学》一书中，系统全面地论述了文学翻译的基本特征、文学翻译的语言、文学翻译的审美标准、文学翻译的方法原则等重要问题，该书堪称我国文学翻译学的代表著作，之后提出了文学翻译的文化研究、哲学研究、文学研究等方向，大大拓展了文学翻译的研究视野。本课题是在文学翻译学理论框架下的意义问题研究，本章主要探讨文学译本的意义重构。

文学文本由作者创作而成，作者的意图、主张和表意策略（隐喻、象征、曲笔、典故等）在作品中形成了意义的大致走向，作者通过情节、细节的构思，通过意象、意境的设置，以及对笔下人物、事物、事态的个性特征的描写等，来提供审美观照的对象，从而构成文学文本中的"客观化"内容。

文学译者对文学文本中的意义进行跨语境传达过程，仿佛是结丝成茧的过程，是在促使意义产生，译者的翻译行为，不可避免地带有个性色彩，在促使意义生成的同时又可能改变意义。第三章研究译者的主体性，初步论及了译者在翻译的意义生成中的作用，以及如何正确地实现意义的跨语境传递的问题。文学翻译行为与作者和读者密切相关，作家在文学作品中留下了意

文学翻译：意义重构

义的踪迹，读者的阅读释义则会丰富文学译本的内容，促使译本走向完善。所以，整个文学翻译的意义建构之链，乃是作者赋予意义、译者筹划意义和突显意义（第五章详论），读者阅读释义，而译者的翻译行为起着至关重要的作用。译者集多种身份于一身，其他主体对意义生成的贡献，均需通过译者的意义重构行为间接地表现出来，这一点在前面已有所论及。

文学译本的意义重构，是在译者的意向性中实现的，文学翻译行为乃是译者的意识（意向性）投射在原作品中，对原作品进行意义重构的过程。因此，译者虽然是文学译本当之无愧的建构者或称再创作者，但是在文学译本的意义重构中，译者的翻译行为并非任意的意义建构行为，意义的根源和依据仍在文学原作之中。译者只是将自己的主观意向投射到原作之中，将原作中的潜在意义发掘出来，并以另一种语言呈现在新的读者面前，译者仿佛是在催生意义。第三章我们主要从译者主体性的角度，粗略地探究了影响文学翻译行为中意义生成的主体问题，本章将进一步研究文学译本的意义生成。

第一节　文学原作中的意义分类和意义踪迹

文学译本的意义生成的源泉和依据在于文学原作，其中的字词句段篇，均与文学译本的意义重构相关联。文学原作中的字词句段篇，通常应在文学译本中得到最切近的再表达，原作中的意义，应尽可能完整地再现于译作之中。

文学原作是一个不确定的意义开放系统。如何认识意义，如何认识文学原作中的意义，有必要进行一番研究，有必要对意义的类型进行简单的归纳和分类。"传统的形而上学在意义观上带有注重普遍性观念引导的超验化倾向，它看重作者先在的观念和意图。作者的思想意图投注与文本的意义生成被认为是一致的和吻合的，文本的意义是不依赖于读者解读的自在存在，可谓一种'自在'论意义观。人文科学的理解转向和语言转向使人们认识到文学的语言活动和读者理解在意义生成中的重要地位，即认为文学语言的建构和读者对阅读对象的建构产生了意义，可以说是一种'建构'论意义观。"[1] 我们在研究文学译本的意义重构问题之前，首先简单地探究一下文学原作中的意义问题，以便为文学译本的建构提供依据。

一、意义的分类

总地来看，文学原作中的意义可简单分为两类：字面—语言意义和意蕴—人文意义。单纯注重作者意图的自在意义观，和单纯注重读者解读的建构意义观都是片面的，二者需要兼顾起来考虑。作者通过意图、主张和表意策略（隐喻、象征等）设定了意义的大致走向，文学原本以其语言和客体化意象内容表达了意义信息，给读者提供了丰富的解读空间，译者则致力于将文学原本中的字面—语言意义和意蕴—人文意义重构于文学译本之中。

（一）字面—语言意义

语言意义乃是在语言和文本客观化内容层面上，指文本所表达的较为确定的意义。语言意义通常可直接从字面去理解，例如字典上给出的义项，包括语言和所指对象之间的关系所决定的客观意义，以及由语言系统中符号与符号之间的关系决定的语言学意义，等等。金岳霖先生论述到语言和翻译问题，把语言、翻译视作表示意义或命题的工具，他提出了"译意"和"译味"两个概念，所说的"意"是指"思议底内容"，类似于本文所说的语言意义。朱湘军认为，从语义学的角度来概括，金岳霖的思议的内容（即意念意义、概念意义、命题意义），就是指称意义（referential meaning），在翻译的语言学研究中，它还指词组、句、语段的语义信息或语义内容。在绝大多数情况下，它是语言符号的基本内容及其传递的主要信息。[2] 顺便指出，贝尔在《翻译与翻译过程：理论与实践》一书中所说的"语义意义"，大致

---

[1] 汪正龙：《文学意义研究》，南京大学出版社2002年版，第206页。
[2] 朱湘军2006年博士论文《从客体到主体——西方翻译研究的哲学之路》，第141页。

文学翻译：意义重构

相当于本文所说的语言意义，而他所说的"交际值"与本节即将论及的"人文意义"存在着明显的差别，人文意义指文学文本中的蕴意，而贝尔所说的"交际值"，应该说不专指文本中的交际值，参见后文。

（二）意蕴—人文意义

另一类意义则是人文意义，这是与语言使用者及其意向活动有关的精神意义和社会意义（广义上的社会意义）①，它的用意是指引到意蕴，表现意蕴。意蕴与含意类似，这个概念是朱光潜先生在翻译黑格尔《美学》第一卷时创造的。黑格尔说："遇到一件艺术作品，我们首先见到的是它直接呈现给我们的东西，然后再追究它的意蕴或内容。前一个因素——即外在的因素——对于我们之所以有价值，并非由于它所直接呈现的；我们假定它里面还有一种内在的东西——即一种意蕴，一种灌注生气于外在形状的意蕴。那外在形状的用处就在指引到这意蕴。"②徐盛桓对含意的解释是："含意相对于句子字面上的意义，是隐含于字面之内的寓意，是对句子所表述的事件内藏的事理逻辑或句子所用的词语的内涵外延的一种延伸性的领悟，这种延伸可能是常规的延伸，也可能是在特殊情况下的延伸。"③含意、意蕴都是现代术语，但在我国古典文论《文心雕龙·隐秀篇》中则是概念"隐"。刘勰的"隐秀"论："情在词外曰隐，状溢目前曰秀"，文本要"内明而外润，使玩之者无穷，味之者不厌"，"深文隐蔚，余味曲包"，"隐也者，文外之重旨者也"，"隐以复义为工"，等等。文学的含意或意蕴层面，是指本文所蕴涵的思想、情感等，属于文本结构的纵深层次，具有多义性和不确定性。它一般可分为三个不同层面：第一是历史内容层面，第二是哲学意味层面，第三是审美情韵层面④。含意既包括向纵深层次的意义深藏，又包括转义和引申，转义、隐喻、象征是典型的意蕴类型。的确，意蕴或含意可理解为

---

① 江怡：《维特根斯坦——一种后哲学的文化》，社会科学文献出版社2002年版，第15—16页。
② 参见《朱光潜美学文集》第四卷，1984年版，第507页。
③ 徐盛桓：《格赖斯的准则和列文森的原则》，《外语与外语教学》1993年第5期。
④ 顾祖钊：《文学原理新释》，人民文学出版社2000年版，第116—117页。

"修辞意义",俄罗斯学界用"коннотация"一词来概括各种修辞色彩①,指的是一个词的概念物象意义之外的补充的、不大清晰的、暗含的伴随意义②。коннотация 这个词的英语是 connotation,这个词源自拉丁语 connotatio,德国学者 K. O. 埃尔德曼在《词的意义》中将词的内容进行了三分:概念内容,附带意思和情感评价。后两项内容在语言学中以 коннотация,connotation 这一术语概括起来。这就是说,含意(伴随意义)一般来说渗透着人的情感意向,主要指语言使用者和理解者赋予的,这是词语的逻辑概念意义(和语法意义)之外的附加的、伴随的义值、信息。汪正龙说:"文本通过隐喻、象征、空白等传意方式所蕴涵的潜在意义和有待进一步解释重构的言外之意,可以称为'蕴意'(即意蕴),对蕴意的解读构成文学的人文意义。"③

金岳霖先生所说的"想象底内容",即"意味",可归入人文意义之列④。金岳霖说"意象是有情感的",在文学文本中出现的意象,通常产生美感,激发人的艺术想象力,触动情思,引发生命的意义。梅兰竹菊,风花雪月,在中国人看来都是别具一番美感与情趣。这种情感上的意义,在金岳霖看来就是"意味"。从语义学来看,它类似利奇(Leech)说的联想意义,是语言符号唤起的联想及它的暗示的概念和印象。在利奇的《语义学》中,联想意义是一个概括性的术语,反映意义、搭配意义、情感意义、社会意义和内涵意义,这五种意义都可以用联想意义这一名称来概括⑤。意蕴—人文意义具有不确定性,对意蕴的把握源于对于所蕴涵的情感意味的感知,而要懂得这情感或意味上的差异,非熟悉生活环境不可(包括间接了解)。正如金岳霖所说,习于双方最丰富生活的人也许不能译味,能译味的人一定是习于双方非常丰富的生活的人。

---

① М. Н. Кожина, Стилистика русского языка [М], Москва, 1993, с. 37.
② 张会森:《修辞学通论》,上海外语教育出版社2002年版,第31—32页。
③ 汪正龙:《文学意义研究》,第206页。
④ 金岳霖:《论翻译》,《翻译论集》,第463—470页。
⑤ 利奇:《语义学》,李瑞华、杨自俭等译,上海外语教育出版社2005年版,第25页。

文学翻译：意义重构

利奇在《语义学》一书中研究意义时，曾经分出了社会意义，这是很值得关注的。文学作品反映社会中的人和事，他们的生活及其社会状况。人们阅读文学作品，除了了解基本的语义（事物、概念等所指意义）和各种含意外，还需特别注意社会意义。在文学作品中，具有一定社会标记的语言形式，有着一定的社会内涵，包括方言、俗语在内的语言变异，可作为一种特殊的文学语言，具有修辞色彩和审美价值①。一些研究者将地位、威望、社会角色等社会范畴视为影响语言修辞变化的因素。关注说话者的身份（фигура），并将其看成决定言语变化的一个主要因素，根据社会特征和情景特征来区分不同类型的说话者，这是在现代修辞学领域的一些新的研究特点②。文学语言是艺术化的语言，但离不开社会语境，语言具有社会性，语词、话语的运用与人的地位和在社会中扮演的角色等密切相关。在文学文本中存在着语体—语域色彩，或社会色彩，例如，社会方言就具有明显的社会色彩，在文学作品中是一种具有明显标记的文学语言。社会方言这个概念的涵盖范围是相当宽的，格尔德（Герд）甚至说："不存在非社会方言"③，这当然有些过分，但不无道理。Ерофеева 将社会方言理解为一个动态的概念，她将人看做包括社会、生理和心理特性的多层次结构，把说话人的社会特性看成是决定其言语行为的动力④。可见，在文学作品中具有社会群体属性和社会—修辞色彩的语言形式，可归入社会方言之列，作为一种文学语言形式。这个课题值得深入研究。而社会意义自然地归入意蕴—人文意义。

字面—语言意义是文本中所表达的较为确定的意义，而意蕴—人文意义

---

① Виноградов В. В. О Художественной прозе [M]. М. —Л.，1930.
② Крысин Л. П. Русское слово своё и чужое：Исследование по современному языку и социолингвистике [M]. М.，Языки славянской культуры. 2004，c. 306；Крысин Л. П. Социолингвистические аспекты изучения современного русского языка [M]. М.，1989.
③ Герд А. С. Несколько замечаний касательно понятия 《диалект》 [A]. //Русский язык сегодня [C]. Сб. статей. Под ред. Крысина Л. П. РАН. Ин-т рус. яз. Им. В. В. Виноградова—М.〈Азбуковник〉，2000，c. 50.
④ Ерофеева Т. И. Социолект в стратификационном-исполнении [A].. //Русский язык сегодня [C]. Сб. статей. Под ред. Крысина Л. П. РАН. Ин-т рус. яз. им. В. В. Виноградова—М.〈Азбуковник〉，2000，c. 88.

则是不太确定的,有时候意蕴十分丰富,译者难以取舍,一取一舍即失意和变意,意义的不确定性就在这取舍之中表现出来,意蕴是耐人寻味的人文—文化意义。文学蕴意的建构不仅从属于语言层次,更属于理解和认识的层次①。它不仅与文学的语义内容有关,尤其与文学的生成条件、历史成分、哲理成分以及读者的领会有关。

不论是语言意义还是人文意义,都需要说话者和听话者具备理解意义的知识和能力,既需要理解上下文关系,也需要注意在不同的语境中的语言使用,包括社会生活中的语境关系。此外,还需注意意向性(意图)在语言使用中的重要作用。意蕴可根据因果关系或常规关系来追寻,意义通常不是直说的,文学作品更不是直白的,而是利用语言艺术创造出形象,并通过形象(广义上的形象)来显现意义或有所意指。徐盛桓说:"有时可以简单地以一常规关系的具体内容用做含意,有时可能涉及若干常规关系的交织。"②这种常规关系与集体意识、社会共识、人类文化知识相关联,通过直接实践和间接学习可以发现文化语境中的常规关系,这就是说,要理解语句的含意,离不开语言使用者或理解者对生活世界的共识和对现有文化成果的分享。例如,"在我国古代,折柳、落花、登高等意象都表示着相对确定的意义,在汉语言共同体中被稳固化、符码化而联系着一定的观念。传统的现实主义文学尤为钟情文学的历史意义。它把对现实社会的洞察扎根于读者的意义认知方式之中,按生活原形化的方式审视和描述人类行为,以使文学的虚构世界在读者看来仿佛是真实的,意义产生于将被表现的客体与现实所具有的特征所作的对照或比较之中。"③ 折柳、落花、登高等意象,其基本的含

---

① 切尔诺夫在《同声翻译原理》中把蕴涵(即意蕴)作为交际中的关键意义结论(смысловой вывод),细分为语言的、认知—义类的(когнитивно-тезаурусный)、情景—指示的(ситуативно-дейктический)和语用的四类。他认为,大部分的意义结论是根据超语言信息来源作出的,超语言信息来源有义类的、情景的和语用的之分,这类信息是理解的重要依据。超语言信息来源在不同的读者那里,会形成不同的理解结构,从而会生成不同的意义结论。——参见《俄苏翻译理论流派述评》,第168—169页。
② 徐盛桓:《论常规关系》,《外国语》1993年第6期。
③ 汪正龙:《文学意义研究》,第59页。

文学翻译：意义重构

意是确定的，正是这种意义认知方式，使人们在一定的生活形式中可以相互理解和沟通。但是这些意象饱含着情感，人们在感知的时候亦是"各以情而自得"，意义的不确定性和理解的差异性仍然是存在的。即使人们有了相同的理解，对整体意象组合的审美接受也会出现差异。意义的蕴涵性（импликатность）和丰富性是交际中广泛存在的现象，更是文学中的应有现象。文学作品中有"有寄托"的，诗义不游移，不是不同的各种说法都可以迁就变通，已经确立了一个正解，别的解释就要杜绝。也有"无寄托"的，根据"诗无达诂"，"诗无通诂"的说法，诗意不是畅通的，即诗义不显露，一定要从幽隐中加以探索。这就存在见仁见智的理解问题。① 下面我们从意义在文学文本中的蛛丝马迹，从意义的踪迹来进一步说明文学原本中的意义。

二、意义的"踪迹"

"踪迹"（trace）是德里达用过的一个概念，这个概念与他发明的"差延"概念同样重要。本书作者借用他的这个概念，意欲说明意义的相对可确定性。这就是说，循着意义的"踪迹"，人们可大致地探索出某种意趣或者意义来。但是，意义并不像一个实体那样确定，它与人的主观意识密切相

---

① 钱钟书在《谈艺录》中论诗词的寄托说："常州词派主'寄托'，儿孙渐背初祖……皋文《词选》自《序》曰：'义有幽隐，并为指发'；观其所'指发'者，或揣度作者本心，或附会作词本事，不出汉以来相承说《诗》、《骚》'比兴'之法……亦犹白香山《与元九书》所谓：'噫，风雪花草之物，《三百篇》岂舍之乎。假风以刺威虐也，因雪以愍征役也，感华以讽兄弟也，美草以乐有子也。以兴发于此而义归于彼。'皆以为诗'义'虽'在言外'、在'彼'不在'此'，然终可推论而得确解……《春秋繁露·精英》曰：'诗无达诂'，《说苑·奉使》引《传》曰：'诗无通故'；实兼涵两意，畅通一也，变通二也。诗之'义'不显露，故非到眼即晓、出指能拈；顾ащ之义亦不游移，故非随人异解逐事更端。诗'故'非一见便能豁露畅'通'，必索乎隐；复非各说均可迁就变'通'，必主于一。既通正解，余解杜绝……周止菴济《介存斋论词杂著》第七则曰：'初学词求有寄托，有寄托则表里相宜，斐然成章。既成格调，求无寄托，无寄托则指事类情，仁者见仁，知者见知'……盖谓'义'不显露而亦可游移，'诂'不'通''达'而亦无定准，如舍水珠之随人见色，如庐山之'横看成岭侧成峰'……窃（窍）谓倘'有寄托'之'诗无通故达诂'，可取譬于苹果之有核，则'无寄托'之'诗无通故达诂'，不妨喻为洋葱之无心矣"（参见第808页）。——参见钱钟书著《谈艺录：补订重排本》（上卷），第838—843页。

关，意义踪迹刺激着人去思索，并创生意义，踪迹是连接过去和历史的痕迹。世间没有完全独立的文本，互文性是一切文本的特征。意义既是此文本与彼文本之间空间上的共时联系，又是此文本与彼文本之间的历时联系。随着各种文本与各种符号系统间的互通互变，意义的外延和解释也会不断更新，漫无边际地延伸开去，而最终消失在意指符号盘根错节、难解难分的互文过程之中。德里达曾用一个比喻说明这个问题。他说文本的写作就是一个制造"踪迹"的活动，如同在沙漠中的一位旅行者，在沙漠里可以说到处都有路，也可以说没有路，他只是在行走时留下了足迹。读者可以追溯作者构筑的意义之域，但作者这时已消失，并不在场，只让足迹去引导你，是它在说话，因为它自身就具有一种生成能力，即能指词之间的多样的转换。我们在敬服德里达打的这个比喻之精彩的同时，也看到他的"踪迹"概念恰恰说明，在一定的语境下，意义是可以循着踪迹来确定的，并不是完全的不确定。作者不在场，但只要有作者留下的"声音"痕迹，哪怕是"声音"的回响，也有助于探寻出意义与作者的联系。意义并不是实体，既不是物质实体，也不是精神实体，需要译者发挥想象力和创造性循着那些意义的踪迹，促使意义的实现。文学翻译这种跨越语言和文化的踪迹追寻活动，就是逐渐识解意义，进而使意义显现出来的过程。我们来看一看文学原作中可能有哪些意义的踪迹。

作家的工作主要是塑造形象，讲述情节，构思细节，创造出有审美价值的文学文本，文学翻译是形象的和审美的翻译。而文学形象的艺术"至境"形态包括：意象、意境和典型。意象和意境是中国人提出的审美理想范式，而典型则是西方人理想的范式。

（一）意象

意象是中国首创的一个审美范畴。《周易·系辞》中说："子曰：书不尽言，言不尽意。然则圣人之意，其不可见乎？子曰：圣人立象以尽意。"[①]叶燮说："可言之理，人人能言之，又安诗人之言之？可征之事，人人能述

---

① 李学勤：《十三经注疏·周易正义》，北京大学出版社1999年版，第291页。

之，又安诗人之述之？必有不可言之理，不可述之事，遇之于默会意象之表。而理与事无不灿然于前者也。"① 意象乃表意之象，由于言不尽意，故某种抽象的观念和哲理往往借助于意象来表达。原本是一种表现的缺憾，可是艺术家们却从中获得了一种文学创作的新的表现，即对"言不尽意"的运用和对言外之意味的追求。可见，意象是意义的踪影，可以通过观察意象来领会、探测意义。由于意义不是明说的，而是用象来表现的，所以存在着多义性和丰富性。"意象"作为一个概念最早出现于汉代，在王充的《论衡·乱龙》中出现意象这个概念，把意象理解为表意之象，理解为象征。意象是观念意象，有一般生活中的意象和艺术至境意象，而文学艺术追求的是那种最能体现作家、艺术家审美理想的高级意象，即是叶燮所说的那种达到艺术至境的意象。

文学语言符号不是直接与意义相连接，而是通过描绘形象、设置意象来表现意义。语言只是表征媒介，它在人们心目中树立起某个意象，然后有意义的产生。我们领会意义时，意象就是意义的踪迹，译者通过对意象的感知、想象和理解而创获意义。

（二）意境

意境是我国古典文论独创的一个概念，意境是在意象之外的又一审美理想范畴。早在刘勰的《文心雕龙》和钟嵘的《诗品序》中已见端倪，盛唐之后开始全面形成②。最初单称"境"，出现在刘勰的《文心雕龙·隐秀篇》中，在评论阮籍时，有"境玄思淡，而独得乎悠闲"之语，同时，意境的某些特征如"文外之重旨"论，"玩之者无穷，味之者不厌"论和"余味曲包"论，等等，均已提出③。钟嵘在《诗品序》中提出了"滋味"说，强调了诗境的审美特征，他把"味"扩展为"滋味"，上升到了诗歌批评标准的高度④。钟嵘借用了人的生理味觉感受来论述诗歌的艺术美感，他认为

---

① 蒋凡:《叶燮和原诗》，上海古籍出版社1985年版，第95页。
② 童庆炳:《文学理论教程》（修订版），高等教育出版社2000年版，第193页。
③ 童庆炳:《文学理论教程》（修订二版），高等教育出版社2005年版，第185页。
④ 朱志荣:《中国古代文论名篇讲读》，北京大学出版社2006年版，第113页。

第四章　文学译本的意义重构

　　五言诗之所以最富于"滋味",一是细致深刻的形象描绘,一是丰富深厚的诗人情感,所谓"指事造形,穷情写物,最为详切"①。童庆炳先生研究表明,在王昌龄的《诗格》中,直接使用了"意境"这个概念,探讨了意与景的关系,提出"景与意相兼始好"的命题,是对意境形象特征的首次发现,是未来"情景交融"的先声。皎然随后把意境的研究推进一步,提出了"缘境不尽曰情"、"取境"等重要命题,全面发展了意境论。刘禹锡提出了"境生于象外"说,司空图提出的"象外之象"、"景外之景"说,实际上是未来意境的"虚实相生"论的先声。②此外,司空图还对意境的审美"韵味"作了深入研究,把"味"与"韵"结合起来,提出"韵外之致"和"味外之旨"的美学标准③。意境具有韵味无穷的审美特征,"韵味"包括情、理、意、韵、趣、味等多种因素,刘义庆等提倡的"气韵",刘勰、钟嵘提倡的"余味"和"滋味",以及司空图在此基础上创立的"韵味"说,都是对意境的审美特征的概括。意境的韵味悠长,让人咀嚼不尽。韵味是由设象、造境而产生的,作家创造意境,来激发人的审美想象空间,从而置身其中,体验韵味。

　　景与情、景与意是紧密关联着的,言景、取境都是为了更好地抒情(景中藏情,情中见景,情景并茂)和更好地表意,使意义有所寄托。而境有实有虚,分为实境和虚境。梅尧臣说:"必能状难写之景如在目前,含不尽之意,见于言外,然后为至矣。""如在目前"是指较实的景,"见于言外"是较虚的景,意境正是二者的结合。梅尧臣十分重视诗歌语言的形象性,要求"景"与"意"的充分融合,追求诗歌意蕴的丰富性,涉及诗歌意境创造的艺术课题④。诗人驾驭语言写境在于寄托情意,在于其言外之意。寄情托意的境不仅是简单的实境,更有虚境,虚境要通过实境来表现,实境与虚境相伴而生,从而达到更高的艺术表现的境界。实境是指逼真描写

---

① 王思火昆:《中国古代文学理论教程》,南京师范大学出版社2007年版,第94—95页。
② 童庆炳:《文学理论教程》(修订二版),第185页。
③ 陶东风:《文学理论基本问题》,北京大学出版社2004年版,第195页。
④ 王思火昆:《中国古代文学理论教程》,第165页。

的景、形、境，又称"真境"、"事境"和"物境"等，而虚境则是指由实境诱发和开拓的审美想象的空间。它是伴随着这种具象的联想而产生的对情、神、意的体味与感悟，即所谓"不尽之意"，所以又称"神境"、"情境"、"灵境"等。①

"意境是文学形象的高级形态之一，是指抒情型作品中呈现的那种情景交融、虚实相生的形象系统及其诱发和开拓的审美想象的空间。它是我国古典文论独创的一个审美范畴，也是我国民族抒情文学审美理想的集中体现。"② 我们探寻意义的踪迹，自然不能忽略意境这一重要范畴。因此，笔者把意境归入意义的踪迹范围。意象、意境提供了审美想象的空间，从而使意义的表达能得理趣、事趣、意趣和情趣。清朝史震林有言，"诗文之道有四：理、事、情、景而已。理有理趣，事有事趣，情有情趣，景有景趣；趣者、生气与灵机也。"③ 欲得此四趣，可借助意境也。译者在翻译的时候，不可忽视对意境这种艺术至境的审美感知与再现，以便译文读者亦能从译作中得到与读原作时几乎相近的意义感悟和趣味感受。

（三）典型

典型是文学形象的高级形态之一，是人类创造的艺术至境的第三种基本形态。由于典型与意象、意境独立互补，三足鼎立地统辖着文学艺术④，因此我们将它归入文学原作（主要是小说）中的意义"踪迹"的范畴，以供译者探索。

典型是古希腊人创造的一个理论范畴，在苏格拉底时代就存在，当时就与人物塑造的完美性、理想性和可以高于生活等原则相统一。典型的理论在亚里士多德那里得到了丰富和发展。黑格尔将美和典型称为"理念的感性显现"，又将典型称为"理想"。他说："一切艺术的目的都在于把永恒的神性和绝对的真理显现于现实世界的现象和形状，把它展现于我们的观照，展

---

① 顾祖钊：《文学原理新释》，人民文学出版社2000年版，第133—135页。
② 童庆炳：《文学理论教程》（修订二版），高等教育出版社2005年版，第185页。
③ 钱钟书：《管锥编》第三册，生活·读书·新知三联书店2007年版，第1811页。
④ 顾祖钊：《文学原理新释》，人民文学出版社2000年版，第118页。

现于我们的情感和思想。"他又说:"理想所要求的,却不仅要显现为普遍性,而且还要显现为具体的特殊性。"两方面整合为特定历史时空中的"这一个"。① 黑格尔在《美学》中的典型论的生命意味与美学特征,值得人们特别关注②。马克思和恩格斯对黑格尔的典型理论作出了丰富和发展:提出"对现实关系的真实描写"的命题,以及提出"除了细节真实而外,还要真实地再现典型环境中的典型人物"的命题③。

文学典型是文学话语系统中显示出特征的富于魅力的性格,又称为典型人物或典型性格。所谓"特征",可以是一句话、一个细节、一个场景、一个事件、一个人物、一种人物关系,等等。"'特征'是生活的一个凝聚点,现象和本质在这里相连,个别与一般在这里重合,形与神在这里统一,意与象在这里聚首,情与理在这里交融。"④ 这就是说,特征是对生活的提炼和升华,是对生活现象更为集中的反映,是"意与象","情与理"的结合,凝聚了生活的真理,典型蕴藏着丰富的内容,"用最小的面积惊人地集中了最大量的思想"(巴尔扎克语),典型富有魅力和生命力,可以使我们深受教益和启迪。

译者探寻文学原作中的意义踪迹,不可忽略典型这个范畴。文学典型的特征越鲜明,越容易被人记住,使人牢记着独一无二的"这一个",但这种典型又不是孤立存在的,似乎与我们每个人都有着某种关系。例如哈姆雷特、奥勃罗莫夫、阿Q、林黛玉、唐·吉诃德,这些典型形象和性格,具有各自鲜明的特征,而我们每一个人又或多或少地具有其中的某些特征。这是很怪的一种现象,却是正常的。因为典型介于个别与一般之间,是"中介—特殊",是一种特殊的中介。这正是典型人物和典型性格能使我们感动,能触动我们的缘故吧。典型既不是我,也不是别人,但又是我,又是任何人,这就是典型具有的意义和魅力。典型来源于真实,却经过了艺术加

---

① 童庆炳:《文学理论教程》(修订二版),第182—184页。
② 黑格尔:《美学》第1卷,商务印书馆1979年版,第179—193页。
③ 刘安海:《文学理论要略》,湖北教育出版社1986年版,第49—60页。
④ 顾祖钊:《文学原理新释》,人民文学出版社2000年版,第142页。

文学翻译：意义重构

工，典型是高于生活的艺术真实。典型的魅力既是因为其真实性，又是因为其虚构性，它是超越于现实生活的，高于一般和普通的，典型具有震撼人心的超越生活的力量，能给人以启发和帮助，使人摆脱现实的局限性。典型人物是在典型环境中成长起来的，所谓"真实地再现典型环境中的典型人物"，经由典型可以寻找到它由以产生的根源和环境，从而使人领悟到应该如何生活，如何适应环境，如何摆脱困境。总之，典型不是历史人物，却如历史人物一样具有教益和启发性，人们既能移情体验，又不至于沉沦其中。这就是文学典型的慰藉性，它出自于作家的古道心肠和最诚挚的心愿，文学典型是作家的独创的产物，也是作家的理想的反映，它来源于生活，又服务于生活。

典型与意象、意境独立互补，共同构成文学高级表现形态。作家创造出典型的人物和典型的性格，就是为了让读者获得生活的启迪和得到某种精神情趣。译者在翻译时，如果能够从整体上把握准作品中的人物，把握住作家所塑造的典型形象，在很大程度上就意味着对文学作品的精神实质的把握。对文学作品的"完形把握"，其中就包括对作品中的典型人物和性格的整体把握，译者如果能够完整把握作品中的人物，将可以在更高的创造层次（境界）上完成翻译工作，也才能保证翻译作品在精神上更接近于文学原作。典型与意象、意境一起构成最明显的意义标记，它们是作品中的意义的"客观化"表现，译者应该忠实地将文学原作中的意象、意境、典型尽可能地再现于译作之中。虽然它们是在译者的审美感知和审美体验下各以其情而自得，且有见仁见智的问题，但是文学原作中的这些艺术至境形态，值得译者悉心体会并予以再现出来，否则译作将失掉许多情趣和意味，不特不成其为一个艺术作品，而且令人不堪阅读。

（四）意图

意图即作者意图，这是文学原作中意义创造的重要问题。作者意图是影响作品主旨的动机或意向①。作者通过意图和表意策略限定了意义的大致走

---

① 汪正龙：《文学意义研究》，南京大学出版社2002年版，第51页。

第四章 文学译本的意义重构

向,而译者是在一定的前结构和语境中解读文本。面对一部文学作品,译者通过领会文本结构、意象、意境和语言文字间的情绪,来把握作家的意指、作品的思想和整体性意蕴。正是意图对意义的约束关系,使得译者可根据自己的经验、情感、知识、想象力等实现对文学原作准确的审美的把握,使文学原作中的某些比较确定的意义内容涌现出来,使文本蕴意在译者的理解中得以重构。作者写作有自己的动机和意图,作品一旦创作出来,意图便在作品中沉积下来,但意图与作品的关系并不是外在的可分离的关系。意图并不是作者私有的,而仅仅是"作者内心的构思或计划"[1],它依赖于话语陈述和读者阅读而存在:"人们过去可以认为,一个行为或一部文本就是一个符号,它的全部意义存在于主体的意识之中。例如,以文学而论,我们可以编织出一个'作者',把我们从一个人产生的文本中所发现的任何一点统一性都称之为'构想'……可是,他写诗也好,写历史或批评也好,他只能置身于一个为他提供各种程式的系统之中,而这些程式则构成并界定了话语表述的种类。你要表达一个意思,就必须先行假定想象中的读者由于吸收同化了有关的程式而会作出怎样的反应。"[2] 作者意图并不是确定不变的"实体",作品一旦写成,作者意向便投注在文本之中,成为文学作品客体化内容的一部分。译者在翻译时,作家通常是不在场的,作品意图就是作者意图,它是一系列带有作者个性色彩的"本文特点",是作者留存在作品中的有待译者探究的意义踪迹[3]。意图可直接由作者赋予,可能是作者在创作自述中自觉流露的;也可能由作品的意象和意境所表现,能为读者所观察和领悟,在这种情况下它是潜藏的、可能的东西,暗含在文学意象和寓意设境之中的,需要译者细心体会与揣想。有时不免会走样,甚至会误解。作者意图的外在表现形式就是作品意图,"作品的标题,本文中所体现出来的作者的主张和价值判断,用典甚至文学的意象内容本身等均可被视为作者意图的表

---

[1] 维姆萨特、比尔兹利:《意图谬见》,《新批评文集》(赵毅衡编),中国社会科学出版社1988年版,第209页。
[2] 卡勒著,盛宁译:《结构主义诗学》,中国社会科学出版社1991年版,第59页。
[3] 汪正龙:《文学意义研究》,第51页。

现,因为它们在不同程度上体现了作者的信仰、经历和价值标准。"①

可见,意图既有相对确定和稳定的部分,也有不确定性的,不确定性的部分则需要译者运用学识,发挥想象力加以填充。这样就很可能导致译者解读的意图超越作者的意图。译者在解读作者意图的时候,有可能会发生偏差,出现误读。能完美领略作者意图,把握作品客观化内容的译者,准确理解并完全赞同作品中最细微处以及作者微妙意图的人,堪称理想译者。有时候,正是译者意图对作者意图的偏离与突破,赋予译者以意义解读者的个体性和创造性,使其发现了作者没有发现的东西。不论怎么样,译者有一个根本性的任务,就是追索作者的原意,译者虽有独特理解的自由,更有悉心考察作者本意的责任,译者的工作在一定程度上具有学者考证的性质。一部优秀的翻译作品,一定是很忠实于作者的原意的,作者意图或者作者本意是译者在翻译中不得不考虑的问题。

(五)作者的声音

除了作者意图之外,还有作者渗透在文学文本中的声音,会暴露其思想和评价态度,在文本中留下意义的踪迹。作者的思想可能散见在整个作品之中。这些思想可能出现在作者的语言中,表现为某些箴言、寓意,或整段的议论。作者思想偶尔也会大量而密集地通过这个或那个主人公之口说出来。这样说出的作者思想,在独白型的艺术世界中是不与主人公的个性特点融合的,主人公的言论同作者的言论处于同一个层次。这种情况下,"他人的思想不会得到描绘,他人思想要么被同化,要么在论辩中遭到否定,要么就不再成其为思想。"② 换句话说主人公成了作者的传声筒,作者的思想是硬加在主人公身上的,从主人公的口中说出来。威恩布斯在《小说修辞学》中声称作家在创作时会创造出一个与他实际的人不同的"第二自我",他称之为"暗含的作者",是暗含的作者而不是真实的作者在表达作品所传达的主张③。这种情况下暗含的作者可能是作品中代表作者的一个叙述人,也可能

---

① 汪正龙:《文学意义研究》,第52页。
② 巴赫金:《诗学与访谈》,河北教育出版社1998年版,第110页。
③ 汪正龙:《文学意义研究》,第78页。

是代表作者的一个主人公,有时是一个不起眼的主人公。在陀思妥耶夫斯基等人的"复调小说"中,则是主人公的形象同其思想的形象紧密联系着,"主人公的形象不可能离开思想的形象。我们是在思想中并通过思想看到主人公,又在主人公身上并通过主人公看到思想"①。这种情况下被描绘的主人公,就是思想的人,主人公与作者是隔着距离的,主人公的声音和意识与作者的声音和意识是不同的。在大量现当代作品中,作者的声音与其笔下主人公的声音往往并不重合,作者仿佛隐身了,有时我们根本听不到作者的声音,然而作者的无语和沉默,也不一定是表明态度和评价,只是让笔下的人物在并不受作者声音的控制下更加鲜活生动地展现自己。这样反倒能为读者在阅读释义中提供更大的想象、思考的空间,所获得的感受也越真切,因为人物的更多的"本真面目"已呈现于眼前了。

译者在探寻意义踪迹时,通过倾听作者的声音,可以更好地理解文学原作,这是为了从整体上把握文学原作的意义,以便对作品中的词义、句义进行准确理解与传达。作者的声音可能与主人公的声音重叠在一起,或部分地重叠在一起,有时作者的声音同作品中的主人公一样,是独立的声音,不重合不交叉,仿佛作者变成了叙事作品中的一个形象,一个意识,有时候我们就能感到作者的思想与其笔下主人公的思想的对话和交锋。总之,分清作者的声音和别人的声音,从众语喧哗中去倾听作者的声音,不失为译者准确理解文学原作的有效方法。

(六)情节与细节

除了上面这些意义踪迹之外,小说中的情节也会留下重要的意义踪迹。在传统叙事文学中,情节是第一位的,故事情节的引人入胜占据重要地位。亚里士多德在《诗学》中指出,在悲剧艺术的六个成分中"最重要的是情节,即事件的安排,因为悲剧所摹仿的不是人,而是人的行动、生活、幸福……他们不是为了表现'性格'而行动,而是在行动的时候附带表现

---

① 巴赫金:《诗学与访谈》,第113页。

文学翻译：意义重构

'性格'"①。性格是靠情节的展开才得到揭示的，而且性格的发展尚有赖于情节的发展。情节作为事件的逻辑组合，是叙事作品的骨干，它可以被提炼出来，从一部作品转移到另一部作品，从一种媒介转移到另一种媒介②。例如，一部小说可以改编成戏剧、舞剧、电影或电视剧，而保留其中的故事情节。可见情节对于叙事作品的重要性。在情节中寓意着作者对人物命运的描写和性格的刻画，让人们通过观赏生动有趣的故事情节和生活画面，而获得精神享受和受到教益。一部优秀的文学作品中的几乎所有情节，都是与主题思想密切相关的，不能随意增删，译者在翻译的时候应该全面细致地将故事情节再现于译作中。

随着传统叙事文学中那种史诗性、戏剧性的历史事件和意识形态冲突让位给了普通人平淡的生活，而且作家们也不再把塑造某种人物的典型当做创作的中心，情节冲突在很大程度上就被淡化了，而琐碎凌乱的细节则缤纷绽放③。现代叙事中，情节往往让位于细节，译者对细节的关注与再现就显然非常重要了。往往一个细节，就能揭示出一种特征。情节和细节是叙事文学中的意义踪迹，译者不可忽视情节、细节在译本中的完整再现。翻译是非常严谨的工作，丝毫马虎不得，情节、细节不完整，译本就变得支离破碎，意义也就会被肢解得零落了，译文读者便不能获得同原文读者一样的完整印象和审美感受，这样便是人为造成意义的丢失。

作家设置意义的方式还可能有许多种，比如用典、隐喻、转义、语言空白，等等，均构成文学原作中的意义踪迹。这些意义踪迹形成文学原本中的总体语言倾向，需要译者细心辨明。正因为文学原本中有各种意义踪迹，文学翻译的意义生成才具有一定的规律性。

---

① 亚里士多德：《诗学·诗艺》，人民文学出版社1982年版，第21页。
② 顾祖钊：《文学原理新释》，人民文学出版社2000年版。
③ 曾繁亭：《从情节到细节：西方文学叙事的现代转型——兼论自然主义与现代主义的关系》，《东岳论丛》2009年第3期。

第二节 文学翻译行为中的意义重构

一、意义感悟空间的重塑

文学译者的根本任务,就是重建文学原作的语言艺术空间,重塑意义感悟的空间,使译文读者能够通过译文获得与原文读者相同或相近的意义感受和审美情趣。文学原作中的一字一句都不能忽略,译者须从字里行间去体会作品中的意义和情趣,融会于心之后完整地重塑文学文本的语言空间,将文学原作中的思想和情趣完整地传达出来。作家运用了各种表意方法,例如构思情节、细节,设置意象、意境,塑造典型(形象),而且作者将自己的声音渗透在作品之中,将自己的思想渗透进作品中,诸如此类,将所要表达的思想、情感、趣味等艺术地表现在文学原作中,字里行间承载着奇思妙想和精神情趣,以供读者品味与思索。总之,作家在文学原作中留下了意义的踪迹,译者沿着作者的笔迹,探索字里行间的意义,然后用相同或相近的语言将作品中的意义忠实地呈现出来,这就是译者重构意义的过程。字面—语言意义是容易确定的,一般不会发生歧义,但随着时代的发展和空间的转移,文学文本中的语言意义可能会变得难以理解,难以确保不会发生理解歧义。字里行间的意义除了字面—语言意义外,更多的是意蕴—人文意义(联想意义,社会意义,情感意义等),值得细致地去探索、欣赏、品味。译者为了获得对原作中的字面—语言意义和意蕴—人文意义的正确理解和忠实的传达,应当循着意义的踪迹,从作品的情节、细节、意象、意境中,从作者声音中深有体会,然后振笔而书就优秀的文学译作。译者在阅读文学原作时,对于作者的用意应深刻领悟,对于原作中的各种表意手法应有所会心,否则难以创获意义,或轻易地就会丢失意义。

在实际翻译过程中,文学翻译的状况是怎样的呢?文学原作中的意义能

文学翻译：意义重构

否原封不变地再现于译本之中？回答是否定的，译者翻译的过程，不可能是对作者的创作过程的完全唤起和复现，作者已悄然隐去，译者只能追寻作者的足迹，亦步亦趋地、小心谨慎地摹仿作者的语言艺术而重塑文学译本，翻译变异、"失本"在所难免。然而译者应该忠实于原作，去追索作者的本意和作品的深意，并且努力再现原作的语言艺术，使译作无愧于原作的"化身"和"转生"，亦成为一个艺术作品。

二、《静静的顿河》翻译个案研究[①]

文学翻译是非常复杂的语言现象，文学翻译与译者作为生活中人的存在和美感体验密切相关。一个文学文本在不同译者的审美感知和主观理解下，所呈现出来的意义会存在差别。文学作品经过跨语境翻译之后，可能发生意义变异，甚至会衍生新意[②]（参见后面第三节论述）。这里，我们以金人先生翻译的《静静的顿河》为个案进行一下探讨，结合对金人先生的《静静的顿河》译本与力冈先生的重译本的有限的对比分析，具体阐明文学翻译行为中的意义重构，亦简约地探讨一下金人先生的翻译艺术特点。

（一）金人先生的翻译生平简介

金人（1910—1971），直隶（今河北）南宫人。原名张少岩，后改为张君悌，笔名金人。抗战前在哈尔滨法院任俄文翻译。1937年初，从东北到上海，曾任上海培成女子中学教师。1942年到苏北，在苏北《抗敌报》、苏中《苏中报》担任编辑。1946年到东北文协，任东北文艺协会研究部副部长、出版部部长、东北行政委员会司法部秘书处处长。建国后，历任出版总署编译局副局长，时代出版社、人民文学出版社编译。翻译有肖洛霍夫的《静静的顿河》、潘菲洛夫的《磨刀石农庄》、柯切托夫的《茹尔宾一家人》、茹尔巴的《普通一兵——亚历山大·马特洛索夫》等。新中国成立后

[①] 本文系2009年保定市哲学社会科学规划研究项目《文学翻译行为中的意义变异研究——为适应保定市文化建设的翻译研究》的阶段性成果，项目批准号200902154。
[②] 赵小兵：《文学翻译行为中的意义变异和衍生新意》，《西安外国语大学学报》2009年第3期。

参加中国作家协会。译有《克里姆·萨姆金》、《列宁的童年》等等。

金人先生是我国老一辈著名的文学翻译家,他一生译著颇丰,尤以肖洛霍夫《静静的顿河》中译本享誉中国译坛。肖洛霍夫的《静静的顿河》这部文学名著,早在20世纪三四十年代即由金人先生陆续译出。新中国成立前共印行过八版。1951年由光明书局出版了第九版。1953年苏联出版了作者修改过的新版本《静静的顿河》。1956年人民文学出版社出版的《静静的顿河》中译本,是金人先生根据这个版本修改的。直到1980年,人民文学出版社印行的一直是这个版本。金人先生已作古多年(70年代辞世),据说人民文学出版社约请过贾刚同志根据1964年肖洛霍夫的《静静的顿河》新版俄语本进行了一定的增删和改写。金人译、贾刚校的《静静的顿河》[1] 中译本于1997年由人民文学出版社出版。本文即参考了该译本,尽管该版本可能与金人先生原译有所出入,但我们仍能从中感受到金人的精彩译笔。为了更好地阐明本节的论题,特引用力冈先生的《静静的顿河》中译本[2](可称为《静静的顿河》重译本)进行对比分析。译文1是金人先生的译文,译文2是力冈先生的译文。

这里,我们从情节、细节的忠实再现,意象、意境等艺术至境的重塑,倾听作者的声音,在意义重构中有新意等几个方面来予以论述。

(二)情节、细节的忠实再现

《静静的顿河》是一部八卷本长篇小说,作为史诗性叙事作品,其情节发展和细节设置在人物性格刻画、形象塑造中起着重要的作用。作家对情节和细节的安排,不仅是简单地为了叙述故事,有时是具有特别的意义的。叙事类文学作品的翻译,译者应特别留意作品中的情节与细节,在用译文表达这些情节与细节时,思索一下作者的意图和其中的意蕴,这样就不至于漏掉重要的情节与细节,也才能更忠实地传达文学原作的意义。因为情节与细节就是原作中的意义踪迹,译者重视情节、细节的再现,就是在译本中重塑意

---

[1] 肖洛霍夫:《静静的顿河》(第一部),金人译(贾刚校),人民文学出版社1997年版。
[2] 肖洛霍夫:《静静的顿河》(第一部),力冈译,漓江出版社1986年第1版。

文学翻译：意义重构

义感悟的空间。我们来举例说明，在《静静的顿河》第六卷的第33章，作家的情节叙述和细节安排颇具匠心，金人先生的译文看似平易不奇，叙述中却很见功夫，颇能传达原作中的意义，这是因为译者一丝不苟地准确再现了原作中的情节与细节：

(1) В первый момент, как только на крик повернул голову и увидел конную лаву, устремляющуюся на коноводов, Петро скомандовал:

－По коням！Пехота！Латышев！Через яр!..

Но добежать до своего коновода он не успел. Лошадь его держал молодой парень Андрюшка Бесхлебнов. Он наметом шел к Петру; две лошади, Петра и Федота Бодовскова, скакали рядом по правой стороне. Но на Андрюшку сбоку налетел красноармеец в распахнутой желтой дубленке, сплеча рубанул его, крикнув:

－Эх ты, вояка, растакую!..

На счастье Андрюшки, за плечами его болталась винтовка. Шашка, вместо того чтобы секануть Андрюшкину, одетую белым шарфом, шею, заскрежетала по стволу, визгнув, вырвалась из рук красноармейца и распрямляющейся дугой взлетела в воздух. Под Андрюшкой горячий конь шарахнулся в сторону, понес щёлкать. Кони Петра и Бодовскова устремились следом за ним…

Петро ахнул, на секунду стал, побелел, пот разом залил ему лицо. Глянул Петро назад: к нему подбегало с десяток казаков.

当彼得罗听到第一阵呐喊，一扭头，就看到像巨浪似地正向看守马匹的哥萨克冲去的骑兵，他命令说：

"上马！步兵！拉特舍夫！穿过谷地！……"但是他没有能跑到他的马夫那里。一个叫安德留什卡·别斯赫列布诺夫的小伙子拉着他的马。他迅速地朝彼得罗跑来；彼得罗和费多特·博多夫斯科夫的两匹马

114

紧靠在他右面跑着。但是一个敞怀穿着黄皮大衣的红军战士从侧面向安德留什卡杀来，手举刀落，大喊一声：

"唉，你这个可怜的勇士！……"

但是安德留什卡很走运，他肩膀后面背着步枪。马刀没能砍着安德留什卡围着白围巾的脖颈，喀嚓一下，砍在枪筒子上，嗖地一声，刀从红军的手里挣脱，刀身变成一张在逐渐伸直的弯弓，飞向空中。安德留什卡骑的那匹马往旁边一跃，箭似地飞奔而去。彼得罗和博多夫斯科夫的两匹马也踊在它后面奔驰……

彼得罗哎呀了一声，一时呆在那儿，脸色煞白，立刻满脸大汗。他回头一看，正有十来个哥萨克朝他跑来。（金人 译）

哥萨克马夫安德留什卡·别斯赫列布诺夫真是幸运。如果不是身上背的步枪筒子挡了一下，险些丧命。然而，逃过了此劫，未必能逃过下一劫。在战争中人之命运多舛，人事险恶，难以预料。本章后文再没有提到安德留什卡的命运，但是关心这位可爱的哥萨克（还是小伙子呢）命运的读者，从字里行间一定揣测得出，这位哥萨克实际上很可能是与彼得罗等一起被活捉后砍死的。作者没有明言，却寓有言外之意，作家хитрый，妙在其平稳叙事中的细节设置——对哥萨克人数的交代，请看后文例（2）、（3）、（4）、（5）、（6）。

（2）Петро владел собой, первый побежал к яру и покатился вниз по тридцатисаженной крутизне. Зацепившись, он порвал полушубок от грудного кармана до оторочки полы, вскочил, отряхнулся по-собачьи, всем телом сразу. Сверху, дико кувыркаясь, переворачиваясь на лету, сыпались казаки.

В минуту их нападало одиннадцать человек. Петро был двенадцатым. Там, наверху, еще постукивали выстрелы, звучали крики, конский топот. А на дне яра попадавшие туда казаки глупо

文学翻译：意义重构

стрясали с папах снег и песок, кое-кто потирал ушибленные места. Мартин Шамиль, выхватив затвор, продувал забитый снегом ствол винтовки. У одного паренька, Маныцкова, сына покойного хуторского атамана, щеки, исполосованные мокрыми стежками бегущих слез, дрожали от великого испуга.

<u>彼得罗定住神儿</u>，头一个跑到沟边，顺着三十沙绳的陡坡滚了下去。衣服被挂到什么东西上，把短皮袄从前胸上的口袋一直撕到衣襟边上，他跳了起来，像狗一样全身晃了一下。<u>哥萨克们翻着跟头，旋转着，纷纷从上面滚下来。</u>

一会儿工夫，他们已经滚下来<u>十一个人。彼得罗是第十二个人。沟上头，枪声、呐喊声和马蹄声，响成一片。</u>沟底里，逃到这里来的哥萨克愚蠢地在掸着皮帽子上的雪和沙土，有的正揉搓摔疼的地方。马丁·沙米利卸下枪栓，吹出了堵在枪筒里的雪。小伙子马内茨科夫，已故村长的儿子，满面热泪纵横，吓得浑身直哆嗦。（金人 译）

金人先生的译句灵活精练，生动形象，例如画线部分。作家在原文中设置的数字——对哥萨克人数的交代，既有助于情节的展开，将作家没有表达的思想蕴涵于情节与细节描写之中了。译者一丝不苟，准确无误地翻译了本例中的故事情节和数字，参看画线部分的数字翻译即可知。

（3）Рядом с Петром, держа винтовку наизготовке, стоял, согнувшись, Антип Брехович, бредово шептал：

—Степка Астахов за хвост своего коня поймал…ускакал, а мне вот не пришлось…А пехота бросила нас…Пропадем, братцы!.. Видит бог, погибнем!..

"牛皮小王"安季普弯着腰，端着步枪，站在彼得罗身旁，像说梦话一样小声说：

"司乔普卡·阿斯塔霍夫抓住自己马的尾巴……逃出去啦，可是我

116

第四章 文学译本的意义重构

没有抓到……步兵扔下咱们不管……咱们完蛋啦，弟兄们！……真的，咱们是死路一条啦！……"（金人 译）

幸运的倒是司捷潘（司乔普卡），他因为逃走了，从而逃过了一场屠杀。然而，似乎是上天的安排，何尝不是人为呢？顺便说一下，《静静的顿河》第六卷有一章有这样的情节，有一次科舍沃伊逃命到了司捷潘家，可以说是被司捷潘救了命，这一次司捷潘逃了命，因果报应也。作家何尝不持有这种善良的愿望呢？作家正是通过这样的细节设置，将言外之意隐含在文本之中。译者如果很细心可能识别出来，或者因为疏忽而忽视这些细节，有些人物的出现和细节的交代一闪而过，翻译的时候是很容易在不经意中漏掉细节的，从而导致意义的损失。然而这是可以避免的。我们再往后看。

（4）Казаки-все, за исключением забившегося в вымоину Антипки, -цепляясь за уступы, полезли наверх.

Петро вышел последним. В нем, как ребенок под сердцем женщины, властно ворохнулась жизнь.

所有的哥萨克，除了缩在洞里的安季普卡以外，都攀着土台爬了上来。

彼得罗最后一个走出洞穴。他心里，就像怀着胎儿的女人肚子一样，满怀求生的强烈欲望。（金人译）

只有安季普没有从洞穴爬出来，安季普卡因此躲过了被砍死的厄运，其幸运也。然而我们回顾一下，他曾经因为自己的父亲被捕被杀，为了报父之仇，他在愤怒中欲置科舍沃伊于死地，但被村民拦住了，科舍沃伊才活下来了。安季普这一次的死里逃生，也许正是因为他的善良根性未灭和自己的求生欲望吧，作品中的因果报应的思想可见一斑。彼得罗是一位暴动指挥员，目标大，在劫难逃，在本章中彼得罗被科舍沃伊打死了。

117

（5）Петро засуетился, скомкал снятые с ног шерстяные чулки, сунул их в голенища, выпрямившись, ступил с полушубка на снег босыми, на снегу шафранно-желтыми ногами.

—Кум! —чуть шевеля губами, позвал он Ивана Алексеевича. Тот молча смотрел, как под босыми ступнями Петра подтаивает снег. —Кум Иван, ты моего дитя крестил…Кум, не казните меня! —попросил Петро и, увидев, что Мишка уже поднял на уровень его груди наган, расширил глаза, будто готовясь увидеть нечто ослепительное, как перед прыжком, вобрал голову в плечи.

Он не слышал выстрела, падая навзничь, как от сильного толчка.

Ему почудилось, что протянутая рука Кошевого схватила его сердце и разом выжала из него кровь. Последним в жизни усилием Петро с трудом развернул ворот нательной рубахи, обнажив под левым соском пулевой надрез. Из него, помедлив, высочилась кровь, потом, найдя выход, со свистом забила вверх дегтярно-черной струей.

"亲家！"他轻轻地翕动着嘴唇，喊了伊万·阿列谢耶维奇一声。伊万·阿列克谢耶维奇一声不响地看着彼得罗的光脚掌下融化的积雪。"伊万亲家，你是我的孩子的教父……亲家，不要处死我吧！"彼得罗央告说，可是一看到米什卡已经举起手枪，正对准他的胸膛，就大瞪着眼睛，像是准备要看什么耀眼的东西似的，还把脑袋要缩到肩膀里去，像在做跳跃的准备动作似的。

他恍惚觉得科舍沃伊伸出的那只手抓住了他的心脏，一下子就把血全挤了出来。彼得罗做了一生中最后一次努力，艰难地撕开了内衣的领子，露出了左奶头下面的弹孔。鲜血，先是缓缓地从弹孔里渗出来，然后一找到出路，黏腻的黑血注就咝咝地响着向上喷起来。

第四章　文学译本的意义重构

作家详细地描写了彼得罗的死,展示了科舍沃伊和伊万等哥萨克红军残酷的一面。其他十位哥萨克亦遭受了同样的杀害（参见例6）。作者痛恨流血和死亡,然而战争的发展和事态的恶化却频频发生冤冤相报和杀戮事件,丧失人性的行为是令人痛心的,也是令人反感的。

（6）На заре разведка, посланная к Красному яру, вернулась с известием, что красных не обнаружено до Еланской грани и что Петро Мелехов с десятью казаками лежат, изрубленные, там же, в вершине яра.

黎明时分,派到红峡谷去的侦察队回来了,说他们一直走到叶兰斯克镇的边界,也没有看到红军,但是发现彼得罗·麦列霍夫和十个哥萨克都被砍死在沟崖顶上。（金人 译）

从安季普卡和司捷潘的幸运活命中,尤其是司捷潘的逃脱,我们也可揣测出科舍沃伊此人的性格特征,对于曾经救过他命的人,尚能心存善念。这是一个目标非常明确、心中有着坚定意志的人,窃意或许可以说这位手上沾满哥萨克鲜血的年轻共产党员有知恩图报的一面。作家在第33章只是着重描写了彼得罗的死的惨状,而未去描写其他十位哥萨克被杀的情景。显然作家心存善念,他也许不忍心让读者直接看到太多的残酷和罪恶画面。然而,他用数字记录了这件事的结局,数字的翻译很重要。作家有意让司捷潘抓住马的尾巴逃走了,有意地让安季普卡躲在洞穴里不出来,从而避免二人一死。作者替科舍沃伊放了两条性命,也维护了科舍沃伊等人作为共产党员的原则性。联想到第33章里伊万·阿列克谢耶维奇在彼得罗被俘时的痛苦表情和面对亲家彼得罗求情时的一声不响,不知安季普卡和司捷潘真地成了俘虏,是否能够活命呢？作家没有去触及这个问题,显然他是不敢肯定科舍沃伊等人会善待司捷潘和安季普卡的,从而留下了一点悬念。伊万·阿列克谢耶维奇没能救得彼得罗的性命,后来被达丽亚（彼得罗的妻子）打死,冤冤相报也。而科舍沃伊却躲过一劫,作者再次有意地让他逃活了,对这位年

119

轻的哥萨克倾注了很大的心血,可谓关爱之至,但在这里描写了他令人发指地枪杀彼得罗的场面,战争使人丧失人性的主题给鲜明地烘托出来了,与此同时,在情节和细节的展开中把人物的性格也揭示出来。

应该指出,数字翻译在翻译中只是很小的技巧,并不构成很大的困难,只要译者的语言过关,不难做到准确。但是,倘若译者忽视数字在文中的意义,随意地处理数字,或漏掉,或不能准确地译出,翻译效果可想而知了。数字翻译仅是一部长卷作品翻译的冰山一角,但它说明一个问题,译者关注细节的意义,关注故事情节的意义,将整个作品前后连贯起来思考,译者着笔于文学原作中的"意义",并悉心重构于文学译本之中,必定会使译文增色不少。这里,只是以金人先生翻译的《静静的顿河》为例,以情节、细节的再现为例,来说明译者如何"译意",如何进行意义重构。文学翻译还有诗歌翻译、散文翻译、戏剧翻译等类别,在翻译这些作品时,应视具体情况进行翻译传达。前面我们分析过文学原作中的意义踪迹,译者根据具体情况而在译文中完整地再现原作中的意义踪迹,重塑意义感悟的空间,这是翻译的根本任务。

(三) 意象、意境等艺术至境的重塑

意象、意境常见于诗歌中,但在叙事小说中也有。意象和意境既是意义的载体,又具有诗一般的韵味,可营造出诗意的气氛,能感动人,令人回味。例如:在《静静的顿河》第六卷第31章,作者运用了诗一般的语言来描写红军指挥员利哈乔夫之死,具有很强的艺术感染力,译者将其重塑于译作之中,达到了与原作同样的艺术效果。

(7) Его не расстреляли. Повстанцы же боролись против "расстрелов и грабежей" …На другой день погнали его на Казанскую. Он шел впереди конных конвоиров, легко ступая по снегу, хмурил куцый размет бровей. Но в лесу, проходя мимо смертельно-белой березки, с живостью улыбнулся, стал, потянулся вверх и здоровой рукой сорвал ветку. На ней уже набухали мартовским сладостным

соком бурые почки; сулил их тонкий, чуть внятный аромат весенний расцвет, жизнь, повторяющуюся под солнечным кругом. Лихачев совал пухлые почки в рот, жевал их, затуманенными глазами глядел на отходившие от мороза, посветлевшие деревья и улыбался уголком бритых губ.

С черными лепестками почек на губах он и умер: в семи верстах от Вешенской, в песчаных, сурово насупленных бурунах его зверски зарубили конвойные. Живому выкололи ему глаза, отрубили руки, уши, нос, искрестили шашками лицо. Расстегнули штаны и надругались, испоганили большое, мужественное, красивое тело. Надругались над кровоточащим обрубком, а потом один из конвойных наступил на хлипко дрожавшую грудь, на поверженное навзничь тело и одним ударом наискось отсек голову.

没有枪毙他。因为暴动的人们就是为了反对"枪毙和抢劫"才起来造反的……第二天，把他押往卡赞斯克去。他走在几名骑马的押送兵的前面，轻捷地踏着积雪，皱着短粗的眉毛。但是当他在树林里，走过一棵惨白的小白桦树的时候，他精神焕发地笑了，停了下来，往上探了一下身子，用那好手折下了一根树枝。树枝上萌发出含满三月里芳香液浆的红褐色芽苞；芽苞淡淡的清香预示着春天即将到来，预示着生命，在阳光照耀下周而复始的生命……利哈乔夫把鼓胀的芽苞放到嘴里嚼着，朦胧的眼睛凝视着摆脱了严寒、生机勃勃的白桦树，刮得光光的嘴角露出了一丝笑意。

他也就是这样嘴唇上沾着芽苞的嫩片死去了：在离维申斯克七俄里的一片荒凉、阴森的沙丘上，押解的哥萨克残忍地把他砍死了。活着挖出了他的眼睛，砍掉双手，割下耳朵和鼻子，用马刀在他脸上砍十字。他们解开裤子，往他身上尿尿，污辱、糟蹋他那英俊、壮大的身躯。他们污辱够了这血肉模糊的残肢，一个押送兵用脚踏在还微微哆嗦着的胸膛上，踏在仰面躺着的残躯上，斜着一刀，把脑袋砍了下来。（金人

文学翻译：意义重构

译）

英雄利哈乔夫就死，可用"惨烈"二字来形容。我们中国有红梅赞，以红梅来衬托英雄人物，来比拟英雄人物。在这里，白桦以及萌发的芽苞形象与利哈乔夫的高大而被残解的形象融合在一起，互为映衬，构成一种凄美的意象，愈益显出暴动军的残忍与下流。白桦的美丽和生命象征，愈益衬托出英雄弥留之际对于生命的向往和不屈的意志。"他也就是这样嘴唇上沾着芽苞的嫩片死去了"，金人先生运用诗一般的语言，营造了浓厚的艺术意境，译得传神和富有感染力，而英雄的不屈，是通过他的微笑、神态和被肢解的命运表现出来的。暴动本来是为了反对枪毙人，然而，"没有枪毙的事"却成了彻头彻尾的谎言和欺骗。利哈乔夫被残酷杀害，其壮烈远甚于被枪毙。作家通过利哈乔夫之死，揭露了愈演愈烈的残酷事件的惨无人道，也表明了作家对流血和杀戮的反感与憎恨。

作家通过诗一般的语言，设置意象，营造意境来烘托人物，译者又何尝不是如此呢？何尝不应该如此呢？金人先生一丝不苟地将原作中的精彩逐一传达出来，其翻译的秘诀就在于摹写原作中的含意之象，重造含意之境。文学译本中有了艺术意境，置身于其中的人物也便可以鲜活起来。作品中要表现的典型（人物、性格等）自然地被凸显出来。

顺便指出，叙事小说中的意象经常是与细节描写密切联系着的。再举一例来说明：

（8）Забылся Григорий на заре, но вскоре проснулся, поднял со стола отяжелевшую голову. Лихачев сидел на соломе, зубами развязывая бинт, срывая повязку. Он взглянул на Григория налитыми кровью, ожесточенными глазами. Белозубый рот его был оскален мучительно, как в агонии, в глазах светилась такая мертвая тоска, что у Григория сон будто рукой сняло.

葛利高里在黎明时迷迷糊糊地睡着了，但是很快就醒了，从桌子上

122

第四章　文学译本的意义重构

抬起了沉重的脑袋。利哈乔夫坐在干草上,正用牙齿咬开绷带,撕下扎在伤口的包布。他用充血的、恶狠狠的眼睛看了看葛利高里。他痛苦地咧着嘴,龇着洁白的牙齿,好像是在进行垂死的挣扎,眼睛里闪着濒死的苦闷;他这副惨相立刻把葛利高里的睡意一扫而光。(金人 译)

"撕下扎在伤口的包布"（срывая повязку），译者发挥想象力，添加了"扎在伤口的"，构成自杀之象，红军指挥官利哈乔夫被俘后临死不屈，舍生取义之象。见此情景，葛利高里不由得心生敬畏。葛利高里对待利哈乔夫这位红军指挥员颇有英雄相惜之感，从活捉利哈乔夫，亲自为他包扎伤口，以及不再审讯，均体现了他的善待俘虏的品格。他本人不知不觉地放松了警惕，竟然在快天亮时迷迷糊糊睡着了。金人先生将 3абылся 释为"迷迷糊糊睡着了"，传神之译也。作家运用 3абылся 一词，绝非随意的，表现了葛利高里在潜意识中的放松和对俘虏的信任，从一个侧面表现了这个人的大智大勇，仁者无敌的一面。在《静静的顿河》这一章里（第六卷第29章），作者有惊无险地描写了活捉红军指战员利哈乔夫等人的过程，可谓惊心动魄，生死在一瞬之间。如果没有葛利高里的命令："没有他的命令不准开枪"，而且后来如果没有双方指挥员的沉着冷静，镇定自若（大智大勇），随便哪一方有丝毫的慌张和惊惧，没有高超的作战本领和丰富的经验，都将造成不可收拾的后果，不知又要添上几多冤魂了。作家正是通过一些细节和情节，出色地塑造了人物，也传达了一种人道精神——仁者、勇者无敌，歌颂了残酷战争中的特殊的英雄主义——善待生命，尊重生命，以一种英勇可敬的方式表现人性之美。我们从金人先生的汉语译文的字面行间，能感受到主人公的英雄之气和美好情怀。读原作是一种享受，读译文亦是一种享受，一代翻译家，名不虚传。

（9）Григорий ответил вяло, неохотно, Петро вздохнул, но расспрашивать перестал. Ушел он взволнованный, осунувшийся. И ему и Григорию было донельзя ясно: стёжки, прежде сплетавшие их,

123

文学翻译：意义重构

поросли непролазью пережитого, к сердцу не пройти. Так над буера'ком по кособокому склону скользит, вьется гладкая, выстриженная козьими копытами тропка и вдруг где-нибудь на повороте, нырнув на днище, кончится, как обрезанная, -нет дальше пути, стеной лопушится бурья'н, топы'рясь неприветливым тупиком.

葛利高里无精打采地勉强回答说。彼得罗叹了一口气，但是不再问了。他很激动，脸色难看地走了。不论是他，还是葛利高里都清清楚楚地知道：从前联系着他们的道路，已经长满往昔经历的荆棘，荒芜阻塞，再也不能心心相通了。就好像山沟顶上的一条被羊蹄子踏出的小路，蜿蜒曲折，沿着山坡伸延下去，但是突然在一个拐弯的地方，小路钻进了沟底，像被切断一样不能通行了——前进无路，艾蒿丛生，像墙一样挡住了，变成一条死路。（金人 译）

该例引自《静静的顿河》第六卷第2章。作家用一个非常形象的比喻，用生活中的景物描写，象征地预示兄弟俩往后严峻的人生之路，就像这条从山坡直滑进沟底的羊蹄小道，到沟底就到头了，通向理解的路阻断了。同时也象征着顿河军倒行逆施的历史命运。金人先生通过再现原文中的艺术意境，形象生动地传达了作品中的意义。

(10) С утра нещадно пекло солнце. В буром мареве кипятилась степь. Позади голубели лило'вые（淡紫色，雪青色）отроги（山脉）прихоперских гор, шафра'нным（番红花色，红里透黄的颜色）разливом лежали пески. Под всадниками шагом качались потные лошади. Лица казаков побурели, выцвели от солнца. Подушки седел, стремена, металлические части уздечек накалились так, что рукой не тронуть. В лесу и то не осталось прохлады-парная висела духота, и крепко пахло дождем.

从早上起，太阳就无情地蒸烤着大地。笼罩着玄褐色蜃气的草原像

124

第四章 文学译本的意义重构

口蒸锅一样。队伍后面的蓝天上,闪耀着霍皮奥尔河沿岸紫色的山峰,眼前是一片像粼粼水波似的黄沙。浑身大汗淋漓的马匹在骑兵的身下一步一步地摇晃着。哥萨克们的脸都变成了褐色,被太阳晒得褪色了。鞍垫、马镫、笼头上的金属部件晒得都烫手。连树林里面也都不凉快了,热气闷人,处处散发着大雨将至的暑热。(金人 译)

如果例(9)中打的比方是虚写的话,那么,紧接着的这段话例(10),则是实在的景物描写,可能预示着新成立的顿河军逆历史潮流而动(自治暴动)面临的骑虎难下的窘境。金人先生用一个比喻"像一口蒸锅一样"形象地把 кипятиться 一词译出来,避免了生硬的直译,译句精练,但稍有意犹未尽之感,可试译为:草原像一口蒸锅一样,笼罩在玄褐色的蜃气之中。Отроги 前有修饰词 лило'вые,淡紫色的山峰呈现出蓝色,似乎有语义重复之嫌,金人先生灵活传神的译笔透露出他独特创意的理解:"队伍后面的蓝天上,闪耀着霍皮奥尔河沿岸紫色的山峰"。山峰与闪耀搭配略显得有点牵强,可试译为:身后的蓝天,将霍皮奥尔沿岸的山峰映成了淡紫色。哥萨克的脸何以变成了褐色?是被太阳晒的,何以又褪色呢?被太阳晒蔫了。联想到娇艳的花朵被晒蔫,年轻的哥萨克在太阳的暴晒下就犹如花朵被晒蔫了一样没精打采。所以不是褪色了,很可能是晒得没了精神。该句试译为:"哥萨克的脸晒成了褐色,蔫蔫的,没精打采。"译者努力再现原作中的生动的艺术画面,重塑艺术意境,为的是让译语读者可以像原作的读者那样,获得相近的意义感悟和美感享受。

(四)倾听作者的声音

作者的声音,有时候是显明的,有明候是隐含的,无声的。无声的作者声音,有时却具有震撼人心的力量。

(11) Плевок Лихачева попал Суярову на седенький клинышек бородки. Суяров бороду вытер рукавом, порозовел в скулах. Кое-кто из командиров улыбнулся, но чести командующего защитить

125

文学翻译：意义重构

никто не встал.

利哈乔夫啐了一口唾沫，啐到苏亚罗夫灰白的胡子尖上。苏亚罗夫用袖子擦了擦胡子，颧骨上泛起了一阵红晕。有一位连长笑了笑，但是却没有人站起来保卫这位司令的尊严。（金人 译）

在本章（第六卷第31章）的字里行间，我们能感受到作家对暴动联合部队司令苏亚罗夫的态度，不是评语式的，而是通过这个人物的言行和可笑之处，表现了他的虚伪、阴险、内心的懦怯与无能。作家一直是沉默的，作者的声音是无言的，仿佛只在于展示出其亲眼所见而已，但是我们仍然能够从字里行间感觉到作家的立场和态度，具有很强的艺术感染力。苏亚罗夫对待利哈乔夫与前一章葛利高里对待利哈乔夫适成鲜明的对照，从而可以看出迥异的人格。葛利高里堪称草根英雄，拥护者众，而苏亚罗夫则是小人，不能服众，不得人心。利哈乔夫啐在苏亚罗夫灰白的胡子尖上的唾沫，既是实际的细节描写，也是具有象征意义的意象，作者的评价态度和厌恶之情就蕴涵在这一表意之象中，紧接着作家补了一句，一位在审讯现场的连长居然笑了笑，却没有人站起来保护这位司令的尊严。读了这样的译句，一定会觉得很痛快！金人先生的译笔达到了炉火纯青的地步，信手翻译出来，完整地重塑了原作中的意象，作者的声音亦寓于其中了。

（12） Под ним ходуном ходила красавица кобылица, четырехлетняя нежеребь, рыжая, белоноздрая, с мочалистым хвостом и сухими, будто из стали литыми ногами. Храпя и кусая удила, она приседала, прыгала в дыбошки, просила повод, чтобы опять пойти броским, звонким наметом, чтобы опять ветер заламывал ей уши, свистел в гриве, чтобы снова охала под точеными раковинами копыт гулкая, ыжженная морозами земля. Под тонкой кожей кобылицы играли и двигались каждая связка и жилка. Ходили на шее долевые валуны мускулов, дрожал просвечивающий розовый

126

храп, а выпуклый рубиновый глаз, выворачивая кровяной белок, косился на хозяина требовательно и зло.

他骑着一匹只有四岁口、还没有生过驹的漂亮的、总在不停地跳动的骠马，它全身枣红色，白鼻梁，大粗尾巴，四条细腿像铁铸的似的。它打着喷鼻，直咬嚼子，蹲下后腿，直立起来，要挣开缰绳，好再引人注目地、哒哒地去飞奔，好让风再在它耳边呼啸，吹得它的鬃毛嗖嗖响，好让严寒冻僵的大地重新在它那光滑的蹄子下轰响。骠马细薄皮下面的每根筋，每块肌肉都在跳动。脖子上突出一道道的纵筋，闪光的粉红色鼻孔直哆嗦，宝石似的鼓出的眼睛，往外努着充血的白眼珠，严厉地、恶狠狠地斜睨着主人。（金人 译）

哥萨克要暴动了，骠马仿佛感到了自己的命运，作家连用了三个чтобы句，把坐骑的敏感心思摹写出来，预示着这匹马，这匹未生过马驹的骠马，在哥萨克暴动后的可悲命运。几个чтобы句引出的骠马的愿望，实际上是骠马过去曾经有过的自由驰骋，然而一旦暴动开始，骠马被卷入战争，其走向死亡的命运就注定了。这里实际上寓有作者的感叹。另外，作家通过马的神态动作（马的愤怒和不满中透着作者的悲哀与愤懑），表达了自己对哥萨克暴动挑起进一步的战争的否定态度。这就是作者的声音。译者识得作者的意图，翻译措辞与表达自然可以传神。这段译文反映了金人先生心悟神解后的精彩译笔。

（五）意义重构中出新意

意义蕴涵在文学文本之中，意义的呈现与人的审美感知和主观理解是有关系的。文学翻译不是简单的复制行为，而是使原作之"意"显现出来的过程，是一种创生意义的审美理解行为。

（13）Старик закурил, поглядел на солнце, застрявшее по ту сторону коряги.

—Сазан, он разно берет. И на ущербе иной раз возьмется.

文学翻译：意义重构

—Чутно, мелочь насадку обсекает, -вздохнул Григорий.

译文1：

老头子抽着烟，瞅了瞅浸在水中的大树那面迟迟没有升起的太阳。

"鲤鱼不一定什么时候出来。有时候月亮不圆也会出来咬食。"

"你听，好像小鱼在咬食。"葛利高里松了口气说。

译文2：

老头子抽着烟，望了望沉树后面冉冉上升的太阳。

"鲤鱼可不管这一套。有时候月亮不圆也会出来。"

"倒霉，光是一些小鱼儿吃食。"格里高力叹了一口气。

Застрять：卡住，陷住；（转，口）耽搁很久，滞留。正是"迟迟没有升起"或"冉冉上升"之意。Чутно，或许是 Чудно（极好地，非常美好）的变音形式，金人先生译成"你听，好像小鱼在咬食"，表现出了说话人的欣喜心情。Вздохнуть：沉重地叹口气，深深地呼吸一下；（口语）休息一下，缓一口气。金人先生将 вздохнул Григорий 译成"葛利高里松了一口气"，看似平常，却令人叫好。有了小鱼，自然会有大鱼，所以小鱼上钩便是好征兆，是令人欣喜的。力冈先生力避重复，力求译出新意。他将 Чутно 译为"倒霉"，似乎有些离奇，却表现了翻译家求新异的愿望，可能偏离原意，但无有大碍。因为钓鱼非为小鱼而来，小鱼并非目标，后来葛利高里确实钓到了十五磅重的大鱼。看似离奇的解读，却堪称独辟蹊径。比较而言，金人先生的译法更加准确，更贴近原文。译文之间的差异，以及译文与原文之间的差异，源于译者的创新和主观理解。在该例中，因为对 вздохнуть 一词截然相反的理解，产生了不同的译文方案，均具有新意。

（14） Возле баркаса, хлюпнув, схлынула вода, и двухаршинный, словно слитый из красной меди, сазан со стоном прыгнул вверх, сдвоив по воде изогнутым лопушистым хвостом. Зернистые брызги засеяли баркас.

128

第四章 文学译本的意义重构

— Теперя жди! -Пантелей Прокофьевич вытер рукавом мокрую бороду.

译文1：

小船附近的水扑哧响了一声，泛起了波纹，一条有两俄尺长的、好像红铜铸的鲤鱼，弯起宽大的尾巴，在水面上拍了两下，叫着向空跃起。珍珠般的水花溅了一船。

"现在你等着瞧吧！"潘苔莱·普罗珂菲耶维奇用袖子擦了擦湿漉漉的大胡子。

译文2：

小船旁边的水啪地向上一冒，随即又落了下去，一条两俄尺长，好像红铜铸成的鲤鱼，用弯弯的大尾巴划开水面，扑腾朝上一跳，水珠儿溅了一船。

"有门儿"潘捷莱·普罗柯菲耶维奇用袖子擦了擦胡子上的小珠儿。

金人先生的译句"小船附近的水扑哧响了一声，泛起了波纹"，合理的联想，生动贴切。"珍珠般的水花溅了一船"，几乎描写出了主人公的喜悦心情，甚好，恰合原文的"Зернистые брызги"。"珍珠般的水花"比"水珠儿"好些。金人先生译的"现在你等着瞧吧"在语言上贴近原文，准确地表达了含义。而力冈先生译为"有门儿"，口语色彩与原文相当，但在语言上与原文拉开一定的距离，可谓独创艺语，让人耳目一新。力冈先生尽可能发掘重译本的新意，力避与原译重复。例如，"……用袖子擦了擦胡子上的小珠儿"是在原译"……用袖子擦了擦湿漉漉的大胡子"基础上的变异创新，二者均形象生动。两个译文显现出意义的细微差别，却紧扣原意，给人以美感享受。

（15）Григорий выплюнул остаток цигарки, злобно проследил за стремительным его полетом. В душе он ругал отца за то, что

129

разбудил спозаранку, не дал выспаться.

译文1：

葛利高里啐出烟头，恨恨地望着它迅速地飞去。他心里在咒骂父亲，老早把他叫醒，不让他睡够。

译文2：

葛里高力吐掉烟卷头儿，恨恨地望着烟卷头儿迅速地飞去。他心里在骂父亲，因为父亲一大早就把他叫醒，不叫他睡够。

可以看出，译文2将译文1中的"咒骂"改为"骂"，一字之差，显示出译者准确传意的意向，但总的说来两个译文大同小异，只有个别地方略有变化。同一原作的不同译本之间可能存在正常的抄袭现象，有时是有意为之，有时是无意间的巧合。由于诸多因素的影响，翻译不可能完全趋同，而存在变异，即语言差异和意义微差。力冈先生的《静静的顿河》译本中极少与金人先生雷同，体现了他严谨的翻译精神，并多有新的发现和创意，使其重译本具有永恒的生命力。这体现了翻译中的超越意识和超越心理（尤其是在重译中），这是值得赞赏和肯定的。但在个别地方难以超越之处抄袭精彩，不失为一种翻译策略。

（16）-Наговоры, -глухо, как из воды, буркнул Григорий и прямо в иневатую переносицу поглядел отцу.

-Ты помалкивай.

-Мало что люди гутарют…

-Цыц, сукин сын!

译文1：

"都是谣言！"葛利高里目不转睛地直盯着父亲发青的鼻梁，含糊不清地嘟囔说，那声音好像是从水里冒出来的。

"你给我住嘴。"

"人们什么话都编得出来……"

"住嘴，狗崽子！"

译文 2：

"都是胡扯！"格利高力嘟囔说，声音十分低沉，好像是从水底发出来的，并且对直地看了看父亲发青的鼻梁。

"你给我住嘴！"

"别人还会说什么好话……"

"住嘴，狗崽子！"

在两位翻译家的笔下呈现出的格利高里形象略有不同。前者是"目不转睛地地直盯着父亲"，并含糊不清（瓮声瓮气）地说，顶嘴不敢大声。后者是先嘟哝着顶嘴，然后"对直地看了看父亲"。前者是小心谨慎地观察父亲，并顶嘴，后者则是低声地顶嘴，顶嘴后又观察父亲的反应。比较而言，后者更确切，符合原文的语序，对于揭示格利高里这位人物的性格也是合适的。格利高里具有天生的反抗精神和敢作敢为的英雄气质，但毕竟面对的是父亲，故说话还是有些顾虑。父亲也是这般的性格，所以接下来他显得咄咄逼人，不容分说。两个译文中的"你给我住嘴。"与"你给我住嘴！"仅有一个标点符号之差，而"住嘴，狗崽子！"则完全相同，突出了语气的愤怒和严令的口吻。唯有葛利高里的回答有了变化。Мало что люди гутарют 除了上述两个译例之外，还可试译为"人们就爱说三道四……"，"人们就爱嚼舌头……"，需译出口语化的言语特点。两位翻译家均把握准了原文中的语气和口语特点，但体现了译者不同的理解，丰富了我们对于作品精神的理解。译者正是从原文的字里行间不断地发掘意义，衍生新意的。

（17）Равняясь с ними, Алексей мигнул раз пять подряд.

-Продай чурбака!

-Купи.

-Почем просишь?

-Пару быков да жену в придачу.

131

文学翻译：意义重构

Алексей, щурясь, замахал обрубком руки:
-Чудак, ах, чудак!.. Ох-хо-ха, жену…А приплод возьмешь?
- Себе на завод оставь, а то Шамили переведутся, -зубоскалил Григорий.

译文1：

阿列克塞走到他们跟前，一连眨了五次眼睛。

"是卖劈柴棍子吗？"

"你买吧。"

"要多少钱？"

"一对公牛，外加一个媳妇。"

阿列克塞皱着眉，把那半截胳膊挥了一下。

"怪物，啊呀，怪物！……，外加一个媳妇……你还要牛犊子吗？"

"你自个留着传宗接代吧，不然的话，你们沙米利家就会绝种啦。"葛利高里粗野地嘲笑说。

译文2：

阿列克谢走到他们面前，眼睛一连眨了五六下。

"把这玩意儿卖了吧！"

"卖给你。"

"什么价钱？"

"一对公牛，外加一个老婆。"

阿列克塞眯缝着眼睛，甩起半截胳膊。

"有意思，嘿，有意思！……哈哈哈，还要老婆呢……有一个小母猪，你要不要？"

"你自个儿留着配对吧，不然的话沙米尔家就要绝种啦。"格里高力回敬道。

沙米尔·阿列克谢上来打趣，语气中带有讥讽的味道。年轻的葛利高里故意开玩笑说，一对公牛，外加一个媳妇（老婆），语气粗俗幽默，阿列克

132

谢颇感意外，他的动作反映了他的内心波动，有吓唬别人之意。但他接着说的一句粗俗话，把这个粗犷的哥萨克汉子刻画得很传神，然后是格里高力的回敬话。人物之间的对话非常生动，充满火药味的玩笑，洋溢着生活情趣，人物语言个性鲜明。你一言我一语的粗野玩笑，描绘出一幅欢快的情景，从中可以感到主人公的魅力。金人先生和力冈先生的译文都很传神，难分伯仲。两位翻译家在对-Чудак, ах, чудак!.. Ох-хо-ха, жену…A приплод возьмешь? 的翻译中，充分体现了翻译的创造性。尤其精彩的是，力冈先生将 Приплод（仔畜）译为"小母猪"，将人物的语言译得活灵活现，可以让读者体会到粗犷的大男子汉挖苦小年轻人的言外之意。译为"小母猪"比译为"牛犊子"更加出彩，亦证明了翻译变异翻新之理。

（18）Перила-в густой резьбе дикого винограда. На крыльце пятнистая ленивая тень.

译文1：

栏杆上密密麻麻地雕着一嘟噜一嘟噜的野葡萄。台阶上洒满斑斑点点的懒洋洋的阴影。

译文2：

密密匝匝的野葡萄的阴影清清楚楚地投在栏杆上。台阶上是一片带光斑的轻轻摆动的凉荫。

两位翻译家都尽力再现作者语言之美之奇。金人先生采用了"一嘟噜一嘟噜"来修饰葡萄，形象生动，清朗上口。但容易给人印象，仿佛栏杆上雕刻着实物的葡萄，实际上是葡萄落在栏杆上的阴影形象。力冈先生把"一嘟噜一嘟噜"改成了"清清楚楚"，或者担心重复之嫌，或者压根儿没参看金人先生的译文方案？金人先生将ленивая тень直译为"懒洋洋的阴影"，不仅描写出了葡萄的凉荫，而且写出了这凉荫之家的舒适、富足和困倦的感受，令人回味。但汉语略显别扭，似乎译者想传达作家特有的表达法。力冈先生译为"轻轻摆动的凉荫"，译文通顺优美，却失去了原文的陌

133

文学翻译：意义重构

生化表达法，丢失了部分含义。试译为："野葡萄在台阶上洒下斑斑点点的凉荫，显出慵懒的神色。"或"……透出慵懒的气息"，采用拟人法来对译陌生化表达，当可以补偿一下译文的意义丢失，但不如金人先生的译文精练了。

（19） Ее коротенькая, таящая смех улыбка жиганула Митьку крапивой.

译文1：

她那掺杂着嘲弄的、一闪而过的微笑像荨麻一样刺痛了米吉卡。

译文2：

她那亲热的，带有开玩笑意味的笑，使米佳像碰到荨麻一样，浑身痒酥酥的。

Коротенькая 是 короткая 的指小表爱形式，除了通常的"短促的"含义之外，还有"亲近的"、"友好的"意思。金人由"短促的"引申为"一闪而过的"，力冈由"友好的"、"亲近的"引申为"亲热的"，可谓善于发掘新意。译文2产生于20世纪80年代中期，中国改革开放，思想解放些了，语言透着时代的气息，只是略显直露了点。应该承认，力冈先生对这句话的理解与原文的上下文语境是吻合的，与整个作品中的米佳的形象也是一致的。米佳在与葛利高里一起去生意人莫霍夫家时，有这样的一个细节："米佳推了葛利高里一把说：瞧，葛利什卡，你看这裙子……像玻璃一样，什么都看得见。"这是米佳见到还是半大姑娘的莫霍夫的女儿穿着薄裙子时说的使坏的话。可见力冈先生之译绝非偶然，他是根据原作的上下文情节而作出的创造性的解读。虽然有些过度诠释，但颇为传神，堪称佳译。

（20） Аксинья с подмостей ловко зачерпнула на коромысле ведро воды и, зажимая промеж колен надутую ветром юбку, глянула на Григория.

译文1：

阿克西妮亚扁担不离肩，站在跳板上麻利地汲了一桶水，然后把被风吹起的裙子夹在两膝中间，瞟了葛利高里一眼。

译文2：

阿克西妮娅站在跳板上，灵活地将扁担一摆，汲了一桶水，把被风吹得鼓起来的裙子夹在两膝中间，看了格里高力一眼。

译文1中的"瞟"，译文2中的"看"，几乎译者的态度已露端倪。译者对阿克西妮亚的态度从其译笔中隐约可见。金人先生着意地将"…ведро воды и…"中的 и 译为"然后"，将 глянула 译为"瞟"，似乎已婚的阿克西妮亚故意在小年轻儿葛利高里面前卖弄风情。力冈先生则不突出 и，并将 глянула 译为普通的"看"，淡化了卖弄风情的意味（有意还是无意？）。人物形象在两位译者的主观心理中展开，在译者对主人公的态度中铺演出来。此外，两位翻译家对阿克西妮娅汲水时的动作译得极有韵味，给人以艺术美的享受。

照耀在译本上的光辉，不仅有来自源语的思想情趣和精神意味，亦有来自译者和译语的新意。同一个原文，可以有多种不同的理解，译文与原文之间尽可以丝丝入扣地吻合，但永远不可能丝毫无差。而同一个原文的译文之间也存在着细微的差别，文学原作具有非常大的想象和阐释空间，或者是译者的艺术体验和多义感受将意义不断地创生、更新，或者是语言表述不同导致意义差别。译者在翻译中抄袭前译中的精彩，虽然有时可以为重译增色，但变异翻新也是一条基本的法则。译文与原文之间，同一原文的译文之间互相辉映，互相补充，相得益彰。译者运用新的语言在独特的视角下的翻译行为，必然会有意义发现和新意衍生，翻译中渗透着译者的主观理解和精神力量。文学作品通过翻译而出新意，翻译是意义的衍生地，是意义传输的"管轨"，是文化的生长点。

（六）金人先生的翻译艺术特点管窥

金人先生是我国最早翻译肖洛霍夫《静静的顿河》的老一辈著名翻译

文学翻译：意义重构

家，他翻译的《静静的顿河》在中国多次再版，证明了他的翻译是非常成功的。他那生动传神的译文，早已成了文学宝库中璀璨的明珠，今尝试一窥他的翻译艺术特点。

其一，语言朴实自然，生动传神

金人先生翻译的《静静的顿河》开篇的哥萨克古歌："我们光荣的土地不用犁铧耕耘……我们的土地用马蹄来耕耘，光荣的土地上播种的是哥萨克的头颅，静静的顿河上装饰着守寡的青年妇人，到处是孤儿，静静的顿河，我们的父亲，父母的眼泪随着你的波涛翻滚。"① 我们从这朴实自然的语言，能够体会到古哥萨克民歌中的诗意。读着"父母的眼泪随着你的波涛翻滚。"这朴实自然的诗句，脑海中就会自然地联想到顿河人民所承受的苦难生活，并会涌起强烈的共鸣。这朴实的语言，抒发了诗人对顿河那真挚深沉的爱，语气是多么亲切啊！我们从金人先生翻译的《静静的顿河》中随处可见可感到他那自然亲切的译笔。如前述的例（13）、例（20）等。

其二，语言形象生动，精练贴切

金人先生不愧是语言艺术家，他的语言活泼，形象生动。如例（14）中的"小船附近的水扑哧响了一声，泛起了波纹"，"珍珠般的水花溅了一船"。例（18）中的"一嘟噜一嘟噜的野葡萄"。在他翻译的《静静的顿河》中这类生动的语言真是数不胜数。金人先生的语言精练贴切，生动感人，人物形象如在目前。

另外，他对人物的语言特点把握得相当准，随处可见他出色的语言和文笔。尤能表现人物的方言俗语色彩，幽默风趣，颇具神韵。如例（16）、例（17）的对话译得相当精彩，例如"你给我住嘴"，"住嘴，狗崽子"，"一对公牛，外加一个老婆"等表述，生动地再现了人物的口语特点。

其三，语言紧贴原文，精彩纷呈

金人先生从 20 世纪 30 年代开始翻译《静静的顿河》，到 40 年代初译完

---

① http：//tieba.baidu.com/f? kz=45412191（《静静的顿河》开篇哥萨克古歌，金人译，1956年第1版）。

第四章 文学译本的意义重构

并发表了《静静的顿河》的全部译文，在50年代又全程修改过一遍。也许是受到当时翻译思想的影响，他的译文是语言忠实的，我们通过与力冈先生的重译本对比即可看出金人先生的译文在语言上更贴近原著，译文精彩纷呈。原文的诸多修辞手法，多能自如地再现于译本之中，有不少佳译。参见例（18）、例（19）、例（20）。

应当指出，在语言上忠实于原文，在一定程度上会影响到译语的表达，金人先生的译文多有精彩的语言，但有时也存在着令人费解之处。如例（17）中的"是卖劈柴棍子吗？"和例（18）中"懒洋洋的阴影"等，露出生硬的复制语言的痕迹，出现所谓的"翻译腔"，但多出现在《静静的顿河》前几卷中。越到后来几卷，其译笔生花，已达炉火纯青的境界，参见本章前面例（1）—例（12）。我们从长卷翻译小说《静静的顿河》中，经常能感到金人先生对于原文语言特点的重视和力图忠实地再现出来的愿望。金人先生的译文生动传神，且简练准确，为什么有时出现所谓的"翻译腔"呢？可能有时代社会方面的原因。众所周知，严复的"信达雅"，影响了20世纪的大半个世纪，20世纪前半叶，"直译"仍是主流。金人先生对于原文中特别的语言表达法，尤其是陌生化的语言特点，给予了充分的关注，但在再现于译本之中时，可能主要从引进的角度考虑多一些，而从"据为己有"方面考虑得少一些。这是与一个时代的翻译主张密不可分的。

另外，金人先生一丝不苟地将原作中的精彩逐一传达出来，其翻译的秘诀在于，重视摹写原作中的含意之象和重造含意之境。文学译本中有了艺术意境，其中的人物也就能鲜活起来，作品中欲表现的典型（人物、性格）、主题等自然地被凸显出来。

本书只是配合文学译本的意义重构论述，从极有限的范例分析中，粗略地管窥一下金人先生的翻译艺术特点，《静静的顿河》一至四部，金人先生历经多年翻译才完成，并经过了重译。他在翻译实践中积累起来的经验，值得我们深入学习深入研究。顺便说，力冈先生的《静静的顿河》重译本也是具有很高研究价值的重要译著，可作专门研究。相资参阅，熠熠生辉。通过对金人先生和力冈先生翻译的《静静的顿河》两个译本的极有限的对比，

文学翻译：意义重构

证明了文学翻译意义重构中有新意衍生，译文相对于原文会发生意义变化，译文之间也会存在意义微差。郑海凌先生说："文学翻译的根本问题在于'异'。翻译是一种异化和变形。"[1] 的确，和而不同，才能相映成趣，相得益彰。金人先生不仅是河北的翻译家，而且是国内著名老一辈翻译家，其翻译艺术堪称卓越精湛，代表了一个时代的翻译艺术水准。他为《静静的顿河》的译介作出了杰出贡献，后来力冈先生的《静静的顿河》重译本，则是可与之相提并论的鸿篇译制，两位翻译家的翻译艺术值得深入研讨。

第三节　文学翻译行为中的意义变异和新意衍生

　　文学翻译是非常复杂的语言现象，一个语词或者概念在进行转换时，其中蕴涵的意义能否保持原初状态不变？作者设置在文学文本中的意义（或意图）是否固定不变？许钧教授在《翻译论》中将翻译定义为"以符号转换为手段，意义再生为任务的一项跨文化的交际活动。"[2] 特别强调了翻译的"社会性"、"文化性"、"符号转换性"、"创造性"和"历史性"，对于何为翻译进行了历史的分析和理性的思考，深刻地揭示了翻译的本质。意义是如何再生的，前面我们已经有所论述，而意义再生的过程中会发生怎样的变化，则是我们需要进行深入的探讨。

　　雅柯布森从符号学的立场提出语内翻译、语际翻译和符际翻译范畴，大大地拓展了翻译研究的视野。"理解也是翻译"，无论是同一语言之内还是不同语言之间，人的交往就等于翻译，这是乔治·斯坦纳的看法[3]。杨武能

---

[1] 郑海凌：《译理浅说》，第48页。
[2] 许钧：《翻译论》，第75页。
[3] 斯坦纳著，庄绎传编译：《〈通天塔〉文学翻译理论研究》，中国对外翻译出版公司1987年版，前言及第85—98页。

先生曾撰文论述过"翻译即解释（阐释）"①。广义地讲，说话即是对大脑思维的再现，是对人的内部语言的翻译。作家写作是对大自然和现实生活的反映，也可以说是在进行一种特殊的翻译。有人说："语言就其本质而言本来就是译文"②。这给我们一个启示：翻译是与我们的生存密切相关的，文学翻译行为中的意义问题是与人的存在和美感体验密切相关的，译者作为一个生存者，一个生命体验者在筹划意义，并重写译本。一个文学文本在不同译者的感知、理解下，所呈现出来的意义会有所不同。文学作品经过跨语境翻译之后，可能发生意义变异和意义增生，在译者解读文学文本的过程中，可能带有特殊的目的和意图，选取的视角不同，运用新的语言表达的意义就会出现差别。

本课题研究的文学翻译，指的是文学作品（诗歌、小说、散文、戏剧等）的翻译，形象性和审美性是文学翻译最重要的特征。而形象是大于意义的，具有随语境变化和解释者的意识参与而不断生发意义的特点。文学翻译可看成是跨文化交际的一种特殊类型，而译者的翻译行为是促使意义再生和跨文化交流的最关键因素，不过文学翻译行为中的意义问题并不完全取决于译者，翻译的主要目的是将读者导向文学原作，让读者从文学译作中去领会原作中所表达的思想、情趣、意趣。意义产生于文学作者、译者和读者等多个主体间的互动关系，正是这种互动关系造成了翻译中意义的变化。波兰哲学家兼语义学家沙夫说，意义是互相交际的人们之间的一种关系。在翻译行为中，译者在想象中实现与作者、读者相互之间的交际，促使意义生成。

一、文学文本中的意义的非终极性和衍生性

文学文本是由作家创作出来的，各种意义蕴涵在文本之中，但意义并非像石块、砖头一样地确定，意义不是实体，它是借由意象、意境、典型以及

---

① 杨武能：《翻译 解释 阐释——文学翻译断想》，《阐释与解构：翻译研究论集》（罗选民、屠国元主编），安徽文艺出版社2002年版，第85—98页。
② 朱健平：《翻译即解释：对翻译的重新界定——哲学诠释学的翻译观》，《解放军外国语学院学报》2006年第2期。

文学翻译：意义重构

各种表意策略等表达出来的，所以意义本身通常是蕴涵的，耐人寻味的，多为意蕴—人文意义，意义的呈现与人的审美感知和理解相关联。从这个意义上说，文学文本中的意义具有不确定性，不存在终极意义。正因为文学作品中的意义具有丰富的蕴涵性和多义性，一部经典作品总是会随着时代的进步，不断地生发出新意来。汪正龙说："在文学理解中读者面对文本也泯除了时间的沟壑，处于常读常新的'共在'之中，在意义的反省中自我的构成与意义的构成是同时的。时间沟壑的消除和理解的当下性走向使历史理解与美学理解相互接近。"① 历史理解与美学理解相互接近，对文本意义的解读与自我理解，几乎是同时进行的。文学翻译不是简单的复制行为，翻译是一种使原作之"意"显现出来的过程，是一种创生意义的文化行为。任继愈讲的下面这段话虽不是讲的文学翻译，但对我们理解文学翻译行为中的意义衍生很有启迪意义。他说："两千年间，老学、孔学不断增加新内容，有些内容是老学中原有的，但未阐发得充分，也有些纯属于后人的思想，挂在古人的名下阐发出来的，是古人不曾有过的思想。'中华文化既古老又年轻'，其原因也在于此。"② 文学译者诠释作者和作品，会有意无意地掺进自己的意思，经典作品经过不同时代的翻译，会注入新的内容，融入不同时代的精神，因而是不断衍生新意的过程，同时也说明并不是所有的意义都归于作者，文学文本中的意义是开放的，衍生的，而不是终极的。作家也是有局限性的，不尽然把道理都讲得很透彻，各种隐含的表达方式也会造成多种理解的可能性甚至歧义性，译者在翻译的过程中，在作者构建的意义框架里重构意义，有时会加进自我理解和时代赋予的新意，从而会扩展作品的意义域。

海德格尔说："把某某东西作为某某东西加以解释，这在本质上是通过先行具有、先行见到与先行掌握来起作用的。解释从来不是对先行给定的东

---

① 汪正龙：《文学意义研究》，第19页。
② 《皓首学术随笔·任继愈卷》，中华书局2006年版，第192—193页。

第四章 文学译本的意义重构

西所作的无前提的把握"①。伽达默尔进一步把理解本体论化,创立了哲学解释学。当代解释学的另一代表人物保罗·利科建立了一种主要是从语言的创造性研究出发的文本解释学。利科断言,语言一旦由文字固定下来成为文本,便独立于书写人而具有自律性,并且切断了对外界事物的指称。因此,我们解释文本就是解释文本所设计的可能世界,对文本意义的理解和对于自我的理解是同时发生的。意义、理解和解释不仅是一种精神主体的活动,而且是人自身的生活形式。文学文本具有开放性,文学作品虽是以完成形态被给出的自为存在,但其中有作者设置的各种意象、意境、形象等,各种意蕴丰富的概念和隐喻、转义等,是具有趣味的意义踪迹,是耐人寻味的,读者各以其情而自得,各以其智而有所悟,皆在于文学文本中有可供读者思索玩味的艺术空间,人们对经典作品的阅读是常读常新的,而不是一成不变的。我国古代文论中所谓的"诗无达诂","以意逆志",正说明读者创获意义与文本意义有所不同这个道理,也说明文本意义的非终极性。文本意义的统一性和意义解答的多样性是并存的。

经典作品之所以总在召唤着人们去阅读,去重译,除了能够满足人们的精神需要之外,还有一个重要的原因就是它的抗译性,抗译性表明了其复杂性和丰富性。德里达认为"抗译性"就是可翻译性,正是那种"抗拒"翻译的东西在召唤翻译②。一本令人感兴趣的书,看不懂不能透彻理解,总会激发再次阅读思考。难懂之书犹如危险的斯芬克斯一般,考验着每一个具有探索精神的人不惜时间和精力去解读破译之。人们借助交谈和讨论而互相理解,通过翻译而使作品传播于异域他乡,通过反复的诠释而破解一个个谜底,与此同时又留下了新的意义踪迹,这是探索者留下的足迹,后人沿着这些足迹重构意义,也会有新的发现。所以说,不存在终极意义,也很难说文学作品的意义何时被穷尽,真正有生命力的作品总是会被人反复阅读,不断地会有新意产生,阅读者也的确能有所发现,有所创获。由于人认知的有限

---

① 海德格尔:《存在与时间》,陈嘉映、王庆节译,三联书店1987年版,第184页。
② 德里达:《书写与差异》,第24页。

文学翻译：意义重构

性，我们的确难以穷尽意义。语言随时代的变化，也会使人们对一个作品产生新的理解。

意义并不是一个独立的、固定不变的"实体"。严格地说，人们读到的译文不全是原作者的意思，作家对意义的表达是讲究艺术构思的，讲究艺术意境和采用各种表意方式，因此，意义的产生与人的感知和理解等有关，因人而异。在翻译过程中，文学文本的意义有增有减，有得有失。原作者有时本来就留有让人想象、揣测的余地，这就必然会产生理解的差异。文本意义将随着时间不断地延续和演变，因此同一个作品有多个译本是正常现象。翻译不仅是继承传统的问题，而且是一种开拓创新的事业，是传承和发展文化的重要途径。以德里达为代表的解构主义反对逻各斯中心，否定以本源与中心为框架的绝对真理，从而颠覆了原文和原作者的权威地位，解放了译者，为译者的创新正了名。但德里达创造的"踪迹"概念，在说明意义的不确定性的同时，恰恰又证明了作品的意义有迹可循，并非根本不可确定。所以，意义并不是完全不确定的，作家的功劳是不可否认的，任何一次翻译，都是对作家创造性劳动的承认和对作家的原创性的尊重。我们提倡对文本进行开放式的阅读，认为文本是面向读者和其他文本无限开放的源泉。文本的内容经过不同时代，不同译者的翻译而融入新意。这又是对译者创造性的一种肯定，对译者的主观能动性的一种肯定。文本是开放的，意义是开放的，原文本没有所谓的"终极"意义。

文学文本的解读具有互文性，互文性又称文本间性，它与主体性、主体间性是密切关联着的，这是法国科里斯蒂娃创造的一个概念，她"理解了结构主义的局限性……'赋予结构主义以活力。'文本与文本之间的对话（她认为这是基础性的）可以用来处理主体问题（主体是结构主义压抑的第二个因素）……把它作为主体间性的一部分重新引入……科里斯蒂娃回避了主体问题，而是运用了一个新概念，便是文本间性（intertextualite）。"[①]

[①] 弗朗索瓦·多斯：《从结构到解构——法国20世纪思想主潮》（下卷），季广茂译，中央编译出版社2004年版，第76页。

科里斯蒂娃还通过引入对话学（dialogique），给结构主义方法增加了历史之维，超越了文本的封闭性，为文学文本打开了意义之门，使文学文本能为更多的人所接受，从而不断地丰富意义内容。意义游离、播撒于文本之间，这个创生意义的过程像一条河流一样翻滚向前，相互承接，相互映衬，相互补充，从而构成一种不断向前的意义运动。秦文华说："我们应将原作看成一个鲜活的具备互文性特点的对话对象，面对敞开的文本，译者、读者包括批评者也应敞开思路，对文学文本和文学形象给予足够的互文性解释，与原作者对话，与作品对话，与外部环境对话，并且把一部分理解的空间留给读者，留给后人。这里或多或少要牵涉到'模糊性'的策略问题。"[①] 孙艺风说："那种翻译就是准确、完整地将原作的意思在译文里传递出来的预设，不免显得幼稚，至少是带有理想色彩。"[②] 我们认为，这种预设就是静态地、不变地看待文本意义的终极观。

意义终极观念既不利于译者的翻译阐释，也不利于揭示翻译的本质和活动规律，更不利于译者发挥主体性。其实，将意义看成是一个固定不变的恒量，这是一种错觉。因此，在文学翻译中将原文和原作者视为文学翻译中的唯一意义来源，不考虑意义在交流中的衍生性，是不对的。

二、意义在迁移中的变异

在文学翻译中，意义迁移究竟是一种什么样的状态？意义能否保持其本真状态不发生变化？

简单地说，翻译是一种语言转换，其任务是帮助人们了解另一种语言设置的意义域。有人说文学翻译是创造性"叛逆"，并非完全没有道理。因为，文学翻译跨越两种语言和文化的阻碍，将文学文本中的意义传递给读者，至少经历两次意义的转变。第一次从原语中发掘意义，这并不等同于原语的蕴意，而是发生了意义变异和意义衍生（上文已有论述）。第二次是用

[①] 秦文华：《翻译研究的互文性视角》，上海译文出版社2006年版，第10页。
[②] 孙艺风：《视角·阐释·文化》，清华大学出版社2004年版，第5页。

文学翻译：意义重构

另一种语言表达出来，新的语言因其属于另一种语言文化系统，会引起新的联想，以致新意衍生。"翻译是原作的语言形式在译语文化语境里的'诗意的运用'，语词的意义产生于译语先在的'诗意结构'的同化功能。但是，意义的瞬间生成，同时也是译者的本真存在的具体体现。"[①] 为了传达原文的"意"，有时不得不改变语言的表达形式。"原文的'意'，随着形式的改变，也会发生一定程度的改变，但不影响（或者有利于）译文整体上的和谐"[②]。在文学翻译活动中，译者的审美感受有时难以言传，用语言表达的审美感受会发生某种程度的"变形"。而这种"变形"往往具有审美价值。所谓言不尽意，意在言外，语言虽不能尽善尽美，但在文学作品中作家恰恰会利用这个特点来引起人们诗意的联想，具有多义感受和蕴涵丰富的审美价值。译者使用文学语言来传达自己的审美感受时，有时也会造成同样的效果。另外，译者的意向性也是导致意义变异的一个重要因素（后文将详细探讨译者的意义—意向性问题）。文学翻译是跨语境的审美交流活动，语言、文化之间存在着差异，语境转换引起变异，在语境中交往的人是导致意义生成的一个重要因素（参见后文第六章）。

文学译本相对于原本，犹如语言世界之于现实世界和思想世界，语言对世界和思想的表达有隔膜，采用了各种表意策略和意义布局方式，文学翻译在传达原作的含意时有时也会有隔膜。文学翻译是衍生新意的创造性活动，但许多读者都会有一个先入之见，认为文学译作是作者的作品，而不是译者的再创作品。可以说，译者的工作有点类似于匠人，不是原创者，他必须跟随作者重新体验那些曾经有过的感受、情趣和思想，似乎译者没有自己的构思和创意。然而，文学翻译实则是在译者创造性的意识下进行的，只有具有学识，有创造性的译者才能从作品中有所领悟、创生意义。译者掌握了外语和母语，看得到两边的景色，在两种语言文化之间传情达意和表达思想，但是并非总能称心如愿。译者的工作看似简单的劳动，却不知译者也是一个创

[①] 郑海凌：《译理浅说》，第19页。
[②] 郑海凌：《文学翻译学》，第348页。

造者,一个再创造者。如果把原作意义之所蕴涵看做老子所称谓的"道",这个"道"不是一种语言能够完全表达的,只能是许多种语言文本对意义的分有,合起来形成意义的集合,但是这个意义集不会等于文学原本,更有意义的扩大和延伸。要贴切、完美地再现原作的内容和风采,只是一种理想的境界。要做到与原作丝丝入扣,意义表达恰如其分,的确是不易的。译者历经千辛万苦到达一个预定目标时,作品原有的精神、思想和意趣能保存多少呢?乔治·吉辛说:"我能像当初在古希腊海滩上漫步的古希腊人那样领会他(荷马)诗篇里的每一个词语吗?我知道,越过广袤的时空传到我耳边的只不过是一个微弱的、断断续续的回声,我也知道,若不是这回声融汇着作为世界远古时代荣光火花的富有青春活力的记忆的话,这微弱的回声还会更加微弱。"[1] 在翻译的过程中,意义损失是必然的,唯有译者的才华和学识能够于此有所弥补,"译者发挥艺术语言的表现力,以弥补义旨的损失"[2]。译者的创意在有意和无意中发生,从而导致意义变异。译者的局限性、主体性和创造性,在文学翻译的跨语言跨文化的文学交流中充分地表现出来。从文化发展创新的角度看,文学翻译误读、误释、误译等情况时有发生,但并非完全是消极的。

意义在差异中存在与显现,同类的个体之间因为有所差异才显出存在的价值。意义产生的根源就是他者和差异,这个他者最初也许是很小很小的细流,比如岩缝中渗透出来的唯一的水源,之后汇入小溪,汇入大江大河,也许分辨不清了,但大江大河的潮流无不是集了无数的小溪小河而成的。意义普通的常态存在于"延异"之中,处于空间上的"异"和时间上的"延"之中。德里达说"它(意义)是对自己的否定并不多乎对自己的肯定,作为延异,它延迟自己并书写自己"[3]。每一次翻译行为,都发生着意义变异,也孕育着创新,而读者每次阅读作品,都能从似曾相识的感觉中获得新的体

---

[1] 刘士聪:《汉英·英汉美文翻译与鉴赏》,译林出版社2003年版,第83页。
[2] 郑海凌:《文学翻译学》,文心出版社2000年版,第79页。
[3] 德里达:《书写与差异》,第127页。

文学翻译：意义重构

验。历史传统、流传物的继承本来就是批判中继承，继承中批判，从旧有中产生新生事物。中外历史上产生过许多伟大的翻译家，其成就不亚于大作家，有的本身就是大作家，创作是与翻译息息相关的。然而，翻译毕竟是一种不同于创作的再创造活动，是基于原作的意义创生活动。

在前一节我们之所以不厌其烦地勾勒了文学原作中的意义分类和意义踪迹，就是因为翻译是一种与原文密切关联的再创造。文学翻译的过程就是译者从文学作品中创生意义，并为意义赋予新的文学形式的过程，对于原作品中的语言艺术，译者要竭力摹仿，对于原作品中的意义踪迹，译者要竭力探寻，并重新再现于译本之中。失败的译作主要是没有理解和把握好原作的意义。原作的意义（内容）与其形式融为一体，在译成另一种语言时，势必会打破原来的和谐状态，需要建立新的和谐的文本。原文的意象、意境和精神意趣在翻译转移中，可能会有所失，有所改变。郑海凌教授说："翻译的有得有失，以得补失，得失辩证，是由翻译活动的本质特征所决定的。"①文学文本中同样的一个情景，一个意象，不同的人用话语表达出来，就会形成各不相同的语言表述，其生成的意义也就有差别。例如：人们面对花园中一只乌鸦飞起的情景，一个人说"一只乌鸦飞走了"，有人说"一只小鸟飞走了！"，有人说"好黑好大的一只鸟！"，还可以有别的语言表达形式。这就是说，会出现多种语言表述，这里存在着人们的注意力的焦点和侧重问题。一个非常简单的情景，人们在用语言表达时都会产生意义的差异，对于复杂的情景，只能一个个地注意了，各有所侧重地加以描述和表达，而不能以同样的强度同时注意一切，更不会出现完全相同的唯一表达。辜正坤教授的"主体心理感知锋"概念可以用来解释我们这里的问题。他说："所谓主体心理感知锋，即主体（说话人、思考者、描述者）对事物的注意焦点，或者又可以称为注意指向器，或注意选择指针。"② 主体心理感知锋扫描之处，即其注意力获取意义之处，获得意义之侧重点不同，其语言表述亦不

---

① 郑海凌：《文学翻译学》，第67页。
② 辜正坤：《互构语言文化原理》，清华大学出版社2004年版，第46页。

同。译者本身与其意义摄取和语言表达有很大关系。

　　文学翻译建构起新的文学译本,让不懂外语的人能够欣赏领略原作的艺术世界及其折射出的客观现实,与此同时不可避免讹译和误译(透彻地理解原作是避免误译和讹译的前提,但谈何容易),文学翻译既是文学交流、文化传承的重要手段,又是文化创生的重要途径,它创造了不同于原语又与原语密切关联的新的文学语言和文学译本。这是在开辟新的文化领域,有所关联、有所继承地在重写新的文化篇章。能懂原语者可能慨叹,甚至鄙薄文学翻译的不力和无效。然而,翻译在人类文明史上有着无法替代的作用。"无名,天地之始;有名,万物之母。""道行之而成,物谓之而然。"老子和庄子讲的是语言哲学,其实这些话也适合于翻译。文学翻译是以文学原作为依据的一种意义生成活动,是译者摹仿原作的语言来传达原作之意的审美再创造活动,翻译之所在即文化传承、学习和创造之所在。

　　文学翻译的语言是文学语言,是具有审美价值的艺术化语言,文学的魅力就在于其语言的弹性,可伸缩性和模糊多义性。文学语言不是直白的,不是一览无余的,而是留有很大的艺术想象和联想的空间。"在书写'空白'与语言尽情延伸中可能会歧义丛生,文学语言的微妙在含蓄性的优雅中得以充分的体现。"① 因此,翻译绝不意味着固定意义的传达,更有文学语言的重塑与意义的延伸。正是在对文学语言的艺术品味和多义感受中,存在着非常大的想象空间,意义因此不断地延伸着,创生着和改写着。意义不再是一个恒量,而成了变量。在文学翻译中,意义重构因人而异,与译者的审美感知和语言表述有关。不管译者如何设身处地理解原作者,渗入作家的思想感情中,都不可能纯粹是作者原始心迹的重新唤起,而是对文学文本的再创造。文学翻译的意义重构,涉及新的语言表述,不只是重现原文的句法结构。对于读者来说,在文学译本中重构起来的意义域,不仅有来自原语的显意、蕴意和精神意趣,而且有来自译语和译者的再创造。译语的造艺功能,使译作产生新意,而译者自我的显现,又使得译作焕发出生命的光辉。任何

---

① 孙艺风:《视角阐释文化》,清华大学出版社2004年版,第5页。

文学翻译：意义重构

一个时代对经典作品的理解都是不断更新的，常读常新的，而不可能趋同。伽达默尔有句格言："我们有所理解的时候，总是以不同的方式在理解"[1]翻译即变异，而非趋同。不同的表述就是不同的表意方式，作品通过翻译而产生新意。然而，意义的探究有没有规律性呢？意义虽不固定，具有不确定性，却有一定的规律可循。意义并非是完全相对主义的解释，并非任意胡为的解释。沿着文学文本的意义踪迹，可以暂时确定意义。我们在前面探讨了文学原作中的意义分类和意义踪迹，证明文学翻译是有规律可循的，证明译者是有所束缚的，译者在具体的语境中确定意义，并不是完全相对主义的，译者的翻译也不是随心所欲的。维特根斯坦曾经画了一个图，从一个角度看像只兔子，从另一个角度看像只鸭子，这说明了意义的不确定性，同时也表明意义的相对可确定性。不同的译者有着不同的理解和表达，也就会书写出不同的意义来，或呈现出意义的细微差别来，但我们要说，译者对于作者表达在文学原作中的各种思想意趣悉心体会并尽可能地予以传达，对于作者在原作中留下的意义踪迹悉心探索，并竭力摹仿而重构于译作之中，将作者留下的意义感悟的空间尽可能地重塑出来，是其翻译的责任。当然，我们明确了文学翻译中发生意义变异和衍生新意的正常现象，便不会去苛责译者了，有时反倒会生出一种敬意来，他们的确是文学交流的"驿马"，站在文学继承与创新的前沿。

第四节　译者的意义—意向性

文学翻译行为中的意义问题是一个相当复杂的问题。可以说，自古以来"译意"就是翻译中的基本思想，20世纪奈达明确提出了"翻译即译意"（Translation means translating meaning）的观点，已为译界学者广泛认同。我

---

[1] 伽达默尔：《真理与方法》，洪汉鼎译，上海译文出版社1999年版，第646页。

们已论述了文学原本中的意义分类和意义踪迹,译者正是循着原本中的意义踪迹在从事翻译活动,在重塑意义感悟的空间。然而意义的理解具有不确定性,翻译无法实现原作中的所有意义。翻译"译意"的根本任务在于,译者循着意义的踪迹追索原作中的字面—语言意义和意蕴—人文意义,将意象、意境以及诸多语言表现手法再现于文学译本之中,让读者从中感悟到作品的意义和获得美感享受。

然而,文学翻译中的意义理解和诗意的传达与译者主体和意向性有关。语言本身无本质结构,意义也无本质结构,意义是在人们使用语言中产生的,维特根斯坦使用"用法"一词来代替"意义",他说"语言的意义即用法"。文学语言尤其给人以丰富蕴涵的意义感受,有时有模糊之美,文学翻译中的"译意"问题有必要作进一步的研究。为了更好地阐明这个问题,我们先简要地介绍一下维特根斯坦的"意义——意向性内容"原理,因为它触及了"意义是什么"问题的根本,可以用来解释文学翻译行为中的意义重构的秘密。

一、"意义—意向性内容"及启发

所谓"意向性",简而言之是指心灵的一种特征,意向性即为指向性,是主体的心理状态借以指向或涉及其自身之外的客体和事态的那种特征[①]。后期维特根斯坦考虑意义问题的角度和方法,与其他英美语言哲学家以及维氏自己早期的思想相比,有很大的不同。他的哲学目光已不再是理想语言,而转向了日常语言,他更注重语言表达中的意向性因素,并把意向性看做语言作用的基础和根本解决意义问题的关键。应当指出,维特根斯坦关于意向性的思想并非他哲学中的次要部分,而是他后期哲学的重要内容,构成他的语言游戏思想的行为起点。后期维特根斯坦的贡献之一就在于,他不仅把意义问题与语言游戏联系起来,提出了"意义即用法"的思想,而且强调意

---

① 周晓梅:硕士论文《翻译研究中的意向性问题》,2007年。

文学翻译：意义重构

向性在意义问题中的中心地位，把它看做联结意义问题和语言游戏的重要纽带。①

维特根斯坦将语言的意义解释为其用法，人们会进一步问，为什么语言在使用过程中会产生意义，是什么因素赋予语言以意义的？也即是说产生语言意义的基础是什么？其实，维特根斯坦对语言发生作用、生成意义的基础是有过论述的。他对语言意义的底蕴——意向性的强调，没有引起人们的重视，甚至给忽略了。语言的"意义即用法"几乎变成了一句口头禅，为人所乐道，而人们对于语言意义的一个最重要的维度——意向性内容，却不太熟悉。

"维特根斯坦在观察实际的语言活动中发现，语言的意义既不是客观的指称方式，也不是主观的意识活动，而是语言表达的意向，它存在于使用语言的活动之中。这样，他就把为语言哲学家所困绕的意义问题'消解'或'溶化'在人类用以维系社会存在的语言活动之中，而意向性则成为解决这个问题的关键。"② 罗素、奥格登、理查兹对意义持有因果关系的解释，维特根斯坦曾提出过尖锐的批评。首先，他坚决反对用心理分析的方法来解释意义。在他看来，罗素等人的错误不仅在于对意义的心理分析，而且在于用外在的因果关系解释意义，维特根斯坦说："语言和行为之间的因果关系是一种外在的关系。罗素的理论可以归结如下：如果我给某人一个指令，他依照这个指令之所为使我愉快，那么他就是执行了这个指令。如果在学习语言的同时建立起了语言和行为的联系，这种联系也许会断裂吧？如果会断裂，我究竟有何种手段，把原先的约定同后来的行为相比较？"③ 维特根斯坦要求用一种内在的关系来解释意义，这是他在意向性问题上的出发点。

维特根斯坦说："如果把意向的因素从语言中分离出来，那么语言的全部功能将由此瓦解。"④ 可以说语言（言语）就像一间控制室，按某个特殊

---

① 江怡：《维特根斯坦——一种后哲学的文化》，第23—24页。
② 江怡：《维特根斯坦——一种后哲学的文化》，第20页。
③ 《维特根斯坦全集·哲学评论》，丁冬红等译，河北教育出版社2003年版，第5页。
④ 《维特根斯坦全集·哲学评论》，第5页。

第四章 文学译本的意义重构

的意向而操纵,或为了某个特殊目的而建造。在维特根斯坦看来,语言的意义既不在于语言与外在的实在之间的对应关系,也不是说出语言的心理活动在行为上的可观察到的反应。意义应该在于语言的用法,语言的每一次使用,都会产生不同的意义,而不同的意义不仅因为语境或说话者的不同,更重要的是说话者在语境中所意向的内容不同。通常,人们对于维特根斯坦的语言的"意义即其用法"的理解,主要注意到语境与意义的关系,而忽视了使用语言的意向性。下面这段论述大致可以说明这一点:"应该说,利奇的阐释如他所期望的那样,为我们提供了一整套符合波普尔'可证伪'理论的简明的阐释模式(具体描述见利奇《语义学》),也有了一些粗略的结论,或称假设或'猜测'。后者可以称之为他所创导的、具有语义学理论意味的语境观。在他(指利奇)看来,维特根斯坦的'意义即使用'论所强调的语境之于意义分析的作用在具体语言使用中的效用并非人们想象的那样,应该还原到它的本来位置。语境是意义分析的重要因素,但不是唯一因素,维特根斯坦的种种界说并不能解决意义分析所面临的问题。利奇的这一语境观从语义学实证分析的角度来考察语境问题,与时下依据语用学原理来考察语境问题的方式和途径大相径庭,值得认真关注和思考。但应当指出的是,利奇和维特根斯坦一样,告诉人们的依然是'不应该是这样',而不是'应该是怎样'。从这个意义上看,他并不比维特根斯坦做得更多。"[1] 从鲁苓教授的论述看来,利奇也没有注意到维特根斯坦关于意义的意向性论述[2]。对"意向性"这一意义向度的开掘是意义研究的一个重要成果,虽然意义并不单纯归结于意向性,正如意义并不单纯归结为语境意义一样。的确,单单借由语境并不能解释清楚意义问题,语境是影响意义的一个重要因素,但是语境并不与意义呈现对应关系,除了语境之外,意义主要与语言使用者的意向性有关。意向性和语境都是分析语言意义的重要因素。语言使用

---

[1] 鲁苓:《语言·言语·交往》,社会科学文献出版社2004年版,第74—75页。
[2] 利奇:《从语境看意义》,《语义学》,李瑞华、杨自俭等译,上海外语教育出版社2005年版,第87—93页。

151

文学翻译：意义重构

上的差别，乃是所意向内容的差别，因而也决定了语言意义上的差别。可见，意义问题的关键，就在于语言的意向性，在于语言使用者在语言表述中所包含的意向性内容。在维特根斯坦看来，意向性既不存在于说话者的心理活动，也不是表现在说话者引起听话者的外在反应中，而只能是存在于说话者的语言之中。我们不仅生活在语言的世界，我们所能理解的也只是语言本身。语言不仅为我们划定了生活的世界，而且向我们揭示了生活的意义。作者写下了作品，用语言表现了意义，其中就含有作者的意向性内容。借由作品中的语言，可以揭示出生活的意义，也能得到某种感动、意趣和情操的陶冶。意向性，正是我们所要寻求的语言意义的底蕴①。

胡塞尔首次把语言表达式的意义与意向性联系起来，认为表达式的意义就是它所表达的意识活动中的意向性。"胡塞尔的意向性理论是他的现象学的核心概念。他认为世界本身是无序的、无意义的，正是通过意向性活动才使某物获得意义。同样，符号本身也并无意义，是人们通过意向性行为才使得符号产生意义，意义是在人们的意向活动中显示自身的。"② 然而，胡塞尔所理解的表达式主要是指概念化的语言，没有涉及日常语言的意向性。维特根斯坦首先使我们注意到日常语言表达中的意向性。在维特根斯坦看来，语言没有本质，意义也没有本质，语言的意义只能存在于语言的用法之中。正是由于使用者在每次使用时的意向不同，而不是因为一般的、普遍的意义，促使形成了语言用法的复杂性和丰富性，正如生命对每个人都有不同的意义一样。因此，一旦我们注意到语言使用者的意向性，一切围绕"意义"的难题都会消失，因为意向性才是使用语言的真正根源。在维特根斯坦看来，我们并不是通过概念去把握意向的对象，而是通过语言的用法达到显示这种对象的目的。意向的对象并不是某种概念的内容，也不是人们通常认为的某个对象，而只是在某个语境中语言使用者所意向的东西。这种东西可能

---

① 江怡：《维特根斯坦——一种后哲学的文化》，社会科学文献出版社2002年版，第24—25页。
② 吕俊、侯向群：《翻译学——一个建构主义的视角》，上海外语教育出版社2006年版，第64页。

是,但又不必是某个实际的对象。①

维特根斯坦不是把语言看做普遍的、抽象的存在方式,而是看做人类社会中的一种具体的活动,是人类活动中的一个重要组成部分,把语言看成是人类生活于这个世界并得以构成社会的一种活动或行为。这种活动既可以是表达思想,也可以看做是人类的存在方式。他只是强调这种活动本身的多样性,而意向性不过是这种活动的一个方面。虽然维特根斯坦并不是研究意向性的第一人,但他为我们揭示了语言为何具有意义的真正秘密。因为文学语言不是逻辑语言,而更接近日常言语,是生动的日常言语的提炼和升华。维特根斯坦的意向性概念实际上与胡塞尔的很相近,只是胡塞尔研究的是逻辑语言(概念化的语言)的意义,而维特根斯坦研究的是日常语言的意义。

维特根斯坦的语言的"意义即用法",将意义与语境和人们对语言符号的使用联系起来,而不同的用法产生不同的意义,根本的原因在于使用者的意向性。"意义——意向性内容"原理,揭示了日常语言在人的意向性作用下生成意义的秘密。这为我们解释文学翻译中的意义问题,尤其是解释意义在文学翻译中的变异和异化现象,提供了一种强有力的武器。吕萍博士的博士论文系统地研究了文学翻译中的变异与语境的关系。文学翻译中的(意义)变异除了与语境有关之外,还有一层原因,这是可以用维特根斯坦的意义意向理论加以解释的。意义是与人密切相关的,正是译者的意向性参与,改变了文学文本的意义方向。文学译者在解读原作的文学语言并重塑语言文本的过程中,不可避免地存在着译者的意向作用和"情感意志语调"(巴赫金的术语)。译者的意向和情感意志语调,正是构成文学翻译中意义生成的重要因素。因此,在文学翻译行为中,原来的一切都渗透了译者的意向和情感意志,从而会改变意义的方向和维度,译者的意向变成了意义重构和创新的一个因素。

沙夫将意义看成互相交际的人们之间的关系,突出了人与意义的关系的要义。维特根斯坦的"意义即用法"和"意义—意向性内容"原理,更是

---

① 江怡:《维特根斯坦——一种后哲学的文化》,第25—30页。

文学翻译：意义重构

突出了意义与语境、语言使用者的意向性之间的关系。意义与人的互动关系密切相关，人们在语言交际中的互动关系就是意义生成的一个能动的因素。科米萨罗夫、奈达、贝尔等翻译理论家都把翻译看成是跨语言交际行为，文学翻译则是由作者、译者、读者等构成交际互动关系的特殊的赋意活动。因此，本研究的出发点便是，翻译被视为一种跨语言交际行为，文学翻译行为是一种特别的跨语境审美交际行为。

文学翻译行为必然离不开译者的理解（包括自我理解）和重塑语言文本，译者的审美感知与理解，这是促使译文意义生成的重要因素。Theo Hermans 很有意思地使用了"译者的戏讽"这一表述，来讽喻文学翻译行为中的意义衍生现象，认为从某种意义来说，译者的戏讽是一种翻译内部互文性的表现形式，在翻译过程中，译者是以一种更加委婉、间接的方式表达他们自己的观点和看法[①]。这就是说，在文学翻译中渗透进了译者的意义—意向性。翻译是一种以语言为中介的信息转换与交流过程，离不开主体的目的、意图和信念，因此必然涉及意向性问题，不同的主体，其意向性内容有所不同。所谓的"译者的意义—意向性"，即译者在翻译行为中的意向性语言活动导致意义生成，构成意义生成结构中的译者影响维度。整个文学翻译中的主体是译者、作者和读者，他们都是文学翻译中与意义生成有关的主体。辜正坤先生说："进行翻译的主体是译者，欣赏翻译的主体是读者。我其实是暗示了还有第三个主体，即作者——创作了原作的人。一个主体之为主体与否，取决于该主体在某一特定行为状态中的功能。"[②] 译者是翻译行为过程的主体，是将原语作品转换为译入语作品的具体操作者。作者是文学文本的创作主体，读者是文学译本的释义主体，译本的普及与评判要靠读者，读者代表着某种标准。但是，整个文学翻译是在译者的筹划意义与重塑语言中展开的，作者不在场，读者不在场，文学翻译活动可以照常进行，但译者不在场，翻译活动就不可能进行，翻译行为便不能成立。因此，研究译

---

① Theo Hermans：《译者的戏讽》，《中国翻译》2005 年第 2 期。
② 辜正坤：《译学津源》，第 133 页。

者在文学翻译中的意向性活动，以及研究译者的意向性对文学译本中的意义重构的影响情况，就很有意义，也显得特别必要。恐怕只有研究清楚这个问题，才能说明意义在文学翻译中如何生成的问题，也才能更进一步地阐明文学翻译行为中的意义重构问题。

二、译者的意向性背景（结构）及意向行为

首先，翻译理念制约着译者的意义—意向性，它是译者意向性结构中的重要因素。例如，一定历史时期的翻译理念，犹如一种无形的力量，深刻地影响着译者的选择和主观能动性的发挥，也左右了人们对译者身份的看法。译者的意向必然地要跟随这个无形的力量转动，受到一定的翻译理念的影响，而表现出一定的意义取向。传统译论主张译者"忠实"于原文，"以信为本"，追求译文与原作的全方位契合。译者在这样的翻译理念指导下，其意向的旨归便是对原作的字、词、句、段、篇进行细致分析并忠实再现，力求紧贴原文，与原文丝毫不差。"在翻译过程中，总有些东西要'失去'（兴许有人会说是'得到'）。译者因此会受到诘难，如：原文再现得不够完整，'背叛'了原作者的意图。于是译者即叛逆这一尽人皆知的意大利谚语就把翻译的叛逆本质归咎于译者了……译者有两种选择。一是着力找到形式对等项，这样可以牺牲对语境敏感的交际值而'保留'语篇中不受语境约束的语义意义；二是寻求功能对等，这样可以舍弃不受语境约束的语义意义而'保留'对语境敏感的交际值。这就是在逐字译和意译之间作出选择。"① 罗杰·贝尔又说："如果译者作第一种选择，他的翻译会因'信'而'不美'受到批评，作第二种选择，遭到指责的则是译作'求美'而'失信'。虽然我们认定翻译最关键的变量不是语篇自身的某种内在特征，而是翻译的目的，但不管采用哪种方式翻译，译者都不会成功。"这是贝尔的见解，他说"译者都不会成功"是指在"对等"、"等值"的翻译理念下遭遇到的困境。

---

① 罗杰·贝尔：《翻译与翻译过程：理论与实践》，第15页。

文学翻译：意义重构

　　罗杰·贝尔将翻译视为一种特殊形式的交际行为，认为译者需具备完成翻译行为的"交际能力"，其知识和技能的四个方面包括：语法能力，社会语言能力，话语能力和策略能力。这四个成分大致覆盖了源语知识，目的语知识，语篇类型知识，语场（语域）知识，以及关于上述知识的对比知识。他引述海姆斯关于交际能力所下的定义，尝试着把"译者的交际能力"表述为：译者所具备的知识和能力使他能够创造一些交际行为（话语），它们不仅（也不一定）合乎语法，也合乎社会需要。并说，如果我们赞成这一观点，就会断言，译者必须具备两种语言的语言能力和两种文化的交际能力。①

　　译者拥有自身独特的意向性背景，即作为翻译主体所具备的"能力、才能、倾向、习惯、性情、不言而喻的预设前提以及方法"②。这类似于海德格尔所说的"前理解"，这是进行文学翻译前译者的已有储备和预设前提。每一个译者在翻译文学作品之前，都面临选择什么样的作品和自我评价问题，适合翻译哪一类型作品，与作者的性格气质是否相合，等等。这是译者本人的心理层面问题，属于译者的感情—意志子系统，译者的选材和翻译策略，就是译者意向性背景的投射结果。译者主体结构的心理层面，并不只受理性意识的驱动和支配，往往也受自发形成的习惯、传统、感情、意志等因素的影响，其作用不可忽视。译者正确地评价自己的情感倾向，这是其翻译取得成功的要素之一。译者的世界观、立场以及对所译作家、作品的态度不同，译作的面貌就会不同。同样一个莎士比亚，在伏尔泰和勒图诺尔那里遭遇到了截然相反的"礼遇"，法国文学界有一句名言："一个世界和伏尔泰一起结束了，一个世界和勒图诺尔一起开始了。"③ 可能就是指这两个人对莎士比亚的不同态度以及他们在文学界造成的影响。傅雷说："选择原作好比交朋友：有的人始终与我格格不入，那就不必勉强，有的人与我一见如

---

① 罗杰·贝尔：《翻译与翻译过程：理论与实践》，第60页。
② 约翰·塞尔：《心灵、语言和社会》，李步楼译，上海译文出版社2001年版，第103页。
③ 谢天振：《译介学》，上海外语教育出版社1999年版，第144页。

故,甚至相见恨晚。"一般来说,与自己性格、气质相合的作家的作品,容易译好,反之不易。另外,如果译者兴趣广泛,很可能会越出单纯选译某一类型作品,某一类型作家的范围。总之,译者的性情、气质、习惯等是影响译材选择及翻译结果的一个因素,会潜在地使译者产生认同或排斥的心理,从而影响到其意向性解读及重塑译本的活动。

译者的审美心理结构和审美心理能力,也构成译者的意向性背景,对于译者翻译行为中的审美感知和语言运用是至关重要的,不可忽视译者的文学功底和艺术美学修养。为什么严复提出的"信达雅"长期以来占据着翻译标准的中心位置,在"信"和"达"之外,还添加一个"雅"字,严复在翻译话语中运用了"汉以前的字法句法",使译文显得"雅",这"雅",据说就是因为受到桐城派的"雅洁"原则的影响而提出来的①。后世译者以"雅"为审美的心理或多或少地存在着,因此,长期以来"信达雅"被视为译界之圭臬,以后还会有译者以此为准绳的。尽管现在译论早已越出了"信达雅"的范围,但"雅"致的文章在人们心目中的分量是不言而喻的,会永远占有一席之地,译者在进行审美把握和再表达时,其文采雅趣自会发挥作用。富有文采的译文,甚至有时明明意思与原作不吻合,拉大了译文与原文的差距,但人们似乎视而不见,"雅"致的译文,富有美感的译文,不论怎么说,就是比缺乏文采的译文更受欢迎。这是因为人们的潜意识中具有文学标准,具有长期以来形成的审美心理结构,认为富有美感的译文才叫文学作品,才具有文学性,让人读了产生新奇和谐之美。缺乏艺术才能,不会做文章的外语人才,通常愿意与人合作翻译,让那些深通文章笔法的文学家

---

① "严复从桐城派那里继承了什么?风格上的雅洁。'雅洁'论是桐城古文创始人方苞提出来的,'雅洁'论的提出开创了简严雅洁、静重博厚的文风……方苞所谓的'雅洁'意思是远避俚繁,清澄无滓,主要是指语言的规范化纯洁化,内容材料的精简扼要、剪裁得宜,风格的洗练朴素、自然光辉。'雅''洁'二字在严复翻译言论中也可见到……没有桐城派的'雅洁'主张,很可能就没有'信达雅'之'雅'。严复之所以能把'雅'作为翻译标准的一部分提出来,很大程度上是桐城先贤'雅洁'主张的影响所致……严复所谓的'洁'意指不可阑入之字,即曾国藩所谓的辞气远鄙……严复从桐城派祖师爷那里承继的'雅洁'原则,用于翻译,主要是指译文语言的规范化、纯洁化和译文风格的洗练。"(参见韩江红的《严复话语系统与近代中国文化转型》,上海译文出版社2006年版,第74—75页)

文学翻译：意义重构

给修饰、润色，以提高译文质量。林纾的成功，靠的就是他的充沛的情感和高超的桐城派古文。他以日数千字的速度译出稿纸，迅速地形成流畅典雅的译文，他所具有的独特的审美心理能力和文学修养，赋予他"象寄"之才，虽不通外语，却靠了文字功夫，成就了一代译名。"文学译者理解过程中的美感，来源于作为审美主体的译者与作为审美客体的原作相互作用时译者的审美心理结构"[1]，译者对原作的理解和再表述，本质上就是通过其审美心理结构的中介作用，不断对原作中的各种文化信息、美学要素进行同化和顺应作用的过程。译者如不具有良好的审美心理结构，不具有很好的文学功底，是难以完成文学翻译任务的。为了译好文学作品，译者必须有意识地在翻译之前进行各种知识储备和打好审美素质基础。翻译实践是一个长期艰苦磨炼的过程，有了多年的勤修苦练，有了丰富敏感的文学修养和渊博明彻的学识，才有令人耳目一新的文笔和境界。这也算是文学翻译的甘苦吧。

张思永在"文学译者理解过程审美心理结构研究"一文中，将译者的审美心理结构的主要内容总结为：双语水平，文化知识，艺术修养，文学鉴别力和心理功能。译者理解原作的过程，实际上是译者的一种心理活动过程，具有明显的意义—意向性，是为了进行文学形象翻译和审美翻译而筹划意义，将作品中的美感、韵味以及思想情趣等意义内容在译文中反映出来。译者的语言功夫，文化艺术修养，文学鉴赏力等，最终都是通过转化成心理功能的途径参与理解原作的活动，并为进一步吸引读者阅读与沟通而重塑语言形象。译者为此应备的几种心理功能是：丰富的表象记忆，丰富的想象力，丰富的情感体验，丰富的理性储备，文学译者需要集这么多的素养于一身，难怪有人感叹翻译之难，有人说翻译等于创作，皆因文学翻译的复杂性与文学艺术性，根本原因在于译者的审美心理能力。译者的意义—意向性与其审美心理结构和审美心理能力密切相关联。屠国元、袁圆对译者的审美心理结构及审美过程进行过研究[2]：他们通过对译者审美感知、想象、情感和

---

[1] 张思永：《文学译者理解过程审美心理结构研究》，《四川外语学院学报》2005年第4期。
[2] 屠国元、袁圆：《论文学翻译中译者的审美心理能力》，《中国翻译》2006年第3期。

理解四种心理要素的描述，弄清译者的审美再现是这四种心理机制交融组合的结果。在译者的审美经验中，审美感知、想象、情感和理解共同构成了审美心理的要素，都属于意识界限之内，它们之间相互渗透，彼此依赖。审美感知是译者想象、理解和投入情感的基础，想象根据感知提供的原始资料为译者的再创作提供了广阔的天地，而理解对想象起着规范作用，促使表象的统一，进而形成新的意象，情感一直被认为是进行任何创作活动的动力，想象和理解使译者的审美情感能够自由有序地表现，而不会变成盲目冲动的追求。在文学翻译过程中，直接被译者感知的对象，就是原文及其中的美，原文的美感只有经过译者的体验之后，才能最终再现于文学译作中。文学译作是审美主体（译者）与审美客体相互作用的结果。每一种心理机能的功能都是不可替代的，译者在感知和理解客体对象的过程中，同样也形成了一种与客体对象的"同构关系"。这也构成了译者审美（经验）的心理机能结构，在这种结构关系中，译者与客体之间不仅是共存的"建构因素"，而且是彼此相互制约的关系。译者按照自己的"意志和意识"所进行的创作活动，既是对原文的一种积极的审美观照，也是对自己内心世界的一种不断的开掘，即所谓的自我理解。

译者的意向性背景是其理解原作以及实现传情达意的先决条件，译者在其意向性背景作用下领会作者创作时的意向性，深入作者在文学文本中构筑起来的意义域，去探寻生命意义和世界意义；另外译者的个性气质、情感经历、生活经验、审美心理结构等均与作者存在一定的差异，两者的意向性背景不可能完全重合，所以译者在进行文学翻译时，他自身的意向性背景在投射于原作的过程中体现出差异来，文学文本在翻译中融入译者的意义—意向性，从而创造性地开拓原作的文学艺术空间；再次，在译者和作者的意向性背景发生冲突时，则可能填充译者原有知识的空白，或者使作者的意向性含义发生改变，甚至用译者的意义—意向性代替作者的意义—意向性。文学翻译在译者的意向性背景作用下，拓展了文学文本的视域空间，从而使译作与原作的关系呈现出多种样式，意义在翻译的过程中不断地衍生，不断地开拓文学文本的意义空间，文学文本在被翻译中具有自身的生命历史。

文学翻译：意义重构

　　作者和原作对译者意向性的制约和引导。作者创作时的意向性，即创作目的和意图，不可避免地会影响译者对原作的理解，会左右译者在翻译行为中的意向活动，因为译者翻译的过程实际上是一个接受、体验和"摹仿"原作的创造性过程。"摹仿"概念是亚里士多德在《诗学》中一开始便提出的，他认为摹仿中采用的是不同的媒介，取用不同的对象，使用不同的，而不是相同的方式。因此，"译本是原本的摹本"，这种说法就含有译作对原作的否定和创新①。这说明文学翻译是译者的意识指向原作而进行的意向性活动。译本与原本之间存在着本源关系，但并不是同一的。许钧说："译者在用另一种语言建构文本时，他打破原文的语言层面的障碍时，透过原作的语言层面，指向原作所意欲表现的世界。这个原作所意欲表现的世界，可以因作品而异，包含多方面的内容，如人性和神性、现实世界和超验世界，仿自然与超自然等因素，又如现实与情感、物质与精神等方面。这一切方面，都可以构成原作者指向的源，而译作与原作的关系中，最本质的就是这种同源的指向。"② 译者的意向性活动指向作者和原作，并且用另一种语言来显现原作所指向的世界，着力建构和表现原作指向的世界，这构成译者的根本任务。译者将原作中表现的世界投射到译本中的意向性活动，使得译文与原文具有血缘关系，以及由此而制定的翻译标准，加深了译作与原作之间的相似程度，拉近了两者之间的距离。译作的诞生，是在译者的意向活动朝向原作的过程中发生的，没有原作，便不可能有译作的孕育与诞生。原作中的意象、意境、典型、细节、情节，以及其内含的一切创造因素（包括语言），构成了译作生命的基础。许钧说："一个译者想要赋予原著以现实的生命，有一个重要的前提，那就是要尽可能接近原著的精神，用另一种语言将原著的内在价值或'潜在意义'表现出来。"③ 而译者的意向性背景（前文已述），则会导致译作的面貌与原作面貌存在差异，译作与原作的关系是和而

---

① 参见亚里士多德的《诗学》，陈中梅译注，商务印书馆1996年版，第27页。
② 许钧：《译道寻踪》，第43页。
③ 许钧：《译道寻踪》，第62页。

不同的关系。

　　文学文本并非以言直接表意，文学文本之所以成为文学作品，就在于其语言不是逻辑语言，而是文学语言，诗化的语言。这种语言将意义深藏于其各种表现形式之中，而非直露的。这就涉及语言的韵味，言外之意和韵外之致。对于字句声色间蕴涵的深意和言外之意，有待于读者各以其情而自得，读者各以其审美感知和理解促使意义生成。译者透过自己的意向性背景，深入文学文本字里行间，理解文义，感悟体验作品中的美感，不可避免地带有主观色彩，与此同时，这赋予译者以创造的空间和自由。译作的语言应是富有美感的文学语言，与原作者一样，让读者从艺术意境中感受美，受到启发和感动。文化语境是译者在翻译过程中需要考虑的重要因素。文化语境一是指与文学文本相关联的特定的文化形态（包括生存状态、生活习俗、心理形态、伦理价值等组合成的特定的文化氛围）和作者的认知形态（在这一特定的文化场中的生存方式、生存取向、认知能力、认识途径与认知心理，以及由此达到的认知程度）；二是指文学译本由以产生的文化形态和译者的认知形态[①]。各类文本都是在特定的文化语境中生成的，很明显，原文由以产生的文化语境与译文赖以生成的文化语境不可能等同，因而产生语境差异。译者作为文学译本的再创作者，除了要了解原作赖以生存的文化语境以外，在译作生成的过程中不得不考虑因为语言的变换，原作赖以生成的文化语境发生了变化，这些变化涉及目的语的语言层面，文化层面，读者心理和接受基础层面，等等。这意味着，译者是在新的语言文化环境中为原作打开新的存在空间。译者得考虑原作在译文的文化环境中继续存"活"下去。这样，有时就得对原作进行种种变通处理，甚至包括选择适应工作。这里需要考虑的一个重要的因素是读者要求，译者为读者牵线搭桥，以其独特的富有创造性的翻译，召唤读者参与文本的阅读，因而得考虑哪些地方需要彰显，如何显隐得当，如何重组语言，以建立起一个与原作有同缘关系的统一和谐的新文本。译者的意向也指向与原作相关的其他文本，通过比照、参证

---

① 《多边文化研究》，新世界出版社2001年版，第84页。

的互文性理解，加深对原作的理解，从而为译本争取更大的生存空间和在历史中的价值。读者的阅读是一个创造性的意义生成过程，作为文学译本的再创作者，文学译者应使译本呈现出一种开放状态，从而为原作敞开新的意义之门，使更多的读者对文学译本发生兴趣。读者亦是译者的另一个自我，是相异的一个他者，译者应有所认同，不考虑读者阅读，将封闭译本的意义之门，从而使意义生成和延续的链条在译者之后发生断裂。

通过对译者的意向性背景及译者在翻译过程中的意向行为的考察，揭示出译者在参与翻译的过程中，实际上是以自己之所具有，所学和见闻，与作者和读者进行对话交流，与文学文本互相映照，互相作用，在交互对话基础上生成文学译本。可见，译文与原文既有血亲联系，又与原作构成了一种对话互补的关系，形成新的创造维度。译者的意向性解读与重塑文本的活动，将作者和文学文本与译语读者沟通起来，形成意义生成的连续链环，在不懂原语的读者中实现意义。从这个角度来看，译者永远是这一创造性连续环节中的那些断裂处的意义连接者和支撑者，译者通过翻译扩展了原作的意义空间。译本保持着与原本之间的亲脉关系，它是在与原作者、原作的意义关联中，在译者的意向性中介中产生的结果。译本与原本同构同源，具有许多相同的意义踪迹，这是因为译本对原本的"摹仿"，这是译者在探寻文学原本的意义踪迹之后，试图在文学译本中重建意义域，因为有了译者的意义—意向性的渗入，所以形成了意义的分野，译本的语言和意义踪迹，具有某种新的形态。译本与原本和而不同，似曾相识，同一个原本与其众多的译本之间具有亲缘关系。接下来，我进一步说明译者在文学翻译中的意义建构行为。

三、在译者意向性中的意义实现

文学翻译中的主体包括文学文本的作者、译者和译语读者，他们之间形成交往对话的关系，这几个主体的意向互动，决定了文学翻译行为中的意义生成。文学翻译活动是一种复杂的审美交际行为，而不是单个人的言语行为，意义的生成与翻译行为整个过程（一种特殊的交际过程）中的诸多主体的互相作用有关，各种主体在交往中表现出的意向性对意义的生成起着重要的作用。

贝尔曾根据语言的三个纯理功能——概念功能、人际功能、语篇功能——提供的选项网络和系统来探讨意义,描述了意义的三个主要类型:认知意义(cognitive)、互动意义(interactional)和话语意义(discoursal)。他说:"互动意义是认知意义里的积极方面,因为它含有交际者运用的知识。交际者此时是言语情境中的介入者,而不是情景的观察者。"[1] 翻译实际上是人类交际行为的一个特例,译者作为一个特殊的交际者,并不是被动地接受来自作者和文本的意义,而是主动地运用自己的知识,介入到了交际情景之中,从作者所描写的文学文本中进行审美体验、领会意义,视读者群体的情况,用另一种语言传情达意。意义的获取和传达,就是译者发挥主体性与作者、文本、读者的互动中创生意义的过程,所以翻译是一个互动生成意义的过程。互动意义可以视为翻译中意义的一个分量,或者说一个因素,这是与沙夫将意义看做是交际中人与人之间的关系相一致的。文学翻译中的意义生成包含贝尔所说的"互动意义"或"交际值"(贝尔主要研究的是"交际值"),贝尔的"交际值"概念,看来主要是指来自源语中的、对文本语境敏感的"交际值"。然而,贝尔又说:"命题可以转化成言语行为,而言语行为通过算子运算蕴涵特定的示意语力。""示意语力:说话者赋予行为的交际值、试图让行为表达的功能、语篇的意图。反映示意语力的必然有听话者对行为的评估;言后行为;语篇可接受性的部分内容。"[2]"话语:一个交际事件。它利用语言(和其他交际系统)的意义潜势,通过由连贯手段连接起来的语段来承载言语行为的交际值(示意之力)。"[3] 可见,贝尔是将交际值与示意语力(示意之力)用作同义词的。这里需要说明的是,贝尔所说的言语行为或话语行为,应该包括了翻译行为,因而作为双语交际的言语行为,翻译行为具有特殊的交际值(目的)。贝尔"在'意义'这一笼统

---

[1] 罗杰·贝尔:《翻译与翻译过程:理论与实践》,第210页。
[2] 罗杰·贝尔:《翻译与翻译过程:理论与实践》,第227页。
[3] 罗杰·贝尔:《翻译与翻译过程:理论与实践》,第221页。

文学翻译：意义重构

的概念下区分了语义意义和交际值"①，并且合而称为"语义表征"，这就是译者在进行翻译重写时所要运用的"语义表征"。以上分析可以看出，交际值不仅可以指来自源语中的交际值，也可以指翻译过程中产生的交际值，因此，贝尔对意义的划分还有待于改进，不然会造成术语上的含混不清。笔者将文学原本中的意义区分出语言意义与人文意义，"人文意义"大致与贝尔所说的文本中的"交际值"相对应，从而避免了在概念上的含混，有利于揭示意义的分量及变化规律。贝尔所涉及的在翻译行为中所产生的"交际值"，本文采用译者的意义—意向性来表示，包括译者自己的特殊目的的意向性，以及译者致力于与作者和读者相沟通的意向性。贝尔说："在翻译过程中，小句的拆分、新小句的创建都离不开语义表征（包括语义意义和交际值），而语义表征的大量信息都是通过言语行为输入的。"② 因此，在译者意向性中发生的翻译行为，就是使原文本中的字面—语言意义和意蕴—人文意义得以实现，亦即在一个新的语言文本中将文学原作中的诸多意义踪迹（意象、意境、典型等）尽可能完整地再现出来，在这种过程中可能伴随着意义变异和新意衍生，因为翻译行为即译者的意向性活动，不可避免译者的自我理解和自我表现——译者本人特殊目的的意向性产生的"交际值"。

胡庚申等学者认为，译者不仅是翻译主体，而且应在翻译中占据中心地位，欲建立译者中心的翻译观③。单从翻译操作角度看，译者的确居于翻译的中心，但译者是否是意义生成结构的中心呢，恐怕就是一个很难回答的问题。译者的意向性表现在许多方面，它是开放的，并且可能会不断扩展其内容：在选材和翻译策略上，在解读文学原作以及随后在重塑文本的过程中，都离不开译者的意向性的参与，离不开译者的主观能动性，而译者意识的指向性和目的性，即其意向性，在意义生成中表现出来，这就是译者的意义—意向性。译者的意义—意向性应体现在对作者设意的解读和对文学作品的审美把握，以及运用语言艺术向读者传达意旨和情趣上，这是翻译的那个特别

---

① 罗杰·贝尔：《翻译与翻译过程：理论与实践》，第224页。
② 罗杰·贝尔：《翻译与翻译过程：理论与实践》，第225页。
③ 胡庚申：《从译者主体到译者中心》，《中国翻译》2005年第3期。

的目的决定的。正如曹明伦说"译者应始终牢记翻译的目的"[①]：让不懂原文的读者通过你的译文知道、了解和欣赏原文的思想内容及其文体风格。另外，"翻译是文本的生成与传播的独有方式……是应人类思想文化交流需要而生的，它一开始便有着明确的目的性，为满足某种意愿或需要而存在"[②]。这样一来，翻译的目的并非某一个，而是某些个，译者在文学翻译中的意向性决定了文学译本中的意义—实现。曾有学者似乎指出过译者意向在翻译中的作用，"追根溯源，翻译从来就是主体性行为，它总是受主体的某个意向的驱使"[③]。译者的意向性是一个很复杂的问题，牵涉许多因素，既有外在的因素，也有内在的因素，前面已简单地探讨了译者的意向性背景。

译者忠实地呈现出原作中的情节、细节、意象、意境和生活画面，以及各种语言表达方式等"客观化内容"，在文学译本中重构的意向对象与译者的意义—意向性相叠加，即是在翻译中实现的意义。译者将文学原作视作客观化对象，赋予意义，在翻译过程中赋予作品意义和激活作品中的意义因素。译者的意向性指向原作，保证了译作与原作的意义关联，也在很大程度上保持译者与作者的忠实关系；指向读者，这是为了更好地保证译作的接受与传播；至于译者在不自觉中受到自身意向性背景的影响，或有意偏离原作的意向性建构，即译者的自我理解和自我表现，是翻译过程中造成意义变异的一个重要因素。翻译行为激活原作中的意义因素，融入译者之思，是原作化为译作的过程。文学原作自身无法直接呈现，需要译者的意向性建构才能具有新的表现形式，才能在新的语言文化环境中获得再生，是译者赋予了原作以生命。译文要充分地呈现原作中的那些意义踪迹，否则译文则徒具形式而显得空洞，缺乏与原作必要的关联。译语的形式记录着译者思索的结果，其意识活动的内容都反映在译作之中，译作能否成功，也就看译者在翻译过程中如何进行意义筹划，并赋予语言形式以意义。如果要完全地保持原作的"本真面目"，翻译学最终要悬置译者的意向性（意识），但取消了译者的意

---

① 曹明伦：《译者应始终牢记翻译的目的》，《中国翻译》2003年第4期。
② 许钧：《译道寻踪》，文心出版社2005年版，第4—5页。
③ 廖晶、朱献珑：《论译者身份——从翻译理念的演变谈起》，《中国翻译》2005年第3期。

文学翻译：意义重构

向性，原作的解读和译本的重写皆不可能，翻译中的意义变化和新意衍生是必然发生的。文学翻译不可避免地含有"隐微写作"的成分，译者作为文学作品的一个特殊读者和解释者。刘小枫先生说："解释者（注：译者首先是一个解释者）在解释过程中对于自身有了新的理解，使自身的历史语义结构产生新的意蕴，而不是什么对原初意义有了超出原初语义的解释。"①而严格意义上的译者，应具有克己功夫，并时刻警醒自己，不要让自己的意向性遮蔽了作者，不要让文学作品的本来面目湮没不闻，译者的意向行为应指向作者的意向性和作品的本意，循着文学原作中的各种意义踪迹，充分地重构原作中的语言意义和人文意义，让译语读者能像原语读者一样，获得相当的审美感受和精神享受。只有这样，译作才是合格的翻译作品，否则纯然是隐微写作的作品了。

综上所述，文学翻译不可避免译者的自我理解和主观理解，文学翻译乃是在译者的意向性行为中实现意义的。译者的意向性背景对于翻译具有很大的影响。一个社会和时代的翻译理念必然会影响译者的翻译行为，在译者的意向性解读和重构意义的翻译活动中留下痕迹。翻译理念是译者意向性结构中的重要因素。此外译者主体的双语能力、才能、倾向、习惯、性情等，译者的审美心理结构和审美心理能力，对于文学译者的审美感知和语言运用至关重要，不可忽视译者的文学功底和艺术美学修养。文学翻译作为译者的意向行为，译者的意向性指向作者和原作，着力建构原作中的意义世界，这构成译者的根本任务。通过对译者的意向性背景及译者在翻译过程中的意向行为的考察，揭示出译者的翻译行为，实际上是依靠自己的敏锐的思想情感、聪明才智、文学修养、诗学品位与作者和读者进行对话交流，与历史文本对话交流，并重写文学译本的过程。译者的意向性指向原作，这是为了保证译作与原作的意义关联和最佳近似；指向读者，这是为了更好地保证译作的接受与传播；至于译者不自觉地受到自身意向性背景的影响，以及主动偏离原作的意向性建构活动，则是译者的意向性表现（自我理解和自我表现），是

---

① 刘小枫：《圣灵降临的叙事》，生活·读者·新知三联书店2003年版，第80页。

第四章 文学译本的意义重构

翻译过程中造成意义变异的重要因素。文学翻译不可避免"隐微写作",而严谨的文学译者,应有意识地去探寻作者的意向性(意图)和作品的本意,使其在译语读者面前充分地呈现出来。

接下来两章里,笔者将进一步论述在译者的意向性中的意义—实现,借助翻译实例来进一步阐明文学翻译行为中的意义重构问题,研究译者如何进行意义筹划与意义凸显问题,以及与意义筹划和凸显密切有关的语境问题。

167

第五章
意义的筹划与突显

维特根斯坦从语言游戏观的立场出发，从动态、实际的活动中考察语言问题，揭示了日常语言的意义之秘——意向性内容，即语言使用者的意向性。这说明意义是人们使用语言的过程中不断创生的，语词的用法是多样的，犹如日常生活中的工具一样具有多样性用途。语言使用者在一定语境中的意向性，赋予语词以一定意义，有什么样的用法，就有什么样的意向性关联，也就会产生什么样的语词意义。语言表述暴露出语言使用者的意向性，维特根斯坦把意义与人的主体性和生活世界联系了起来，从而揭开了意义认识的新篇章。他说："语言游戏（注：翻译亦属于语言游戏的一种类型）一词在这里旨在强调："语言的说出是一种活动的组成部分，或者是一种生活形式的组成部分。"[1] 前面论述了文学翻译是一种复杂的意义生成行为，文学译本的意义重构是在译者的意向性中的意义—实现。本章乃是更进一步阐明文学翻译行为中的意义—实现。

---

[1]《维特根斯坦全集》第8卷《哲学研究》，涂纪亮译，河北教育出版社2003年版，第19页。

第五章 意义的筹划与突显

第一节 意义的合理筹划

文学翻译可以说是在艺术领域里的一种再创造，是跨语境的语言审美活动和意义重构活动，译者需要发挥创造性从文学文本中发掘意义，译者总是从一定的文化语境出发，从文学原作中筹划意义。意义不会从文本中自动"走"出来，它是在译者主体的意向性中逐渐呈现出来的。这里使用"筹划"这个概念，来表示文学翻译行为的理解过程。伽达默尔说："谁想理解某个本文，谁总是在完成一种筹划。一当某个最初的意义在本文中出现了，那么解释者就为整个本文筹划了某种意义。一种这样的最初意义之所以又出现，只是因为我们带着对某种特殊意义的期待去读本文。作出这样一种预先的筹划——这当然不断地根据继续进入意义而出现的东西被修改——就是对这里存在的东西的理解。"[①] "筹划"一词，在很大程度上强调了译者的意义—意向性，即译者的意向性对文学翻译中意义生成的贡献。意义的生成与译者对意义的期待直接有关，译者的期待意义与文学原作中的蕴意达到契合，就是译者对意义的合理筹划。

一、意义的筹划

译者从文学文本中筹划意义，这是对作者的语言艺术活动的继续和延伸，译者从原文的字里行间探寻意义，在筹划到一定的意义后，用另一种语言切近地表达出来，这个过程延续了原作的生命，原作的语言艺术亦随着传达到新的语言和文本中。译者作为读者从文学文本中筹划意义，但不是普通的读者。普通读者是自由的，其理解具有任意性，而译者却肩负着任务，为了使译语读者领会作者的意图、作品的蕴意和审美情趣。"原语文本和译语

[①] 伽达默尔：《真理与方法》，第343页。

文学翻译：意义重构

文本不可能有严格意义的对等。译者首要的任务是达到翻译的效度：使原文作者的意图与译文接受者的期待相吻合，其次有责任提高译文的信度，使译语文本最大程度地向原语文本趋同。"① 因此，译者的任务首先在于达到对原作有效的理解，紧贴文学作品的原意来筹划意义。

译者是在自己的意向性背景下（即作为翻译主体所具备的"能力、才能、倾向、习惯、性情、不言而喻的预设前提以及方法"）探寻原作的意义踪迹，从审美感受和自我理解中获得意义的启发，这个过程就是筹划意义的过程。译者发挥主观性和创造性，从文学作品中有所发现地筹划意义。高明的译者因其独特的眼光和视角，能在别人忽略之处发现新意。除了字面的语言意义外，还有耐人寻味的意蕴——人文意义。人文意义通常处于被遮蔽的状态，需要译者在积极的思维活动中，在遍查资料的研究过程中，使意义的本来面目显露出来，这是译者筹划意义的过程。需要打破习惯的思维，突破条条框框，才能有新的发现。意义并不是静止不变的东西，它跟"美"一样，缺少发现美的心灵和眼力，也就看不出美。意义亦是如此，它等待着能识者把它筹划出来。朱纯深教授通过玄思（以海德格尔关于玄思的论述）来解读柳宗元的《江雪》，"独钓寒江雪"一句，被他创造性地解释为"冒雪垂钓"和"钓（一江风）雪"，"渔翁垂钓，所钓的、所保持开放的，不单单是一条鱼"② （A thousand mountains no birds flying/ Ten thousand paths devoid of human trace/ A lone boat, a bard-caped old man/ Alone, he angle a cold river of snow③）。这应当属于创造性的筹划意义。译者独特的理解有时可能导致误读，但如果因此而为文学译本筹划到了新意，开拓了眼界和视阈，也可一定程度地弥补译者的"偏见"了。意义（含意）存在于字句声色和语言空白之中，译者循着意义踪迹去发现意义，去探寻文学文本的意

---

① 赵彦春：《关联理论对翻译的解释力》，《语用与认知：关联理论研究》（何自然、冉永平主编），外语教学与研究出版社2001年版，第446页。
② 朱纯深：《感知、认知与中国山水诗翻译：从诗中有"画"看〈江雪〉诗的翻译》，参见2003年安徽文艺出版社的《阐释与解构：翻译研究文集》（罗选民、屠国元主编）。
③ 许渊冲先生译为：Fishing In Snow: From hill to hill no bird in flight；/From path to path no man in sight. / A lonely fisherman afloat /Is fishing snow in lonely boat.

蕴。文学语言是诗化的语言,作品中的人文意义并不直露、不外显,需要呵护,它等待着被筹划,等待着被揭开神秘的"面纱"。

文学翻译不是表达"实体"般的意义,而是创生意义。译者的感知、想象、情感和理解在筹划意义中起着重要的作用,要敏感敏锐,研究考查亦必不可少,在做了大量的主观努力之后,在文学文本最细微之处的意义也会显露起来,作品中的精神情趣于是在译者心灵的"蜡块"上印现出来①,从而被译者真切地捕捉到。一个富有深意的作品经过翻译之后,如不能在译语读者中达到审美的效果,则"译犹不译"也。德里达说:"要想最逼近地抓住创造性想象的运作活动,就得让自己转向诗之自由那隐而不显的内部。"②一个优秀的译者在捕捉意义时,往往能特别关注那些细微之处,从细节微末处见出精神来。意义筹划就是设法使隐含的人文意义和精神意义显现出来。作家缘情、言志、抒怀,表达受惠于天地的感慨,或抒发其压抑的情感,或高扬人生的理想和畅想,让思想情趣流溢于笔端,译者同样要随着作者的笔触心迹,去领悟意义。"理解是人生发生意义的方式,同时也是人的历史存在方式。理解中永远包含着创造。在文学意义的生成中,理解置于核心位置。"③ 谈文学翻译,关乎人生,译者的思想意识和艺术境界,决定了他/她在文学翻译中的作为。语言空白,"语词缺失处"并非毫无意义,有时富含深意,意在言外。在作者构建的文学文本中,有简洁之言,有未尽之言,未言明处却有真意。我们从事翻译,一方面是为他人,帮助他人彼此沟通交流,同时也是在交流中展示自己,实现自我理解的一种存在方式。翻译一个作品,则是在新的视角和领域里对自我理解的开掘和新的发现,读者在文学

---

① 据悉,"蜡块说"是亚里士多德提出来的,他认为人的心灵犹如蜡块,而心灵对对象的认识就是对象印在心灵蜡块上的印迹。尽管亚里士多德的这一"蜡块说"通常被人们认为是继德谟克利特"影像说"之后唯物反映论的典型之一,而这个理论的核心之处却在于,人的心灵所接受的只是对象的形式而不是对象的内容。在亚里士多德的学说中,形式具有区别于被动的质料的某种主动性,它既是运动的动力又是运动的目的,这在一定意义上表明了这一思想,人在对象性认知过程中具有某种主动性,而不完全是镜子照物似的被动反映(参见高秉江的《胡塞尔与西方主体主义哲学》,第92页)。
② 德里达:《书写与差异》,第10页。
③ 金元浦:《文学解释学》,第309页。

文学翻译：意义重构

译本中感受到的，不仅有来自原作的思想和艺术之光，而且有译者的本真自我和再创造。"文学作品被创造出来之后，其意义尚处于晦暗不明状态，处于向多种解读开放的未定之域，它在等待作为理解的阅读活动。"① 文学翻译中的意义筹划，就是译者将自我理解融入文学作品的阅读之中，从而发现意义的过程。

我们来看《静静的顿河》中肖洛霍夫对于人在生死关头的表现，写得多么真切、生动和感人啊。

（1）После первого же залпа, сбитый с ног пулей, Григорий, охнув, упал. Он хотел было перевязать раненную руку, потянулся к подсумку, где лежал бинт, но ощущение горячей крови, шибко плескавшей от локтя внутри рукава, обессилило его. Он лёг плашля и, пряча за камень затяжелевшую голову, лизнул разом пересохшим языком пушистый завиток снега. Он жадно хватал дрожащими губами рассыпчатую снежную пыль, с небывалым страхом и дрожью вслушиваясь в сухое и резкое пощелкивание пуль и во всеобъемлющий грохот выстрелов. Приподняв голову, увидел, как казаки его сотни бежали под гору, скользя, падая, бесцельно стреляя назад и вверх. Ничем не объяснимый и неоправдываемый страх поставил его на ноги и также заставил бежать вниз, туда, к острозубчатой прошве соснового леса, откуда полк развивал наступление. Григорий опередил Гришева Емельяна, увлекавшего за собой раненного взводного офицера. Грошев бегом сводил того по крутому склону; сотник пьяно путал ногами и, редко припадая к плечу Грошева, блевал чёрными сгустками крови. Сотни лавиной катились к лесу. На серых скатах остались серые комочки убитых; раненные, которых не

---

① 金元浦：《文学解释学》，第309页。

172

第五章　意义的筹划与突显

успели захватить спозали сами. Вслед резали их пулеметы.

译文1：

　　头一排枪一响，葛利高里就被子弹打中了，他哎呀一声，倒在地上。他想包扎一下受伤的手，便把另一只手伸到装绷带的背包里，但是感觉到袖子里一股热血正从肘关节处往外涌，他立刻变得软弱无力。他趴在地上，把越来越沉重的脑袋藏在石头后面，用干得要命的舌头舔了一下松软的雪花。哆嗦着嘴唇，拼命吸着松脆的雪屑，吓得浑身颤抖，倾听着嗖嗖的子弹声和压倒一切，响彻云霄的射击声。他抬起头，看到同连的哥萨克们正滑滑跌跌地往山下跑，盲目地向后或朝天开枪。一种说不出、道不明的恐怖迫使他站起身来，又逼着他往山下参差不齐的松林边跑去，他们团就是从那儿发起进攻的。葛利高里跑到拉着受伤的排长跑的格罗舍夫·叶梅利扬前头去；格罗舍夫领着排长跑下陡峭的山坡；中尉像醉汉似的乱踏着脚步，有时趴在格罗舍夫的肩膀上，吐出一口口紫血块子。几个连都像雪一样向树林子滚去。灰色的山坡上留下了一具具被打死的灰色尸体；那些没有来得及带下来的伤号自己在往回爬。机枪在后面对他们扫射。"

译文2：

　　一阵枪声响过，格里高力就中了子弹，哎呀一声，倒在地上。他想要绑扎一下受伤的胳膊，就探手到军用袋里去摸绷带，只觉得袖子里有一股热辣辣的血从肘部汩汩地直往外冒，身子就软了下来。他趴在地上，把沉甸甸的脑袋藏到一块石头后面，用干燥的舌头舔了一下毛茸茸的雪团。他用哆哆嗦嗦的嘴唇拼命啜吸松散的雪粉，倾听着尖利刺耳的子弹啸声和一片轰隆轰隆的枪声，感到非常恐怖，全身哆嗦得非常厉害。他抬起头来，就看见同连的哥萨克们在往山下跑，嘣嘣跌跌，踉踉跄跄，胡乱地朝后或朝上放着枪。一种无法说明、也无法解释的恐怖，使格里高力站起身来，又使他朝下面参差不齐的松林边缘跑去，他们的团就是从那儿发起进攻的。格里高力跑到了搀扶着受伤的排长的叶麦里扬·格洛舍夫前头。叶麦里扬搀着排长在很陡的山坡上跑着，排长的两

173

文学翻译：意义重构

条脚摇来晃去，像醉汉一样，有时还趴在叶麦里扬的肩膀上，吐几口黑黑的血块子。一支一支的连队像雪崩一样朝松树林滚去。灰灰的山坡上留下一堆堆灰灰的尸体；没来得及带走的伤号就自己往下爬。机枪在后面对着他们扫射。

作家在这段描写中，突出了战争的残酷，人的生命的价值与宝贵，以及伟大的救助精神。两个译文非常接近，句构基本相同，表述也大体相同，表明两位译者同时对于生命意义给予了高度关注和再现。他们对于生命意义进行了特别的筹划，作者描写出葛利高里中弹后的情景，突出了他与战友们面对死亡时的求生欲望，作者对生命的讴歌，在译文中没有丝毫删削。译文1的译者倾心再现了原作中的精彩细节，例如"他哎呀一声，倒在地上"，"他趴在地上……舔了一下松软的雪花""藏在石头后面……拼命吸着松脆的雪屑……抬起头……站起身来……跑到……前头去""格罗舍夫领着排长跑……""伤号自己在往回爬。机枪在后面对他们扫射。"这些细节关联着生命意义，读者从这些细节描写中能够获得感悟和启发。译者将这些细节再现出来，也便将意义呈现了出来。译文2（重译）同样地要突出作品中的生命意义，那么也须模仿这些细节描写，不可避免地要重复译文1中的精彩表达。在生活世界中，人们常常有着共同的体验和感动，可以想见两位译者在完成翻译行为的时候，对于作品中表现的生命赞歌有着同样强烈的感受，他们将所体会到的生命意义，完整地在译文中生动、感人地表达出来，这表明译者对生命意义的识解和重视。然而两位译者在细微处也存在着主观理解的差异，译文2大概参照了译文1（但也未必），虽在诸多地方与译文1相同，但在一些细微之处，却着力地进行了再创造。例如"身子就软了下来"（这是对主人公中弹后意识到问题的严重性后微妙的心理变化的刻画），"感到非常恐怖，全身哆嗦得非常厉害"，"格里高力跑到了搀扶着受伤的排长的叶麦里扬·格洛舍夫前头"，"机枪在后面对着他们扫射"等，与译文1的表述具有细微差别，但更加着意于突出了生命的宝贵，对死亡的恐惧，以及伟大的救助精神，有时仅添加了一两字，如"搀扶着"，"对着"，堪称点睛

174

之笔，颇具神采。

　　文学作品中的意义，经常处在语言的束缚之下，等待着解束和挣脱显形，但外表却坦然，犹如待嫁女，表现得羞怯、矜持，体现了一种含蓄之美。作家思想的光辉播撒在语言形象之间，作家往往用非常有限的语言来盛装意义，语言的意义却显得饱满、丰盈。"词语缺失处"可能蕴涵深意，所谓"无声胜有声"就是这种效果。我们筹划、摄取一部分意义之后，新的意义可能流溢出来。意义不断地被摄取，不断地涌现出来，语言仿佛变成了神奇的魔瓶，似乎永远倒不尽其中的奥妙。文学作品经过翻译，永远得不到相同的文本，不论在语言层面，还是在意义层面。文学译本的意义根源在于原作，但融入了译者之思，是译者的学识、修养、智慧和劳动的结晶。众多的译本以或多或少"延异"的方式在试图表现原作中的意义，文学文本中的意义因此不断地被筹划出来，创生出来。文学翻译即是筹划意义、创生意义的过程。我们举一二译例来分析一下。

　　（2）"А главное—сухота у него есть ……—безжалостно ехидничал Митька。

　　译文1：
　　"顶要命的是他不会心疼人……"米佳毫不心软地刺激她说。
　　译文2：
　　"最糟的是他正爱着别人……"米吉卡毫不怜悯地挖苦说。

　　两个不同的译文表明译者是根据自己的理解在筹划意义。译文1将А главное译成"顶要命的"，将сухота у него есть译为"他不会心疼人"，而译文2分别译为"最糟的是"和"他正爱着别人"，意义差别明显。这是为什么呢？сухота的本意是"干"、"干燥"、"燥热的天气"，这里只能是从转义上去理解，有忧伤、烦恼、不安等意。需要译者的理解去填充空白。米佳在姐姐要嫁给葛利高里的时候说出这番话，是提醒跟了葛利高里这样的人不幸福，少不了吃苦头，受罪过。两位译者对сухота的词义进行了具体化，

175

文学翻译：意义重构

显然带有各自的独特理解。译文 1 侧重于葛利高里对妻子的态度，侧重于人生的幸福去筹划意义，而译文 2 则从《静静的顿河》的情节发展去筹划意义，的确主人公葛利高里一生爱着情人阿克西妮娅，而不爱自己的妻子。可见，两种理解与情节的发展和主人公的命运是一致的。这反映了译者从作品的整体把握出发，着重传达的是语言形式背后的含义，而不是复制原文的语言，体现了翻译筹划意义的思想，同时也说明了文学翻译的歧义性和丰富性。又如：

（3）Благославляя, уронил Пантелей Прокофьевич слезу и засуетился, нахмурился, жалея, что люди были свидетелями такой его слабости.

译文 1：

潘捷莱·普罗柯菲耶维奇在给他们祝福的时候，流下了眼泪，他觉得不该让人看到他这种弱点，因此有些慌乱，而且皱了皱眉头。

译文 2：

潘苔莱·普罗珂菲耶维奇为他们祝福，禁不住老泪纵横，便慌张起来，皱起眉头：这样当众出丑，实在遗憾得很。

译文 3：

潘苔莱·普罗柯菲耶维奇为他们祝福时，流下了老泪，他觉得让这么多人看到了他脆弱的一面，有些难为情，甚至有些慌乱，他不满意地皱了皱眉头。

三个译文进行了不同的断句，并体现了对原文的独特的意义筹划。译者带进了自己的理解，从而筹划到意义，三个译文的意思基本一致，但有细微的差别。一个优秀的译者与原作者和原文不即不离，筹划意义各有新意，但意义的踪迹仍存在于原作之中。又如：

（4）Сдержанную радость выказывали и работники, постоянно

第五章　意义的筹划与突昂

живиие у Коршуновых. Они ждали щедрого от хозяина угощенья и надеялись на пару свободных во время гульбы дней. Один из них, высокий—с колодезный журавль—богучарский украинец с диковинной фамилией Геть-Баба, в полгода раз пил запоем. Пропивал все с себя и заработок. Давно уже подмывало его знакомое чувство сосущей тошноты, но он сдерживался приурочивая начало запоя к свадьбе.

译文1：

常住在科尔舒诺夫家的长工也流露出有分寸的欢欣。他们盼望着东家请他们吃一顿丰盛的喜酒，并且希望在举行婚礼的日子能歇两天工。其中的一个是大高个——足有井台上的井架那么高，——是一个博古恰尔地方的乌克兰人，他的姓十分奇怪，姓格季—巴巴。他每半年就要大喝一场，每次总要把他的全部家当和工钱都喝光。渴望大喝一场的熟悉的冲动早已按捺不住，但是他抑制着，要等到举行婚礼的时候才开始。

译文2：

柯尔叔诺夫家的两个长工也按捺不住心中的高兴。他们盼望东家让他们吃一顿丰盛的喜酒，还希望在喜庆日子里歇两天工。其中的一个，高得像井上的提水吊杆。是一个包古查尔的乌克兰人，他的姓十分古怪，姓盖奇巴巴。他每半年大喝一顿，一喝就把自己的全部家当和工钱喝光。他那种很厉害的酒瘾早就上来，但是他忍着，把开怀畅饮安排到婚期。

这是《静静的顿河》第一卷第19章中描写柯菲耶维奇家的长工，语气幽默风趣，给婚庆造成一种喜气，具有狂欢化般的特征（"将狂欢式内容转化为文学语言的表达，就是狂欢化。"[①]）。两个译文在多处是相同的，都是为了再现婚礼前的一段小插曲，为了渲染婚礼的喜气，但又不完全相同。译文2在意义的开拓上虽不迥异求新，但在表达上也力求自然有趣。两个译文，可以说都忠实地传达了原作的内在特质，译出了原作中的那种幽默风趣

[①] 参见夏忠宪《巴赫金狂欢化诗学研究》，北京师范大学出版社2000年版，第71页。

文学翻译：意义重构

的口吻。译文2（重译本）在译文1中一些直译的地方做了变异处理，可能是译文1这些地方意义表达还可改进，虽然读者已能明白，但个别句子表达略显生涩。比如"流露出有分寸的欢欣"，"渴望大喝一场的熟悉的冲动早已按捺不住"。译文1的最后一个句子"但是他抑制着，要等到举行婚礼的时候才开始"，颇有趣味，可以说是比较好的表达，译文2仍变异翻新译为"但是他忍着，把开怀畅饮安排到婚期"，取得了同样好的艺术效果。这体现了译者的创新精神和严谨的译风。两位翻译家为自己的译文筹划意义而不雷同，相得益彰，相映成趣。

翻译不等于创作，译者不能随心所欲，虽然翻译在一定程度上是译者的自我理解和主观理解的结果，但筹划意义也有一定的界限。这个界限在哪里呢？接下来谈一谈意义筹划的合理性问题。

二、意义筹划的合理性

这个问题看似简单，却异常复杂，难以说清楚。托尔斯泰在《战争与和平》第一卷第八章里写到了一段生死界限，似乎是很明确的，两个敌对军队之间的界限——好像是划分生者与死者的不可知的界限。"把双方隔开的是一段约有300俄丈宽的空地。敌人停止了射击，从而使人更清楚地感到那条把敌对的两军分隔开来的森严可畏、不可逾越、无法捕捉的界线。'这是一条生与死的分界线，越过一步，前面就是不可知、痛苦和死亡。线那边有什么？有什么人？在那片田野、那个被太阳照亮的屋顶的后面，有什么？谁也不知道，但是谁都想知道；你害怕跨过那条线，但是也想跨过去；你知道早晚总得跨过它，你就会知道这条线的那边有什么，那时就不可避免地会知道死后有什么。可是你是强大的、健康的、快活的、兴奋的，也被同样健康、兴奋、活跃的人们包围着。'任何一个看见敌人的人如果不是这样想的，也是这样感觉的，而这种感觉又使此刻发生的一切具有一种特殊的光华和愉快的强烈印象。"[1] 尼古拉·罗斯托夫所在的骑兵连一开始冲锋，罗斯

---

[1] 录自周煜山译的《战争与和平》（上），北京燕山出版社2000年版，第156页。

第五章 意义的筹划与突显

托夫心里就在推断这条（生死）界线在哪里。肖洛霍夫在《静静的顿河》中也写道："我不时回头看看——团长和两个军官就在我身后。现在我看到了那条界限，生与死的界限，这就是那伟大的疯狂的瞬间"①。肖洛霍夫在另一个层次上写到了战场上生与死的界限。在战场上划分生死的界限是很难的，划分这个界限不但与生死本身相关，而且与所谓的"责任"相关，还与人的信仰和生命体验有关。任何一个士兵上了战场，不管多么怕死，都不能当逃兵，不能回避死亡。另外，士兵在战场上勇敢无畏，杀人越多，心性就越坚韧，就越狠毒可怕。战争一旦开始，就会有疯狂和流血。战争摧毁人性、摧毁一切的同时，也留下了许多让人思索的东西——战争中的动人故事和人情世态。在战争中需要人们具有正确的对待生与死的态度，珍视生命的态度。划分生与死的界限，看来在于人的心灵的天平上。然而，谁又肯为了怜惜敌者的生命而置自身和同伴的生命于危险之中呢？生死的界限其实没有一个简单的答案。可是，毫无疑问，每一个身处这种生死险境中的人都在判断这个界限，不能轻易地越过这条界限，否则就是送命或者坑害了无辜者的生命。意义筹划的合理性的界限在哪里呢？我想，与此同理，难以明确地划清楚。这个界限可能是变化的，但与人的审美体验和意义感悟密不可分。

历史最终归结为精神史，历史和文学文本留下了意义的踪迹。不管我们是否认识到，在阅读作品的时候，实际上是在寻找与我们精神相契合的东西。我们扩展自己的精神领域，也是在发掘新的自我。人并不是在生活中简单地重复自己，而是在不断地寻找知音和生命的意义。在这个过程中，一个人强烈地感觉到"自我"的存在，然而我们每一个人又是靠着相异的东西而存在的，我们从"他者"，异于"我"者获取补充，扩展我们的精神领域。我们不断地受到启迪和同化，而"异"质的东西也不断地被我们同化，或者被变通地接受，从而变成我们内在的东西。"自我意识知道使所有东西成为它的知识的对象，并且在它所知的一切东西里认识它自身。"② 每一次

---

① 肖洛霍夫：《静静的顿河》（第一部），金人译，人民文学出版社1997年版，第406页。
② 伽达默尔：《真理与方法》，第325页。

文学翻译：意义重构

与某个文学文本的接触（审美感知、理解等）就是一次精神提升过程，一种自我与他者同化、顺应的过程。文学文本既是陌生的，又是熟悉的，只有在我们能够有所理解，有所感悟时，能感知到与我们的精神相通、相契合的东西时，我们才能够顺利地阅读下去。理解文本与理解我们自己，理解他者是一样的道理。翻译包括理解的精神活动，对文本中的意义的筹划，是与我们的自我息息相关的。

译者的"自我"会在翻译中显现出来，而翻译与创作毕竟不同，翻译行为的意义生成开始于作者和文学文本，而译者的筹划意义是中间的关键环节。译者需要有"克己功夫"，要仔细地研读原作，在融会于心，心悟神解之后，重写出合格的译文。所以译者的"自我"表现要适度，既不能忽视"自我"理解在文学解读和表达环节中的作用，又不能过于显露"自我"，以致遮蔽了原作的光彩。

（5）Мало ли таких дней рассорило время по полям недавних и давнишних боёв? Крепко берёт Григорий казачью честь, ловил случай выказать беззаветную храбрость, рисковал, сумасбродничал, ходил переодетым в тыл к австрийцам, снимал без крови заставы; джигитовал казак и чувствовал, что ушла безвозратно та боль по человеку, которая давила его в первые дни войны. Огрубело сердце, зачерствело, будто солончак в засуху, и как солончак не впитывает воду, так и сердце Григория не впитывало жалости. С холодным презрением играл он чужой и своей жизнью; оттого прослыл храбрым — четыре георгиевских креста и четыре медали выслужил. На редких парадах стоял у полкового знамени, овеянного пороховым дымом многих войн; но знал, что больше не засмеяться ему, как прежде; знал, что ввалились у него глаза и остро торчат скулы; знал, что трудно ему, целуя ребёнка, открыто глянуть в ясные глаза; знал Григорий, какой ценой заплатил за полный бант крестов и производства.

译文1：

难道在不久前和很久以前的战场上这样打发掉的日子还少吗？葛利高里牢牢地保持着哥萨克的光荣，一有机会，就表现出忘我的勇敢，疯狂的冒险，他化装混进奥地利人的后方，不流一滴血就拔掉敌人的岗哨；他这个哥萨克大显身手，他意识到，战争初期曾不断折磨他的那种怜惜别人心情，已经一去不复返了。他变得冷酷无情，铁石心肠，就像大旱时的盐沼地一样，也像盐沼地一样不再吸水，葛利高里的心也容不得怜悯了。他怀着冷漠、蔑视的心情拿别人和自己的生命当儿戏；因此以勇敢闻名——荣获四枚乔治十字章和四枚奖章。在难得的几次阅兵大典上，他神气地站在久经战火的团旗下；但是他知道，他再也不能像从前那样欢笑了；他知道，他的眼睛陷了进去，颧骨也瘦削地凸出来；他知道，很难再亲吻孩子，问心无愧地正视孩子那纯洁无邪的眼睛了；葛利高里知道，自己曾为这一大串十字章和晋升付出了多么大的代价。

译文2：

在不久前和很久以前战斗过的战场上，这样的日子过的还少吗？格里高力牢牢地保持着哥萨克的声名，寻找机会表现舍己忘我的勇敢精神，出生入死，奋勇拼搏，乔装深入奥地利人后方，偷袭敌人岗哨，多次大显身手，他觉得战争初期压在他心中的那种痛惜人的心情已经一去不复返了。他的心变硬了，变得无情了，心就像干旱时候的盐土，水浸不进盐土，怜悯也进不了格里高力的心。他拿别人的生命和自己的生命当儿戏，丝毫也不在乎；因此他成了出名的勇士，得到了四颗乔治十字勋章和四颗奖章。在难得的几次阅兵典礼中，他都站在多次战争的硝烟熏过的团旗下面；但是他知道，他再也不能像以前那样地笑了；他知道，他的眼睛已经陷下去，两边颧骨已经尖尖地凸了出来；他知道，他很难一面吻着孩子，一面坦然地看着孩子那清亮的眼睛了；格里高力知道，为一大串十字章和几次提升，他付出了什么样的代价。

181

文学翻译：意义重构

　　这段话是《静静的顿河》第四卷第4章中描写葛利高里的内心活动，当然也有作者肖洛霍夫的声音。在两位翻译家的笔下，葛利高里的形象有所不同。在译文1中，葛利高里被描写成一个忘我的勇敢，疯狂的冒险，混进敌后方，冷酷无情，铁石心肠，容不得怜悯，冷漠、蔑视地拿别人和自己的生命当儿戏，有点儿像个亡命之徒或冷血杀手。他无法再面对纯洁无邪的孩子，有着很深的负罪感。在译文2中，格里高力则是舍己忘我的勇敢精神，出生入死，奋勇拼搏，乔装深入敌后方，偷袭敌人岗哨，多次大显身手，他成了出名的勇士，战争使他的心变硬了，变得无情了，怜悯也进不了他的心。他对别人和自己的生命当儿戏，丝毫也不在乎。他很难一面吻着孩子，一面坦然地看着孩子那清亮的眼睛了。同样一段原文，在两个译者的笔下表现出不同的形象，这是因为翻译行为是在译者的意向性中展开的，带有译者的主观色彩。在译文1中，格利高里被战争塑造成了一个令人畏惧的铁石心肠的悲剧人物，在译文2中，则更多地突显出格里高力的"勇士"形象，以及他深受战争创伤的悲剧一面。为什么同样一段原文会出现这样的差别呢？在于译者的心中首先有了一个格里高力的整体形象（即"完形"），在此前提下，对于原文中的个别词的解读和意义筹划便有了差异。两位翻译家对于作品中的词语理解的差异，是与他们对作品中的人物的总体印象的审美把握和主观理解分不开的。加之原文中以下词句的意义具有不确定性，译者的意向参与其中导致了词句理解的偏差。例如：〈рисковать 冒险，敢冒险〉，〈сумасбродничать = сумасбродить 口语，举止乖戾，任性，喜怒无常〉，〈джигитовать 表演马术，表演特技骑术〉，〈сердце Григория не впитывало жалости.〉，〈С холодным презрением играл он чужой и своей жизнью〉，〈трудно ему, целуя ребёнка, открыто глянуть в ясные глаза〉读者可以试着筹划意义，大概还会得出不同的译文。但是有一条，意义筹划的显化应该适度，保持一定的隐含与模糊的美感，可以为译文的读者留下更大的阅读释义的空间。这样就不至于把人物的形象译得过于固定，也能缩短译文与原文之间的差距。我们再来看几个译例：

182

第五章　意义的筹划与突显

（6）—Потаскун, бабник, по жалмеркам бегает, -козырял отец последним доводом, —слава на весь хутор легла.

译文1："他是个浪荡子弟，色鬼，专门勾搭外出服役的哥萨克的妻子，"父亲说出了最后的意见，"他的坏名声全村家喻户晓。"

译文2："他是个浪荡鬼，色迷，专门找不三不四的娘们儿，"父亲拿出了王牌，"他的坏名声全村都知道。"

同样的原文，不同的译文，无疑都不是复制原文的语言，和而不同。Жалмерка 是指去服役的哥萨克的妻子，守寡一般的妇人，她们因耐不住寂寞与在乡的哥萨克汉子勾搭的不少。两位译者针对 жалмерка 的可能含义进行了显化表达。说话人是一个老哥萨克，他劝导女儿不要嫁给像格里高力这样的与有夫之妇好上的年轻人，话说得很明白，为父之言可谓苦口婆心，不得不说。可女儿却喜欢葛利高里身上的勇敢、英俊和多情气质，结果命运多舛，嫁给了葛利高里却不得他的欢心。两位翻译家看似平常的译文，却译得极有韵味，体现了译者的学识和才能。

（7）—Нашла жениха, дуреха, —урезонивал отец, —только и доброго, что черный, как цыган. Да рази я тебе, моя ягодка, такого женишка сыщу?

译文1："你真找到了个好女婿，傻姑娘，"父亲开导她说，"只有一点好，就是黑得像茨冈人一样。难道我能给你招这样的女婿吗，我的宝贝儿？"

译文2："傻丫头，偏找这样的女婿，"父亲开导她说，"他的好处只有一点，就是黑得象个茨冈人。乖孩子，我怎么能给你找这样一个女婿呀？"

жених, женишка 是"未婚夫"之意，但在两位译者的译文中都不约而同地译成了"女婿"。这样合理吗？译者的创造性的理解在于，人物的语

183

文学翻译：意义重构

言符合人物的身份，符合角色关系的要求。从译文看来，父亲的讲话正好反映了他从自己角度出发，从自己的好恶出发的心理。

（8）Прибивались, и с Хопра сваты и с Чира, но жениха и Наталье не нравились и пропадала даром сватовская хлеб-соль.

译文1："从霍皮奥尔河和奇尔河那边也来过媒人，但是娜塔莉亚不喜欢那些求婚的新郎官，所以都白赔上了求婚的面包和盐。"

译文2："从霍派尔河畔和旗尔河畔也来过求亲的，但是娜塔莉亚没有看中那些求婚的小伙子，所以媒人的一番心血都落空了。"

Сватовска'я（口语），сватовство，说媒、做媒、求婚、求亲。意思有区别，也有内在的联系，俄语合为一词。сватовска'я хлеб-соль 既可译为"媒人的一番心血"，也可译为"求婚的面包和盐"，然而媒人的心血包含了求婚者的殷勤示意，所以实质上不是"媒人的一番心血"。求婚带来的象征物——хлеб-соль（面包和盐），表示的是求婚者的心意。译文1保留了文化象征，由于有"求婚"二字修饰"面包和盐"，读者虽有疑问，也能明白，深思者可能会去探个究竟——求婚为何要送上面包和盐？窃以为译文1的译者筹划意义是合理的。译文2舍弃文化形象进行模糊表达，不料却失了准确性。这里的 хлеб-соль 应当说具有象征意义，大概是俄罗斯人（顿河哥萨克）求婚时的常备之物。关于 хлеб-соль，在《静静的顿河》第一卷第18章有这样一段描写，可作注释：

（9）Мирон Григорьевич порвал молчание:

— Что ж… Порешили мы девку отдать. Породнимся, коли сойдемся…

В этом месте речи Ильинична откуда-то из неведомых глубин своей люстриновой, с буфами на рукавах, кофты, как будто из-за спины, выволокла наружу высокий белый хлеб, положила его

第五章　意义的筹划与突显

на стол.

Пантелей Прокофьевич хотел зачем-то перекреститься, но заскорузлые клешнятые пальцы, сложившись в крестное знамение и поднявшись до половины следующего пути, изменили форму: большой черный ногтястый палец против воли хозяина нечаянно просунулся между указательным и средним, и этот бесстыдный узелок пальцев воровато скользнул за оттопыренную полу синего чекменя, а оттуда извлек схваченную за горло красноголовую бутылку.

译文1：（略）

译文2：柯尔叔诺夫老汉打破沉默："好吧……我们决定把姑娘嫁出去。要是咱们有缘的话，就结亲吧……"话说到这里，伊莉尼奇娜从她那袖子上带褶的毛料女褂那深不可测的底下，像变戏法似地掏出一个高高的白面包，放到桌上。潘捷莱·普罗柯菲耶维奇不知为什么想画个十字，但是他那粗硬的、像钳子一样的手指刚做出要画十字的样子，举到一半，就改变了样子：黑黑的大拇指不顾主人的本意，不知不觉地伸到中指和食指中间，变出了羞人姿势的这几个手指偷偷地溜到鼓胀胀的蓝褂子大襟里面，抓住带红塞子的酒瓶的瓶口，从里面掏了出来。

可见哥萨克人求亲说媒的风俗习惯，提亲的男方父母事先备好面包和酒，为了在亲事说成时庆贺一番。这就吻合了前例中的 сватовская хлеб-соль（"求婚的面包和盐"），仿佛是为此做的一个注释，面包—盐不仅是媒人的一番心血，更主要是求婚方的一番美意和盛情。可见，хлеб-соль 可能是提亲时的象征之物，这是哥萨克民族文化风俗的象征物。译文2中的"所以媒人的一番心血都落空了"可改译为："求亲者带来了面包和盐，美意都落空了。"这样既可保留文化意象，又可保持小说中这些细节的连贯衍接，汉语读者从前后文中即能感受到特有的民族风俗。又如：

（10）Вот мы и приехали, значится, Мирон Григорич, с тем,

185

文学翻译：意义重构

чтобы узнать, как вы промеж себя надумали и сойдемся ли сватами, али не сойдемся……

译文1："米伦·格里戈里耶维奇，我们这一趟来，是想知道，你们这边儿商量得怎么样啦，咱们能结亲，还是不能结亲……"

译文2："这不是，我们又来啦，就是说，米伦·格里高力耶维奇，是来听一听，府上是怎么定的，咱们能结亲呢，还是不能……"

俄语代词"вы"并不简单地等同于我们汉语中的"你们"或"您"，而是具有很强的社会色彩。Мирон Григорич 和 вы 并用来称呼对方，是为了表示尊敬、恭维之意，提亲非得用 вы 称呼对方不可，不然显得不礼貌，不懂规矩。译文1译出了基本意思，语气是符合人物的身份的，但没有考虑到 Мирон Григорич 和 вы 具有的社会人际意义，筹划意义不够。译者"以意逆志"，得从文本本身出发去发掘意义，社会意义是文学作品中的人文意义，译者理当把它筹划出来。译者将 Мирон Григорич 音译成米伦·格里戈里耶维奇，并且将 вы 简单地译为"你们"，显不出提亲时的郑重其事和尊敬恭维来，读者难以体会到这层含意，不符合预期的审美效果。译本2显然注意到了这一社会语言学因素，将 Мирон Григорич 仍然音译，接着用"府上"来对译"вы"，这是新颖的译法，既译出了社会意义，也是对音译含义不明的补偿之笔，传达出了人物之间的角色关系和说话人的恭维之意，堪称佳译。

译者有时难以筹划到意义，文学文本中的意义不显现出来，不在译者的期待视野中，这是可能的。原作中的一切和译者必须认识的东西，乃是别人的见解，而非译者的见解，在不能去分享认同这些见解时，往往对理解形成阻碍。译者脱离不开规定着自我理解的前见解，甚至可能是不被觉察的。如果要理解他人的见解，就不能盲目地坚持自己对于事物的前见解，需要对文学文本保持开放的态度，要想对作品中的细微处的"意义"有所理解，"明察秋毫"，首先要对文本中的"异质"存在有敏感和宽容的态度，使其显现出来，不至于消解掉。

第五章　意义的筹划与突显

（11）Постоянно мрачный и нелюдимый Гетько почему-то привязался к Михею, изводил его одной и той же шуткой:

— Михей, чуешь? Ты якой станицы? — спрашивал его, потирая длинные, поколенные чашечки, руки, и сам же отвечал, меняя голос: 〈Мигулевский〉. — А що ж це ты такой хреновский? — 〈Та у нас уся порода такая〉.

译文1：

一向忧郁，而且不爱答理人的格季科，不知道为什么却跟米海成了好朋友，他总是用一个从不换样的玩笑逗他：

"米海，你听见吗？你是啥地方人？"他一面问，一面擦着两只长得可以够着膝盖的手，接着自己又变换着声调回答："'我是米古列夫斯克人。'——'可是你怎么长成这个德行？'——'俺们那儿的人统统是这个德行。'"

译文2：

一向阴沉着脸、不肯答理人的盖奇柯，不知为什么却跟米海伊要好起来，并且老是这样跟他开玩笑：

"米海伊，听见吗？你是哪个镇上的？"他搓着长得可以及膝的两手一面问，一面又变换着腔调回答："'我是米古林镇的呀。'——'你为什么这样浑？'——'我们那儿都是这种料嘛。'"

在译文1中，"我是米古列夫斯克人"与"可是你怎么长成这个德行？"之间似乎有一种内在的联系，但中译文看不出这种内在联系。在译文2中，"我是米古林镇的呀"和"你为什么这样浑？"我们也看不出两者有什么关系。本来是 Мигулинский（米古林镇），但故意说成 Мигулевский（米古列夫镇），变异出一个音节"-лев-"来，俄语 лев 是"狮子"之意，另外 уся 可能是 вся，模仿人说话口齿不清，带有家乡口音，可见盖奇科是针对米海伊的特点在开玩笑。从针对这位喝点酒就哭就流泪的黑脸膛长工开玩笑、调侃的语气来看，两位译者均达到了比较满意的效果。但有点儿遗憾的是，未

187

文学翻译：意义重构

将说话时的语言变异特点译出来。两位译者不可能没注意到其中的语言变异，但均未细加考虑和传达其中的语义，译文1仅进行了音译，而译文2则在音译上舍去了语音变异，显然对语音变异这一"异质"存在未加重视，因而译文出现了语义联系的缺失。如果将Мигулевский改译为"米古狮子镇"，那么读者可能品味出其中的幽默色彩，整个译文前后也具有内在的逻辑联系。

文学作品中的"异质"成分，是具有修辞作用的"特质"，有时是作家的点睛之笔。文学作品的语言是一种诗性的语言，是"陌生化"的、"受阻的扭曲的语言"①。作家运用了各种新颖的、"陌生化"的语言表现手法，译者需要在译文中尽可能地再现出来，不可忽略。文学作品的语言是艺术化的语言，一个作家会形成独特的语言风格，语言是文学作品中的灵魂，在艺术风格的表达体系中，最主要的、起统帅作用的因素是语言，语言形成作品中的修辞体系。白春仁教授说："成熟的语言艺术家在自己的创作中，总要组织一个独特的表达体系。表达什么呢？首先是艺术世界的人物事件环境，其次是主题思想和深层的人生哲理。用什么表达呢？语言和言语、章法、赋比兴（艺术手法）；为了表达深层蕴涵，还须利用意象和意境。优秀作家呕心沥血地经营这个表达体系……在辞章层上，风格综合词法句法章法和语调，形成独特的语言表达体系。在形象层上，风格选择辞象、意象、意境的创作原则和方法，形成独有的艺术表现体系。在含义层上，风格同样面临抉择，在如何处理形象与含义的关系问题上，必须抱定自己的主见。最后到了作者层，风格根据作者对艺术世界的评价态度，根据作者的情志，为自己整个的表达体系定下基调，确定艺术表现的基本原则，并据此把以上三个层次焊接到一起。于是作品中便生成一个个性鲜明的修辞体系。"② 文学翻译同样是用文学语言来再表达，这就要求译者用一种艺术化的语言来重写译文，于是

---

① 什克洛夫斯基：《艺术作为程序》，《西方二十世纪文论选》（胡经之、张首映主编），中国社会科学出版社1989年版，第9页。
② 白春仁：《文学修辞学》，吉林教育出版社1993年版，第153页。

译者不可避免地会摹仿作者的笔调、语气，同时这也是翻译之基本法则。在作家表达精当的地方，译者尤其要力图再现其艺术表现效果，例如作家的艺术手法，以及作品中的形象层（如辞象、意象、意境），还有作者（或笔下人物）的情感、语气，等等，都需要译者摹写下来。译者使用另一种语言重写译文，不能避免语言变形，但可以大致地把作者独特的语言风格再现出来，让读者去揣测和想象，从而体会作者的用意，以及作品中的意蕴。追寻作者的语言表达体系，循着那些意义的踪迹，尽量地摹仿原作中的艺术表达形式，尽可能地移植辞象、意象、意境，这是涉及文学翻译的作者风格问题，因此也与意义密切相关。译者可以在这方面表现其塑造语言的天赋，在原作的修辞艺术空间里，在有限的方寸之间，进行再创造，也就是在为文学译本合理地筹划意义。

（12）"Донесет…набрешет…Посадят в тюрьму…На фронт не пошлют-значит, к своим не перебегу. Пропал!"-Мишка похолодел, и мысль его, ища выхода, заметалась отчаянно, как мечется суда в какой-нибудь ямке, отрезанная сбывающей полой водой от реки, "Убить его! Задушу сейчас…Иначе нельзя…" И, уже подчиняясь этому мгновенному решению, мысль подыскивала оправдания: "Скажу, что кинулся меня бить…Я его за глотку…нечаянно, мол…Сгоряча…"

Дрожа, шагнул Мишка к Солдатову, и если бы тот побежал в этот момент, скрестились бы над нами смерть и кровь. Но Солдатов продолжал выкрикивать ругательства, и Мишка потух, лишь ноги хлипко задрожали, да пот проступил на спине и под мышками.

"他会报告！……胡说一通。把我送进监狱……不会再送我上前线去啦——这样就不能跑到自己人那边去了。完蛋啦！"米什卡的心凉了，他在寻觅出路，拼命地在翻腾着，就像条退潮时被隔在岸上，回不到河里去的鲈鱼，在一个小水坑里拼命翻腾。"要干掉他！立刻就掐死

文学翻译：意义重构

他……非这样不行……"思想已经随着这个突如其来的决定在寻找辩解的理由："就说，他扑过来打我……我掐住他的喉咙……就说是失手啦……在火头上……"

米什卡浑身哆嗦着，朝索尔达托夫跨了一步，如果索尔达托夫在这时候撒腿一跑，那么他们之间一场殊死的格斗和流血就是不可避免的了。但是索尔达托夫还在继续叫骂，米什卡的火也消了，只是两腿还在瘫软地直哆嗦，脊背上出了一阵冷汗。（金人 译）

该例选自《静静的顿河》第六卷第3章，作家描写了一个惊心动魄的瞬间，命悬一线之间，然而作家笔锋一转，便把这场危机化解了，体现了他对人的生命的尊重和人道精神。肖洛霍夫描写了米什卡身上的"恶"，揭示了他性格中可怕的一面，为了自身的安危可能不择手段。作家用了下面这个比喻，把米什卡无计可施的绝望和急欲摆脱困境的心态表现得再准确不过了。"米什卡的心凉了，他在寻觅出路，拼命地在翻腾着，就像条退潮时被隔在岸上，<u>回不到河里去的</u>鲈鱼，在一个小水坑里<u>拼命翻腾</u>。"这个比喻是顿河边的哥萨克人熟悉的，作家善于用身边的事物打比方，俄文言简而意明，将这一切描写得合情合理，似可见作家悲天悯人的情怀与无奈。金人先生准确地传译了这个比喻，运用合理的想象，添加画线部分而进行意义筹划，补充了原文意蕴所有而字面没有的部分，形象地表现了米什卡这个人物内心的斗争和挣扎。读者从译语的语言艺术传达中，定能体会到那种撼人心魄的艺术魅力，也能感到作家的悲剧意识。

翻译的任务就是循着文学文本的意义踪迹进行意义筹划，把人文意义和精神意义筹划出来，这是一种合理的意义筹划和预期出现。作品的情节、细节、意象、意境、作者意图和作者声音，甚至人物的语言等都会留下意义踪迹，参见第四章的论述。

译者根据动态的语境，综合多个视角进行意义的筹划。语境既指语篇上下文和社会背景，又指译者的个人语境（包括其知识结构和文学修养等），还指接受者（读者）的认知语境。译者首先是一个意义筹划者，被解读出来的作品"本意"（姑且称其为作者本意），或许只是作者本意的一部分，或许作者根本就没有那么想，译者在理解时却可能扩大意义的范围。作者有时也可能没有清楚地表达思想。作者的意图和作品"本意"看似固定，其实不然，它与历史语境相融合，与译者的文化视阈相融合，从而滋生出文本和话语的意义。维特根斯坦说："是否应当说，我在使用一个我不知道其意义的词，因此我在胡说八道？——随你怎么说，只要它不妨碍你看清事实。"[1] 伽达默尔说过同样意思的话，几乎是直接论及了翻译："有时作者并不需要知道他所写的东西的真实意义，因而解释者常常能够而且必须比这作者理解得更多些。原文的意义超越它的作者，这并不只是暂时的，而是永远如此的。因此，理解就不只是一种复制的行为，而始终是一种创造性的行为。把理解中存在的这种创造性的环节称之为完善理解，这未必是正确的。"[2] 伽达默尔的话虽然看似荒谬，却不无道理，他直接道出了翻译（理解）是一种创造性的理解和筹划意义的行为，而不是一种复制行为，而且这种理解只是创造性的环节，而不是意义的终结。作者一旦完成了他的作品，作者创作时的审美心态、情感活动、当时语境、灵感神思所构成的创造力之"场"便倏然消失，一切都化为语言符号留诸纸上，作者使用语言时的困窘、激动、狂喜、朦胧等感受，各种各样的顾虑，突兀其来的神思等心境，只有等能识者从文本之中去揣想了。那些激动人心的思索过程，已转换成文学文本中的"符码"，只能从留存下来的"踪迹"中去再度诠释或还原。作者已悄然隐退，文本突兀而出。"先前作者创作作品时面对的特定语境已转变为作品诞生后，所有时代、所有读者的共时/历时、个体/群体、共性/个性的无限可能的语境。而每一次阅读都有可能增加、减少或改变作品诞生时的意义域，也都在阅读史上影响后续阅读的意义生成。先前消失的构成创造力场的诸多东西已成为作品结构的构成部分；一种空缺或空白，它虚

---

[1]《维特根斯坦全集》第8卷《哲学研究》，第54页。
[2] 伽达默尔：《真理与方法》，第380页。

文学翻译：意义重构

位以待，召唤填充。"① 因此，译者是在变化了的语境和时代要求之下筹划意义，其意向性活动不可能单单指向作者和文本，还指向接受语境和其中的读者，不可避免地要考虑读者的语言品位、接受环境、意识形态等文本外的因素，这是意义走向现实化的必然之路。这样会"减少或改变作品诞生时的意义域"，但将文学文本的意义生成链条连接起来。因此，的确很难说何谓意义筹划的合理性。意义筹划首先是一种创造性的理解，合理性的界限并非固定的界限，但这界限是存在的，犹如连着地的风筝线。风筝在空中飘扬，煞是美观，因为它飞得高，而且连着地。如果离了那条连地的风筝线，很快就会不在人们的视野中了。文学翻译中的"度"，或者说翻译艺术中的"风筝线"，就是译文与原文之间有时是无形的、但确实存在的种种关联，以及翻译艺术创造的法则。

　　译者翻译作品筹划意义，关键在于有新意发现。追问原作固定意义的努力，就意味着坚信人们一定是共同的看法，这样就会使作品的意义之门关闭起来，忽视"人"使用语言，解释文本的主体性和创造性。实际上，一个原本会出现多个译本，有时相去甚远，甚至有些地方完全不同，但比对原文，只要意义不背离原文，虽有偏差，但译文（与原文）和谐统一，这就是筹划意义的真谛（界限）。译者筹划意义，是译者个人视阈与作者视阈和读者视阈的交融，是"视阈融合"后的创造与发现。不单纯是译者的期待，还包括作者和读者的期待，这三者期待的遇合如达到和谐统一，可以认为是合理的。译者筹划意义，不可避免地会表现出"隐微写作"的倾向，但必须是有根有据，富有创新地有所发现，才是合理的。译者从文学文本中筹划意义，意味着在完成理解他者和探索自我的过程，不过这里强调了意义的不断创获和译者的主体性。一种筹划就是一种期待和想象，一种情感的默契和理性的思索。文学文本留有想象的空间越大，译者就越容易筹划到意义。对前筹划的每一次修正，就意味着我们能够为文学文本筹划到一种新的意义。海德格尔将筹划意义的过程描述为："解释开始于前把握，而前把握可以被

---

① 金元浦：《文学解释学》，第311页。

更合适的把握所代替，正是这种不断进行的新筹划构成了理解和解释的意义运动。"① 可以说，一个人具有什么样的认识，也就可能筹划到相应的意义。译者在重新唤起文学文本意义的过程中，自己的思想总是已经渗入进去，翻译的任务则是要符合文本事实、循着意义踪迹进行意义筹划。文学翻译中的意义实现与文学原本中的意义一脉相承，但不是一回事。译者需要明确地考察自己所有前见解的合理性和有效性，从多个视阈、多个视角出发整体地把握文学文本中的意义，使译文保持言之有据，行文有美。

第二节　文学翻译中的意义突显

文学翻译是在译者的意向性中的意义—实现。文学翻译是选择的艺术，这是一个复杂而又艰苦的意义生成活动。译者处于意义关系网络的中心，其翻译行为促使原文走向读者实现意义的传通。在这个过程中，译者的翻译在一定程度上是在进行意义突显。从选择被翻译作品开始，到文学译本的完成，甚至以某种特定的方式进入读者群中，都包含了意义突显。本文将论述这个问题，并以俄译汉翻译实例予以说明。

一、翻译的基本思想——译意

唐朝贾公彦说："译即易，谓换易言语使相解也。"这一定义隐含了"意义"一词，"换易言语使相解"的无疑是"含意"，是"意义"，透露了翻译译意的基本思想，我国佛经翻译，早言及此，"贵其实"，"审得本旨"，"勿失厥义"，都强调了意义传译在翻译中的重要性。

巴尔胡达罗夫说："翻译是把一种语言的言语产物在保持内容方面也就

---

① 伽达默尔：《真理与方法》，第343页。

文学翻译：意义重构

是意义不变的情况下改变为另外一种语言的言语产物的过程。"① 奈达说："所谓翻译，是指从语义到文体，在译语中用最切近而又最自然的对等语再现原语的信息。""翻译即译意"（Translation means translating meaning）。"英国的约翰逊博士对翻译的定义是'变成另一种文字而保留其意义'……贝洛克说：翻译是'外国话借本国尸还魂'（the resurrection of an alien thing in a native body.）"② 这些定义突出了意义在翻译中的重要性。翻译与意义不可分割，意义在翻译中始终居于核心地位。译者的翻译行为可以说就是促使原文走向读者而实现意义的传通。正如许钧教授说："尤金·奈达所说的'Translation means translating meaning'，'翻译即译意'，这句名言将翻译的根本任务明确地摆在了我们的面前。"③ 奈达的这一说法，强调了语言功能的核心是意义，强调语际转换中与译文有关的"一切因素都具有意义"。

顺便指出，意义是一个非常复杂的问题，这个概念本身就需要确定，但翻译学科中使用"意义"这一术语似乎无须作解释，诸多翻译定义都不同程度地提及意义概念或类似的概念。意义在翻译学中是一个一直模糊着的概念，本文也无意去探究清楚它。鉴于意义问题是语言哲学研究的核心问题之一，鉴于在翻译理论中意义这一概念已相当通行，早已为人们所熟知和接受（虽然人们对意义的理解至今仍是模糊的），所以本文仍采用意义这一概念。

1985年，牛津大学出版社出版了由美国哲学家马蒂尼奇主编的《语言哲学》一书，第一部分为"真理与意义"，编者在引言中提出了如下的问题："意义是什么？依据什么来分析意义？这些作为意义之依据的东西的本体论地位如何？最基本地意谓某物或具有意义的究竟是语词，还是语句，或是人？"④ 这种提问的方式本身，就意味着在解决意义问题上跨出了重要的一步。我们至少明白，意义不是什么具体的东西，"具有意义"与语词、语

---

① 巴尔胡达罗夫：《语言与翻译》，蔡毅、虞杰、段京华编译，中国对外翻译出版公司1985年版，第4页。
② 思果：《翻译新究》（第2版），第208—209页。
③ 许钧：《翻译论》，第140页。
④ 马尔蒂尼：《语言哲学》，牟博、杨音莱、韩林合等译，第13页。

句和人是密切相关的。语言不仅是表意的工具，而且具有创造意义的功能。译者解读语言而"译意"的同时，用译语重构一个新的文学文本，又是在创造意义，文学翻译渗透着译者的再创造，是译者特定视角的意义发现与再表述。

二、文学翻译的特征之一：意义突显

卡特福德说，意义是各种关系的网络总成。这个关系网络既包括语篇内的关系网络，又包括语篇外的关系网络。译者正是在原作的语篇内外的关系网络中解读意义和突显意义的。译者只有透彻地理解原文，才能准确地传情达意。傅雷先生说："想译一部喜欢的作品要读到四遍五遍，才能把情节、故事记得烂熟，分析彻底，人物历历如在目前，隐藏在字里行间的微言大义也能慢慢琢磨出来。"译者之所以要去记熟那些情节、故事、分析各种关系，就是为了从中理解到"微言大义"。译者是否理解了原文的深刻含义，下笔的语气、整个行文的气氛是不同的。傅雷先生四五遍地去把握原文的情节故事，为了达到对微言大义的透彻理解，为了在重构译文时能够传神达意。译者对原文的把握至关重要，有时原文的含义异常丰富，或多义蕴涵，或意境深远。翻译如同解码，只有将束缚在字里行间的密码一般的字词句段篇解读清楚了，才能够重新书写出与原文相当的译文。王东风教授说："意义承载于多重的关系网络，在翻译过程中，只要最大限度地体现了这个关系网络，意义就能显现出来。因此，翻译就意味着最大限度地恢复原文中各种相关的关系，而不是孤立的词、句或段的意义。"[①] 从整个关系网络中来理解、把握原作品，而不是孤立地摄取词、句、段的意义，的确应该如此。不过也应看到，译者最大限度地再现了原文中的多重关系网络，并不意味着真正把握了微言大义，如果没有准确地把握原文，译者心中模糊不清，那么即使复制了原文的各种关系，仍然无济于事。有时语句通顺，意义却不明白。意义是翻译中的关键词，各种关系是构成意义的元素，而非意义本身。一部

---

① 王东风：《连贯与翻译》，第6—11页。

文学翻译：意义重构

作品经过翻译之后，许多地方变得"易晓"明了。翻译无疑会促使意义显现出来，意义突显是文学翻译的特征之一。

什么是突显呢？F. Ungerer 和 H. J. Schmid 认为当今的认知语言学主要是由三种方法表征的：经验观、突显观和注意观。突显观认为，"语言结构中信息的选择与安排是由信息的突出程度决定的。"① 突显观可用图形—背景分离观点来表征。图形—背景分离（figure/ground segregation）的观点是由丹麦心理学家 Rubin 首先提出来的，后由完形心理学家或曰格式塔心理学家借鉴用来对知觉进行研究。他们认为，知觉场始终被分成图形与背景两部分。图形这部分知觉场，是看上去有高度结构的、被知觉者注意的那一部分，而背景则是与图形相对的、细节模糊的、未分化的部分。人们观看某一客体时，总是在未分化的背景中看到图形。突显原则的基础是我们有确定注意力方向和焦点的认知能力。在认知语言学中，句法结构在很大程度上被视为讲话者对周围环境进行概念化过程的反映，而这个概念化过程是受注意力原则制约的。Langacker 区分出两类不同的突显：a）基体与侧面（Base-Profile）；b）射体与界标（Trajector-Landmark）。Langacker 认为词语的意象或意义可由基体和侧面来描写。表达式的语义极被称为述义（Predication），也就相当于一个语义结构。一个述义在相关认知域中所覆盖的范围叫基体，一个词语的基体就是它能在相关的认知域中所包括的范围，这是意义的基础。与其相对的是侧面，是指基体内被最大突显（Maximally Prominent）的某一部分，成为基体内的焦点，也是词语所标示（Designate）部分的语义结构，基体是侧面描写的出发点，侧面是对基体内容的聚焦，表明基体的确切指向，一个词语的意义既不完全取决于基体，也不完全依赖于侧面，而在于两者的结合。根据 Langacker 的观点，每一种意象都将一个侧面加于一个基体之上，这与认知主体的视角、主观因素相关。认知主体从不同的意象出发来观察同一情景或事件便可产生不同的语言表达，也就突显了同一情景的不同侧面。王寅教授说，语义问题在很大程度上是一个"识解"的问题，这

---

① ［陈治安、文旭，2001，F25］。

也是一个突显的问题，这对于语义学和语法学都是至关重要的，这一观点也同样适用于语篇分析。例如，"台上坐着主席团"与"主席团坐在台上"是不同的表达方式，它们所涉及的真值条件是相等的，但它们所反映出的相对突显度是有很大差异的，通过不同的解读，可呈现不同的情景，所突显的意义是不同的。又如，He didn't marry her, because she's intelligent. 与 He didn't marry her because she's intelligent。仅有中间一个逗号之区别，但是所表达的意义是不同的。前者否定的焦点在于前面的主要分句本身，其后单独陈述了"没有结构"的理由，后句中的前半句尽管用了否定词，但最可能被接受的解释是他与她结婚了，整个句子被置于一个注意框架中，表达了一个单独的复杂的判断，否定的含义被突显在后半句上。因此，译者突显意义的语言表达与其筹划意义的"解读"是要保持一致的，应该运用恰当的表达方式来准确地表意。

　　本文借用"突显"一词来表示文学翻译的特征。也不妨说是用突显来表征译者追寻意义和表现意义的翻译行为。将突显这一概念引入文学翻译学中，取其突出重点，准确表意等，以表征文学翻译的译意。同时考虑了译者识解意义的主观性和侧重点（注意力的焦点）。其实，突显现象广泛存在于日常言语中，人们讲话有时根本不是语词的完整配列，甚至不合语法，仿佛是直接在突显意义。语词或语句不与事物相对应而出现，并不妨碍意义的表达，有时反而使意义更加显豁明了，或者使意义更加丰富。请看下面的句子："请大家到动力火车、到袋鼠跳、到排山倒海"，这句话在游戏的当场是能被准确无误地理解的，虽不通顺，却突显了意义。看似不通却简洁明白，这样活生生的言语比比皆是。"动力火车"、"袋鼠跳"、"排山倒海"等是游戏名，在说话人和听话人的认知中是被突显的言语部分，是意义的核心，被省略的"场地"二字在当场变成了可有可无的词汇。虽不合语法，但表意清楚，突显了意义。这里是意义突显的一个特例，看似不通的句子，却如文学语言有时是"扭曲的语言"一样，颇具表现力。当然，并不是说意义突显的语句都不通顺，意义突显的常态是正规的语言形式。总之，突显是一种认知方式，本书将意义突显视为文学翻译中的一种特征。

文学翻译：意义重构

翻译在于为不懂原文的读者传通意义。语言重塑不同于绘画临摹（其实绘画临摹也需要虚实结合的突显技法），它必然是一个意义突显的过程，即运用语言艺术使意义表达形象生动，富有感染力，或语意明确，或意境深远，或含义丰富。再表达本身就是突显意义的过程（包括突出重点）。文学翻译总意味着保留什么，放弃什么，有时的确很难完全表达所有的意义，需要有所取舍，只显现主要方面，突出重点。模糊多义除非作为一种特殊的表意方式，通常译者要运用突显法明确表意。翻译不可能不损失意义，不可能不"失本"，但运用语言艺术可以充分地把意义突显出来。文学翻译为译者突显意义提供了广阔的创造空间。

在拉丁语中，翻译兼有时空变迁和负重搬运之意，经过一番痛苦和磨难而重建起晓畅明了的文学译本，从而给人以美感享受[①]。除非译者徒有其劳而未识原文之妙，致使译文含混不清，甚至语句混乱。当然，原文中可能有表现人物意识混乱不清的，移植于译本中亦混乱不清，这本身也是一种意义突显。翻译中准确表意是非常重要的，突显意义不是浅化。钱钟书在林纾的翻译中注意到了这种现象，给予了很高的评价。例如，"林译《贼史》第二章：'凡遇无名而死之儿，董生则曰：'吾剖腹视之，其中殊无物。'外史公曰：'儿之死，正以腹中无物耳！有何又焉能死？'"外史公曰以后的话在原文中是括弧里的附属短句，译成文言只等于"此语殆非妄"。钱先生说这种增补译法是不足为训的，但从修辞学或文章作法看，常常可以启发心思，有画龙点睛的效果。林纾这里运用的就是意义突显法，译文意显豁，语言风趣幽默。意义突显是文学翻译中的应有之理，它客观地存在于翻译之中。

[①] 英语动词 translate 源自于拉丁词 translatus，而 translatus 又是 transrerre 的过去分词。在拉丁语里，transrerre 的意思是 carry 或 transport，指的是背负物件将其转移至另一地方。词根 trans 本身含有时空变迁的意思，而 ferre 除了"负重"与"搬运"的意思外，还有 endure 与 suffer 的含义（Gentzler，2001：166）。据此 translate 的深层含义可以完整解释为：把某一样东西，穿越一定的时间或空间，从一个地方搬到另一个地方，整个过程对搬运者而言是要经受痛苦或磨难的。从某种意义上说，这样的解释的确道出了翻译的本质。当然，还应补充一点的是，如西班牙大哲学家加塞特（Jose Ortega Gasset）所言（Venuti，2000：49-63），翻译者在翻译过程中所经历的不仅有"痛苦"（misery），还有"辉煌"（Splendor）。——参见何刚强《笔译理论与技巧》，外语教学与研究出版社2009年版，第2页。

接下来，我们从俄汉翻译实例中来分析一下意义突显这一特征。

三、意义突显的诸多方面

文学译者处于意义关系网络的中心，其翻译行为促使原文走向读者而实现意义的传通。从被译文学作品的选择开始，经过翻译过程，以及最终完成译稿出版，几乎每一环节都包含了意义突显。文学翻译过程中的意义突显，就是为了准确表意和生动形象。不仅包括突出重点，还包括许多其他方面，以下分述之。

（一）明确——补足意义

请看下面这个例子：

（13）Дуняшка прыснула смехом и закрылась рукавом. Прошла через кухню Дарья, поиграла тонкими ободьями бровей, оглядывая жениха.

译文1：

杜妮亚什卡扑哧一笑，用袖子捂住了嘴。达丽亚抖动着弯弯的细眉，打量着新郎，从厨房里穿过去。

译文2：

杜尼娅扑哧一笑，用袖子捂住脸。妲丽亚从厨房里走过，打量着要去求婚的格里高力，动了动弯弯的柳叶眉。

这是《静静的顿河》第一卷第15章里的一段话。葛利高里随父母和媒人一道去相亲，临出门时作者对葛利高里的妹妹杜尼娅和嫂子妲丽亚的描写生动有趣。把杜妮亚小姑娘那快活而又害羞的形象和妲丽亚的风情神态表现得栩栩如生。译文1将оглядывая жениха译成"打量着新郎"，容易引起歧义，表达欠准确。译文2将оглядывая жениха译成"打量着要去求婚的格里高力"（或可译为"打量着去相亲的小叔子"等），并用"弯弯的柳叶眉"来形容妲尼娅，乃是明确表意的突显笔法，译文准确而具有美感。

199

（14）Страны счастья, чужого доселе, / мне раскрыли объятия те, / и, спадая, запястья звенели громче, / чем в его нищей мечте…/

是你用温柔、亲昵的拥抱，使我恍如置身在幸福的异乡，是你这手镯相碰的叮当，唤起我性灵中热情的渴望。①（丁人 译）

这是勃洛克《夜莺花园》中的几行诗，生动形象，意境深远。丁人先生的传神译笔，译文生动，富有诗意。译者对原文的诗意气氛的把握是准确的，但对原文的理解犹有商榷之处，例如 чем в его нищей мечте 这一句中的"его"指什么，丁人先生没有明确表达，而是做了模糊处理。窃以为"его"是指的"幸福"，幸福是诗人（言说者）梦寐以求的东西，它在这几行诗中如同诗眼一般，应该突显出来，试译如下：你那温柔、亲昵的拥抱，使我迄今恍若置身于幸福的异乡，那手镯掉在地上的清脆叮当，惊醒了我对幸福乞丐般的梦想……

突显意义，当然是为了明确表意，为了更准确地再现原作的意义，当然其中不乏主观性。例如：

（15）-Мы с бабой живем зараз, как голуби. Вторая рука, видишь, целая, а эта, какую белые-поляки отняли, отрастать начинает, ей-богу!

译文1：我现在跟老婆过得可亲热啦，像一对鸽子似的，双飞双栖。你看，我这只胳膊还是囫囵的嘛，而波兰人砍掉的那只，又开始往外长啦，真的！

译文2：我和我老婆过得才亲热呢。另一条胳膊，你瞧，好好的呢，就连波兰佬砍掉的这一条，又要长出来啦，实在话！

---

① 《勃洛克抒情诗选》，丁人译，湖南文艺出版社1991年版。

第五章　意义的筹划与突显

Мы с бабой живем зараз, как голуби. 这一句看似简单，却不容易译好。如果只是传达字面意思，而不作突显意义的处理，就会译出这样的句子："我与我老婆像一对鸽子似地生活。"这样，既传达不出原文中的调侃玩笑的语气，也无法让读者准确地领会意思，需要补足意义。像鸽子似的生活，究竟是什么意思，并不明确。而译文1经过译者的突显意义，读起来显豁明了，风趣幽默，颇耐寻味。而译文2中的第一句，虽译出了含义，意义显豁明白，却失掉了话语中的意趣，只因为译有所不传，说话人打的一个比方没得到准确再现，因而失去了些许色彩。

（16） Лежат все вместе, рядом: и жена, и мать, и Петро с Дарьей… Всей семьей перешли туда и лежат рядом. Им хорошо, а отец—один в чужой стороне. Скучно ему там среди чужих…

译文1：他们一起并排躺在这儿：我的发妻和生母，还有哥哥彼得罗和达丽亚……全家都搬到那儿去啦，并排躺在那儿。他们都幸运，可是父亲——独自一人，埋骨异乡。他置身外乡人中，一定会感到寂寞……

译文2：都躺在一块儿，一个挨着一个：妻子、母亲、彼得罗、妲丽亚……全家都上那儿去了，都躺在一块儿。他们都安宁了，可是父亲还一个人留在外乡呢。他在外乡人当中太寂寞了……

在译文1中，один в чужой стороне 被译为"独自一人，埋骨异乡"，"埋骨"二字，看似凭空添加，实则是突显意义，译文与原文相合无间。有了这一句作基础，下一句"他置身外乡人中，一定会感到寂寞"，便更使人觉出一种悲凉的情绪来，寄托了葛利高里对于因暴动出逃死于异乡并埋骨于异乡的父亲的深切哀思。父亲死在外乡，不能与一家人埋葬在一块儿，世间的悲情莫过于此了。译文2未运用意义突显法，照字面译为"父亲还一个人留在外乡呢"。如果读者对全书情节不甚了解，单从这一句来看，独在异乡的父亲是生是死，是漂泊还是埋骨？译文浑漫不清，令人徒费思索，所达到

201

文学翻译：意义重构

的艺术效果自然较差些。翻译贵在达意，正所谓"顾信矣不达，虽译犹不译也"。补足意义，可以算是明确表意的一种主观努力。这里再略举一例予以说明。

（17）Меня всегда изумляли встречи. Живут в разных концах земли два человека, и вот они, подчиняясь непостижимому закону, движутся навстречу друг другу, неотвратимо обречённо, и, чужие, встретившись, становятся блискими на всю жизнь: одна река сливается с другой—страдания и удачи поро'вну.

译文1：我总是为相会感到惊奇。生活在大地上不同角落的两个人，现在却受着一种不可思议的规律的支配，彼此不可阻挡地注定相互走到一起，于是陌生人见面之后就成为终身的密友，就像两条河汇合到一起一样——分享痛苦和成功。

译文2：我总是为人们的遇合感到惊奇。两个人本在天涯海角，现在却受着一种不可思议的规律的支配，彼此命中注定地走到一起，任凭什么也阻挡不住；于是，素昧平生的人萍水相逢变成了甘苦与共的终身伴侣，就像两条河汇合到一起一样，永不分离。

"永不分离"即属于补足意义的一笔。根据俄文，可以译出如下汉语："素昧平生的人相逢在一起，即可变成甘苦与共的终身伴侣，就像两条河汇合到一起一样。"这样表达未尝不可，但汉语似乎意犹未尽，尚需补充一句，更进一步地揭示意义。所以"永不分离"是合理的联想和切题的补意。

（二）添加——衍接意义

（18）Оставалось выбрать творческий псевдоним. Найдя через 《Google》 подходящий список, я взяла из самого его начала имя 《Адель》. В аду родилась елочка, в аду она росла…

还须取一个笔名。我上 Google 查了查合适的名册，挑了一个最靠

202

前的名字"阿捷尔"——地狱—云杉。云杉诞生在地狱,云杉生长在地狱……

"阿捷尔"的俄语是 Адель,即地狱(ад)—云杉(ель)之合意。为了使译文前后语意连贯,似非添加此"地狱—云杉"不可。有了这一突显意义之添笔,下一句就容易理解了:"云杉诞生在地狱,云杉生长在地狱"。译文需要添加语汇的情况很常见,本文将添加与意义突显联系起来,说明其中具有一定的联系。再看下面的例子:

(19) Кажется, это Диоген Лаэртский рассказывал о философе, который три года обучался бесстрастию, платя монету каждому оскорбившему его человеку. Когда его ученичество кончилось, философ перестал раздавать деньги, но навыки остались: однажды его оскорбил какой-то невежа, и он, вместо того чтобы наброситься на него с кулаками, захохотал. 《Надо же, — сказал он, — сегодня я бесплатно получил то, за что платил целых три года!》

Когда я впервые прочитала об этом, я испытала зависть, что в моей жизни нет подобной практики. После знакомства с Павлом Ивановичем я поняла, что такая практика у меня есть.

好像是狄奥根·拉尔茨基讲过一个哲学家的故事,哲学家通过给每一位侮辱他的人付一个钱币,在三年里学会了冷静与克制。当哲学家的学徒训练结束后,他不再散发钱币,但良好的习性养成了:有一次一位没有教养的人侮辱了他,而他呢,不是拳脚相向,而是哈哈大笑道:"今天我居然免费获得了三年来需要付学费才能学到的东西!"

我第一次读到这个故事时,真是羡慕不已,遗憾在我的生活里没有这样的实习机会。在认识巴维尔·伊万诺维奇之后,我恍然明白自己有了这样的机会。

文学翻译：意义重构

　　汉译文中的"克制"、"遗憾"、"恍然"和"机会"等词汇，都是译者根据上下文添加的，既是为了准确地表达，也是为了衔接语意，实乃意义突显的笔法。

　　（20）Итак, вот какого рода помещик стоял перед Чичиковым! Должно сказать, что подобное явление редко попадается на Руси, где всё любит скорее развернуться, нежели съёжиться, и тем поразительнее бывает оно, что тут же в соседстве подвернётся помещик, кутящий, как говорится, насквозь жизнь.

　　总之，此时站在乞乞科夫面前的就是这样一位地主！应该说，像他这种人在俄罗斯是颇为罕见的，因为俄国人不论做什么事都喜欢大刀阔斧，而不喜欢缩手缩脚。假如拿他与邻居相比，那他就更加令人惊奇了。离他不远处就住着一个性格豪放、喜欢摆阔的地主，终日花天酒地，寻欢作乐，正如俗话说的，挥霍无度。（郑海凌 译）

　　всё любит скорее развернуться, нежели съёжиться, 有人曾译为："一切事物都喜爱舒展而不喜爱蜷缩的"，颇令人费解。看来，развернуться, съёжиться 具有转义，译者如不予以传达，势必造成理解上的"隔膜"，郑海凌先生译为"不论做什么事都喜欢大刀阔斧，而不喜欢缩手缩脚。"化"隔"为"透明"。"假如拿他与邻居相比，那他就更加令人惊奇了。"看似凭空添加了一句"假如拿他与邻居相比"，其实这一句是包含在原文的深层含义里的，属于原文内容所有，形式所无。于是译文前后意义贯通，脉络清晰可见。这就是突显意义的笔法。

　　（21）А вечерами в опаловой июньской темени в поле у огня:
Поехал казак на чужбину далеку
На добром своем коне вороном,
Свою он краину навеки покинул⋯（Тихий Дон, том 3, г. 7）

第五章　意义的筹划与突显

译文1：晚上，在六月的乳白色的夜光中，田野里的火堆旁<u>响起了歌声</u>：哥萨克骑在自己铁青色的骏马上，奔向遥远的地方，永远离开了自己的故乡……

译文2：每天傍晚，在乳白色的夏季暮霭中，田野上火堆边<u>歌声不断</u>：哥萨克骑上的铁青的骏马，朝遥远的异国进发，永离了自己的故乡……

画线部分"响起了歌声"、"歌声不断"，均为合理的自然的添加。作家营造一种黄昏的夏夜气氛，紧接着一个冒号，接着是歌词，显然这歌词就是哥萨克的歌声。译者添加几个起提领作用的字，将情景与歌声连接了起来，形成了一幅美丽而悲壮的图画。

（22）Милые вы мои! До чего же вы хорошо да жалостно поёте! И небось, у каждого из вас мать есть, и небось, как вспомнит про сына, что он на войне гибнет, так слезами и обольется…— Блеснув на поздоровавшегося Григория желтыми белками, она вдруг злобно сказала: —И таких цветков ты, ваше благородие, на смерть водишь? На войне губишь?（Тихий Дон, том 7, г. 19）

译文1：

"我的亲人们哪！你们唱得多好啊，多悲伤呀！大概你们每个人的家里都有母亲，她们一想到儿子有朝一日会牺牲在战场上，就会泪流满面……"老太婆用发黄的白眼珠儿朝向她问候过的葛利高里瞥了一眼，突然恶狠狠地问道："军官老爷，这么娇嫩的鲜花你也带着他们去送死吗？也要叫他们在战场上送掉性命吗？"

译文2：

我的好孩子们呀！你们唱得多么好、多么伤心呀！你们每个人家里恐怕都有妈妈，妈妈一想起儿子，想到儿子也许要死在战场上，恐怕眼泪都要哗哗往下流……"她拿黄黄的眼白朝着向她问候的格里高力瞪

205

了一眼，忽然狠狠地说："你这个当官的，要把这些好孩子带去送死吗？你要把他们断送在战场上吗？"

这段话出自一位上了年纪的老太太之口，со следами строгой иконописной красоты на увящем лице（衰老的脸上还留着圣母般端庄而美丽的痕迹），可见，她是善良的母亲，年轻时一定美丽过，从她的口中说出这样的话是完全可能的："И таких цветков ты, ваше благородие, на смерть водишь? На войне губишь?"她像一个母亲对自己的孩子说话一样，充满了怜爱和悲伤。译文1中的"这么娇嫩的鲜花你也带着他们去送死吗？"译文2中的"恐怕眼泪都要哗哗往下流"，都是非常精彩的译笔。我们对照原文看，"这么娇嫩的鲜花"和"哗哗往下流"经过了译者的补偿突显，进行了合理的添加。如果译文1少了一个"娇嫩"，译文2少用"哗哗"一词，其语言的表现色彩就要逊色些，就不足以表达这位或许自己就有丧子之痛的老太太的悲愤心情。

（三）融合——精练意义

在文学翻译中，译者为了追求表达效果，常用减省法，依靠语意上的连贯来组织译文语篇，而不是复制原文中的所有词汇，包括衔接词。译文为了突显意义，既有添加法，也有省略法。目的在于准确表意，使译文具有文学性。译者恰到好处地经常运用省略技巧，可以使译文表达精练，且具有艺术美感，称之为"融合浓缩"法。例如：

（23）После крупного выигрыша в казино не следует сразу уходить — лучше немного проиграть, чтобы не вызывать в людях злобы. То же и в нашем деле. В древние времена множество лис было убито исключительно из-за жадности. Тогда мы поняли — надо делиться! Небо не так хмурится, когда мы проявляем сострадание и отдаем часть жизненной силы назад. Это может показаться пустяком, но разница здесь — как между воровством и залоговым аукционом.

Формально духам в этом случае карать не за что. А совесть все равно не обманешь, поэтому про нее можно не думать.

在赌场赢了巨资不能马上就走——最好是再输点儿，才不会招嫉恨。我们的行规也如此。古代许多狐狸横遭毙命就是因为太贪婪。于是我们明白——应该分享！如果我们表现出同情心，懂得回赠，上天是不会怪罪的。虽说这是小节，效果可大不一样——犹如盗窃之与典当拍卖。神灵也无由惩治什么。而良心也安了，不必提心吊胆。

"招嫉恨"、"懂得回赠"、"神灵也无由惩治什么"、"良心也安了，不必提心吊胆"都比原文简练，而原文的含意也得到了充分的表达。

（24）Прошлое для нас — как темная кладовая, из которой мы можем при желании извлечь любое воспоминание, что достигается особого рода усилием воли, довольно мучительным.

过去对于我们来说，如同黑暗的储藏室，我们虽可以随意回忆起任何事情，却要经过一番痛苦的挣扎。

译文中的"一番痛苦的挣扎"，这是简洁精练的文学语言，相当于原文的"особого рода усилием воли, довольно мучительным"，意义表达显豁明了。从翻译技巧的角度来看，减词求精练，实乃融合浓缩的笔法[1]，这是突显意义的一种。富有文学色彩的诗化的语言，必定是精练的、浓缩的，绝不拖沓冗繁。例如：

（25）В заботех о младших сёстрах ещё глубже раскрылась душевная мягкость, ласка, сердечная теплота Сони.

索尼亚在关心照顾两个妹妹的过程中愈益显出她的温柔、亲切和热

---

[1] 程荣格：《俄汉、汉俄翻译理论与技巧》，第50页。

207

情来。

（四）优序——强调意义

翻译时考虑译语的语序，有意识地优置语序，注意运用前置、后置或中置，可以起到强调的作用。这也是突显意义的一种表现手法。例如：

（26）Весь сад нежно зеленел первою красою весенего расцветания.
春暖花开，整个花园呈现出一片美丽的嫩绿。

"春暖花开"是对原句中的 весенего расцветания 的传达，提至句首，既有交代时间的作用，也使原句获得了恰当的断句，从而使整句的汉语表达显得匀称，错落有致而具有文学色彩，堪称佳译。

（27）Аксинья нарвала их большую охапку, осторожно присела неподалеку от Григория и, вспомнив молодость, стала плести венок. Он получился нарядный и красивый. Аксинья долго любовалась им, потом воткнула в него несколько розовых цветков шиповника, положила в изголовье Григорию.

阿克西妮亚摘了一大把野花，轻手轻脚地坐到离葛利高里不远的地方，她想起了自己的青春，就动手编起花冠来，编成了一顶富丽堂皇的花冠。阿克西妮亚瞅着花冠，欣赏了半天，然后又插上几朵粉红色的野蔷薇花，放到葛利高里头前。（金人 译）

Аксинья долго любовалась им 译为"阿克西妮亚瞅着花冠，欣赏了半天"，把 долго 后置强调译出，汉语表达舒缓自如，自然贴切，语义弥足，人物形象生动传神，远胜于简单地译为"阿克西妮亚久久地瞅着花冠"。

(28) -Приучился по-заячьи жить. Спишь и во сне одним глазом поглядываешь, от каждого стука вздрагиваешь…

"像兔子一样过日子过惯啦。就是睡觉的时候,也要睁开一只眼睛看着,听到一点儿声音,就吓得哆嗦……"(金人 译)

在翻译 Приучился по-заячьи жить 这一句的时候,Приучился 后置于句末,这样汉语的表达显得很自然而语义突出。当然也可按正常语序来译,很可能译为:"我过惯了兔子一样的日子",但似乎仍意犹未尽,即使译为"我过惯了兔子一样担惊害怕的日子",整体看来语言表现效果仍稍有逊色。

(29) Клонясь вперед, страдальчески избочив бровь, глядел Пантелей Прокофьевич, как копыта немецких коней победно, с переплясом попирают казачью землю, и долго после понуро горбатился, сопел, повернувшись к окну широкой спиной.

潘苔莱·普罗珂菲耶维奇俯身向前,痛苦地皱起眉头,眼看着德国人的马蹄得意扬扬地跳跃着,践踏着哥萨克的土地,后来他低头弯腰坐了半天,宽阔的脊背朝着车窗,抽泣起来。(金人 译)

сопел 这一个词在俄文中如置于句末,就不太协调,但译成中文"抽泣起来"而置于句末,却可以收到突显其意的艺术效果,使人物形象鲜活生动,行文妥帖适当。另外,сопеть 本来是睡觉打鼻音,打鼾,金人先生译成了"抽泣起来",硬是提高了一下潘苔莱的思想觉悟。

(五)填充——实现意义

波兰哲学家诺曼·英伽登认为文学作品的本文只能提供一个多层次的结构框架,其中留有许多未定点,只有在读者一面阅读一面将它具体化时,作品的主题意义才逐渐地表现出来[1]。文学作品的翻译,不可避免地常遇到未

---

[1] 张隆溪:《二十世纪西方文论述评》,第196页。

文学翻译：意义重构

定点的翻译问题，有时需要把意义突显出来，即填充—实现意义。

（30）Солнце заходило. Небо было розовое. Горы. И острое, реальное, почти физическое ощущение момента—того самого момента, которому можно сказать: остановись!

太阳快落山了。天空变成玫瑰色。群山一片殷红。这时，她强烈地、真切地、几乎从生理上感到了那个时刻。她真想对它喝令一声：停下来吧！

该例引自《文学翻译学》第209页。俄文具有很强的抒情性，几乎每一句都具有不确定性。Горы. 作为一个独立句，是接受美学理论所讲的"未定点"，需要译者在审美理解的过程中发挥"再创造"，对它的意义加以补充和完成，使其达到与整体的和谐。Горы 被译作"群山也一片殷红"，弥补了原文未确定的意义，与"天空变成玫瑰色（Небо было розовое）"相映衬，远比译作"群山"好。根据上下文从整体考虑，按照既要适中又要协调的原则，将未定点的意义突显出来，可以达到和谐的艺术效果。

（31）Проснулся: пять станций убежало назад, луна, неведомый город, церкви с старинными деревянными куполами и чернеющими остроконечиями, тёмные бревенчатые и белые каменные дама.

一觉醒来，马车已驶过五站路程。只见明月当空，马车正经过一座陌生的城市。路旁掠过几座古老教堂，教堂上依稀可见木制的圆顶和黑忽忽的塔尖。一幢幢木屋黑黢黢的，砖砌的房屋都刷着粉白的墙壁。
（郑海凌 译）

俄文中作家用一连串的名词或名词性词组，来表示主人公一觉醒来后（Проснулся）所见到的车厢外的景色，如同一个个摄影镜头一般，从眼前晃过。郑先生并没有用同样的名词性结构来复制原文，而是在审美感受过程中，充分地发挥想象力和"再创造"来填充原文中的空缺，进行意义突显，从而译出了主人公的切身感受，显得真切生动，一幕幕情景如在眼前经过。

（32）For the life of her smile, the warmth of her voice, only cold paper and dead words!

没有了她的活泼的笑容，没有了她的温暖的声音，只有冷的纸和死的字！（吕叔湘 译）

For 被释为"没有了"，不直接翻译而从反面着笔，实属突显意义的笔法，字里行间似透出一种遗恨、绝望，人事悲情，事与愿违。两句"没有了……"仿佛在撩拨着人的心弦情思，而"只有"一词，又让人回到冰冷的现实，虚与实相对照，意义显豁明了，从而达到了很好的语言艺术效果。

（六）重点——囫囵译意

众所周知，突出重点是文学翻译中常见的现象。伽达默尔曾说："正如所有的解释一样，翻译也是突出重点的活动。"[①] 翻译无法完全保留原意或意义不变。道安的"五失本"早就揭示了这个道理。只要译文整体上保持与原文和谐一致，重点突出，就能达到良好的翻译效果。否则，如果怕丢失含意而斤斤于原文的字面，可能会事与愿违，不得要领。

（33）－－ Хочу спросить, молодые люди, кто из вас задумывался над вопросом: куда идти наша станица?

－－ Простите, Василий Максимович, глагол〈идти〉, согласно грамматическим правилам, в данном случае на конце мягкого знака не имеет.

[①] 伽达默尔：《真理的方法》，第492页。

文学翻译：意义重构

译文 1：

"年轻人，我想问问，你们当中有谁考虑过我们的哥萨克镇往何处去的问题？"

"瓦西里·马克西马维奇，请原谅，动词'去'，按照语法规则，词尾上是没有软音符号的。"

译文 2：

"年轻人，我想问问，你们当中有谁考虑过我们的哥萨克镇往何处去走的问题？"

"瓦西里·马克西马维奇，请原谅，正确的说法，在这种情况下，应当是'往何处去'，'走'字是用不着的。"

这个例子引自蔡毅教授编著的《俄译汉教程》（上）。译文 1 俄罗斯人或者懂俄语的人能明白这句话的意思，但是不懂俄语的汉语读者就会感到茫然了，译者虽然复制了原文的字面，却未传达含义。对话中瓦西里·马克西马维奇使用 идти 一词出了语法错误，作者正是为了借此制造一种调侃打趣的气氛。但是中国读者从译文 1 中根本看不出马克西莫维奇话中的错误，那么年轻人的纠错似乎是无中生有的。译文 2 译者大胆地发挥创造性，采用突显意义的译法，在马克西莫维奇的话中增加一个"走"字，而年轻人说"'走'字是用不着的"，从而表现了整个对话的气氛。译文 2 与原文对照可见，译文在语言上与原文并不完全相符，但突出重点，传达了原文的意旨。

在文学翻译中，有时会遇到晦涩难懂的句子，单从字面看，不知所云，译者或者从整体上把握含义，或者从上下文的贯通一致来揣测句意，舍弃语言表层的晦涩难通而存句意，这也是一种意义突显，姑名之为囫囵译法。请看以下数例：

(34) Он не понимал, как можно было так самозабвенно любить эти крохотные крикливые существа, и не раз по ночам с досадой и

第五章 意义的筹划与突显

насмешкой говорил жене, когда она еще кормила детей грудью: "Чего ты вскакиваешь, как бешеная? Не успеет крикнуть, а ты уж на ногах. Ну, нехай надуется, покричит, небось золотая слеза не выскочит!"

他不明白，她怎么能这样忘我地爱这些哭哭啼啼、哇哇乱叫的小生命，而且当妻子还在奶孩子的时候，他曾不止一次地在夜里用愤懑的嘲弄的口吻对妻子说："你干吗像疯了似的一会儿就起来呀？没等孩子哭出来，你就已经爬起来啦。嗨，你就叫他闹，叫他哭好啦，我看，不会哭瞎眼睛的！"（金人 译）

золотая слеза не выскочит，这是一个难译句。金人先生译为"不会哭瞎眼睛的！"而力冈先生将该句译为："大概不会哭死的"。我不知道这是如何译出来的，怎么"金泪（золотая слеза）"就跟哭瞎哭死挂上钩了？恐是不得已而为之囫囵译法，不排除揣言测意。

有时，为了让读者更好地理解译文，宁可舍弃部分原文的言传方式，而保留译文的通畅顺达。

（35）Ему не хотелось навлекать на себя подозрения, и даже при встречах со знакомыми он избегал разговоров о политике. Хватит с него этой политики, она и так выходила ему боком.

译文1：他不愿意使自己因此受到怀疑，就连遇到熟人的时候，他也总是回避谈论政治。他对这叫他吃尽苦头儿的政治已经厌恶透啦。

译文2：他不想招嫌疑，就是遇到熟人，也不谈政治。他一听到政治就够了，政治已经叫他吃够苦头了。

在我看来，两位译者对于原文 Хватит с него этой политики, она и так выходила ему боком 采用了囫囵译法，但句意突出，宣意明确。这一句可能指当事人格外小心，以免惹人闲言，如避摩肩接踵之嫌而绕道走。翻译难

213

文学翻译：意义重构

以尽善尽美和天衣无缝，走样和不"信"的翻译现象时而发生，译者有时存其要而舍其次，得原文之意而忘其言，是为善策。

（36）Война приучила их скрывать за улыбкой истинные чувства, сдабривать и хлеб и разговор ядреной солью; потому-то Григорий и продолжал расспросы в том же шутливом духе:

译文1：战争使他们学会了用微笑来掩饰真实的感情，玩世不恭，净说些俏皮的粗话；所以葛利高里才以同样的玩笑腔调继续盘问说：

译文2：战争使他们学会了用笑掩饰真实的心情，将辛酸掺和到玩笑里；因此格里高力也用玩笑的口吻继续问道：

ядрёный，味道浓郁的，醇厚的；厉害的，极端的，俏皮略带粗俗的（指话语）。Сдабривать 指往（饭菜或饮料里）掺和，加上（作料等），转义为穿插，加上一些好玩的、有趣的话等。所以，不论是译成"玩世不恭，净说些俏皮的粗话"，还是译为"将辛酸掺和到玩笑里"，均属囫囵译法，实为突出重点，这种突显意义的方法，不可避免地会失去原文的语言层面而呈现出译意的倾向。这正应了"翻译即译意"那句名言，当然这不是说语言层面不重要，而是在不背离原文情况下，在不妨碍重要含义的传达情况下，适当舍弃语言层面而存句意，乃权宜之计。钱钟书先生说"信之必得意忘言，则解人难索。""得意忘言"可能就包括了这种权宜之计。由于语言和文化的差异，翻译难以在语言层面和句意层面两全其美，故有舍其次而求其要的囫囵译法。这种情况下，不排除译者为了取得一定的译文效果而取便发挥。

（37）-Закройся, кобыла нежеребая! Рада, что на тебе мяса много? — громко сказал он и повернул коня, тщетно пытаясь сохранить на лице суровое выражение.（Тихий Дон, том 8）

"闭上你的嘴，不生仔的骒马！胖得像只肥猪，还自以为了不起，是

214

吧？"他大声说着，拨转马头，竭力想保持脸上的严厉表情。（金人 译）

原文仅说人自身肉长得多而得意，未说"胖得像只猪"，但译者把握准了说话人意欲取笑损人的目的，有意取便发挥。这样发挥实不足道，但无碍大局，只要不背离原文的辞气意趣。顺便说，这类型的取便发挥，在金人先生的翻译中是极少见的。当然，囫囵译法并非不求甚解，而是在充分理解原文的基础上对句意的整体把握和权宜之计。

（38）Дойди до Прохора и скажи ему, чтобы в землю зарылся, а достал самогонки. Он это лучше тебя сделает. Покличь его вечерять.

译文1：到普罗霍尔家去，叫他想办法，一定要搞到烧酒。干这种事他比你高明得多。叫他来吃晚饭。

译文2：你上普罗霍尔家去，叫他把地挖一挖，把酒挖出来。他干这种事儿比你快当。叫他来吃晚饭。

葛利高里作为普罗霍尔的朋友，对好酒成性的老战友太了解了，知道普罗霍尔一定会有好酒藏在哪个地方，所以葛利高里叫妹妹去请普罗霍尔来吃晚饭，并要普罗霍尔一定带好酒来。所以译文1便舍弃了会让人误解的地方，而只保留了基本含义"叫他想办法，一定要搞到烧酒。"这样的组句正好与下一句"他干这种事儿比你高明得多"吻合无间，意义明白晓畅。而译文2更忠实于原文，除了把葛利高里与普罗霍尔之间的亲密的关系揭示了出来，还让读者知道了普罗霍尔有藏酒的秘密，而这个秘密从葛利高里冲口说出，更显出他们的关系不同寻常。自然更深一层地传达了原作的含义，只是译文2在表达下一句时，还留有些许瑕疵："他干这种事儿比你快当"，不经意中表达有欠贴切，如果译文2兼录译文1中的"干这种事他比你高明得多"，将更趋完善。文学翻译与创作一样，也是一种语言艺术。突出重点与原文的主旨或主题密切相关，译者应根据具体情况做出选择。

文学翻译：意义重构

四、意义突显需要注意的问题

（一）意义突显仍讲究语言表现法

总之，意义突显是文学翻译中的应有之理。它是文学翻译的特征之一。顺便指出，意义突显并不否定文学表现手法，相反，意义突显仍讲究语言表现法。文学作品的语言是文学语言，作家除了擅长运用各种修辞格外，文学语篇中经常有作家留下的语言空白，这是作家用以表达意义的重要方法。这些空白往往是文学性的一种表现。"译者不必为了方便读者去填补空白或缺环，否则将扭曲原文。相反，译者应该循着总体连贯的线索，精心复制原文所设置的局部表面断裂及其功能，以实现原文的总体效果。"[1] 的确，译者"精心复制原文设置的局部表面断裂及其功能"，译文在深层次的语意上仍然可能是连贯的。但未必尽然，"表面断裂"是作者有意留下的语言空白，与意义突显并不矛盾。突显是为了明确表意，准确表意，与"去空白"（不留空白）是两回事，意义突显仍讲究语言的艺术效果。既要尽力保留原文的语言表现手法，又须通俗"易晓"，或者尽管乍看可能不懂，细想却能明白，因而能令读者喜欢。译文突显意义，同样要讲究语言表现手法，有时是直接移植作家的语言表现法，有时则有所变形以获异曲同工之妙。"尽可能按照中国语文的习惯"，但"不一定硬要完全根据中文心理"[2]，为适合中文心理起见，有时会消解掉"新的词儿"或新的表现法。我们来举个例子：

（39）Он поднял голову и увидел над собой чёрное небо и ослепительно сияющий чёрный диск солнца.

译文1：他抬起头，看见头顶上黑沉沉的天空和一轮闪着黑色光芒的太阳。

译文2：他抬起头来，好像是从一场噩梦中醒来，看到头顶上是黑

---

[1] 王东风：《连贯与翻译》，上海外语教育出版社2009年版，第36页。
[2] 林汉达：《翻译的原则》，《翻译论集》，第593页。

216

黑的天空和亮得耀眼的黑黑的太阳。

这是肖洛霍夫的《静静的顿河》最后一卷第17章的句子。郑海凌先生说:"译者大概以为太阳不应该是黑的,译为'黑太阳'有悖常理……在西方文化里,'黑太阳'象征'忧愁'、'痛苦'、'黑暗'。例如雨果诗句:'一个可怕的黑太阳耀射出昏夜。'"① 可以说,译者作为中国人的常规心理,影响了其翻译的选择,原作中具有象征意义的意象"黑太阳",被译文的通顺而习惯的表达法所取代了,意义丢失和色彩减弱在所难免。

意义突显是文学翻译中的应有之理,文学翻译是在译者意向性中的意义—实现,在某种程度上讲就是意义突显,意义突显包括明确—补足意义,添加—衍接意义,融合—精练意义,优序—强调意义,填充—实现意义,重点—囫囵译意,等等。但文学翻译的特征远非归结为意义突显,换句话说,意义突显只是文学翻译的特征之一。文学作品之所以成为文学作品,是与作家运用语言的技巧和艺术分不开的,与作家的诗学意图和特殊的语言偏好分不开,总之与作品的风格和语言特色分不开。意义突显还有许多方面值得深入研究,例如意义突显与各种文学表现形式的关系。

(二) 文学翻译中的审美把握

文学翻译,主要指诗歌、小说、散文和戏剧等的翻译,是为读者提供审美愉悦和艺术感染力的作品的翻译类型。文学翻译使用文学语言,注重语言的形象性和审美性。郑海凌先生以文学语言作为分界,划分了文学翻译与非文学翻译的界限,论证了文学翻译是形象的翻译和审美的翻译。② 因此,文学翻译是一种特殊的文学行为,是基于原作的语言再创造艺术。译文也和原文一样是文学作品,所使用的语言是文学语言,文学译作具有审美性和形象性等基本特征。

文学翻译中意义的跨语境审美传达,这是译者不可回避的任务。卡特福

---

① 郑海凌:《译理浅说》,第175页。
② 郑海凌:《文学翻译学》,第46—56页。

文学翻译：意义重构

德将意义定义为"各种关系的网络总成"①，这一点对我们理解译者的任务很有启发。译者需要考虑原文中的关系网络（语篇内各成分之间的相互关系），社会文化语境或超语篇因素，还有作者、译者和读者之间的相互作用关系（沙夫认为意义即是互相交际的人们之间的关系②）。显然，译者不可能一味地主观，一味地创造，一味地任意选择。"前理解所具有的主观性，是译作背离原作的原因之一。"③ 所以，译者在各种关系的意义网络中，保持和谐的整体意识是至关重要的，这是确保译文成功的关键。

文学译者面临复杂的跨语言跨文化的语境问题，文学翻译中的意义生成发生在译者对原文复杂的文学语言和艺术结构的审美感受中，在对字、词、句、段、篇的意义关系的准确理解中，在对翻译中的各主体间关系的审美把握和意义传达中，在对周围环境的适应中和审美观照中，最终体现在译者建构文学译本的创造性书写中。各种关系集于译者一身，各种平衡的工作由译者来完成，译者正确地把握文学翻译中的各种主体间的关系，把握语篇内外之间的关系，充分地考虑语境和跨语境问题，是保证文学译本与文学原本之间的意义关联和和谐一致的重要法则。

简言之，文学翻译中译者的任务是，促使原文中的意义在跨语境传达中得以实现，译者在诸多意义关系中居于关键地位，其翻译行为须具有和谐的整体意识和审美把握的能力，以保证文学译本与文学原本之间贴切的意义关联和和谐一致，以及确保文学译本的文学价值④。译者突显意义，不可避免主观性，但正是译者发挥主观能力性的突显意义行为，为译语读者沟通理解原作品架起了桥梁。

我们以译者的翻译行为为逻辑起点（从译者的翻译行为的角度），论述了文学翻译中的意义筹划与突显，然而意义问题还远没有得到圆满解决。前

---

① 王东风：《连贯与翻译》，第6—11页。
② 沙夫：《语义学引论》，第264—268页。
③ 郑海凌：《文学翻译学》，第249页。
④ 值得注意莱蒙托夫的翻译观点："衡量一个译品的好坏，首先取决于这个译品作为俄语作品有无充分的文学价值。"

面我们论及了意义筹划的合理性，意义突显是文学翻译中的应有道理，但译者只有在上下文和具体语境中进行审美把握，只有根据文学作品的上下文和语境来筹划意义和突显意义，才是有意义的，才能真正解决好文学翻译中的意义问题。因此，我们有必要对文学翻译中的语境问题进行系统的研究，这就是第六章的研究内容。

第六章
文学翻译中的语境与意义问题

　　文学翻译行为涉及复杂的语境问题。语境之重要性和可变化性，前人早有总结。例如："刻舟求剑"，"守株待兔"是从反面说明了"时过境迁"的道理，"到什么山上唱什么歌"，则通俗地说明了人的行为和言论是受环境影响的，语境问题不可忽视。懂得根据语境说话，根据语境的变化来调整人的行为，这是人懂得适应和变通的表现。20世纪八九十年代，我国关于语境问题逐渐得到了系统的研究，关于语境的论文在20世纪最后二十年里相当集中，形成了一股研究语境理论的潮流。有的将语境同语义结合谈，有的同修辞结合谈，也有的同语言教学结合谈，但是谈翻译中的语境问题的不多。21世纪开始以后，翻译领域越来越多的学者关注语境问题。吕萍博士的博士论文《文学翻译中的语境和变异问题》是一本专门研究文学翻译中的语境与翻译变异的关系的著作。还有散见于论著中的语境研究，例如程永生教授在《描写交际翻译学》一书中，认为翻译的交际语境是动态的，多层次的，并对翻译语境进行了分层次研究[①]。

　　文学翻译行为离不开语境分析，文学翻译中的意义，归根结底是语境意义问题。意义的分析和再表达离不开语境，译者只有根据语境才能做出恰当的选择。语境是意义的要素，翻译中的任何意义体现都离不开语境因素。语

[①] 程永生：《描写交际翻译学》，第35—84页。

境本身有许多类型，文学翻译中的语境问题尤其复杂。译者在翻译过程中，会遇到哪些语境问题，语境在译者的翻译行为中会起怎样的作用，是本章需要详细探讨的重点。为了比较系统地探究文学翻译中的语境问题，将对语境理论的发展进行一番抒理，并进行语境分类，为研究文学翻译行为中的语境与意义问题奠定基础。将论述文学翻译行为中的语境与意义问题，并以俄译汉（少量汉译俄）为例进行实证分析。

第一节 语境理论的概况

一、语境论的发展评述

"语境"是一个非常复杂的概念。在语境学说发展的过程中，出现了与语境有关的诸多术语，语境究竟是什么，包括哪些内容？我们需要追溯语境说的发展源流。

在国外研究语境最多的是社会语言学流派。伦敦功能语言学派和后来的社会语言学派是一脉相承的，它们的最早创始人是马林诺夫斯基。他提出并论述了语境，使用的术语是情景的上下文（context of situation）。他认为语言是"行为的方式"，"话语和环境互相紧密地纠合在一起，语言环境对于理解语言来说是必不可少的。"[1] 马林诺夫斯基在他的语言学思想中，最早提出了语境这一概念，并强调"意义是语境中的功能"。

弗斯继承了他的老师马林诺夫斯基关于"言语环境中的完整的话语才是真正的语言事实"的学说，并加以发展。弗斯认为言语同人类的社会交际活动是紧紧地交织在一起的，他认为语言学研究的任务在于，把语言中各

---

[1] 王建平：《语境研究的历史与现状》，《语境研究论文集》（西槙光正主编），北京语言学院出版社1992年版，第7页。

文学翻译：意义重构

个有意义的方面同非语言因素联系起来。他把 context（上下文）的含义加以引申，认为语言既有由语言因素构成的"上下文"，又有由非语言因素构成的"情景上下文"。弗斯非常强调"情景的上下文"，即语言与社会环境之间的关系。弗斯说的情景上下文即是指事件、参与者及其相互关系。①

1964 年，韩礼德继承弗斯的语言理论，提出了"语域"这一术语，语域所反映的就是语境。韩礼德重视语言的社会功能，认为语体就是由于使用语言的场合不同而产生的各种语域变体。他把语域分为话语的范围、话语的方式和话语的风格三个方面②。话语的范围指正在发生的事，即言语活动所牵涉的范围，包括政治、科技、日常生活等。话语的方式指言语活动的媒介，包括口头方式、书面方式和口头、书面相交叉的方式，如口中念的书面语和印刷品中的口头语。话语的风格指语言交际者的地位、身份以及相互关系。后来韩礼德又提出了"场景"，"方式"和"交际者"作为语言环境的三个组成部分③，认为语言环境的这三个组成部分的每一部分的改变，都可以产生新的语域。韩礼德的语域概念涵盖了很宽的语境内容，既指"由语言因素构成的上下文"，又包括"情景的上下文"，他更深层次地触及了语境的语言因素和非语言因素，更强调了从整体关系上去研究语言材料，涉及语言材料的语体风格和具体交际中的各种因素等。

俄罗斯的语境理论是语体学的一部分，语体学揭示了语境理论与修辞学的关系。"现代俄罗斯标准语的语体首先是按功能原则来划分的，即按照标准语在不同交际领域行使不同的具体功能这一事实来划分。所谓'语体'就是指与基本交际领域相应的'功能语体'。"④ 用通俗的话说，是把语言的使用范围作为划分语体的主要依据。从 20 世纪二三十年代起，雅库宾斯基、谢尔巴、维诺格拉多夫、维诺库尔等苏联学者开始创导从语言的交际功能出发来研究修辞问题。苏联修辞界结合语言的社会功能来考察现代俄语的语体

---

① 王德春、陈晨：《语境学》，《语境研究论文集》，第 128 页。
② 王德春、陈晨：《语境学》，《语境研究论文集》，第 129 页。
③ 王建平：《语境研究的历史与现状》，《语境研究论文集》，第 7 页。
④ 吕凡、宋正昆、徐仲历：《俄语修辞学》，外语教学与研究出版社 1988 年版，第 17 页。

体系，描述各功能语体的主要特征和典型语言手段，到六七十年代建立了体系完整的俄语功能修辞学。

1965年，美国社会语言学家费什曼也提出了他对"语域"的看法。他着眼于语言变体产生的社会因素，认为语域是受共同行为规则制约的社会情境，包括地点、时间、身份和主题。费什曼认为人们交际时所采取的语言行为与语域总是相适应的。通俗地说，就是谁何时何地对谁说什么话。

1968年，美国社会语言学家海姆斯曾把语境定义为"话语的形式和内容"，背景，参与者，目的，音调，交际工具，风格和相互作用的规范等。话语本身也是语境的组成部分。[1] 海姆斯明确指出，人们进行社会交际时，既要有生成正确话语的能力，又要有在一定时间、地点、场合说出相应恰当话语的能力，即"交际能力"。他认为懂得使用语言的社会环境是人们掌握语言程度的重要标志。[2]

我国语言学界从20世纪30年代就开始论述语境，至今取得了令人瞩目的成就。

陈望道在1932年出版的《修辞学发凡》中，提出修辞要适应情境和题旨的理论。"情境"指的是写文章或说话时所处的种种具体环境。构成具体环境（语境）的六种因素：何故，何事，何人，何地，何时，何如。陈望道不但提出了语境的要素，而且还说明了修辞对语境的依赖关系。

王德春在20世纪60年代提出"使用语言的环境"。后来他把这一概念进一步明确化为"言语环境"。在1989年出版的《现代修辞学》一书中，他重申了自己60年代的语境观点，并做了进一步的阐释。他认为语境就是言语环境，而不能说成是语言环境，并且在阐述语境学的形成与发展时，使用的术语就是言语环境。他曾把语境分为主观因素与客观因素两大类。他说：语境就是时间、地点、场合、对象等客观因素和使用语言的人的身份、思想、性格、职业、修养、处境、心情等主观因素所构成的使用语言的环

---

[1] 王建平：《语境研究的历史与现状》，《语境研究论文集》，第7页。
[2] 王德春、陈晨：《语境学》，《语境研究论文集》，第130页。

文学翻译：意义重构

境。依赖于构成语境的客观因素，就出现一系列言语特点，并形成一定体系，这就是语体。由构成语境的主观因素决定了个人使用语言的特点，这就是风格。语境中的阶级思想因素和时代因素又影响着人们使用语言的作用，这就是文风。修辞方法要在特定的语境中才能显示修辞效果，采用修辞方法必须依赖语境。语言美、言语修辞等问题也要联系语境来分析。①

陈宗明在1980年撰写的《逻辑与语境》一文中，提出了他对语境的看法。他认为语境即语词指号的情境，它涉及时间、地点、说话者和听话者、语词指号以及语词指号所指谓的对象，还有语词指号所传达的思想等因素。说话者应用一种语词指号把思想、感情传达给听话者，听话者接收这些指号并同说话者一样地理解这些指号，这个交际过程就是交际的语境。陈宗明还把语境分为"言辞语境"与"社会语境"，并提出了"虚拟语境"这一概念。他认为，言辞语境即是见于言辞的口头语中的前言后语或书面语中的前后文；社会语境即是言辞以外的客观环境。②

张志公在1985年版的《现代汉语》第四章以"语义与语言环境"为题论述了语境问题。他说："所谓语言环境，从比较小的范围来说，对语义的影响最直接的，是现实的语言环境，也就是说话和听话时的场合以及话的前言后语。此外，大至一个时代，社会的性质和特点，小至交际双方个人的情况，如文化素养、知识水平、生活经验、语言风格和方言基础等，也是一种语言环境。与现实的语言环境相对称，这两种语言环境可以称为广义的语言环境。"③ 他把语境分为现实语境、时代社会语境和个人语境，并阐述了各种语境与语义的关系。

语境论从发端起，似乎一直是沿着两个方向在发展。一个方向是马林诺夫斯基的"情景上下文"方向，另一个方向是弗斯的语境理论方向。马氏的"情景上下文"主要是非语言因素的社会环境。弗斯对语境学说的发展

---

① 王德春、陈晨：《语境学》，《语境研究论文集》，第132—150页。
② 王建平：《语境研究的历史与现状》，《语境研究论文集》，第10页。
③ 张志公：《语义与语言环境》，《语境研究论文集》，第239页。

第六章　文学翻译中的语境与意义问题

我认为有两个框架：其一是明确地将语言或者言辞内的上下文纳入语境；其二是将"情景上下文"纳入语境，确定了言语外的语境因素及其相互联系。我国学者和国外社会语言学家对语境学说进行发展和完善，可以说是在马林诺夫斯基和弗斯奠基的语境论的大框架下进行的。

　　韩礼德提出的语域概念既涵盖了语言因素在内的上下文，也涵盖了情景上下文，并将语体风格因素纳入了语境研究。费什曼的研究，加强了对社会情境因素的研究，他将语境研究的结果简单化为一句话：谁何时何地对谁说什么话。这与我国20世纪30年代陈望道先生的研究可谓不谋而合，陈先生将构成具体情境的因素分为何故，何事，何人，何地，何时，何如。何等的相似，东西方学者的共识，可以证明这些语境规律的存在。王德春先生在60年代进一步提出"使用语言的环境"，进而明确化为"言语环境"。将语境分为主观因素与客观因素两大类，认为语境就是时间、地点、场合、对象等客观因素和使用语言的人、身份、思想、性格、职业、修养、处境、心情等主观因素所构成的使用语言的环境。他的语境研究侧重于非言辞语境[①]，而言辞语境似乎被完全弃置一边。但他把非言辞语境与文体、风格、文风联系起来进行论述，我认为是一大贡献。东西方学者几乎同时对非语言的环境因素的研究发生了兴趣。美国的社会语言学家海姆斯曾把语境定义为"话语的形式和内容"，背景，参与者，目的，音调，交际工具，风格和相互作用的规范等。这无疑是与弗斯和韩礼德开创的语境学说相吻合的，把话语本身作为语境的组成部分，语境不仅仅是指语言外的情境。我国语言学家张志公先生提出的现实语境、时代社会语境和个人语境等概念，仿佛与弗斯、韩礼德和海姆斯遥相呼应。他所提出的现实语境概念包括了语言因素的上下文和前言后语，他还提出了时代社会语境和个人语境概念，这是对语境理论的贡献，具有很强的概括性。另外，在张志公先生的语境论的同时，陆宗明提出言辞语境、虚拟语境和社会语境概念，而王建平认为社会语境概念尚存有歧义，因此他采用非言辞语境概念。这些相关的语境概念的提出，无疑对于我

[①] 王德春、陈晨：《语境学》，《语境研究论文集》，第128—145页。

们认识清楚语境的分类及进一步研究翻译行为中的语境问题具有重要的意义。

综而言之，语境学说自开创之初以来，经过了近一个世纪的发展历程，取得了长足的发展。我们从中外语言学家对语境的论述中可以看出，语境论基本上是围绕语言内和非语言因素这两大范围，语境理论的确是朝着马林诺夫斯基和弗斯开创的基本研究方向在发展。韩礼德提出的语域概念，具有非常丰富的内涵，既有语言内因素又有语言外因素，并且触及了言语篇章的整体性的论述，可以说是在弗斯语境理论基础上的很大发展。王德春先生将语境因素与语体风格文风联系起来论述，虽说他的研究侧重于语言外的情境因素，但可以看出他的语境研究与韩礼德之间具有明显的内在联系。海姆斯与费什曼，张志公与王德春，似乎分别形成有趣的对峙，费什曼和王德春的语境研究侧重于非言辞语境，即非语言因素，而海姆斯和张志公似乎是注意到了他们忽视语言内因素的现象，均明确地把语言因素和非语言因素都纳入其语境研究之中。

二、语境的分类

语境论的发展历程表明，语境不仅包括语言内因素，而且包括非语言因素。两个方面不可偏废，概括起来，语境可分类如下。

（一）上下文或前后语

正如王建平所言："按照语境本身是否表现为言辞，我们把语境分为言辞语境与言辞外语境。言辞语境指的是交际过程中某个语言表达式表达某种特定意义时所依赖的各种表现为言辞的上下文，它既包括书面语中的前后文，也包括口头语中的前言后语。"[①]

由于"上下文"是马林诺夫斯基和弗斯等人语境理论中出现过的概念，在语言学和翻译学中常见"上下文"这样的术语。为了将语境分类与翻译中的语境论述联系起来，我们将上下文作为语境的第一分类，主要用来指"由语言因素构成的上下文"。确切地说，这是言语作品的上下文（话语的

[①] 王建平：《语境研究的历史与现状》，《语境研究论文集》，第76页。

前言后语），包括词（词组）、句、段、篇各个层次的前后连贯一致的语境。确定词义，离不开分析上下文或前后语，从词与词之间，句与句之间，段落之间，篇章内和篇章之间的内在联系来分析词义和语篇意义。从整个语篇的角度来把握语义，涉及语体、风格、文风分析。上下文作为语境的第一分类，有助于我们形成一个整体的概念，从更广阔的语篇的层面去把握字里行间的意义。顺便说，语篇之间实际上是"互文"联系，我认为这是一种特殊的上下文，是跨语篇的上下文。

（二）语用环境

人们在使用语言进行交际时总有一定的环境，我们称为"语用环境"，即产生言语的现实小语境，或上下文中的情景语境和情绪语境（或情绪氛围）。这是说话者使用语言，听话者理解话语（或言语）的现实小语境，只有在特定情景中才能解释特定话语的意义。话语仿佛是镶嵌在发生该话语的环境中的，必须把话语和发生该话语的环境作为一个整体来看待。正如张志公所言："分析语言现象，必须把它和它所依赖的语境联系起来，离开一定的语境，把一个语言片断孤立起来分析，就难于确定这个语言片断的结构和意义。"

马林诺夫斯基早就指出："话语和环境互相紧密地纠结在一起，语言环境对于理解语言来说是必不可少的。"弗斯继承马林诺夫斯基的思想，认为言语同人类的社会交际活动是紧紧地交织在一起的，他认为语言学研究的任务在于把语言中各个有意义的方面同非语言因素联系起来。弗斯说的情景上下文即是指事件、参与者及其相互关系。本文的"语用环境"强调的是发生言语事件的直接环境因素，既与弗斯的情景上下文接近（语篇外的），又包括文本上下文中的情景语境和情绪语境（语篇内的）。因为把话语的发生当做一次言语行为事件，自然有时间、地点、人物、事态、话题等要素，它们构成语用环境。它涵盖了王德春说的"时间、地点、场合、对象等客观因素"，张志公说的"现实语言环境"，费什曼所说的社会情境（包括地点、时间、对象和主题）等内容，但并非完全重合。语用环境这一概念主要是指影响话语分析的社会情境、题旨（陈源的术语）因素以及言语（文本）

上下文的情绪氛围或称情绪语境,体现了每一语言项目与其发生环境的一体化,都镶嵌在一定的上下文中,与别的语言项目和言外环境密切相关,强调的是话语的得体性或修辞效果。

(三) 个人语境

语言交际活动是源源不断的人类生活及活动的一部分,我们在分出了语用环境(情景语境和情绪语境)之后,从言语的发生与说话者的关系角度分出个人语境。许多语言学家都把语言行为或者说言语行为作为一种交际活动,说话者个人的情况决定了对语言单位的选择,而作为一定社会群体中的个人,交际参与者必然具有一些规律性的特征。这些规律性的特征构成了说话者本人的个人语境。所谓言为心声,文如其人,使用语言的人自己的地位、身份、思想、语言特点等都会影响语言的使用。葛里高利说:"个人特征必然会在语言中得到反映,也就是说,'风格'一定会受'人'的影响。我们大多数人都可以分辨出朋友说的话和写的字,这不只是因为他们有自己的声音或字体,而且也因为他们有爱用的句型,有特殊的发音方式,有独特的音高和重音,还有惯用的词汇。因此,我们用来处理语言行为的这一方面时用的环境类别是:语言使用者的个人特征。而这种与个人有关的语言特征就可以叫做:他或她的'个人方言'"[1]。个人方言是个人语言特点的重要表现,也是个人语境的重要组成部分。

根据王德春的说法,构成语境的主观因素决定了个人使用语言的特点,这就是风格。而他所说的构成使用语言的环境的主观因素包括人的身份、思想、性格、职业、修养、处境、心情等。我认为这是对个人使用语言的非语言因素比较全面的论述。值得注意他列出的"处境"和"心情"这两种临时性的主观因素。因为任何人的说话都是对语言因素的独特的个人使用,具有暂时性和游离性,使用者本人对其所使用的语言符号因其处境和心情,会赋予不同的临时意义。这正是我们在划分语境的时候,不该忽略的方面。除了上述

---

[1] 葛里高利:《语言和情景》,徐家祯译,语文出版社1988年版(参见《语境研究论文集》第113页)。

这些主观因素，个人语境还包括个人语言活动的意向性和评价态度等。

（四）时代社会语境

正如张志公所说："大至一个时代、社会的性质和特点，小至交际双方个人的情况……也是一种语言环境。"语汇反映社会生活中的各种事物，以及人们对这些事物的认识。语汇的意义随着社会生活的变化而变化。例如"人民"一词，在奴隶社会指的是奴隶，而现今的人民的含义完全变了。时代、社会语境对语义的关系十分密切。有些古今意义不同的词语，我们对它们的今天的意义比较容易理解，因为我们对使用这些词语的时代、社会的语境比较熟悉。对它们在古代的意义，也只有在对当时的时代、社会的语境有了较充分的了解下，才能理解得准确、深刻。我们阅读文学作品，就需要对作品所反映的时代特定社会的历史、文化传统、习俗风尚等尽可能多了解。对时代背景和作者情况的尽可能详细的了解，有助于我们更好地理解作品。

王德春指出，一个时代和社会还会形成一定的文风。语言具有时代气息，语言是社会现实的反映。不同的社会时期会形成特定的文风。语境中的阶级思想因素和时代因素影响着人们使用语言的作风。研究文风和风格也要分析特定的使用语言的环境。在一定的历史时期，文风总是受时代的政治潮流、社会思潮的影响。由于语言中出现的各种民族的、时代的特点而形成的民族风格、时代风格，也是言语环境影响之必然。

（五）虚构语境

正如前述，陈宗明认为，"语境就是通常所说的语言环境。语境涉及多方面的因素：有特定的时间、地点、有说话者（包括作者）和听话者（包括读者）以及他们在此之前已有的共同知识，有语词指号以及语词指号指谓的对象，还有语词指号所传达的思想感情，等等。"[1] 他认为，具体的语境永远是独一无二的，因为每一次交际的时空条件、交际者以及交际内容等不可能完全相同，他将语境分为上下文和社会环境，并且提出了"虚构语境"概念。他认为，一本小说，一出戏剧，以至一篇童话或神话，都可以

---

[1] 陈宗明：《逻辑与语言表达》，上海人民出版社1984年版，第15页。

文学翻译：意义重构

被看做一个可能世界，这个可能世界所构成的语境便是虚构语境。虚构语境这一概念的提出，对于将文学作品作为一个完整的语境体系进行语言分析非常重要，对于文学翻译也具有很大的启发意义。为了探究文学翻译中的语境问题，特地将虚构语境列出，以便与现实语境对应。

综上所述，语境主要包括言辞内语境（上下文或前后语，情景语境和情绪语境）和言辞外语境（个人语境、社会情境、时代社会语境等）。上下文是由一个个语言表达式构成的连贯话语或语篇，而言辞外语境主要指的是影响语言使用的语境，既有大的时代社会语境，也有直接影响语言使用的个人语境和语用环境。语用环境既有文本内的情景语境和情绪语境，也有语篇外的使用语言的情境。个人语境和语用环境可以直接决定一个语言表达式用来表达某种特定的意义。时代社会语境既可以直接决定一个语言表达式用来表达某种特定意义，也可以影响个人语境和语用环境，从而间接地作用于语言表达式。从读者阅读文本的角度看，首先面对的就是文本本身，即言辞内语境，可视为虚构语境，而读者处在具体的时代社会语境和个人语境构成的现实语境之中。作品中的虚构语境可以打动人，以其艺术力量感染人。总之，分析语言现象离不开语境，我们列析了在语言分析和语篇分析中可能涉及的最主要的语境因素，以便利于研究文学翻译行为的复杂语境。

第二节　文学翻译行为中的语境问题

文学翻译中的语境问题非常复杂，涉及多种语境问题。它既不同于现场对话语境，也不同于文学写作和阅读的语境，而是涉及两种语言两种文化的语境差异和语境转换。下面我们来分析一下文学译者面临的语境问题。

一、文学翻译中的语境的特殊性

吕萍博士说："文学翻译研究中的许多问题都与语境密切相关，如归化

230

和异化、不可译性、再创造、译者的风格等基本问题，都是在语境转移过程中因语境差异和语境化而引发。"① 她提出了语境差异和语境化这两个概念。我们来分析一下文学译者面临的语境问题，来剖析一下文学译者面临的特殊语境。

（一）文学翻译不同于普通的言语交际

虽然文学翻译行为可视为一种复杂的言语交际行为。什维策尔、科米萨罗夫、奈达和贝尔等人都把翻译视为一种跨语言的交际行为。但文学翻译这种跨语言的交际行为，与现实中的言语交际具有明显的区别。

现实中的言语交际，直接与现实语境相连，是直接的交往与对话。现实语境要求一个人在交际行为中理解一个话语的同时，要满足有效性和及时性的要求，或履行一项义务，或作出一个回应。这种情况下的言语行为，的确就像是生活本身一样成为社会生活的一部分。只要具有正常的交往能力和语言表达能力，即可顺利地进行言语交际行为。而文学翻译行为却很不同，它是一种非常特殊而复杂的语言交际活动。海姆斯说，人们进行社会交际时，既要有生成正确话语的能力，又要有在一定时间、地点、场合说出恰当话语的能力，即"交际能力"。这一原则在现实生活中通常不难实现，但要落实在文学翻译中，译者要完成文学翻译的跨语境交际任务，他所具有的"交际能力"，与现实生活中要求于生活中的人们有很大差别。文学译者首先要具有相当高的双语能力和文学修养，并且需要具有很高的想象力，才谈得上出色地去完成翻译任务。因为他不是直接面对作者，不是直接面对读者，甚至他对于作品中的各种声音和形象，都只能凭想象去把握，需由自己的想象来协助，如果想象力不畅通，双语能力不坚强，是无法从事文学翻译的。李键吾说："原作是表现，翻译是再现。作家直接进到形象里头，译者通过原作进到形象里头。译者不先圆满地解决原作的表现问题，就不可能圆满地完成再现的任务。这里多了一番透过字面的奠基工作。然而进到形象里头，把

---

① 参见吕萍2004年博士论文《文学翻译的语境与变异问题研究》。

文学翻译：意义重构

形象扣在译者的内心经验上，抓牢了，用自己的语言再捧了出来，和创作并不两样。"①

  现实生活中的言语交际是实际情境中的言语行为，交际者处在现实的语用环境中。交际双方对于对方所处的语境是清楚的，并且基本上是共有语境。讲话者无须考虑语境问题，自然地说话交流即可。在现实的语用环境下，人们的言语活动就是生活的组成部分，是再自然不过的以言行事。言语活动的人、事、前后语都是当场可以获知的，即使涉及语境时间和条件的变换，但交际者彼此的思路可以同步地进行，所以一个人说出一句话后，无须进行解释，无须运用语境知识进行说明，对方就可以明白。这是一种最简单的言语活动，是即兴的言语活动，激动人心的言语活动，这是典型的以言行事行为，语境的简单化和公有性使得语境因素仿佛在思维和言语表达中根本不起作用似的，正常的交际者无须花费时间和精力即可迅速地越过语境障碍。语境似乎消失了，但它客观地存在着，语境直接镶嵌在言语行为中，是言语行为本身的组成部分。作家写作的时候，可能也是这样自然地信笔写来，而译者要去弄懂作家写下的作品，语境因素立刻突显出来。文学翻译作为一种语际交际行为所面临的语境问题要复杂好多倍，译者要完成翻译任务，完成传情达意的任务，不可避免地面临各种各样的语境。文学翻译一般是译者独立完成的，从理解原作开始到重写出合格的译文。译者首先面对的是文学作品，而不是实际的话语，没有现成的特定语境和对话条件。文学作品与实际话语有着很大的区别。正如鲍里斯·托马舍夫斯基所言："实用语言是不可重复的，因为实用语言存在于它所产生的条件之中；实用语言的特征和形式是为会话时刻的特定状况所规定的，为谈话者的相互关系、双方相互理解的程度、交谈过程中产生的兴趣等因素所决定的。既然引起谈话的条件基本上不可能重复，因而谈话本身亦不可重复。但在语文学中存在着这样的文字结构：其意义并不取决于说出它们时的状况，模式一经产生，就不会消失，仍可重复使用，并能在不断的反复中再现，从而得以保存下来而不失去其

---

① 参见《翻译论集》（下），第553页。

原义。我们把这种固化了的,即保留下来的语文结构称为文学作品。"① 现实中的交谈行为彼此是认可的,是能互相理解的,能够熟悉地运用当场的情境说出最得体的话语,不然言语交往行为就不能正常进行。交谈者必须准确理解对方,并能及时得体地回应对方。而文学翻译却不同,通常作者不在场,读者不在场,只有译者在解读作品,并在想象中传情达意和重塑文学语篇。这重写的文学语篇能否获得成功,还得经过读者的检验。经典的文学作品经得起译者反复的翻译,不同的译者可以在作品允许的想象空间内对文学作品自由地解读。

　　文学作品摆在译者的面前,作品中的人、事、景、情节、事件等如在眼前,但它们不是现实生活中的实际的东西,而是由作者用文学语言塑造于作品中,处在作者虚构的文学语篇的语境中。译者深入到文学作品的虚构语境中,通过语篇内的基本的语词、语句及各种衔接、连贯手段解构原文的语码,使作者笔下的人、事、物、景等活跃起来,生动起来,像是在现实生活中一样。译者对文学作品的虚构语境了然了,从字里行间获得了生动形象的审美感受之后,就要进入跨语境的传情达意,用另一种语言重塑文本,将活跃起来的东西用文学语言重新表达成连贯的语篇。文学译者深入到作者虚构的语境中,这本身就不同于日常交际,它对于译者来说是一个挑战,能否完全准确地理解作者的话语,这是翻译成功的关键。译者对文学作品的感受和理解是否敏锐准确,对于建立新的文学语篇至关重要。文学作品的上下文,是译者翻译的凭据,上下文中的词、句、段、篇的基本语义,情绪气氛,甚至整个行文的风格、语体、文风等,都需要译者准确把握。好在译者可以反复多遍地阅读作品,发挥想象力和审美感受力,直至读出字里行间的微言大义,并栩栩如生地复原作品中的人、事、物、情节、事件等。译者然后进入表达阶段,这与现实中的言语行为很相似,但不是现实中的会话,是译者在想象中用另一种语言向读者传达作品的话语和含义,译者须想象读者的接受语境。译者重塑文学译本而选择语词,连缀成篇,会受到译语社会的文风、时代社

---

① 鲍里斯·托马舍夫斯基:《诗学的定义》,《俄国形式主义文论选》,方珊等译,三联出版社1989年版,第76页。

文学翻译：意义重构

会语境、读者趣味等接受语境的影响。译者面临着语境转换和语境差异，他只有在平衡各种语境因素的情况下才能做出准确、恰当而得体的再表达。

(二) 文学翻译不同于口译

众所周知，现场口译者将作为交际者和中介者，直接参与到言语交往中。这时的译者与日常会话中的交往者没有多大区别。不过口译中的译者，是一个扮演语言中介的工作者，而不是一个普通的会话者，必须确保会谈的正常进行。因此，口译者要能准确把握现场情境和气氛，对双方的话题和会话进程非常清楚，并能跟上交谈的进度和节奏。译者的听说能力和机敏是至关重要的，口译者对当前的语境要很清楚，口译者更像是社会活动家，而不是研究者。临场容不得细想多想，出口即成章，一听便能辨音，临场应变察言观色皆是其本事。文学译者也许在听说方面大不如口译家，快速不是最重要的，关键是对于文学作品的准确感受和理解。译者不懂了可以多查字典和资料，或请教行家。可以按计划进行翻译，到了哪一段就停了，就歇了。第二天接着译，丝毫不影响译文质量，有时休息好了，头脑清醒了，反而来了灵感，有时累了，遇到拦路虎，译不下去，就需存疑。另外，口译者的话语在现实的语境中是实用语言，是准确自然的日常言语。即使引经据典，即使咬文嚼字，也得根据现场的气氛和情绪来，关键是活跃气氛。而文学译者则不同，译者重塑译本须采用与原作相当的文学语言。文学作品是完整连贯的文学语篇，作家的各种诗学表现手法译者要能融会于心，并进行恰当的再现，文学作品中的各种对话，译者对人物语言的感受和理解以及重新塑造，都要想象现实中的具体情形如何，是否符合现实。符合现实的话语就符合艺术的真实，在文学语篇的整个文学语境的同化下，其中的各种人物语言都具有艺术上的价值，能引人感悟和思索。总之，现场口译在于对临场气氛的准确把握和保证会话的正常进行，文学翻译对文学作品的语篇衔接和连贯的正确认识，以及对作品的文学价值和诗学价值的认识，对于翻译的成功有很大的关系。文学译者所面临的语境几乎都是想象中的、虚构的，文学译本将建立起与原作品对应的虚构语境，然后存在于译语的现实语境之中，存在于译语环境的社会文化与时代语境之中。

（三）文学译者不同于普通读者

译者在阅读文学文本的移情体验、想象和理解中，与普通读者没有什么区别，可以有相当的审美感受。但是文学译者不仅是一个普通读者，更是文学译本的当之无愧的再创作者。译者必须对文学作品有着深透的理解，不仅对字里行间之"意"了解于胸，而且对作品的美学效果和诗学价值深有体会，对语篇结构上的宏观、微观特点很清楚，而且要将这体会到的一切尽量再现于译文之中。普通读者则没有这个义务，经过阅读获得了审美愉悦和意义感受，无须向下一级读者传递。而译者却不然，从一字一句到整个语篇的各种衔接与连贯方法的分析与再现，原作的文学价值的分析与再现，以及作品含意的理解与再表达，无不关乎译作的质量和效果。所以译者不可能像普通读者那样轻松，译者的轻松是完成翻译任务后再创造后的轻松与满足。译者不能只是停留在阅读阶段的喜悦、激动和感动中，还必须进入创造性的重塑文学译本的过程。译者完成文学语篇在跨语言跨文化中的传递，需要考虑语境转换，克服语言文化差异的障碍。文学译者是原作的一个读者，又是一个忠实的研究者，更是一个新的文学语篇的再创作者。文学译者与普通读者有着明显的不同，普通读者多是情感的读者，而译者既是情感的读者，也是文学译本的理性建构者。正如吕俊教授所说："读者是作为译者的前提，但如果只做一个读者，还很不够。他要翻译，就不能像普通读者一样仅以直接感受去体验文本世界，只要倾注感情就可以了。他读完之后，要从文本世界走出来，与它保持一定的距离，进行审美批判……译者先成为读者是为了进入文本，而要成为译者又得走出来，恢复自我，找回理性。因为翻译是一种有目的的社会活动，要有社会规范的制约，语言转换要有语言规律的约束，个人审美倾向还要做适当的调整，文化态度也存在选择的问题。"[①] "译文可读之外，译者还应为中国读者铺平道路，随时注意提拉一把。"译者不是接受的终点，而是语言中介，必须架起一个理解的桥梁，实现文学语篇的跨语

---

① 吕俊：《文学翻译：一种特殊的交往形式——交往行为理论的文学翻译观》，《解放军外国语学院学报》2002年第1期。

言跨文化的交流对话。只有建立起一个合格的文学译本,才能使译语读者获得与原文读者相当的审美感受。

(四) 外国作品的译者不同于其母语读者

每个人都阅读过同时代的母语作品,语境因素似乎是自然而然地起作用的。人生来即生活在母语环境中,母语是生活中不可缺少的语言要素。母语连同语境一起,已经在心中扎根留下了很深的印记,可以说渗透到人的生活和血液中了。母语的使用成为一个人生活中的一部分,一个人阅读母语作品通常会有敏锐的语感,如同感受冷热疼痛一样。似乎不需要有什么特别的语境知识,语境因素是一生中自然的点滴积累,而不是突击式的查阅资料所得。我们极少边查字典边阅读母语作品。由于读者与作者居于共同的社会文化语境中,只要读者具备一定的理解力、文化水平和文学修养,理解作品就不会有什么困难和障碍,语境往往在读者无意识下发挥作用。可是翻译一部外国作品,译者作为读者,却有着与母语读者不同的阅读体验和不同的语感。语境知识的缺乏随时都会为难译者,需要查阅大量资料来解决这些语境知识,否则翻译是无法进行的。译者需要查阅字典,以弄清作品中的生词,词句之间的关系,并进而理解语句和段落,最后是整个语篇。译者像小学生那样的阅读,像学者那样的研究,阅读成了一种真正的劳动和创造。李健吾先生说:"因为语言两不相同,先就迫使翻译工作者谦虚。只有谦虚才有可能把翻译带到艺术的国度,成为艺术。我们应该掌握两方面的具体条件。一方面是原作上的。我能够像一位小学教员把原作的字句处理得头头是道吗?这是一。我能够像一位学者那样通过字句把应有的问题全部解决了吗?这是二。通过这些条件,我能够打开原作(一位伟大心灵的伟大反映)的门窗,把心送到原作每一深奥的角落。深奥对于傲慢的译者往往就是浅易。然而并不浅易。一个译本好由于传神。不是另外有神,神就在一字一句的巧妙运用上,独特的组织方式中,因为文学作品,到了表现上,主题就如春雪一样融在一枝一叶里头。"[①] 译者时时感觉在文学翻译中必需各种语境知识,语境

---

① 参见《翻译论集》(下),第553页。

第六章　文学翻译中的语境与意义问题

知识缺乏往往成为阅读理解的阻碍。一个翻译家要译出一部文学作品，可以说自始至终都在为准确把握原作品的思想和情趣而孜孜不倦地学习和劳动。文学译者阅读外国作品，这是一种有意识的准备，是一种创造性的劳动。几乎没有译者不查字典阅读外国作品的，可是我们却看到太多的母语阅读者，轻松自如地读懂作品，甚至是不用查字典。翻译一部作品而读出微言大义和获得审美感受，与母语阅读获得审美感受是不同的，前者更像是学问家，更像是学生，而后者更像是欣赏者，更像是门外汉（当然母语作品研究者不是门外汉）。轻松状态下的审美阅读和感受，毕竟不同于劳动中的创造，它不产生作品。

文学译者遇到的语境问题，可能是作品涉及的现实小语境和时代社会语境，作品本身语言文字及情绪气氛，整个语篇的衔接连贯等。译者必须了解所译作品涉及的民族风俗、生活方式、意识形态、思维方式、民族心理等，在经常缺乏直接感受和直接体验情况下，也需要间接学习，这样有意识地运用最广阔的语境知识进行推理、分析，实现对作品的深入理解与再现。

二、文学翻译行为中的语境分析

文学翻译中的语境问题尤其复杂，涉及的语境有许多类型，例如：上下文（包括互文语篇），语用环境（包括文本内的情景语境和情绪语境，文本外的现实小语境），个人语境，时代社会语境，虚构语境，等等。我们从译者的翻译行为出发，来分析一下文学翻译行为中的语境问题。首先看言辞语境和非言辞语境，如示意图①。

言辞语境是言辞外语境的言辞表现，言辞语境和言辞外语境的区别在于是否以某种言辞方式来表现语境因素。言辞语境包括：词组语境；句子语境（所在句语境，前后句语境）；段落语境（所在段落语境，前后段落语境）；篇章语境（所在篇章语境，前后篇章语境），语篇语境，语体风格语境。言辞语境将营造出情景语境和情绪语境，形成一种艺术氛围，构成文本内的语

---

① 该示意图转引自王建平的"语境的定义及分类"一文，见《语境研究论文集》，第85页。

文学翻译：意义重构

用环境。言辞外语境包括：情景语境（现实小语境，言辞外的语用环境），时代社会语境，个人语境等。文学语篇的上下文形成言辞语境，语言表达式（以语词或句子为单位）以特有的衔接和连贯方式构成各种级别的言辞语境。言辞语境和言辞外语境对语言表达式均有影响。箭头①表示：言辞外语境可以直接决定一个语言表达式表达某种特定的意义；箭头②表示：言辞语境是言辞外语境的言辞表现；箭头③表示：以某种言辞方式表现出来的言辞语境，可以直接决定一个语言表达式。言辞语境营造出一种艺术氛围，让读者从中获得审美感受，受到感动，进而领悟其中的意蕴和言外之意。

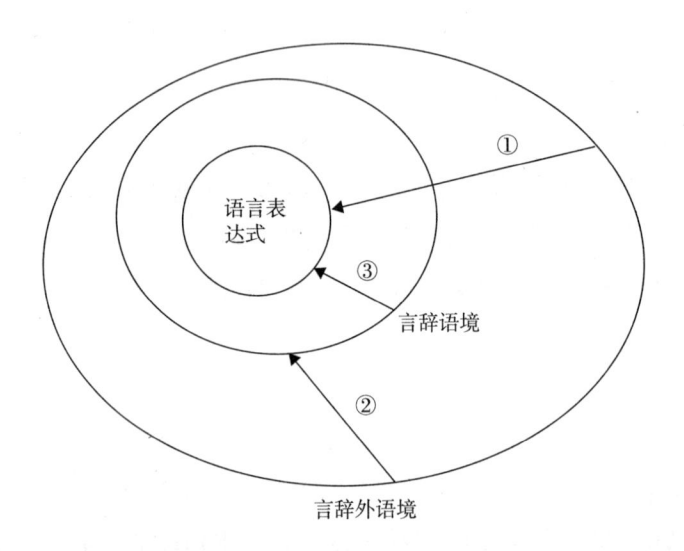

因此，译者翻译一部作品时，首先面对上下文（词组语境、句子语境、段落语境、篇章语境、语篇语境等），最直接的语境因素就是上下文。只有在语境中才能实现对词义的准确理解，语词是镶嵌在上下文中的，不能孤立地理解词义。透过上下文中的字、词、句、段、篇表层语境，进入深层语境，则是所造就的情景语境和情绪语境。情景语境是作家构思的情节和事件等生活画面，它是作家虚构的语境，是现实生活的艺术反映。现实生活中的情景语境表现为非言辞的，而作品中的则是作家营造的情景、事件等艺术画面。文学作品的语言是文学语言，即使是普通的言语进入文学语境，也会被同化为文学语言，它营造出一种艺术氛围，构成上下文中的情绪语境。文学

第六章 文学翻译中的语境与意义问题

中的语境是抒情的，带感情的，是"情绪化和艺术化的生活图景"[①]。作家运用各种艺术表现手法，如比喻、隐喻和象征等，用富有情感和表现力的语言塑造生动的艺术形象，其中有形象、意境，文学作品通过形象描写表现出来的境界和情调就是意境。情绪语境构成作品的基调，具有强烈的感情色彩，或悲或喜，或庄或谐，或幽默，或典雅。文学作品是作家的艺术构思和创造，将给读者带来审美愉悦。译者对于作品基调或者说情绪语境的把握是非常重要的，情绪语境是作品中的整体气氛和基调，对于确认语词语句的含义是非常重要的。情景语境和情绪语境构成语篇上下文中的语用环境，这是虚构的语用环境，深入理解作品的情景语境和情绪语境，才能实现对语义的准确理解，译者正是通过语用环境填充原作中的语言"空白"和"缺环"。译者在看似毫无联系或缺乏连贯的语篇因素之间，进行合理的语义链接，重构与原文语篇极其近似的新的语篇。这里涉及文学作品上下文中的各种衔接、连贯关系，任何一个语言项目与语篇内其他相关特征之间都存在紧密的关系，须从各相关元素之间的相互关系去理解语篇。译者正是寻着这些意义连接的线索，去感受作者虚构的情景语境和情绪语境，从而理解字里行间的深意。译者的外语能力，语感和语篇知识，以及文学功底和艺术感悟能力，对于准确把握原作的上下文至关重要。

作家写作一部文学作品，有一定的时代社会背景，作家有自己的语言特点和艺术风格，有一定的倾向和立场，通常还有自己的艺术或诗学主张。这些因素构成与作品本身有关的作家的个人语境和时代社会语境知识。这些语境知识是准确理解作品所必需的，但又不能直接从被译作品中获得，译者需要具备或者想办法具备这些语境知识。这些因素是译者翻译行为中面临的重大阻碍，译者对作家及其艺术特点的了解程度，以及对作品由以产生的时代背景，社会风尚，民族习俗，异国风情的了解均有助于理解作品。因为文学作品虽然是作家的艺术创作，可能是作家虚构的，但具有现实内容。鲍里斯·托马舍夫斯基指出："文学独立于它赖以产生的条件这一点应理解为有

[①] 曹明海：《文学解读导论》，人民文学出版社1997年版，第80页。

文学翻译：意义重构

限度的：不能忘记，所有文学只有在相当广泛的历史阶段中方是不变的，而且只有对于特定的文化和社会水平来说，它才是可理解的。"[1] 所以不了解作品的时代社会语境和作家的个人语境，是不可能达到对文学作品的准确理解的。作家的个人语境投射在作品中会形成独特的语言特点和风格，从文学语篇的独特建构策略中，可以窥视作家的审美情趣和诗学主张。吕萍博士说："作家的个人语境决定着一部作品的整体风貌、艺术品位和思想、情感的深度，是这一作家区别于另一作家的根本标记。"译者对于作家运用语言的独特创新之处，要给予特别的注意，融会于心，从文学语篇的独特艺术特点中去深入体会文学作品的审美效果和诗学价值，真正关注文学作品的语词的运用特点和语句连缀成篇的艺术特点，这是作品文学性的重要体现。文学作品中反映时代社会语境的许多语言单位，具有时代气息和民族文化色彩，含有民族文化信息。译者为了准确理解那些具有民族特色的词汇和表达式，需要深入了解作品诞生时代的社会文化语境，离开了时代社会语境的支持，作品是不能被真正理解的。因此，文学作品不只是表现为文学语篇的上下文，它还与产生这一作品的时代社会语境等密切相关，上下文的理解只是文学语篇跨语境重构的一个重要组成部分，是最基本的部分。一切的依据都在于上下文，意义蕴藏在文学语篇之中，但要实现对文学语篇的跨语言传播，译者必须正确理解文学语篇的特点及其内涵，这就需要语篇外的语境知识的支持，译者对于作家的个人语境和作家所处的时代社会语境的了解，对于正确理解文学语篇是非常重要的。文学作品中的文化特质是不容忽略的，译者须悉心传达，这是文学作品的重要内容之一，也是作品所反映的民族文化特色和异国风土人情的重要内容。

译者在翻译理解阶段遇到的语境问题，与普通读者差不多，普通读者要真正阅读文学原作，同样需要了解文学语篇内外的各种关系，对作家的个人语境和原作由以产生的时代社会语境深入了解。任何一个译者都不可避免地带有自己的主观性和选择性，都是在译者的个人语境下实现文学语篇的理解

---

[1] ［苏］鲍里斯·托马舍夫斯基：《诗学的定义》，第76页。

240

第六章 文学翻译中的语境与意义问题

的,所以同一语篇在不同的译者的笔下会呈现出不同的色彩,会有细微的差别。但无论如何,译者翻译的依据仍然在原作,只有对文学语篇的上下文语境透彻理解,才谈得上成功的翻译。与此同时,译者完成翻译任务,使文学作品在新的语言环境(译语)中继续"存活",真正起到替代原作的作用,又涉及译者的个人语境和译语环境的时代社会语境。译者需要从原作品中走出来,考虑接受语境而重塑文学译本。文学译本与文学原作在语篇(上下文)建构上应该是一致的,文学语篇中的各种关系和总的语篇建构特点,应尽可能地在译作中反映出来。但由于语言文化的差异,文学译作中的语篇建构特点必然会发生语言变异,会出现偏差或出现一些新的语言特点。译作的上下文和情景语境、情绪语境也会受到译者的个人语境和时代社会语境的影响,不可能与文学原作中的一模一样。中外学者对语境的研究中都很重视交际者,将交际者的个人背景纳入语境的范畴,重视个人使用语言的情况,如交际者的地位、身份、思想、性格、职业、修养、处境和心情等,这些因素都是个人语境不可或缺的因素。并且人是社会的成员,不可能离开时代社会语境,所以对作家个人语境和译者个人语境的考虑,离不开他们所处的时代,时代社会语境可能会体现在语言表达式中,而语言表达式又是通过交际者的个人语境反映出来的。时代社会语境包括社会文化、风俗习惯、特定民族的心理定式、人们的审美倾向以至社会政治经济状况,等等,这些因素或多或少都会影响到文学作品的生成并在作品中得到反映。时代社会语境构成一个社会特定的"文化语境",形成"文化场",这一范畴具有两个层面的内容:第一,指与文学文本相关联的特定的文化形态,包括生存状态、生活习俗、心理形态、伦理价值等组合成的特定的"文化氛围";第二,指文学文本的创作者在这一特定的"文化场"中的生存方式、生存取向、认知能力、认识途径与认识心理,以及因此而达到的认知程度。[①] 作家和译者的个人语境是以社会文化语境为基础的,在此基础上又具有强烈的个性色彩,表现为个人的审美心理倾向、道德价值评判标准等。作家的个人语境的状况形

[①] 许钧:《论译作与原作的关系》,《外语与外语教学》2002年第1期。

文学翻译：意义重构

成自己独特的语言风格，而译者则在对文学语篇的理解与传达中表现出主观性和选择性。译者自我包括了作家和读者的自我，译者的个人语境直接影响到文学译本的艺术生成。译者个人语境的差异是导致不同译本的直接原因，同一原作在不同译者笔下表现出不同面貌，异彩纷呈，相映成趣。

值得注意的是，文学译作和文学原作一样，都是各自和谐地存在于自己的时代社会语境之中，具有独特的时空语境。一个时代，一个社会，一个民族，会形成独特的语言风尚，短时期内看不出来，但从一个变化的历史发展中，就能看出一个民族的心理、审美标准和意识形态是随着时代的发展而不断更新的，语言也是如此。时代社会语境对文风具有一定的影响，不同时代的文学作品可以反映出不同时代的语言特点。例如，我国先秦古文，唐宋诗词，现代散文，都具有鲜明的时代特色和艺术特点。译本的不断更新（复译），是由于新时代读者的审美趣味的变化和时代需要。译语的时代社会语境与文学原作所产生的时代社会语境具有很大的差别，这也是导致译作在语言特点上与原作发生细微偏差的原因。但是译者对原作的语言艺术特点的理解，对原作的语用环境即情景语境和情绪语境的再现，对于文学译作的意义重构至关重要，因为意义与原作语境是密切关联的，失去了特定的语境就可能失去特殊的意义蕴涵。正如张志公所说："语言总是在一定的交际环境中使用的，因此，分析语言现象，必须把它和它所依赖的语境联系起来，离开一定的语境，把一个语言片断孤立起来分析，就难于确定这个语言片断的结构和意义。"[①] 所以，重构文学原作中的语用环境（情景语境和情绪语境），成为文学译者的一大任务，译者对原作中的各种意义关系网络需细加体察，并尽可能再现于译作之中。虽说时代社会语境可能有变化，语言文化上相去甚远，但译者平衡不同语言读者的趣味，通过重构的完整语篇使译语读者获得与原作读者相当的感受，仍然是严格意义上的翻译要求。严格的译者应意识到，个人语境和时代社会语境会促使文学译作在重构原作的语用环境时发生偏差，因此译者需要随时克制自己的主观臆断，尽可能让读者看到文学作

---

① 张志公：《语义与语言环境》，《语境研究论文集》，第239页。

品的本来面目，从营造的语言艺术的氛围中去感受作品的美和意境，从而获得感动和审美愉悦。

第三节　文学翻译中的意义生成与语境的关系

我们对文学翻译过程中影响译作生成的语境因素做了简要分析，这些语境因素共同作用于译者的翻译行为，并最终体现在文学译作之中。有时候，我们可能分得清译作中的某一语言现象是因为某种语境因素作用的结果，有时候可能是多种语境因素共同作用的结果。但毫无疑问，我们通过语境分析看到，文学译本的艺术生成与语境具有紧密关系。接下来，我们通过俄译汉（少量汉译俄）为例，进一步论述文学翻译行为中的意义生成与语境的关系。

一、在上下文中确定词义

语境之重要性，几乎是翻译界学者的共识。对于一个有歧义的词或者短语的解释，语境起着决定性的作用。适应语境是提高语言表达效果的一个基本原则。

意义是在具体的上下文中确定的。所谓上下文，就是文学语篇中的微观语境（контекст）和前后关系，主要是句子、段落、章节、语篇甚至全书中的意义关系网络。根据上下文确定词义的依据是：首先，一词多义，在字典上一个词可能有多个义项。需要根据具体的上下文才能确定最合适的义项；所谓的一词多义，中外语言都有这一现象，一词兼涵数意，或并行不倍，如"空空如也"中的"空"，兼有虚无和诚悫之意。或歧出分训，相反相成，如汉语的"已"，既是"成"，又是"亡"。德语中的 Aufhaben，既是"扬弃"，又是"保留"。人们可能通过上下文语境只选择多义词的某个含义，或者利用多义词的特点构成语义双关。需要指出的是，一个词的具体含义，

文学翻译：意义重构

是在应用之中产生的，是与一定的上下文紧密联系在一起的。这就好比一个景区的建筑物，一山一水，一草一木，总是与其整体氛围联系在一起的，孤立地看可能平淡无奇，但整体看则极富韵味。因此，"翻译时必须根据原文的上下文来判断、确定各个词的词义，从整体出发考虑译文中相应的表达手段，切忌孤立地对待语言现象。"① 只有在具体的上下文中才能确定词义。我们解读出来的词汇含义，是指词汇被使用者所赋予的意义，而不是字典、词典中的义项。当然，通常词汇如何使用，与字典中的基本义项是相关的。辞书的内容通常落后于语言的发展，因为辞书的词汇义项是从人们使用语言的实践中总结出来的。然而人们如何使用语言，如何赋予词汇含义，总是会有新的情况产生，词典中的义项犹如生动言语的标本，但不能代替实际的生活话语。文学翻译涉及具体的词汇用法，有什么样的语境，就有什么样的语境意义。可以说，文学作品中的词义都是语境意义，都是在具体的上下文及语用环境下生成的含义，离开了语境就无法确定词义，也谈不上丰富的意趣感受。

首先我们来看看文学翻译中译者通过上下文关系确定词义的情况。

（1）Она длинная, но суть такая: красавица попросила отца привезти ей аленький цветочек. Отец нашел его в далеком волшебном саду и сорвал. А сад сторожило страшное чудовище. Оно поймало отца красавицы. И ей пришлось отправиться в плен к чудовищу, чтобы оно отпустило отца. Чудовище было безобразным, но добрым. И она полюбила его, сначала за доброту, а потом вообще. А когда они поцеловались, чары развеялись, и чудовище стало принцем.②

"故事很长，但实质是这样的：一位美少女要父亲给她一朵最最鲜

---

① 蔡毅：《俄译汉教程》（上），外语教学与研究出版社2006年版，第1页。
② Виктор Пелевин：《Священная книга оборотня》, М.：ЭКСМО, 2004.

244

第六章　文学翻译中的语境与意义问题

艳的小花。父亲在一个遥远的神奇花园找到了，摘下来。而花园是由一个可怕的妖怪看守的，美女的父亲被他逮住了。她得去妖怪那儿当人质，哀求它放了父亲。妖怪虽丑陋却很善良。结果她爱上了妖怪，最初是因为这善良，后来则是人之常情。他们接吻之后，魔法消失了，妖怪变成了王子。"

主人公亚历山大让他的部下米哈内奇用车把狐女接来见面，他托米哈内奇在接来的途中送给这女孩一朵很鲜艳的玫瑰花，并要求部下在转送时让狐女想想其中的意思。狐女在见到亚历山大之后，请亚历山大当面解释是什么意思，于是亚历山大讲了这个童话故事。Аленький 是 алый 的指小表爱形式，但这里却不宜译为"可爱的"之类，因为本段叙述的童话中的花园有一个妖魔在守护，可见它不是一个普通的花园，而是一个特殊的花园，获得这种花是要经过一番艰辛的。译为"最最鲜艳的"，是突显出这朵花的不同寻常，绝不是一朵普通的小花。根据语篇上下文判断，这里的 цветочек 可能是一朵"红玫瑰花"，而不是其他什么花，但 цветочек 被译作"小花"，而没有译作"红玫瑰花"。因为 цветочек 一词在作品的上下文中多次出现过，最早提到 цветочек 的地方是亚历山大电话约见狐女时，他说："Жду тебя, мой цветок."（等你，我的小花）。在亚历山大挂上电话之后，狐女颇感诧异："Он повесил трубку. Мой цветок, подумала я, надо же. Считает меня растением."（"他挂了电话。我的小花，我迟疑了一下，真怪，把我当成植物啦。"）亚历山大与狐女见面时问："Михалыч передал тебе цветок?"（米哈内奇转给了你小花吗？）可见，цветочек 在原文中乃是一种语义连贯的标记。所以，语篇中的"цветок"或 цветочек 译为"小花"，而不译为"红玫瑰花"，是从整个语篇上下文考虑的，因为它（цветок）构成了文学语篇中的语意连贯的线索。并且，将 цветок 译为小花，似乎还能保留原作中的 цветок 的隐语色彩，让读者去品味。将 чтобы 译为"恳求"或"哀求"，这是上下文语境赋予该词的临时性的含义。离开了这个上下文，чтобы 便不具有"哀求"之意。Когда 的基本词义是

245

文学翻译：意义重构

"当……时候"，由于句中的 поцеловались 是完成体过去时，受到上下文语境的同化作用，Когда 不再是"在……之时"的词典意义，而是语境意义"在……之后"。另外，чары 一词，既可以理解为"魔法"、"妖术"之意，也可以理解为 чара 的复数，即"酒杯"之意。将 чары 译作"魔法"或"妖法"，而不能译作"酒杯"，显然是根据上下文而确定的词义。上下文具有消除歧义的作用。

上下文可以消除歧义，这是上下文确定词义的一种常见情况。请看下面这段译文：

（2）Он взял меня под руку и повел к футуристическому дивану, стоявшему между двух рощиц из карликовых деревьев-бонсай с крохотными беседками, мостиками и даже водопадами.

他牵着我的手，领我走到未来派沙发跟前，沙发在两个小树林之间，周围俨然是矮树丛生，一个个小亭子，一座座小桥，还有一条条瀑布。

如果没有上下文，我们肯定会以为男女主人公来到了一个优美的风景区，但这是一种错觉。这不是作家描绘的屋外背景，而是主人公置身于一个艺术化的房间而产生的效果。原来，这里的小树林、小亭子、小桥、瀑布，等等，都是墙壁上的背景效果。人坐在屋里的沙发上，仿佛置身于自然界中。所以，译文中添加"俨然"二字，以表明这是屋里产生的虚景，而非自然实景。但是，单单从这一段的俄文是看不出来的。人在屋里，怎么突然是户外的景色？在该段之前隔两页处，有一段文字交代了该房间的技术设计，置身屋内，仿佛置身于大自然，"这是应用了昂贵的技术洗液的缘故"，"墙壁的透明度靠计算机控制的专门液晶薄膜来改变"。这段文字之后隔三页还有一段俄文：

（3）Он вздрогнул, словно я сказала что-то страшное, вскочил с

246

дивана и стал ходить взад-вперед мимо окна — вернее, не окна, а оставшегося прозрачным прямоугольника в стене.

他颤了一下，仿佛我说了什么怕人的话，他从沙发上呼地站起来，在窗口边踱来踱去，——准确地说，不是在窗边，而是墙壁的透明的矩形框边。

可见，只有根据作品上下文的整体解读，才能明白这一段的景色描写是实景还是墙上的虚景，也才能最后确定如何行文表达。另外，диван 一词，不仅有"长沙发"之意，而且可表示文学中的"诗集"。футуристический диван 被译为"未来派沙发"，词义不确定（缺乏上下文明示），姑存疑，也可能是指放有未来派诗集的沙发。

接下来我们看一看语用环境对意义的显现。

二、言外之意寓于语用环境中

正如前述，语用环境分为情景语境和情绪语境。在具有艺术感染力的情景语境和情绪语境中，普通的词句，即可显出特有的光彩和审美效果。语言镶嵌在文学语境中，可以产生奇妙的效果，或富有深意，或产生言外之意。译者对于语境中的语言效果应特别关注，并尽可能对作品中的特异表达予以再现。译者重塑文学译本，以原作为依据，营造出与文学原作最接近的情景和情绪氛围，让译语读者感受意象、意境和形象，领会言外之意。译者从原作的字句声色和辞气意趣中，获得审美感受，并忠实地再现原作中的情景语境和情绪语境，对于文学译本的意义重构和审美价值的再创造是非常重要的。我们先来看一个俄译汉的例子。

（4）Человек десять конных молча, в беспорядке ехали по дороге. На пол-лошади впереди выделялась осанистая, тепло одетая фигура. Длинный куцехвостый конь шел уверенно, горделиво. Григорию снизу на фоне серого неба отчетливо видны были линии конских тел, очертания всадников, даже плоский, срезанный верх кубанки видел он на ехавшем впереди. Всадники были в десяти саженях от яра; такое крохотное расстояние отделяло казаков от них, что казалось, они должны бы слышать и хриплые казачьи дыхи, и частый звон сердец.

Григорий еще раньше приказал без его команды не стрелять. Он, как зверобой в засаде, ждал момента расчетливо и выверенно. У него уже созрело решение: окликнуть едущих и, когда они в замешательстве собьются в кучу, -открыть огонь.

Мирно похрустывал на дороге снег. Из-под копыт выпорхнула желтым светлячком искра; должно, подкова скользнула по оголенному кремню.

-Кто едет?

Григорий легко, по-кошачьи выпрыгнул из яра, выпрямился. За ним с глухим шорохом высыпали казаки.

Произошло то, чего никак не ожидал Григорий.

-А вам кого надо? -без тени страха и удивления спросил густой сиплый бас переднего. Всадник повернул коня, направляя его на Григория.

-Кто такой?! -резко закричал Григорий, не трогаясь с места, неприметно поднимая в полусогнутой руке наган.

Тот же бас зарокотал громовито, гневно:

- Кто смеет орать? Я-командир отряда карательных войск! Уполномочен штабом Восьмой красной армии задавить восстание! Кто у вас командир? Дать мне его сюда!

-Я командир.

-Ты? А-а-а⋯

Григорий увидел вороную штуку во вскинутой вверх руке

248

第六章 文学翻译中的语境与意义问题

всадника, успел до выстрела упасть; падая, крикнул:

－Огонь!

Тупоносая пуля из браунинга цвенькнула над головой Григория. Посыпались оглушающие выстрелы с той и с другой стороны. Бодовсков повис на поводьях коня бесстрашного командира. Потянувшись через Бодовскова, Григорий, удерживая руку, рубнул тупяком шашки по кубанке, сдернул с седла грузноватое тело. Схватка кончилась в две минуты. Трое красноармейцев ускакали, двух убили, остальных обезоружили.

约有十来个骑马的人，一声不响地、混乱地在路上走着。一个穿得很厚、很有派头的人走在前头，相距有半匹马的样子。他骑的那匹身躯长大、尾巴很短的马稳重、高傲地迈着步子。葛利高里从低处清楚地看到灰沉沉的天幕背景上马身的线条和骑士们的轮廓，甚至还看得见走在前面的那个人脑袋上戴的扁平齐顶的库班式皮帽。骑士们离荒沟只有十来沙绳远了；他们离哥萨克这么近，似乎他们应该听到哥萨克们沙哑的呼吸声和突突的心跳声了。

葛利高里在这以前就已经命令过，没有他的命令不准开枪。他像猎人似的埋伏着，在审慎、准确地等待时机。他已经胸有成竹：先朝这些骑马的人大喝一声，等他们乱成一团的时候，再向他们开火。

路上的雪有节奏地咯吱咯吱地响着。马蹄子下面迸起了黄灿灿的火星，大概是铁马掌在雪已化光的石头上滑了一下子。

"什么人？"

葛利高里轻捷地、像猫一样从荒沟里跳出来，站直了身子。哥萨克们也随之窸窸窣窣跳了出来。

事情完全出乎葛利高里的预料。

"你们要找什么人？"走在前面那个人连一点儿害怕和惊讶的神情都没有，用沙哑的低音问。这位骑士拨转马头，冲着葛利高里走来。

"什么人？"葛利高里没有动地方，不知不觉地把用半弯的胳膊擎

249

文学翻译：意义重构

着的手枪举起来，厉声喊道。

仍旧是那个低音打雷似地愤怒地质问说：

"谁敢这样大叫大嚷呀？我是清剿部队的指挥员！红军第八军司令部派我来镇压暴动的！你们的指挥员是谁？叫他到我这儿来！"

"我就是指挥员！"

"你就是？啊啊啊……"

葛利高里看到骑马的人举起的手里有一件黑糊糊的东西，没等他打响，他就趴到了地上；往下趴着，喊道：

"开火！"

勃朗宁手枪打出来的一粒钝头子弹从葛利高里的头顶飞啸而过。双方的射击声震耳欲聋。博多夫斯科夫紧吊在这位无畏的指挥员的马缰上。葛利高里隔着博多夫斯科夫，抓住那个人的一只手，用刀背照着他的库班帽子上砍了一下子，把他那沉重的身体从马鞍子上揪下来。这场格斗进行了两分钟就结束了。三个红军战士逃掉了，打死了两个，其余的全被解除了武装。（金人 译）

这段俄文引自《静静的顿河》第六卷第 30 章，把活捉红军指挥员利哈乔夫的过程描写得很生动。作者说利哈乔夫的坐骑稳重、高傲，是赞骑士的自信和勇武。不说哥萨克呼吸沙哑和心跳突突，而说似乎骑兵们应该听到哥萨克的心跳和呼吸，是为了烘托出场面的紧张与惊险。葛利高里对待利哈乔夫这位红军指挥员颇有英雄惜英雄之感，"葛利高里在这以前就已经命令过，没有他的命令不准开枪"，"葛利高里……用刀背照着他的库班帽子上砍了一下子……"作者描写活捉红军指战员利哈乔夫等人的过程，可谓惊心动魄。命悬一线，一触即发。如果没有葛利高里的命令，如果没有双方指挥员的沉着冷静和大智大勇，无论哪一方有丝毫的慌张和惊惧，没有高超的本领和丰富的经验，不知又要添上几多冤魂了。作者通过细节和情节描写，以及整个的情绪气氛，出色地表现了人物，也传达了一种人道精神——仁者、勇者无敌，歌颂了残酷战争中的特殊的英雄主义——善待生命，尊重生

第六章 文学翻译中的语境与意义问题

命,以一种英勇可敬的方式表现人性之美。原作中的情景和情绪气氛,在金人先生的这段译文中得到了准确的再现,读者可以从中感受到作品中的形象和情感,从而获得与原文读者相当的审美享受和意义感悟。我们来看一个汉译俄的例子。

好容易待到晚饭前他们的短工来冲茶,我才得了打听消息的机会。

"刚才,四老爷和谁生气呢?"我问。

"还不是和祥林嫂?"那短工简捷的说。

"祥林嫂?怎么了?"我又赶紧的问。

"老了。"

"死了?"我的心突然紧缩,几乎跳起来,脸上大约也变了色,但他始终没有抬头,所以全不觉。我也就镇定了自己,接着问:

"什么时候死的?"

"什么时候?——昨天夜里,或者就是今天罢。——我说不清。"

"怎么死的?"

"怎么死的?——还不是穷死的?"他淡然的回答,仍然没有抬头向我看,出去了。

(5) И только перед ужином, когда, наконец, пришла их поденщица готовить чай, мне представился случай узнать, что произошло.

— — На кого это сердился господин Сы? — — спросил я её.

— — Да все на Сян-линь, — — коротко ответила служанка.

— — Сян-линь? А что случилось? — — тревожно спросил я.

— — Она умерла.

— — Умерла? — — от неожиданности я едва не подскочил на месте, у меня больно сжалось сердце. Верояно, я изменился в лице, но, разговаривая со мной, служанка не подымала головы и ничего не заметила. Немного успокоившись, я продолжал расспрашивать:

251

文学翻译：意义重构

　　— — Когда же она умерла?

　　— — Когда умерла? Да вчера ночью, а может быть и сегодня. Точно сказать не могу.

　　— — А чего она умерла?

　　Отчего умерла? Да от бедности, конечно, — — по-прежнему равнодушно ответила женщина. Так и не взглянув на меня, она вышла из комнаты.

　　鲁迅先生在《祝福》中，以饱含同情的笔墨和悲愤的心情，描写了祥林嫂极其不幸的命运遭际。这是《祝福》中的一个片断，以及俄译文。与这段文字有关的上下文语境是：祥林嫂死了丈夫和孩子，到鲁四老爷家做女佣。在鲁镇人准备年终"祝福"大典的时候，在大家致敬尽礼，迎接福神，拜求来年一年的好运气的时候，祥林嫂死去了。为此，鲁四老爷说："不早不迟，偏偏要在这时候，——这就可见是一个谬种！"接着就是上面这段文字。祥林嫂的死给鲁镇准备新年的气氛蒙上了一层阴影，曾是"讲理学的老监生"的鲁四老爷，觉得这是大不吉利的，故出此言。祥林嫂在得知"我"回到鲁镇鲁四家来暂住时，已经离开鲁四家，"分明纯乎是一个乞丐了"的祥林嫂曾向"我"询问过人死后有无魂灵，本着"人何必增添末路的人的苦恼，为她起见，不如说有罢。""我"便说："也许有罢"，祥林嫂说，"那么，也就有地狱了？"，并追问"死掉的一家的人，都能见面吗？"，"我"对于这些问题越来越感到难以回答，"自己想，我这答话怕于她有些危险。"正是在这样的情景下，她竟然在新年到来之前"死"去了。这不免使"我"心情沉重起来，而鲁四老爷却还骂，可想见"我"与短工之间的这段对话，渗透了"我"的悲愤和极大的同情与不安。鲁迅先生是怎样表现这种特殊的情绪呢？这一段后面的一段话交代了一下语境："当临近祝福的时候，是万不可提起死亡疾病之类的话的。倘不得已，就该用一种替代的隐语，可惜我又不知道，因此屡次想问，而终于中止了。""死"字是最忌讳说的，怕破坏了祝福的气氛，怕破坏来年的好运。而"我"在得知祥林

252

嫂死了之后,冲口问道:"死了?"而且接连问了好几句都带有"死"字,"我"对祥林嫂之"死"的惊讶、痛切和悲愤之情溢于言表。这么普通的一个词"死",却具有如此惊人的表现效果,其原因在于作家营造了鲁镇的氛围,特别是鲁四老爷家的祝福气氛和风俗。他详细地描写了准备"福礼"的热闹、严肃的气氛:"杀鸡,宰鸭,买猪肉,用心细细的洗,女人的臂膊都在水里浸得通红,有的还带着绞丝银镯子……五更天陈列起来,并且点上香烛,恭请福神们来享用,拜的却只限于男人,拜完了自然仍然是放爆竹。"屋里是这样红红火火的热烈气氛,而屋外则"天色愈阴暗了,下午竟下起雪来,雪花大的有梅花那么大,满天飞舞,夹着烟霭和忙碌的气色,将鲁镇乱成一团糟。"祥林嫂就是在这样的气氛中死去了,她的死在鲁四爷看来是不吉利,被鲁四老爷骂为"谬种"。正是在大家都忌讳"死"字的情景下,"我"一连几句冲口说出"死"字,表现了"我"忍无可忍的悲愤和强烈的负疚、不安心情。而"我"的这种悲愤而痛切的心情与短工说话隐讳,担惊害怕形成鲜明的对比,短工在回答"我"的问话时说:"老了?",好几次有意地避免使用"死"字。鲁迅先生就是这样通过营造出一种情景气氛和情绪气氛,将祥林嫂的悲剧和"我"对她的同情,真切地表现出来了。这段文字之后作家这样写道:"晚饭摆出来了,四叔俨然的陪着……我从他俨然的脸色上,又忽而疑他正以为我不早不迟,偏要在这时候来打搅他,也是一个谬种,便立即告诉他明天要离开鲁镇,进城去,趁早放宽了他的心。"

我们来看一看俄译文的情况。短工在第一次回答"我"的问话时说的"老了"被译作"Она умерла."。译者显然没有从整个语篇的情景和情绪气氛出发来考虑用词。短工的回答本来谨小慎微,怕说错话,怕说出"死"字,怎么可能冲口说出"Она умерла."? 在俄译文中,短工的答话使用了三次"Она умерла.",与"我"使用"死"字的次数一样多。译者无意中破坏了作家的良苦用心,这是与整个语篇的情绪气氛不相符的。短工极力避免提到"死"字,在第一次听到短工回答"老了"之后,"我"仿佛还对短工的镇静漠然很有些不满,"几乎跳起来,脸上大约也变了色",但考虑到

253

文学翻译：意义重构

"他始终没有抬头，所以全不觉。我也就镇定了自己，接着问"，问"什么时候死的？"之后，短工的回答仍没有说出"死"字，也没有说"老了"之类的话了。"我"紧接着再问一句："怎么死的？"，短工才不得不郑重回答了："怎么死的？——还不是穷死的？"却是"淡然的回答，仍然没有抬头向我看，出去了"可见，短工说出"Она умерла."实在是被"我"逼的，只能出现在最后一句中。这是艺术的真实。人物的言语镶嵌在作家营造的艺术气氛中，是在情绪气氛中表现出来的。普普通通的用词，但恰到好处，刚好与语境吻合，这样才能确保译文的和谐一致，在真实的艺术氛围中突出语言的艺术效果，传达言外之意。

俄译文中还有一个明显的错译。鲁四家的男短工被译作了两个词поденщица 和 служанка，这有违原作中的连贯一致。原作中的短工是男性，俄译文中的短工变成了女的，译者使用 женщина 一词来指称这短工，显然与原作不符。因为祥林嫂勤劳能干，"人们都说鲁四老爷家里雇着了女工，实在比勤快的男人还勤快。到年底，扫尘，洗地，杀鸡，宰鸭，彻夜的煮福礼，全是一人担当，竟没有添短工。""只有四嫂，因为后来雇用的女工，大抵非懒即馋，或者馋而且懒，左右不如意，所以也还提起祥林嫂。"如果祥林嫂还在的话，这短工冲茶之类的事，全由她一人包了。男短工的出现，说明祥林嫂已离开了鲁四家（多半是被赶走的），因为没有雇到像她那样能干的女佣，所以加雇用了男短工。这是作者的言外之意。作家通过男短工这个人物的出场，既交代了情节，更突显了祥林嫂的悲剧。祥林嫂由于死了丈夫，被迫改嫁，改嫁后第二任丈夫又死了，后来小孩也死了。由于这一连串的悲剧，她被鲁镇人歧视，被鲁四老爷说成是伤风败俗，不让她去摸"福礼"。在年终祝福时节，本是最繁忙的用人时节，男短工出现在鲁四家，证明了祥林嫂确是被赶出鲁四家的，并且不久就死去了。她在走投无路之中，在迷信与现实的无常中，在一片热闹的祝福声中死去了。这更突显了祥林嫂的悲惨，也让我们看到了鲁四一家的冷漠，鲁镇人的冷漠，仿佛整个社会容不下一个祥林嫂，封建礼教吃人的本质因而突显出来。可见，男短工出现在鲁四家这一小小的细节，承载着多么丰富的言外之意。作家通过这一短工的性别，巧妙地设置了言外之意，然而却被译者忽视，并随意地改变了他的性别，这是有损于《祝福》的主题思想的。译者不慎，在不经意中就把这言外之意抹去了，而且使得作品中的人物的命运变得模糊不清。这就是说，看似平常的一个细节，译者如不慎重传译，也会影响译文对原作中的语用环境（情景和情绪语境）的重建，从而影响读者的审美感受和理解，轻则丢失意义，重则歪曲原文。

读者可以从译者建构起来的情景和情绪语境中去体会言外之意。一个译本之优劣，既在于译者对于重要细节的再现，也在于对作家营造的艺术氛围的传达。只有对原文的语用环境（情景语境和情绪语境）进行了准确的再现，才能烘托出作家对个别词句的妙用效果。正如谢皮洛娃在《文艺学概论》一书中所说："作品的语言美不是作家为着再现生活特地挑选一些华丽的辞藻而能达到的。作家达到语言的真正的美在多数情况下，是使用最普通的一些词句，然而这些词句在有形象表现力的语言上下文中，获得审美倾向。"[1] 因为"词语在具体的上下文中，会和一定的客观事物发生联系，这时候除了它本身的意义外，还隐含着某些具体的特定的含义。这些特定的含义不是词语的本身意义，因而不能单从词汇意义和语法意义上去了解，而要联系具体的语境去体味，联想和补充，这是所谓的'言外之意'。由于它是词语进入具体的语境后才产生的，所以又叫'情景意义'。"[2]

我们从语境的角度再来看一段俄译文。

  黛玉嗑着瓜子儿，只管抿着嘴儿笑，可巧黛玉的丫鬟雪雁走来给黛玉送小手炉儿。黛玉因含笑问他说："谁叫你送来的？难为他费心。那里冷死我了呢！"雪雁道："紫鹃姐姐怕姑娘冷，叫我送来的。"黛玉接了，抱在怀中，笑道："也亏了你倒听他的话！我平日和你说的，全当耳旁风，怎么他说了你就依，比圣旨还快呢。"宝玉听这话，知是黛玉

---

[1] 张榕：《试谈语境对语言的制约》，《语境研究论文集》，第200页。
[2] 筱筠：《语境漫谈》，《语文建设》1990年第6期。

文学翻译：意义重构

借此奚落，也无回复之词，只嘻嘻的笑了一阵罢了。宝钗素知黛玉是如此惯了的，也不理他。薛姨妈因笑道："你素日身子单弱，禁不得冷，他们惦记着你倒不好？"黛玉笑道："姨妈不知道：幸亏是姨妈这里，倘或在别人家，那不叫人家恼吗？难道人家连个手炉也没有，巴巴儿的打家里送了来？不说丫头们太小心，还只当我素日是这么轻狂惯了的呢。"薛姨妈道："你是个多心的，有这些想头。我就没有这些心。"（曹雪芹《红楼梦》第八回）

（6）Дай-юй щелкала дынные семечки и прикрывала рот рукой, чтобы не рассмеяться.

— — Как раз в это время служанка Дай-юй, по имени Сюэ-янь, принесла своей барышне маленькую крелку для рук. Сдерживая усмешку, Дай-юй спросила у неё:

— — Кто тебя прислал? Спасибо за заботу! А то я совсем замерзла!

— — Сестрица Цзы-цзюань побоялась, что вам будет холодно, барышня, — — ответила Сюэ-янь, — — вот она и послала меня.

— — Ведь она тебе столько хлопот доставила! — — с язвительной усмешкой заметила Дай-юй. — — Как же ты её послушалась!···Мне иногда целыми днями приходится что-нибудь твердить тебе, а ты все пропускаешь мимо ушей. Никак не пойму все, что она приказывает, ты исполняешь быстрее, чем исполняла бы высочайшее повеление!?

Услышав эти слова, Бао-юй понял, что Дай-юй решила воспользоваться оплошностью служанки, чтобы позлословить, и он только захихикал. Бао-чай, хорошо знавшая эту привычку Дай-юй, пропустила её слова мимо ушей.

— — У тебя всегда было слабое здоровье, — — улыбнувшись, вставила тетушка Сюэ, — — и холода ты не переносишь. Что ж тут плохого, если они о тебе позаботились?

256

第六章　文学翻译中的语境与意义问题

— Вы ничего не знаете, тетя! _ _ возразила Дай-юй. _ _ хорошо, что я у вас! Будь я у кого-нибудь другого, ещё обиделись бы! Неужто у людей не нашлось бы для меня грелки, что мне свою из дому присылают? Что они чересчур заботливы, это ладно. А если обо мне скажут, что я избалована?

_ _ Ты очень мнительна, у тебя всегда странные мысли, _ _ заметила тетушка Сюэ, _ _ мне это даже в голову не пришло.

这是《红楼梦》第八回中的一个精彩片断，它却是镶嵌在第八回的整个故事里的，镶嵌在《红楼梦》整个语篇中的。俄译文乃是俄罗斯著名翻译家 Панасюк 的译品，译文表达自然、流畅、地道，但也存在不足。译者没有充分考虑前后段落之间的紧密联系，尚未达到最佳的审美效果。黛玉笑骂雪雁，如果只看到这一层，就有些浅了。

宝玉本来说"只爱喝冷酒"，但听宝钗说吃了冷酒，写字打颤儿，酒要热吃下去才发散的快，要冷吃下去，便凝结在内，劝他改了喝冷酒的习惯。"宝玉听这话有理，便放下冷的，令人烫来方饮。"在这一段中黛玉佯说雪雁，而"宝玉听这话便知黛玉借此奚落，也无回复之词，只嘻嘻的笑了一阵罢了"，说明黛玉并非真说雪雁，而是在"指桑骂槐"地讥讽宝玉耳根子软。"也亏了你倒听他的话！"实际上是"奚落"宝玉。而译文却让人感到，仿佛黛玉怪罪雪雁听紫娟的话送了手炉儿来，仿佛雪雁真的做了错事。因为"奚落"后省略了宾语"他"即宝玉，译者可能没有理解准确，所以译出这样的句子：Услышав эти слова, Бао-юй понял, что Дай-юй решила воспользоваться оплошностью служанки, чтобы позлословить, и он только захихикал. 加之，Как же ты её послушалась！这一句译得太实，的确可能误导俄语读者，使其难以领会黛玉的言外之意。在场的几乎人人知道黛玉在说刺话，说给宝玉听的。宝钗大家闺秀，聪明绝顶，自然明白黛玉的话意。可她并未接话，倒是宝钗之母薛姨妈，委婉地想把话岔开，黛玉说了句"姨妈不知道：幸亏是姨妈这里……"这是才女黛玉为自己刚才的失言

257

文学翻译：意义重构

而掩饰，薛姨妈紧跟着说："你是个多心的，有这些想头。我就没有这些心。"话虽如此说，仍保持分寸，又是长辈，黛玉自不能回嘴了。黛玉其实处在一个难言的尴尬中了。

众所周知，《红楼梦》中的宝黛爱情是一个重要的线索，这一次，在宝玉去探视生病的宝钗时，黛玉也过来看宝钗。"一见宝玉，便笑道：'哎哟！我来的不巧了。'宝玉等忙起身让坐。宝钗笑道：'这是怎么说？'黛玉道：'早知他来，我就不来了。'"此番话反映出她想掩饰自己的真情，她对宝玉是有很深的情意的。黛玉的讥讽话，堪称伶牙俐齿，没想到竟被薛姨妈接过了话头。作为姑娘的黛玉，显然不好意思，她没有答话，这体现了她的教养。在这段话的后面隔两三行，李嬷嬷见宝玉喝酒上了兴头，便说："仔细今儿老爷在家，提防着问你的书！"这一句使宝玉"心中大不悦，慢慢的放下酒，垂了头。"李嬷嬷的话不论出自何种用意，却似乎正中要害，大伤了宝玉的心。黛玉这时出来说话了，显然在为宝玉抱不平："黛玉忙说道：'别扫大家的兴，舅舅若叫，只说姨妈这里留住你。这妈妈（指李嬷嬷），他又该拿我们来醒脾了！'一面悄悄地推宝玉，叫他赌赌气，一面咕哝说：'别理那老货，咱们只管乐咱们的。'"不料，李嬷嬷听后说："林姐儿，你别助着他了。你要劝他只怕他还听些！"这句话看似平常，却极具杀伤力，尤其是对黛玉，刚才黛玉笑话宝玉耳根软，如今李嬷嬷这话倒像是在讥讽她了，着实令人难堪。黛玉刚才被姨妈一句抢白，几乎是无助的。黛玉的失言快语，可能雪雁来得晚不知道，当场的人却几乎是心知肚明的。难怪"黛玉冷笑道：'我为什么助着他？我也不犯着劝他。你这妈妈太小心了！'"林黛玉，敏感多情，多情而易受伤害。

由于译者对于这一段话的前后语境把握未准，对于渗透在字里行间的情景和情绪气氛没有深究，翻译出现了偏差。恐怕俄语读者感受不到原文中那个文雅、柔弱、敏感、多情、反叛、机智的黛玉形象，而成了一个有些不近情理，无理取闹，说话尖酸刻薄的形象。在这一段中由于译者对整个的情景语境和情绪语境把握不准，造成多处误译。黛玉其实一直都是笑着的，显得很开心，很友好，只是话说得刻薄了一点儿。如"抿着嘴儿笑"，"含笑问

第六章 文学翻译中的语境与意义问题

道",一直是"笑道"。可惜黛玉的这些情态,均被译者抹去了,而代之以用手捂着嘴不笑(прикрывала рот рукой, чтобы не рассмеяться),抑制住讥笑(Сдерживая усмешку),冷笑(с язвительной усмешкой),后面还有一个"笑道"译为возразила,笑没有了,只有反驳。倒是薛姨妈笑着站起身来(улыбнувшись, вставила),并指出(заметила)黛玉的不是。这一段中的"那里",其实是"哪里",是反问词,"亏了"乃是讥讽的反话,而俄语的传达均未贴切。另外,漏译了一句:"黛玉接了,抱在怀中,笑道"。这样一来,黛玉机智地对雪雁说的言外之意,俄语读者几乎无从理解了。其实,黛玉奚落宝玉是在意他,竟被薛姨妈接过话头,后又被李嬷嬷讥讽,由于她的敏感和特殊处境,反而自己伤心。第八回堪称整个作品宝黛爱情的缩影,宝黛情投意合,互相怜悯和护卫,可谓心有灵犀。可见,译者纵然生花妙笔,但由于对《红楼梦》这一回中的语用环境理解不透彻,对整个作品的主旨不明,加之对本段的几个词汇的理解太过主观,这个精彩段落中的"指桑骂槐"和深刻蕴意,没有充分地传达出来,导致人物形象严重的变形。

最近我从俄语网络上看到,由 Панасюк 先生修改后的新版《红楼梦》第八回,现将该段的新译文摘录于此,以飨读者。

(7) Дайюй щелкала дынные семечки и, с трудом сдерживая смех, прикрывала рот рукой.

Как раз в это время Сюэянь, служанка Дайюй, принесла своей барышне маленькую грелку для рук.

— Спасибо за заботу! А то я совсем замерзла! Кто тебя прислал?

— Сестрица Цзыцзюань, она подумала, что вам будет холодно, барышня!

— И ты послушалась? — с язвительной усмешкой заметила Дайюй. — Ведь это для тебя так хлопотно! Мне иногда целыми днями приходится твердить тебе одно и то же, а ты все пропускаешь

259

文学翻译：意义重构

мимо ушей. Никак не пойму, почему любой ее приказ ты исполняешь быстрее, чем исполнила бы высочайшее повеление?!

Баоюй понял, что Дайюй решила воспользоваться оплошностью служанки, чтобы позлословить, и захихикал. Баочай, хорошо знавшая нрав Дайюй, не обратила на ее слова внимания.

— Здоровье у тебя слабое, — улыбнулась тетушка Сюэ, — ты вечно мерзнешь. Вот о тебе и позаботились! Что же тут плохого?

— Вы ничего не знаете, тетя! — возразила Дайюй. — Хорошо, что я у вас! А другие на вашем месте обиделись бы! Неужели у людей не найдется грелки и надо присылать ее из дому? Что они чересчур заботливы, это ладно. Но ведь меня могут счесть избалованной?

— Ты слишком мнительна! — заметила тетушка Сюэ. — Мне такое даже в голову не пришло бы!①

应该说这段修改后的译文有了明显改进，例如将"抿着嘴笑"译作"с трудом сдерживая смех, прикрывала рот рукой"。出现了这样的译句："И ты послушалась?"，"любой ее приказ"，"Бао-чай, хорошо знавшая нрав Дайюй, не обратила на ее слова внимания."，使译文更接近于原文了。看来，译者明白了黛玉的言外之意。另外，译者在营造对话气氛及刻画人物形象方面仍有不足，对个别词句的理解还不够准确。例如，原文中多处交代的黛玉"含笑"的神态和语气，对于刻画黛玉的语言和教养是极重要的细节，译者仍有所忽略。译者忽略了黛玉说话的神态，只剩下对话部分，与原译版本中的一样，重译本虽有很大改观，但由于仍然没有准确地传达原文中的情景语境和情绪气氛，致使俄语读者难以了解真实的林黛玉形象。其实，黛玉在这场对话中表现得很聪明、很机智，堪称伶牙俐齿，她在长辈面前讲话，

---

① http://fictionbook.ru/author/cao_syuyecin/son_v_krasnom_tereme_t_1_gl_i_xl/read_online.html? page=8.

也极有分寸。可以说，她是这场聚会的中心人物，掌握着话语权，并控制着整个聚会的气氛。然而，在译文中她的"笑"没有了，美好的情态没有了，她就变成了一个聚会中的被动者。在这一点上，译文是值得商榷的。译者在这里把黛玉刻画成一个说话不讲策略、尖酸刻薄的姑娘，窃以为源于译者对于作品的语用环境，对于整个情景和情绪气氛的把握不够。总之，意义的重构，言外之意的传达，以及人物形象的忠实再现，离不开对作品的语用环境（情景语境和情绪语境）的准确把握与再现。

三、译者的个人语境对翻译的影响

前面已经论及文学译者的主体性，译者具有主观性、创造性和选择性，而译者的选择与其个人语境密切相关，或是有意为之，或是无意中之必然。译者的个人语境既可以促成一部译作翻译成功，也可使被译作品发生变异和"失本"，甚至发生严重歪曲。译者个人语境是翻译变异的一个根源，与此同时也造就译者的个人风格。简单地说，风格乃是在一定的社会条件和教育影响下形成的一个人的比较固定的特性，具有特殊性。一切个性都是有条件地、暂时地存在的，所以是相对的。一个文学译本不可避免地会带上译者的个性，或多或少具有个人风格。因为不同的译者，他们的个人语境不同，即文化修养、知识水平、生活经验、方言基础以及心理精神状态等可能存在明显的差异，会对文学作品的理解和表达产生很大影响，从而形成译者的风格。在翻译过程中，文学作品的整个语篇上下文，以及情景语境和情绪语境，是在译者的个人语境作用下被理解和传达的，必然带有译者的主观色彩，以不同程度的变异方式呈现于文学译本之中。文学译者对于作品所反映的时代社会语境的了解程度，对作家的了解程度，对作品本身的思想内涵和语言特点的把握程度，反映了译者的文化素养和知识水平，最终都反映在译文之中。

作家笔下的一词一句具有一定的语义，具有客观规定性。但是由于译者的生活经验各不相同，个人修养不同，对于语义的理解会有偏差，往往带有个人的主观色彩。影响语义理解的不同主观心理，是个人语境的一个方面，

文学翻译：意义重构

译者的评价态度即是其主观心理的反映。个人的方言基础和语言风格也是一种个人语境。方言基础不同，对词语的使用和对词义的理解会有所不同。在语言风格上有的人说话直率，有的人说话委婉含蓄，语言风格不同，也会影响到用词和行文方式。因此，译者的个人语言风格将形成独特的语言个性，在同一个作品的不同译本中可看出译者不同的个性。译者的个性还有其他方面，总之与其个人语境是密切相关的。

接下来我们通过译例分析，看一看译者的个人语境是如何影响翻译的。译者的个人语境对翻译的影响存在诸多方面。首先，译者的意向和主观心理，构成个人语境的重要方面，对翻译结果具有明显的影响。译者个人语境的表现之一即是其意向性。所谓"意向性"，是指的心灵的一种特征，意向性即为指向性，是主体的心理状态借以指向或涉及其自身之外的客体和事态的那种特征[1]，翻译正是在译者的意向中实现意义的。下面我们以《静静的顿河》第一部中的译例作一下分析。译文1是翻译家金人先生的译品，译文2是翻译家力冈先生的译品。

（8）Затравевший двор выложен росным серебром. Выпустил на проулок скотину. Дарья в исподнице пробежала доить коров. На икры белых босых ее ног моло'зивом брызгала роса, по траве через баз лег дымчатый примятый след.

译文1：长满了青草的院子到处闪着银色的朝露。他把牲口放到街上去。达丽亚只穿着一件衬衣跑去挤牛奶。她的两条白皙的光腿肚上溅满了像新鲜乳汁似的露水珠，院子里的草地上留下了一串烟色的脚印。

译文2：满院子的青草都蒙上了银色的朝露，他把牲口放到小胡同里去。妲丽亚穿了衬裙跑去挤牛奶。露水溅在她那白嫩的光腿肚上，很像新鲜的奶汁。院子里草地上留下一行烟黄色的脚印。

---

[1] 周晓梅：硕士论文《翻译研究中的意向性问题》，2007年。

Дымчатый 烟灰色的，烟色的。Исподнице（俗），衬裙，女人的内衣。Белый 一译为"白皙的"，一译为"白嫩的"。"白嫩"为皮肤白而娇美，妩媚，暗示了少妇的年轻美貌，而"白皙"则侧重于皮肤的白净（书面语）而美好。各有侧重，均略偏离于原文的белый，这是因为在翻译行为中渗透了译者的不同的意向性。作者在《静静的顿河》中描写的妲丽亚，她的聪明和妖艳，仿佛全浓缩在这一看似平常的细节中了。力冈选用"白嫩"一词来对译белый，与原文稍有变异，以显神韵。作者将露水珠比拟为"新鲜的乳汁"，使人联想到这位哥萨克少妇的美丽和温柔，画面具有柔和的美感。作者用Дымчатый след来形容人走过布满朝露的草地的瞬间，可谓独到的观察，诗一般的语言，具有美感。两位翻译家均忠实地再现了作家的这一敏锐的发现，再现原作中的这一精彩细节，成为两位译者共同的意向内容。Дымчатый след 被力冈先生译为"烟黄色的脚印"，金人先生译为"烟色的脚印"，形象生动，富有动感，栩栩如生地展现在读者眼前。

（9）Аксинья с подмостей ловко зачерпнула на коромысле ведро воды и, зажимая промеж колен надутую ветром юбку, глянула на Григория.

译文1：阿克西妮亚扁担不离肩，站在跳板上麻利地汲了一桶水，然后把被风吹起的裙子夹在两膝中间，瞟了葛利高里一眼。

译文2：阿克西妮站在跳板上，灵活地将扁担一摆，汲了一桶水，把被风吹得鼓起来的裙子夹在两膝中间，看了格里高力一眼。

Глянула 一译为"瞟"，一译为"看"，似乎译者的主观心理或曰态度（对阿克西妮亚的态度）已露端倪。译者的评价态度，是其主观心理的反映，也是构成其个人语境的方面。译文1着意地将原文中的"…ведро воды и…"中的и译为"然后"，将глянула译为"瞟"，少妇阿克西妮亚在年青英俊的葛利高里面前有点儿卖弄风情哟。而实际上这个形象的魅力，正来自于她的真情和自然流露（"阿克西妮娅的爱情不是淫荡。她的爱超过了不正

文学翻译：意义重构

当关系，这是一种深刻的感情"①）。译文2对葛利高力和阿克西妮亚之间一步步发展的爱情具有很高的认同感，在译文1的基础上，有意识地不突出и，并将глянула译为普通的字眼"看"，看来是做了淡化处理，为避免卖弄风情之嫌。整个人物形象在译者的意向中鲜活地呈现出来。зачерпнула на коромысле ведро воды被分别译为"扁担不离肩，麻利地汲了一桶水"，"灵活地将扁担一摆，汲了一桶水"，均为精彩译笔，人物鲜活生动，魅力十足。

（10）Аксинья чему-то смеялась и отрицательно качала головой. Рослый вороной конь качнулся, подняв на стремени седока. Степан выехал из ворот торопким шагом, сидел в седле, как врытый, а Аксинья шла рядом, держась за стремя и снизу вверх, любовно и жадно, по-собачьи заглядывала ему в глаза.

Так миновали они соседний курень и скрылись за поворотом.

Григорий провожал их долгим, неморгающим взглядом.

译文1：

阿克西妮亚不知为什么在笑，还在不以为然地摇晃脑袋。骑手踏镫上马，高大的铁青马微微晃了一下。司捷潘骑在马鞍子上，就像长上了似的，他策马急步走出大门，阿克西妮亚抓着马镫，和他并排走着，恋恋不舍地像只驯顺的狗，仰起脑袋看着他的眼睛。

两口子就这样走过邻居的宅院，在大路转弯的地方消逝了。

葛利高里不眨眼地目送了他们半天。

译文2：

阿克西妮亚不知为什么笑着，并且不以为然地摇了摇头。司捷潘一踏上马镫，高大的乌骓马就晃动起来。乌骓马迈着急促的步子出了大

---

① 阿格诺索夫：《20世纪俄罗斯文学》，凌建侯等译，中国人民大学出版社2001年版，第446页。

264

门,司捷潘坐在鞍上,好像栽在上面似的,阿克西妮亚抓住马镫,跟他一起走着,并且朝上仰着头,恋恋不舍、难分难解、像小狗对主人那样望着他的眼睛。

他们就这样从邻居的房子前面走了过去,一拐弯,就不见了。

葛里高利用眨也不眨的眼睛送了他们很久。

作家描写了夫妻离别时的动人场面。丈夫因为有了妻子的依恋及忠诚而倍显尊严、自信,风度翩翩而令人羡慕。难怪葛利高里久久地目送他们从视线中消失,他几乎是迷失在眼前的画面中,陶醉了。两位翻译家把这一场景再现得精彩生动。снизу вверх, любовно и жадно, по-собачьи заглядывала ему в глаза 这一句是作家写得最生动、最感人的一个画面。译文1译为:"恋恋不舍地像只驯顺的狗,仰起脑袋看着他的眼睛。"译者模仿目睹者(即葛利高里)的评价态度——"像只驯顺的狗",传达了目睹者的妒忌心理。而译文2则是:"并且朝上仰着头,恋恋不舍、难分难解、像小狗对主人那样望着他的眼睛。"同样颇为生动,且具有感染力,突出了目睹者的羡慕心情和陶醉情绪。从这里,我们看出不同译者的不同意向,形成了译文的不同表述。读者从这两个不同的译文方案获得了不同的审美享受。

(11) Аксинья, сузив глаза, слушала. И вдруг бесстыдно мотнула подолом, обдала Пантелея Прокофьевича запахом бабьих юбок и грудью пошла на него, кривляясь и скаля зубы.

译文1:阿克西妮亚眯缝起眼睛听着。她突然毫不害羞地扭摆了一下裙子,把一股女人衣裙的气味散到潘苔莱·普罗珂菲耶维奇的身上,然后扭着身子,龇着牙,挺起胸脯朝他走去。

译文2:阿克西妮亚眯缝起眼睛听着。忽然毫不害臊地撩了一下裙子的下摆,一股妇人裙子衣下的气味扑进潘苔柯菲耶维奇的鼻子。她撇着嘴,龇着牙,挺着胸脯冲他走来。

文学翻译：意义重构

两个译文第一句完全一样。И вдруг бесстыдно мотнула подолом 分别译为"她突然毫不害羞地扭摆了一下裙子"和"忽然毫不害臊地撩了一下裙子的下摆"。阿克西妮亚在晃动裙子的同时，的确可能会伴随别的动作，或是牵，或是撩，或是扭摆，但有程度的差别。译文 2 别出心裁地译为"撩了一下裙子的下摆"，这个举动发生在邻居长辈面前，当然是令人尴尬的，甚至是不知羞耻的。所以，译文 2 将"毫不害羞"改成了"毫不害臊"，"毫不害臊"的评价色彩比"毫不害羞"重，又比"不知羞耻"轻，我们仿佛看到译者选词造句时的意向活动，正是译者的意向性参与了译文的意义建构。裙摆之动导致气味散到潘苔莱的身上，但是想必不是阿克西妮亚的意图，也许这是无意识的一个动作。这是不雅的、令人难堪的，甚至是一种羞辱。作者用近乎夸张的笔法，把阿克西妮亚的泼辣、大胆的举动，以及该举动的后果表现出来，两位翻译家在再现作者的这一意向方面，也有程度的差别。译文 1 中说"……气味散到……的身上"，对阿克西妮亚扭摆裙子的后果作了客观的描写，而译文 2 中说"……气味扑进……鼻子"，将潘苔莱的感受都写出来了，极尽夸张。译文 1 中采用主动句式，译文 2 采用被动句式，在两位翻译家的笔下，我们看到了不同形象的阿克西妮亚。译文 1 中的形象是用主动语态表现的，她扭摆了一下裙子，把一股女人衣裙的气味散到对方身上，在译文 2 中，她撩了一下裙子的下摆，但译者接着用一个被动语态，来夸张地表现这一举动的严重后果。一个形象是"毫不害羞"，不顾礼节，甚至泼辣下流，一个形象是"毫不害臊"，泼辣大胆有余——"撩了一下裙子的下摆"，但译者似乎是有意地用被动语态来表现撩了一下裙子的后果——"一股……气味扑进……鼻子"，窃以为这是为了避免损伤阿克西妮亚这一形象。须知，作家肖洛霍夫的确是采用主动语态来表现她的一连串动作的，形象生动地表现了阿克西妮亚为了争取自己的幸福和爱情不顾一切的气势。我们从译文中看到译者的主观心理，译者的立场和评价态度已显露端倪。译文 2 用"撩了一下裙子的下摆"来对译"мотнула подолом"，阿克西妮亚的这一举动可以说有些放荡下流，但是译者接着使用的一个被动语态，却似乎具有力挽狂澜之功效，译者夸张地表现了阿克西妮亚的举动，又

266

用一被动语态淡化了对她的否定，译者的立场已有所显露。

（12）старый пан в Морозовской от тифу помер, а молодой до Катеринодара дотянул, там его супруга связалась с генералом Покровским, ну, он и не стерпел, застрелился от неудовольствия.

译文1：老地主在莫罗佐夫斯克害伤寒病死啦，小地主逃到叶卡捷琳诺达尔，他老婆在那儿和波克罗夫斯基将军胡搞起来，他受不了啦，气得自杀啦。

译文2：老爷在莫罗佐夫斯克害伤寒死了，少爷逃到叶卡捷林诺达尔，他的老婆在那儿和波克洛夫斯基将军勾搭上了，他忍受不下去，气得自杀了。

这段俄文取自《静静的顿河》第八卷第7章。两位译者各带有明显的评价态度，译文1明显地对李斯特尼茨基父子持贬斥态度和幸灾乐祸的心态，而译文2则减弱了负面的评价态度和幸灾乐祸的口吻，不论在称谓上，还是在语气上，都带有明显的感情倾向。可以说译者的态度是一褒一贬。再看下面一例：

（13）Аксинья напирала на оробевшего Пантелея Прокофьевича грудью（билась она под узкой кофточкой, как стрепет в силке）, жгла его полымем черных глаз, сыпала слова—одно другого страшней и бесстыжей.

……

—За всю жизнь за горькую отлюблю! …А там хучь убейте! Мой Гришка! Мой!

译文1：

阿克西妮亚挺起胸脯（鼓起的乳房在她那紧裹在身上的短上衣里抖动着，就像是在网里乱冲的野鸟），向已经撒了气的潘苔莱·普罗珂

267

文学翻译：意义重构

菲耶维奇身边凑过去，火焰般的两只黑眼睛紧盯着他，说出来的话，一句比一句更难听，一句比一句更不要脸。

……

"为了我过去受的那些罪，我要爱个够……哪怕将来你们把我打死也罢！葛利什卡是我的！我的！"

译文2：

阿克西妮亚挺起胸脯（胸脯在紧紧的女褂下面扑扑地跳着，就像小鸟落进套索时那样）向已经气馁的潘捷莱·普罗柯菲耶维奇逼过来，一双黑眼睛火辣辣地盯着他，说出来的话一句比一句厉害，一句比一句泼辣。

……

"那种苦日子我过够了！……你们杀了我也不怕！格里什卡是我的人，我的！"

Сыпала слова——одно другого страшней и бесстыжей. 在译文1中译为"说出来的话，一句比一句更难听，一句比一句更不要脸"，在译文2中译为"说出来的话一句比一句厉害，一句比一句泼辣"，前者极言负面，后者则尽量减弱贬义，这说明译文带有了译者的意向性，译者的态度明显地渗透在译文之中，参与了译文的意义生成。Бесстыжий（俗），同 Бесстыдный，从阿克西妮亚后面说的话可以看出，作家笔下的 Бесстыжий，更应理解成"不知害臊的"，"泼辣的"等意。-За всю жизнь за горькую отлюблю！…А там хучь убейте！Мой Гришка！Мой！阿克西妮亚的这番话仿佛是她的爱的宣言，在两位翻译家的笔下，她是不顾一切的，且不惜代价。她已不担心别人的白眼，不担心自己的丈夫，为了爱情她几乎有点儿歇斯底里了。这种发自内心的疯狂和呼喊，在读者心目中激起强烈的共鸣。确实，译者在翻译中可能具有个人的立场和评价态度，使译本呈现出主观色彩而发生变化，甚至导致作品中的形象发生变异。

268

第六章 文学翻译中的语境与意义问题

(14) -Ты гляди, парень, -уже жестко и зло продолжал старик, -я с тобой не так загутарю. Степан нам сосед, и с его бабой не дозволю баловать. Тут дело могет до греха взыграть, а я наперед упреждаю: примечу-запорю!

译文1："你当心点儿，小伙子，"老头子已经是凶狠地、气冲冲地继续说道，"我可不是跟你说着玩的。司捷潘是咱们的邻居，我不准你调戏他的老婆。这会造孽的，我预先警告你：要是叫我察觉了——我要用鞭子抽你！"

译文2："你小心点儿，小伙子，"老头子已经是很严厉和气冲冲地往下说了，"我不是随便跟你说着玩儿的。司捷潘是咱们的邻居，我不准你跟他老婆胡搞。这种事会惹祸的。我事先提醒你：我要是看到了，就把你打死！"

И с его бабой не дозволю баловать. 被译为"我不准你调戏他的老婆"和"我不准你跟他老婆胡搞"，均有偏失，太过。实际上，葛利高里与阿克西妮亚之间虽有好感，有一种吸引力，但此时仍保持着正常邻居的关系，并未逾越道德界限。这既说不上"调戏"，也说不上"胡搞"。所谓"调戏"，是指一方明显地欺侮另一方；所谓"胡搞"，则暗示两人关系不正经，有狼狈为奸之嫌。但是，从《静静的顿河》来看，司捷潘的老婆阿克西妮亚是正派人，最初并未越出正常的伦理范围。虽然潘苔莱说话会言语过激，但是作为一家之主，他的讲话应该是有根有据，不会乱说的，尤其是会影响到邻里关系的话。所以，这一句最好译作"不准你去勾引他的老婆"。格利高力骑着马与阿克西妮亚相遇的那个情景（参见例8），足以说明两人虽有好感，但阿克西妮亚恪守妇道，并非越礼，格利高力有意挑逗和勾引她，也显得很有分寸，没有越礼。只是后来他们之间产生了爱情，并终于将感情一步步发展到了如火如荼、不可收拾的地步。所以将 баловать 译为"挑逗"、"招惹"或"勾引"是合适的，而不宜译为"调戏"和"胡搞"。我们看到，译者的意向参与，的确可能使译文与原文之间发生意义偏差。

文学翻译：意义重构

（15）-Чертяка бешеный! Чудок конем не стоптал! Вот погоди, я скажу отцу, как ты ездишь.

– Но-но, соседка, не ругайся. Проводишь мужа в лагеря, может, и я в хозяйстве сгожусь.

–Как-то ни черт, нужен ты мне!

–Зачнется покос-ишо попросишь, -смеялся Григорий.

译文1：

"疯鬼！差一点儿叫马踩着我！你等着吧，我去告诉你爹，你是怎么骑马的。"

"好啦，我的好邻居，别骂啦。把男人送去野营以后，你家里也许还用得着我呢。"

"这么个疯鬼，我有啥用你的！"

"等到割草的时候，你就会来求我啦。"葛利高里笑着说。

译文2：

"疯鬼！差一点儿叫马踩着我！你等着瞧吧，我去告诉你爹，就说你骑起马像疯子一样。"

"算了吧，好嫂子，别骂啦。你把男人送去入营以后，也许你家里的事还用得着我呢。"

"我才用不着你呢！"

"等割起庄稼来，你还要来求我呢，"格里高力哈哈笑着说。

小说中葛利高里与阿克西妮亚的第一次碰面在两位翻译家的笔下呈现出不同的色彩。"может，и я в хозяйстве сгожусь."中的 хозяйство 是指经济，家务等意，译文1译作"你家里也许还用得着我呢"，漏译"хозяйство"，容易使人误解，可能被理解为一句下流话，这样与前一例译文1中葛利高里的父亲潘苔莱说的 Степан нам сосед，и с его бабой не дозволю баловать，仿佛是一脉相承的。译者可能对于婚外情这一敏感问题持否定态度，或许正是译者对于葛利高里与阿克西妮亚的关系的态度，导致

270

第六章 文学翻译中的语境与意义问题

了译文1中的漏译。窃以为，译文2译作"也许你家里的事还用得着我呢"，不漏掉хозяйство更符合原意。实际上，格利高力与阿克西妮亚之间是正常的邻居关系，这时并未越出正常范围之外，阿克西妮亚的话语也是中规中矩的。葛利高里并非驱马去"调戏"阿克西妮亚，他不是轻薄之辈，但语气中确含有调侃和玩笑似的"挑逗"，甚至是"招惹"，但并不下流。-Как-то ни черт, нужен ты мне! 窃以为阿克西妮亚这句冲口而出的话，其实是真实的声音，亦如电影里的画外音，无意间流露出主人公真实的内心，可见其为人妻的自重和自尊。译文1译为"这么个疯鬼，我有啥用你的！"语气表达得很精彩，似乎可以感到译者特有的意向，把阿克西妮娅这个人物的开朗乐观表现了出来。阿克西妮亚此时的一言一行是无可挑剔的，《静静的顿河》后文的描写，也说明作家笔下的她是一位勤劳、能干、大方、魅力十足的哥萨克妇女，字里行间透着同情和赞赏之情，这是作家着力描写的一个哥萨克女性形象。阿克西妮亚与葛利高里之间的爱情是真挚的、深刻的，并非简单的婚外情，超过了不正当关系。

（16）-Что ж, Степан твой собрался? -спросил Григорий.

-А тебе чего?

-Какая ты…Спросить, что ль, нельзя?

-Собрался. Ну?

-Остаешься, стал быть, жалмеркой?

-Стал быть, так.

-Небось, будешь скучать по мужу? А?

Аксинья на ходу повернула голову, улыбнулась.

译文1：

"怎么，你的司捷潘要走了吗？"葛利高里问道。

"跟你有什么相干？"

"好大的脾气……难道问问也不行吗？"

"要走啦，怎么样？"

271

文学翻译：意义重构

"那你就要守活寡啦？"
"是呀。"
……
"大概，要想念你的男人啦吧，啊？"
阿克西妮亚一面走着，一面扭过头来，嫣然一笑。
译文2：
"怎么样，你的司捷潘要走了吧？"格里高力问道。
"干你什么事？"
"瞧你……怎么，问问也不行吗？"
"要走啦。怎么样？"
"那么，你要守活寡啦？"
"守就守呗。"
……
"大概，你会想你男人的吧？嗯？"
阿克西妮亚一面走着，一面扭过头来，笑了笑。

　　阿克西妮亚在葛利高里的一句紧一句的问话中，始终严阵以待，振振有词。而两位翻译家笔下的人物形象则迥然不同。译文1中将最后一句阿克西妮亚的答话"-Стал быть, так."译为"是呀"，人物对抗的语气较弱，很不和谐。而译文2中则译为"守就守呗"，语气不减，笔下的人物形象鲜活自然。格利高里的问话，既有关心，也带挑逗，但非调戏，并不乱来。情节的发展舒缓自然，令人玩味有趣。接下来葛利高里的问话"-Небось, будешь скучать по мужу? А?"（"大概，要想念你的男人啦吧，啊？"或"大概，你会想你男人的吧？嗯？"）之后，阿克西妮亚的反映在两位翻译家的笔下有所不同。Аксинья на ходу повернула голову, улыбнулась. 译文1译为："阿克西妮亚一面走着，一面扭过头来，嫣然一笑。"原文的улыбнулась 被译为"嫣然一笑"，添加了"嫣然"二字，而译文2则只是将улыбнулась 译为"笑了笑"，可见译者带有自己的评价态度在进行翻译，译

272

第六章　文学翻译中的语境与意义问题

文表达与译者对作品主人公的评价态度是分不开的。在译者的意向活动中，渗透着译者对笔下人物的评价态度，因此呈现出不同色彩的对话，人物形象也有所不同。阿克西妮亚回头的一笑，我想这是她必然面临的孤独状态被葛利高里一语道破后的一笑，是其"感情坚定"，乐观淡定的一笑。她扭过头来的一笑，并不带有任何挑逗的意味，然而译文1中，由于译者的很强的主观意向性，使这一形象发生了明显的变异，译作"嫣然一笑"，仿佛在传递情意。译文2改为"笑了笑"，做了淡化处理，也许译者是为了护着笔下的主人公形象而这么做的？

（17）Толкнув коня, равняясь с ней, Григорий заглянул ей в глаза:

—А ить иные бабы ажник рады, как мужей проводют. Наша Дарья без Петра толстеть зачинает.

Аксинья, двигая ноздрями, резко дышала; поправляя волосы, сказала:

—Муж-он не уж, а тянет кровя. Тебя-то скоро обженим?

—Не знаю, как батя. Должно, после службы.

—Молодой ишо, не женись.

—А что?

— Сухота одна. -Она глянула исподлобья; не разжимая губ, скупо улыбнулась. И тут в первый раз заметил Григорий, что губы у нее бесстыдно-жадные, пуховатые.

译文1：

葛利高里催马赶到她身边，直瞅着她的眼睛。

"可是也有些娘儿们却巴不得把男人送走。我们家的达丽亚只要一离开彼得罗马上就会胖起来。"

阿克西妮亚的鼻孔翕动着，急促地喘着气，整理着头发，说道：

"丈夫不是蛇，可是却像蛇一样的吸你的血。快给你娶媳妇啦吧？"

273

文学翻译：意义重构

"我不知道俺爹打的什么主意。大概要等到服役以后吧。"

"你还年轻，别急着娶媳妇。"

"为什么？"

"顶没有意思啦。"她皱着眉头看了他一眼，连嘴唇也没有张，吝啬地笑了一下。这时葛利高里第一次看见她的嘴唇竟是那么放荡、贪婪、丰满。

译文2：

格里高力赶了赶马，来到她跟前，看了看她的眼睛。

"可是有些娘们儿，送走自己的男人还高兴呢。我们家的妲丽亚，彼特罗不在家，会胖起来的。"

阿克西妮亚的鼻孔一张一合地喘着粗气，一面撩着头发，说：

"那就男人不是男人，成了吸血鬼啦。真的，快给你娶媳妇了吧？"

"我不知道我爹的意思，恐怕要等到服过役以后吧。"

"你还小呢，别娶媳妇。"

"为什么？"

"麻烦透啦。"她蹙着眉头看了看，不张嘴地微微笑了笑。这里格里高力第一次发现，她的嘴唇是那样妖媚，那样丰满。

译文1将 Муж-он не уж, а тянет кровя 译成"丈夫不是蛇，可是却像蛇一样的吸你的血。"看来阿克西妮亚在谈到丈夫斯捷潘时用词很尖刻，似乎在不经意中透露出，她与丈夫的不协调和怨言，联系到她的出轨行为，仿佛这是合情合理的，这是译文1的主观解读。而译文2则未特别强调这一点，将阿克西妮亚的答话译为"那就男人不是男人，成了吸血鬼啦。"有意地淡化怨气，译者将 уж 理解为 муж 之变音，而不译为"游蛇"，实为善于发挥想象，从中我们亦可以看到译者的主观态度显露无遗，良苦用心地尽量淡化人物语言之尖刻，避免不利于人物形象的话语。可见，译者如何进行翻译，其意向活动具有明确的指向性，从原作的字里行间千方百计寻找意义的踪迹，来刻画自己译笔下的人物形象，自圆其译也。我们进一步再看，译者

第六章　文学翻译中的语境与意义问题

的立场和态度更加明显。губы у нее бесстыдно-жадные, пухловатые 在译文1中被译为"她的嘴唇是那么放荡、贪婪、丰满。"译者的贬意明显地表现出来了。译文2中则译为"她的嘴唇是那样妖媚，那样丰满。"译者在这里则尽量正面地描写出阿克西妮亚这个富有魅力的哥萨克少妇形象。顺便指出，作家肖洛霍夫的确也说"阿克西妮亚追求个人幸福之时，有放荡之处。在描写阿克西妮亚的嘴唇、她的美丽和她的眼睛时，偶尔会出现形容词'有罪的'。"① 我们继续看：

（18）-Охоты нету жениться. Какая-нибудь и так полюбит.

-Ай приметил?

-Чего не примечать…Ты вот проводишь Степана…

-Ты со мной не заигрывай!

-Ушибешь?

-Степану скажу словцо…

-Я твоего Степана…

-Гляди, храбрый, слеза капнет.

-Не пужай, Аксинья!

-Я не пужаю. Твое дело с девками. Пущай утирки тебе вышивают, а на меня не заглядывайся.

-Нарошно буду глядеть.

-Ну и гляди.

Аксинья примиряюще улыбнулась и сошла со стежки, норовя обойти коня.

-Пусти, Гришка!

-Не пущу.

-Не дури, мне надо мужа сбирать.

----

① 阿格诺索夫：《20世纪俄罗斯文学》，第447页。

275

文学翻译：意义重构

译文1：

"我压根儿就不想娶亲。也许有那么个女人，不用娶她也会爱我。"

"已经找到了吗？"

"还用找吗……你马上就要把司捷潘送走……"

"你可别跟我调情！"

"你会把我打死？"

"我要告诉司捷潘……"

"我会给你的司捷潘点颜色看看……"

"小心点，大力士，你会哭鼻子的。"

"别吓唬我，阿克西妮亚！"

我不是吓唬你。你应该去和姑娘们调情。叫她们给你绣花手绢，但是不要老看我。"

"我偏要看你。"

"那就请看吧。"

阿克西妮亚和解地笑了，并离开了小路，想趁机绕过马去。

"放我走，葛利什卡！"

"就不放！"

"别胡闹，我得去给当家的收拾行装呀。"

译文2：

"娶亲我一点不想。就这样才会有人爱我呢。"

"是不是有苗头啦？"

"我有什么苗头……等你送走了司捷潘……"

"你别跟我胡缠！"

"你要打人吗？"

"我要告诉司捷潘……"

"等着瞧吧，好汉子，我叫你吃吃苦头！"

"别吓唬人吧，阿克西妮亚！"

"我不是吓唬人。你该去找姑娘们。让她们给你绣手绢儿，不要老

276

第六章　文学翻译中的语境与意义问题

是看着我。"

"我就是要看。"

"那你就看吧。"

阿克西妮亚妥协地笑了笑，朝路边跨了两步，想从马旁边绕过去。

"放我走，格里什卡！"

"我不放！"

"别胡闹，我还得去给当家的收拾收拾呢。"

　　作家富有魅力地渲染了这段对话。可以看出，格利高力既在挑逗，也在开玩笑，甚至是调情，而阿克西妮亚却是正经地对话，并未超出男女邻居之间的规矩之外。她的心目中装着丈夫司捷潘，在对话中她提到了自己的丈夫，说要给葛利高力一点颜色瞧瞧。阿克西妮亚说：Ты со мной не заигрывай!（"你别与我调情"），如果是讳莫若深，恐怕不会冲口说出这句话，说明阿克西妮亚心中坦然。译文 2 干脆译为"你别跟我胡缠！"译者笔下的阿克西妮亚形象正派自重，恪守妇道。"阿克西妮亚和解地笑了，……"更说明她心无邪念。这是作者的立场态度，译者忠实于这些细节是为正理。译文 2 中的"妥协"二字，倒更像是译文 1 中该用的词，而译文 1 中用的"和解"一词倒该是译文 2 中用的词，这证明了翻译变异求新的道理。译文 1 是先译本，已用了"和解"一词，后译本译文 2 可能为了避免重复，而采用"妥协"二字，看来变异译法已构成译者重译行为中的一种定势。

　　在作者的笔下，年轻的葛利高里的调皮，聪明，勇气，充分地表现出来，但他的话虽有挑逗，亦不失为丈夫之气，阿克西妮亚在葛利高力的一句紧一句的似乎玩笑似的逼问下始终心平气和，微笑着（улыбнулась, примиряюще）。然而，她的内心防线开始失衡了，她从心底里对格利高里产生了好感和欣赏之情。她说"-Пусти, Гришка!"这是无奈之下的话语，也是其内心隐秘和柔弱的表现。格里高力说"-Не пущу."，她又说了"-Не дури, мне надо мужа сбирать."两位翻译家在此处均做了几乎相同的译语

277

文学翻译：意义重构

表达。此时阿克西妮亚心里起了微妙的变化，她心中开始有些害怕了，她在格利高里面前显得无力而柔弱，她心中还有最后一道防线，说道：司捷潘在家，还得去为他收拾行装。作家将阿克西妮亚与葛利高力的这次不期而遇写得生动感人，促进了情节的发展，为两人恋情的发展埋下了伏笔。肖洛霍夫不愧是天才的作家，这个时候，他笔下的格利高力更是得"理"不饶的架势，仿佛品尝到了胜利的战果似的。阿克西妮亚激发起了格利高力的巨大的热情，他更加有恃无恐了。此时的阿克西妮亚心中却只有恐惧了，她害怕别人看见，害怕事态发展，也许心中还有些许恼怒。请看：

（19）Григорий, улыбаясь, горячил коня; тот, переступая, теснил Аксинью к яру.

译文1：葛利高里微笑着，把马调弄得发起野来，那马挪动着蹄子，把阿克西妮亚挤到石崖边。

译文2：格里高力笑嘻嘻地逗弄着马，那马挪动着四条腿，把阿克西妮亚挤到了陡崖跟前。

译者是翻译行为中的核心主体。译者在解读文学作品以及传情达意时的意向行为，对翻译具有重要的影响。译者的意向活动的内容，也会直接反映在译本之中。译者在翻译中的主观心理，不可避免地带有译者的情绪，译者的特殊心境，更多地体现于他/她对笔下人物的态度和评价立场。

翻译成功与否，直接取决于译者的主体性发挥情况。正如前述，译者的个人语境包括其职业、思想、修养、处境、心情、个人方言等。在文学翻译行为中，译者的个人语境主要指其文学鉴赏力、审美能力以及双语能力等。以下仍采用《静静的顿河》中的译例，来探究和欣赏译者的文学素养和语言素养在译作中的体现。译文1为金人先生的译文，译文2为力冈先生的译文。

（20）С запада шла туча. С черного ее крыла сочился дождь.

第六章 文学翻译中的语境与意义问题

Поили коней в пруду. Над плотиной горбатились под ветром унылые вербы. В воде, покрытой застойной зеленью и чешуей убогих волн, отражаясь, коверкалась молния. Ветер скупо кропил дождевыми каплями, будто милостыню сыпал на черные ладони земли.

译文1：一片乌云从西边涌来。它的黑翼已经洒下零星的雨点。人们把马牵到水塘边去饮。低垂的岸柳被风吹得弯下了腰。浮着一层绿苔的池水，荡起粼粼碧波，映着闪闪的电光。风吝啬地撒着雨点，好像是在把施舍撒向大地的污黑的手掌。

译文2：黑云从西方涌来。黑色的云片洒下雨点。大家把马牵到水塘里去饮。塘边的柳树被风吹得垂头丧气地弯下了腰。水面上是停滞不动的绿萍和粼粼的细波，水里映照着纵横飞驰的闪电。风吝啬地撒着雨点，好像是往大地的一只脏手里撒施舍的金钱。

Над плотиной горбатились под ветром унылые вербы 金人先生译为"低垂的岸柳被风吹得弯下了腰。"力冈译为"塘边的柳树被风吹得垂头丧气地弯下了腰。"后者在语言表达的形象性和贴近原文方面有了改善，对 унылые 和 горбатились 的词义给予了准确的翻译。Убогих "赤贫的"，"简陋的"，"残废的"，"衰弱无力的" 等意，乃是作者的声音，译文2将译文1中的"碧波"更新为"细波"，可看出译者传达作者意思的微妙变化。отражаясь, коверкалась молния. 一译为"映着闪闪的电光"，一译为"水里映照着纵横飞驰的闪电"。对闪电的情景的表现力，后者更加生动形象，也传达了原文未完成体的隐含意义，尤其是用"纵横飞驰"来译 коверкалась，堪称佳译。最后一句"风吝啬地撒着雨点"，两个译文中都有这一句，可见译者是默契的，不谋而合。更为精彩的最后一句，译文1译为"好像是在把施舍撒向大地的污黑的手掌"，译文2译为"好像是往大地的一只脏手里撒施舍的金钱"两者都很形象，活脱脱地把大地犹如乞丐一般，乞盼上天久旱甘霖表现出来了。我们感叹于作家描写的神韵，也佩服翻译家的达意功夫。译者首先应该对原文的各种修辞手法的运用很清楚，并尽可能

279

文学翻译：意义重构

完美地再现出来。例如：

(21) Тлеющий хворост обволакивал сидевших медовым запахом прижженной листвы.

译文1：树枝的余烬冒出烤焦树叶的蜜一般的香气，笼罩着坐在火边的人们。

译文2：阴燃的树枝向坐着的几个人周围散发着烧焦的枝叶那种蜜一般的气息。

作家肖洛霍夫通过这一隐喻，把阿克西妮亚与格利高里第一次幽会前篝火旁的气氛渲染得真切感人，意味深长。译文1译笔简练准确，富有感染力。译文2也忠实地传达了这一隐喻。在这一隐喻隔两行的地方，又有一个隐喻，仍是渲染幽会前的气氛。请看：

(22) Из-под пепла золотым павлиньим глазком высматривал не залитый с вечера огонь.

译文1：金色的孔雀眼睛似的火星儿，从黄昏就燃起的篝火灰烬中，朝外窥视着。

译文2：黄昏时没有浇灭的余火，灰烬中一闪一闪的，就像孔雀那金色的眼睛。

作家采用这一隐喻，进一步影射地渲染了葛利高里和阿克西妮亚第一次幽会前的紧张气氛，两位翻译家对这一情景进行生动的再现。译文1中运用"火星儿"，"窥视着"来形容氛围，译文2采用"余火"一词暗合"欲火"，甚妙。这都体现了译者的文学修养和驾驭语言的功底。

(23) Не лазо'ревым алым цветом [лазоревым цветком называют на Дону степной тюльпан], а собачьей бесилой, дурнопьяном

придорожным цветет поздняя бабья любовь.

译文1：女人的晚来的爱情并不是紫红色的花朵，而是疯狂的像道旁的迷人的野花。

译文2：女人晚熟的爱情不像鲜红的郁金香，而是像如火如荼的盘根草。

两位翻译家都在原句的基础上进行了再创造，运用诗一般的语言再现了原句的美感，译文2中的"郁金香"与"盘根草"对仗工整，犹如格言一样含蕴丰富，词义具体化而出新意。两个译文与原文相映成趣，蔚为美观。请再看一例。

（24）Солнце насквозь пронизывало седой каракуль туч, опускало на далекие серебряные обдонские горы, степь, займище и хутор веер дымчатых преломленных лучей.

译文1：太阳透过灰白色的云片，把烟雾朦胧的、扇形的折射光线洒在远方顿河沿岸的银色山峰上，草原上，洒在河边草场和村庄上。

译文2：太阳透过灰羊羔皮一般的云片，把扇形的朦胧的折光投射在原野，草场、村庄和顿河两岸远方的银色山峰上。

Каракуль 卡拉库尔羔皮，译文1没有再现这一形象，译文2将这一形象译出来了，绘出一片祥云气象。译文2改变了原文的次序，改变了原文中人们视线的顺序，将银色的山峰置于句尾，使译文读起来音调和谐，朗朗上口。原文是先看见远山，再到原野，草场和村庄，由远及近，译文则正好相反，人们的视线变为由近及远。可见，意义发生了细微的变化，但总体来讲，仍不破坏原文中的那种祥云、阳光普照大地山峦的景象，读来韵味十足，堪称佳译。从美感体验来说，译文2略胜一筹，译出了新意。的确，译者的文学修养和语言功底，是确保文学翻译成功的重要因素，也是译者的个人语境的重要方面。

文学翻译：意义重构

  我们来看一看译者个人语境的另一个重要方面——译者的个性。译者的个性主要在其译文语言中表现出个人特点。通常，翻译要尽量不显露译者的个性，但是文学翻译却避免不了译者的个性表现，而且，如果译者没有独特的语言个性，恐怕很难有上乘的翻译。胡谷明在《篇章修辞与小说翻译》一书中，对译者个性的存在进行了很有说服力的论述，并且以《安娜·卡列尼娜》的译文比较探究了译者的个性。译者的个性，像一个人的"前见解"一样，既可能促使翻译成功，也可能导致翻译偏离原文。正如胡谷明教授所言，翻译的本质决定了译者个性的客观存在，在翻译过程中的共同因素和个别因素，主观因素和客观因素的辩证统一决定了译者个性的存在。在翻译中语义的损失是不可避免的，只能尽可能完备地传达原文的意义，译文不可能百分之百地与原文等值，只能最大限度地接近原作。译者在最大限度地接近原作的过程中有一定的释意空间，会体现出各自的个性来。

  笔者将译者的个性纳入译者的个人语境范围，拟考察一下它对译文结果的影响，仍以《静静的顿河》金人译品（译文1）和力冈译品（译文2）为例。

  （25）Штокман вышел на террасу моховского дома（у Сергея Платоновича всегда останавливалось начальство, минуя въезжую）и, пожимая плечами, оглянулся на створчатые крашеные двери.

  译文1：施托克曼走到莫霍夫家（来往的官员总是住在谢尔盖·普拉托诺维奇家，不住客店）的阳台上，他耸耸肩膀，回头看了看那两扇油漆的大门。

  译文2：施托克曼走到莫霍夫家（来往官员总是住在谢尔盖·普拉托诺维奇家，不住客店）的阳台上，耸耸肩膀，回头看了看那两扇油漆的大门。

  从以上两个译文，我们看出译文1非常准确地表达了原文的意思。译文2与译文1几乎完全相同，只删除了两个字"的"和"他"。"的"字，删

第六章　文学翻译中的语境与意义问题

掉可以，而"他"字，不删似乎更好些。因为主语隔得较远，"他"字一删，变成了一连串发生的动作，反而不利于揭示人物的心理状态。我们看到译文2（重译本）的译者在翻译时几乎全部沿袭了原译方案（译文1），这在力冈先生的译本中是极少见的。我们的确窥探到译文2的个性，译者由于要竭力创造上乘的译文，不惜采用译文1的精彩译句，同时不放弃自己独特的翻译个性，窃以为这是值得肯定的。

我们再多举几个例子来看一看。

（26）Зима легла не сразу. После покрова стаял выпавший снег, и табуны снова выгнали на подножный. С неделю тянул южный ветер, теплело, отходила земля, ярко доцветала в степи поздняя мшистая зеленка.

译文1：冬天并没有一下子就到来。圣母节后，积雪融化了，又把畜群赶到牧场上去，刮了一个星期的南风，天气又转暖了，大地复苏，草原上又是一片绿油油的晚秋的青苔。

译文2：冬天没有一下子就占稳阵地。圣母节以后，落下的雪融化了，牲口又赶出去牧放，刮了一个星期的南风，又暖和了，大地又恢复了原来的模样，一种迟开的毛茸茸的小花儿在原野上开放起来，鲜亮鲜亮的。

Зима легла не сразу 中的 легла 乃是转义，两位翻译家均译出了它的转义。译文1传达了 легла 的基本意思，却失掉了些许色彩。译文2使用了一个拟人辞格来传达原文的转义。ярко доцветала в степи поздняя мшистая зеленка 这一句，由于 доцветала 一词的使用使全句灵动起来，具有丰腴简练之美。мшистая 长满青苔的，зеленка 青色的作物，译文1将这一句译为"大地复苏，草原上又是一片绿油油的晚秋的青苔"，译出了生气，但漏掉了开着小花儿这层意思。译文2侧重于迟开的小花儿进行表达，补译上了译文1漏译的部分（或许这成了译者关注的焦点），却漏译了原文中的绿油油

283

文学翻译：意义重构

一片的青苔这层意思。译文2虽未尽善尽美，却也令人眼前一亮，颇有意境："一种迟开的毛茸茸的小花儿在原野上开放起来，鲜亮鲜亮的。"译文中的"毛茸茸的"，也许出自 мшистая 一词，译者可谓善于创意也。两个不同的译文，我们从中可以感受到译者的个性的存在。试译为："布满青苔的草原上，晚秋的绿色植物盛开着小花儿。"再看下例。

（27）день ото дня холод крепчал, подпало еще на четверть снегу, и на опустевших обдонских огородах, через занесенные по маковки плетни, <u>девичьей прошивной мережкой</u> легли петлистые стежки заячьих следов. Улицы обезлюдели.

译文1：一天比一天冷得厉害，接着又下了两俄寸半厚的雪，顿河边上的菜园子里，野兔越过顶上被大雪覆盖着的篱笆，留下一圈圈梅花形的趾印，宛如姑娘衣服上的花边。

译文2：一天比一天冷，又下了两俄寸半的雪，在空旷的菜园地上，篱笆被埋到了顶，那一行行圆圆的兔子爪印儿从篱笆上穿过，就像姑娘的绣花针脚。街道上一个人也看不到。

译文1漏译一句 Улицы обезлюдели，将画线部分译为比喻句，将 петлистые стежки заячьих следов 具体化为野兔的"一圈圈梅花形的趾印"，进行了形象变异。译文2译为"那一行行圆圆的兔子爪印儿"，舍去形象，但将 девичьей прошивной мережкой （мережка"桃花刺绣，抽丝刺绣"的意思）译为"就像姑娘的绣花针脚"，准确地传达了含义，且富有动感，较"宛如姑娘衣服上的花边"为优。译文1为原译，译文2为重译，译文1漏译的最后一句，在译文2中补译出来了。总地来说，两个译文互相对峙、互相补充，译文2对译文1具有明显的补充、完善作用，翻译正是在这一意向行为中展开的，体现出译者的个性来。两个译文方案，不相上下，然而译者都具有各自鲜明的个性特色。再请看下面一例，可以更清楚地看到两位翻译家的鲜明个性。

284

第六章 文学翻译中的语境与意义问题

（28）За столом, по бокам от атамана и писаря, расселись почетные-в серебряной седине бород-старики, помоложе-с разномастными бородами и безбородые-казаки жались в курагоды, гудели из овчинной теплыни воротников. Писарь крыл бумагу убористыми строками, атаман засматривал ему через плечо, а по нахолодавшей комнате правления приглушенным гудом:

译文1：那些蓄着银灰胡子的、可敬的老头子们，都在桌子旁边，靠着村长和文书坐下来，年轻些的——生着各色胡子或者没有长胡子的——哥萨克挤成了一堆，从暖和的羊皮领子里发出了嗡嗡的喧噪。<u>文书在纸上写满了一行行密密麻麻的字，村长不时隔着肩膀看看他</u>，村公所的冷屋子里一片喑哑的嗡嗡声：

译文2：那些银鬓飘洒的可敬的长者，分坐在村长和文书的两边，年轻些的哥萨克们，各色胡子的和没有胡子的，都挤成一堆，从暖暖和和的羊皮领子里发出嗡嗡的议论声。<u>文书在纸上写满密密麻麻的字，村长隔着肩膀看着他</u>，低低的嗡嗡声在村公所的冷屋子里响成一片：

显而易见，译文1中的画线部分和译文2中的画线部分是极其近似的，又略有不同。译文1为原译，译文2为重译，译文1此处的表达是相当完美的，所以译文2的作者照录了译文1的方案，但似乎并不甘心全句抄袭。因此，译者减去了"一行行"和"不时"，而译文2并不因此而变得精练，倒是不改动更好些。尤其是译文1中"村长不时隔着肩膀看看他"这一句，译出了未完成体的动态含义，删去"不时"二字，译文显得板滞而不准确了。在《静静的顿河》的两个译本中发现，即使是极个别情况的抄袭前译，翻译家也尽力避免完全重复。我们钦佩翻译家的态度认真，与此同时也应看到，重译本必要时重复原译之精彩，这是构成重译本的重要内容。正是翻译家的超越和创新意识，表现出了独特的个性。译文2前半部分读起来朗朗上口，堪称佳译。让我们再进一步地来探究一下翻译家的个性。

(29) -Во-во···Луговое-корм, а со степи-гольный донник.

译文1:"哦,哦……牧场上的还可以喂牲口,可是大草原上的全是些野木樨。"

译文2:"哦,哦……草甸子上的草倒还可以喂牲口,田野上的就太不成样子啦。"

Степь 草原,荒原,原野;донник 开白、黄花的香草木樨。译文1创造地将 Луговое 释为牧场,与大草原相对,而译文2为了突出这一对比句式,则将 Луговое 译为草甸子,将 Степи 译为田野,并将 гольный донник 引申译为"太不成样子"。两个译文绝不雷同,各有创新,体现了翻译家独特的理解和个性。

(30) -Захар, мотню'застегни···Отморо'зишь-баба с база сг'онит.

-Гля, Авдеич, ты, что ль, обчественного буга'я правдаешь?

- Отказался. Паранька Мрыхина взялась ··· Я, дескать, вдова, все веселей. Владай, говорю, в случай приплод···

-Эх-ха-ха-ха!

-Гы-гы-гыыы!

-Господа старики! Как всчет хвороста? ···Тишше!

-В случае, говорю, приплод объявится···кумом, стал быть···

-Тише! Покорнейше просим!

译文1:

"扎哈尔,你把裤子扣上吧……要是把那玩意儿冻坏啦,娘儿们就把你赶出家门啦。"

"听说,阿夫杰伊奇,你负责喂祭牛啦?"

"我没有答应。帕兰卡姆雷欣娜干啦……她说,我是个寡妇,多干点活儿,心里还痛快点儿。我说,你就牵走吧,要是下了小牛……"

"哎—哈—哈!"

"嘿—嘿—嘿！……"

"诸位老人家！砍树枝的事儿怎么办哪？……静一点！……"

"我说，要是下了小牛……当然就要找个教父啦……"

"静一点！求求你们啦！"

译文2：

"查哈尔，你把裤裆扣好……冻掉了那玩意儿，老婆就不要你啦。"

"喂，阿甫杰伊奇，你充当公牛了吧？"

"我没干。巴兰卡姆雷欣娜要干。她说，我是个寡妇，什么都可以干。我说，忍着点儿吧，实在忍不住就找条小牛……"

"哈—哈—哈！"

"咯—咯—咯！……"

"诸位老人家！柴禾的事怎么办啊？……安静点儿！"

"我是说，实在忍不住就找条小牛当……干亲家……"

"安静点儿！请大家安静点儿！"

这是《静静的顿河》第二卷第7章中的一段对话，给村民大会增添了热闹气氛和情趣，轻松愉悦，让读者能从中体会到乐趣，作家设计了插科打诨的情节，其中有低俗下流的对话，营造出一种近似狂欢的效果和欢乐气氛。

译文1的语言紧贴原文，但译文有些费解，前后缺乏内在的联系，不能连贯。Отморозишь-баба с база сгонит 译为"要是把那玩意儿冻坏啦，娘儿们就把你赶出家门啦。"由于 баба 一词未作引申，直接译为"娘儿们"，整个译句显得不甚恰当，皆因着意贴近原文了。译文2将 баба 译为"老婆"，不执著于语言表层，而作了合理的引申（具体化）。обчественный бугай 中的 обчественный，疑是由 обчеса́ться（痒得厉害）变异而来，бугай 种牛之意，译文1将 обчественного бугая правдаешь 译为"你负责喂祭牛啦？"，令人费解。"喂祭牛"与"就牵走吧，要是下了小牛……"有什么关系？"要是下了小牛……当然就要找个教父啦"又是什么意思？人们的笑声意味

287

文学翻译：意义重构

着什么？译文1令人一头雾水，不知所云。这段对话具有很强的口语、俗语色彩，属粗俗的玩笑，很难准确翻译，译者可能未领会，因而译文令人费解。这可能是长篇小说的翻译家遇到的最棘手的问题之一。也许翻译家未能准确理解又不能漏译，因此强作解人，译者的局限性便立刻显露出来。钱钟书先生在《林纾的翻译》中曾指出过译者的这种尴尬状况。

译文2将 обчественного бугая правдаешь? 译成"你充当公牛了吗？"并把接下来的一长句译得意义醒豁，整个对话的玩笑色彩顿出。这样，人们的爆笑就在情理之中了。译者进一步地将-в случае, говорю, приплод объявится…кумом, стал быть…译作"我是说，实在忍不住就找条小牛当……干亲家……"，真是令人叫绝。不知译文2是否准确地翻译了这段对话（原文的语言的确闪烁其词，人物的话语并非标准语，属于语言变异，令人费解），但从中文来看，整个行文逻辑畅通，译文充满情趣。译文2至少传达了原文字里行间的情绪气氛，读来颇有新奇之感。译文2是重译本，翻译家着意于原译中未能尽善尽美之处，富有个性地译出了新意，使重译本对原译有所发展，有所突破，有所深化。着力于原译中的晦涩难懂，以期补正原译之不足，正是重译翻译家的任务之一，也是体现翻译家个性的一个重要方面。再看一例：

（31）Служил Авдеич когда-то в лейб-гвардии Атаманском полку. На службу пошел Синилиным, а вернулся…Брехом.

译文1：阿夫杰伊奇曾经在禁卫军阿塔曼斯基团里当过兵。去服役的时候姓西尼林，回来后就变成"牛皮大王"了。

译文2：阿甫杰伊奇过去在御林军阿塔曼团当过兵。他去当兵的时候是阿甫杰伊奇·西尼林，回来就变成"牛皮大王"阿甫杰伊奇了。

译文1力求准确，但对语句的修辞未细考究，"去服役的时候姓西尼林"，究竟是什么意思？读者可能并不明白。姓西尼林，有名有姓，"牛皮大王"则是会吹牛，会逗乐的人。这两者是什么关系？作者想借此表达什

288

第六章 文学翻译中的语境与意义问题

么？译文1紧贴原文，却未交代清楚两者的关系。原文后面有一段说明文字：这个人在经营方面，是一个能干而勤劳的哥萨克，样样事情做得有条有理，而且在某些地方很有心计，可是一谈起他在阿塔曼团当兵的事……任何人都要把两手一摊，笑得蹲到地上，把肚子都笑破。可见 Авдеич 是一个吹牛成性的人，但他能给哥萨克带来欢乐，不失为一个可爱的哥萨克形象。他是一个老哥萨克，作家通过这一形象，反映出哥萨克根深蒂固的效忠沙皇和建立功业的荣誉感。译文2用"阿甫杰伊奇·西尼林"与"牛皮大王"阿甫杰伊奇相对应，对仗工整，风趣幽默。"牛皮大王"讲自己生擒江洋大盗的故事，颇为离奇，不管是否属实，但哥萨克村民大会时的欢笑声是真实的，作者向我们呈现了这个聪明的会讲故事的哥萨克形象，他在村民大会时成为人们的焦点，成为了欢声笑语的主角。作家通过这个人物，表现了哥萨克人的生活情趣和欢笑。一个颇有才能和天赋的哥萨克，其生活充满了对沙皇的效忠和虔诚，以为沙皇效忠为荣耀。这是自由哥萨克人一生中必不可少的情结，从中可以体会到哥萨克人的普遍命运。译文2堪称佳译，译者考虑了中文读者的阅读基础，进行了一定的顺应，读来耐人寻味。

译者将原作中特异的语言表现方式再现出来，可能是译者个性中的共有倾向。例如：

（32）Левобережное Обдонье, пески, ендовы [ендова-котловина, опушенная лесом], камышистая непролазь, лес в росе-полыхали исступленным холодным заревом. За чертой, не всходя, томилось солнце.

译文1：左岸的河汊、沙滩、湖泊、苇塘和披着露水的树木——都笼罩在一片凉爽迷人的朝霞里。太阳还在地平线后面懒洋洋地不肯升上来。

译文2：左岸的河岔、沙滩、山沟、苇塘和露珠晶莹的树木都沐浴在通红通红的寒冷的朝霞里。太阳还在地平线下面懒洋洋地不肯升上来。

文学翻译：意义重构

　　细心的读者一眼就能看出，这两个译文的行文很相似，又有些不同。译文2着意于如何更有色彩地再现原作中的景物描写。Полыхали（被照得）闪闪发亮，闪闪发光；发红，闪着红光。Исступленным 狂怒的，发狂的，怒气冲冲的，发狂的，狂热的，非常强烈的等意，译文2将полыхали исступленным холодным заревом 译为"……沐浴在通红通红的寒冷的朝霞里"，描绘出清晨河流、山川之间雾气奔腾，朝霞满天的景色，大地一片静谧肃穆，堪称妙译。За чертой, не всходя, томилось солнце 乃是拟人，两位翻译家都着力传达了这一修辞手法。译文2的译者纵能妙笔生花，然佳译在前，重译只好紧随其后，照抄不误。这正是重译的高明之处，在再现原作的表现手法上沿袭原译之佳译，足可增加译文的精彩。

　　（33）Оглянулась на Гришку: так же помахивая хворостинкой, будто отгоняя оводов, медленно взбирался он по спуску. Аксинья ласкала мутным от прихлынувших слез взором его сильные ноги, уверенно попиравшие землю……. Аксинья целовала глазами этот крохотный, когда-то ей принадлежавший кусочек любимого тела; слезы падали на улыбавшиеся побледневшие губы.

　　译文1：她回头看了看，葛利什卡在慢慢地爬上斜坡，仍然舞弄着树枝，好像是在驱赶牛虻。阿克西妮亚的眼泪夺眶而出，她用泪水模糊的目光亲热地看着他那强健有力的、坚定地踏着土地的双腿。……阿克西妮亚用眼睛亲吻着这一小块曾经是她占有的可爱的身体；眼泪落到微笑着的苍白的嘴唇上。

　　译文2：她回头看了看格里什卡：他还是摇着树条子，好像是在赶牛虻，慢慢地朝坡上爬去。阿克西妮亚的眼里涌出了泪水，她用模糊的泪眼亲切地看着他那强壮的、走起来矫健有力的双腿。……阿克西妮亚用眼睛亲着曾经属于她的可爱的身子的这一小块，眼泪落到微笑着的煞白的嘴唇上。

290

第六章　文学翻译中的语境与意义问题

这是发自内心的感动和泪水，幸福的伤心之泪，作家运用了通感手法，淋漓尽致地表现了这一幕感动。"Аксинья ласкала мутным от прихлынувших слез взором его сильные ноги"，"Аксинья целовала глазами……"都是通感表现手法，用眼睛亲吻视线中的情人，语言别致新颖。从译文的行文看出，两位翻译家都力图再现原文的这一别致的语言特点。又如：

（34）За две недели вымотался он, как лошадь, сделавшая непосильный пробег.

译文1：两个星期的工夫，他已经弄得疲惫不堪，就像一匹跑了力不能胜的远路的马。

译文2：两个星期的工夫，他弄得疲惫不堪，就好像一匹马跑了一次力不胜任的长途。

作家运用这一幽默风趣的比喻，描写了一对年轻的情人（葛利高里和阿克西妮亚）在狂热爱情的鼓舞下纵情欢乐的情况，揭示了他俩关系中存在着的情欲成分。两位翻译家对原作中的这个独特的比喻，做了几乎相同的再现，笔力相当，语言风趣。译文2虽有蹈袭译文1之嫌，但我们仍能感到翻译家在组织句式上略有变化，译文更佳。

文学作品中有各种修辞表现手法，作家独特的语言艺术值得每一位翻译家倾注心力去再现出来，笔者将译者的这种意向归入其个人语境之中，值得长期的、深入的研究。接下来，我们看一看译者受自己的立场、态度、语言特点等的影响而表现出来的译者个性。

（35）По ночам, исступленно лаская мужа, думала Аксинья о другом, и плелась в душе ненависть с великой любовью. В мыслях шла баба на новое бесчестье, на прежний позор: решила отнять Гришку у счастливой, ни горя, ни радости любовной не видавшей

291

文学翻译：意义重构

Натальи Коршуновой.

译文1：夜里，阿克西妮亚一面狂热地抚爱着丈夫，一面却在思念着另一个人，憎恨和热爱交织在心头。这个女人的脑子里又产生了重操旧业、进行新的犯罪的念头：她决心把葛利什卡从幸福的、既未受过苦，又未尝过爱情欢乐的娜塔莉亚科尔舒诺娃手里夺回来。

译文2：每天夜里，阿克西妮亚一面拼命跟丈夫亲热，一面想着另一个人，恨和强大的爱在心里纠结在一起。她的妒火烧起来，她就在心里迎着新的侮辱和原有的羞耻往前冲：决意把格里什卡从幸福的、既没有尝过痛苦、又没有尝过爱情欢乐的娜塔莉亚手里夺回来。

这两段译文渗透着译者不同的评价态度，译文呈现出不同的个性色彩。译文1中的"却"，"憎恨"，"这个女人"，"重操旧业、进行新的犯罪的念头"，带有译者明显的个性色彩，甚至可以感到译者的爱憎感情。在译文2中我们也能感到译者的感情倾向，例如省去了转折词"却"（原文没有明显的转折连词），用"她"来代替"这个女人"，将 плелась в душе ненависть с великой любовью 创造地译为"恨和强大的爱在心里纠结在一起"，将 в мыслях шла баба на новое бесчестье, на прежний позор 译为"她的妒火烧起来，她就在心里迎着新的侮辱和原有的羞耻往前冲"。通过这样的模糊表达，显然减弱了对人物形象负面的评价，译者尽量从原文中发掘有利于人物形象的话语，对人物做出了新的阐释。我们似乎能感觉到译者强烈的个性，洋溢着时代气息。众所周知，自20世纪80年代中国改革开放以来，人们的观念发生了很大的变化，价值观、道德观和爱情观都有了一些新的变化，传统的道德伦理受到了海外文化的影响。再看下一例：

（36）Это-ночами, а днем топила Аксинья думки в заботах, в суете по хозяйству. Встречала где-либо Гришку и, бледнея, несла мимо красивое, стосковавшееся по нем тело, бесстыдно-зазывно глядела в черную дичь его глаз.

译文1：这是夜里，可是白天，阿克西妮亚却把全部思绪沉没到照料家业和忙乱中去了。有时，在什么地方碰上葛利什卡，她总是脸色苍白，扭着那夜夜思念他的、丰美的身段走过去，诱惑、卖弄地直盯着他那野气十足的黑眼睛。

译文2：这是在夜里。一到白天，阿克西妮亚就把心思放到操持家务上了。有时在什么地方碰上格里什卡，她总是脸色煞白，移动着为他消瘦了的柔美身躯从旁边走过，直勾勾地望着他的眼睛那黑黑的深处。

这段话在两位翻译家的笔下，呈现出不同的人物形象，明显地反映出译者的个性色彩。译文1中的"扭着那夜夜思念他的、丰美的身段走过去"，"诱惑、卖弄地直盯着"，无不渗透着译者的评价态度。译文2中则出现了这样的译句："移动着为他消瘦了的柔美身躯从旁边走过"，"直勾勾地望着"，显然译者减弱了对人物形象负面的评价色彩，尽量用客观的语气来传达含义。我们不禁要问，原文中作家的评价态度如何？бесстыдно-зазывно透露了作家的态度，作家将бесстыдно（不知害臊的，厚颜无耻的）与зазывно（强邀的，招徕的）连在一起创造了一个新词，来刻画笔下的人物，既减弱了厚颜无耻之意，又证明确有招惹之嫌。译文1译为"诱惑、卖弄地"是完全可以的，弊在表达坐实，译文2译为"直勾勾地"，稍有些含糊，减弱了原作中的负面评价。在译文1中我们明显感到译者否定的、负面的评价语气，与作家的评价语气相比，有过之而无不及。再看两例：

（37）Аксинья хватает неподатливые, черствые на ласку Гришкины руки, жмет их к груди, к холодным, помертвевшим щекам, кричит стонущим голосом：

译文1：阿克西妮亚抓住葛利什卡那两只死硬的、冷酷无情的胳膊，紧压在自己胸前，贴在自己那像死人似的、冰冷的脸颊上，呻吟道。

译文2：阿克西妮亚抓住葛利高力那两只很硬的、很不听摆弄的胳膊，将他的胳膊紧紧按在自己胸前，按在冻木了的冰冷的腮上，用呻吟的声调喊叫道。

Неподатливые 具有非常难弄的、执拗的、不肯让步的等意，Черствые 乃是又干又硬的、心肠硬的、冷酷无情的等意。译文1中的"那两只死硬的、冷酷无情的胳膊"，"那像死人似的，冰冷的脸颊上"等表述，译者丝毫不减弱词语的负面评价色彩，几乎达到了极致。而译文2中则译为"那两只很硬的，很不听摆弄的胳膊"，"冻木的冰冷的腮上"，明显地减弱负面评价色彩，使人物的形象变得柔和多了。其实，作家笔下的评价词汇 Неподатливые, Черствые 和 помертветь，除本义之外尚有转义，均可按转义译出，减弱负面评价的语气也是可行的。例如，мертветь 有失去知觉、麻木、发呆、毫无生气等意，译为"那像死人似的，冰冷的脸颊上"，可以说有点儿过度诠释。

(38) Аксинья ходила, не кутая лица платком, траурно чернели глубокие ямы под глазами; припухшие, слегка вывернутые, жадные губы ее беспокойно и вызывающе смеялись.

译文1：阿克西妮亚也不再用头巾裹着脸了，眼睛下面的深窝像丧服一样的黑；两片微微向外翻的鼓胀，贪婪的嘴唇露出不安的和挑衅的笑容。

译文2：阿克西妮亚走路的时候，不用头巾裹着脸，眼睛下面两个深坑阴沉沉地发着乌色，她那微微有点肿，有点向外翻的、妩媚的嘴唇不安地和不示弱地笑着。

我们从这一例中，仍能看出两位翻译家在选词上不同的倾向，译文1丝毫不减弱负面的评价色彩，жадные 译为"贪婪的"，вызывающе 译为"挑衅的"。译文2则尽量减弱负面的评价色彩，жадные 译为"妩媚的"，вызывающе 译为"不示弱的"。同一个人物，在译者的不同个性影响下，呈现出不同的风姿。通常而言，不存在译者的风格，但译者的个性会在不知不觉中影响译文的表达，轻则影响译文的局部变异，总体上则会形成独特的翻译风格。每个翻译家或多或少地具有自己个人的风格，文学译本中的风格并不单纯是作者的风格，而是不同程度地叠加了译者的风格。译者的爱憎、情感，甚至阶级感情、人道精神和对笔下人物的态度，均会有意无意地流露于笔端，并反映在译文之中。以上诸例可以看出，译文1的译者对婚外恋情可能更多地持否定态度，译者爱憎分明，而译文2的处理则更倾向于弱化对主人公的负面评价，也许还有时代因素的影响吧。让我们再举几例看一看这两位译者在处理笔下的其他人物时的情况。

（39）Через высокий плетень Григорий махнул птицей. С разбегу сзади хлобыстнул занятого Степана. Тот качнулся и, обернувшись, пошел на Гришку медведем.

译文1：葛利高里像鸟一样飞过高高的篱笆。跑着就从后面照司捷潘打去。司捷潘踉跄了一下，转过身来，像只大熊似的朝葛利什卡扑过来。

译文2：格里高力像鸟一样一飞而过高高的篱笆，他跑着从背后朝正在踢人的司捷潘打去。司捷潘摇晃了一下，转过身子，像只狗熊似的朝格里高力冲来。

司捷潘是阿克西妮亚的丈夫，译文1的译者明显地把更多的同情倾注在司捷潘身上，用词显得要"客气"一点，而译文2的译者的同情似乎不在司捷潘，而在阿克西妮亚和葛利高里。занятый Степан 可理解为"忙着打自己老婆的司捷潘"，可译文1译为"司捷潘"，有意漏译了 занятого，而译文2译为"正在踢人的司捷潘"。译者的翻译依据何在？可能在于译者对于婚外恋的看法，在于译者的情感意志倾向。另外，Медведем 在译文1中被译为"大熊"，在译文2中变成了"狗熊"，依中国人的心理，"狗熊"带贬意，而俄罗斯人心目中的 Медведем 通常不带贬意。译文1译为"大熊"，

文学翻译：意义重构

突出了其体格的健壮和庞大，甚至略显笨拙的动作，并不带贬意，另外译文1中的"跟跄"二字，似乎带有译者对笔下人物的同情色彩。译文2将"跟跄"改为"摇晃"，译者的个性亦渗透在译文之中了。又如：

（40）-Расскажи, как мужа ждала, мужнину честь берегла? Ну? Страшный удар в голову вырвал из-под ног землю, кинул Аксинью к порогу. Она стукнулась о дверную притолоку спиной, глухо ахнула.

译文1：讲给我听听，你是怎么等待丈夫的，怎么珍惜丈夫的名声的？啊？他在阿克西妮亚的头上猛击一拳，打得她两脚离地，摔倒在门槛上。她的脊背撞在门框上，她嘶哑地叫了一声。

译文2：你讲讲，丈夫不在家，你是怎样守着的，你守住贞节了吗？嗯？狠狠的一拳打在她头上，阿克西妮亚站不住脚，栽倒在门槛上。她的背撞在门框上，她低低地哎呀了一声。

在无声之中，只见连续发生的动作，犹如蒙太奇的组合镜头一样，令人触目惊心，仿佛能听到作者的声音，读者的同情迅速转到阿克西妮亚身上。在译文1中，我们看到的更像是客观的描写，生动的画面不掺杂多少译者的感情。而在译文2中，我们却能明显感到译者同情的声音。这都是译者的个性表现。再看下面一例：

（41）Не только бабу квелую и пустомясую, а и ядреных каршеватых атаманцев умел Степан валить с ног ловким ударом в голову. Страх ли поднял Аксинью, или снесла бабья живучая натура, но она отлежалась, отдышалась, встала на четвереньки.

译文1：司捷潘这巧妙的当头一拳，不要说是无力的娘儿们，就是一个身强力壮的禁卫兵也要被他打翻在地，不知道是恐怖还是女人特有的韧性帮了阿克西妮亚的忙，她躺了片刻，喘了喘气，就爬了起来。

译文2：司捷潘猛地照头上一击，不仅能把一个柔弱的女子打倒在

296

地,就连威武、健壮的大武士也能打倒。不知是恐怖提起了精神,还是女人的韧性使她忍住了疼,反正她躺了一会儿,喘了几口气,就四肢撑着地站了起来。

作者以入木三分的笔力,刻画了阿克西妮亚挨打的场面。这一幕被两位翻译家传神地译出来了,却体现了译者不同的个性和评价态度。原文的бабья 在译文 2 中,译者译为"娘儿们",而译文 2 选用"女子"一词。如果说"娘儿们"是中性的,那么"女子"则明显地传达了译者的同情和怜悯。另外译文 2 添加"提起了精神","忍住了疼","四肢撑着地",均渗透了译者的同情。显然这一惊人的一幕激起了译者强烈的同感,并在译文中表现了出来。我们再看一例,来听听肖洛霍夫笔下的阿克西妮亚自己的声音吧。

(42) -На что ты, проклятый, привязался ко мне? Что я буду делать! …Гри-и-ишка! …Душу ты мою вынаешь! …Сгубилась я…Придет Степан-какой ответ держать стану?.. Кто за меня вступится? …

译文 1:"该死的东西,你为什么要缠上我呀?我今后的日子可怎么过啊?……葛利什卡!你把我的魂勾走啦!我算完啦……司捷潘回来,饶得了我吗?……谁肯出来替我说话呢?"

译文 2:"你这活冤家,为什么要缠上我?我可怎么办啊?……格里什卡!……你把我的心都揉碎啦!……我完啦……司捷潘回来,我拿什么话来说呢?……谁又肯替我出头?……"

Душу ты мою вынаешь!被译为"你把我的魂勾走啦!"、"你把我的心都揉碎啦。"两位翻译家均善于译出新意也。这是真切的,感人肺腑之言。"ты, проклятый"这一称谓语,译文 1 译为"该死的东西",译文 2 中译为"你这活冤家",将情人绝望中的嗔怪和爱意尽显无遗,后者更佳,语气

297

文学翻译：意义重构

更富有弹性、更柔情。какой ответ держать стану? 一译为"饶得了我吗？"，一译为"我拿什么话来说呢？"，译者善于变异翻新也。Держать 具有"咬着"、"揪着"、"保持"等意，因此 какой ответ держать стану? 乃是"我将如何说呢"，"如何应对呢"等意。译文1将此句译为"饶得了我吗？"则是从反面着笔，译出了新意。

可见，译者的个性或多或少地会反映在译文之中，每个翻译作品中都会留下译者的个性影子。译者的个性会产生独特的个性化的翻译，也是使得翻译作品偏离原作的一个因素。我们不能简单地排除译者的个性因素的影响，个性因素和共性因素综合地起作用，是相互作用的，并且共同体现在译本之中。译者的个性是译者天才的重要组成部分，是独特的新意发现的重要根源之一。最后，译者的个人方言对译文方案也会有影响。略举一例。

（43） -Заблудил, мать его черт! …Об пенек вдарило сани под раскат – полоз пополам. Пришлось вернуться. -Степан добавил похабное словцо и прошел мимо Петра, нагло щуря из-под длинных ресниц светлые разбойные глаза.

译文1：

"迷路啦，真他妈的倒霉！……在下坡的地方爬犁撞到树根上——滑杠折成了两段。非得回去不可。"司捷潘又骂了句下流话，从彼得罗面前走过去，傲慢地眯缝着长睫毛里两只贼亮的、强盗似的眼睛。

译文2：

"迷路啦，真他妈的倒霉！……爬犁朝下一滑，撞在树根上，滑木断成了两截。非回去不可。"司捷潘又骂了几句粗话，便在长长的睫毛底下气汹汹地眯缝起明亮而强横的眼睛。

Светлые разбойные глаза 译文1译成"两只贼亮的、强盗似的眼睛"，明显地带有译者的个人方言特点，"贼亮的"是东北方言，译自俄文"светлые"（明亮）。金人先生是北方人，并且长期在东北地区工作，这是

298

方言在其个人语言中留下的痕迹吧。读者可以看到，两位翻译家对笔下人物的语言处理是有差别的，可以看出不同的译者个性对译文方案的影响。关于译者的个人方言对译文的影响，可以作深入研究，这将是一个有意义的研究课题。

四、重塑意义感悟的语境因素

最后，我们回过头来看一看，译者如何正确地运用语境知识来获得更佳翻译效果的问题。

众所周知，翻译离不开语境问题，在翻译行为中体现出的意义都是语境意义。为了避免过度的主观诠释和个人偏离，译者应重视文学作品中的语境，深入理解作品中的情景、情绪和气氛，从作品中的情景语境、情绪语境和整个语篇中去把握含义。离开了作品本身的语境，可能导致翻译行为偏离正轨，会降低译文的质量和审美价值。

（44）Мне было тогда лет двадцать пять, _ _ начал Н. Н., _ _ дела давно минувших дней, как видите. Я только вырвался на волю и уехал за границу, не для того, чтобы "окончить моё воспитание", как говаривалось тогда, а просто мне захотелось посмотреть на мир божий. Я был здоров, молод, весел, деньги у меня не переводились, заботы ещё не успели завестись_ _ я жил без оглядки, делал что хотел, процветал, одним словом. Мне тогда и в голову не приходило, что человек не растение и процветать ему долго нельзя. Молодость ест пряники золоченые, да и думает, что это-то и есть хлеб насущный; а придет время_ _ и хлебца напросишься. Но толковать об этом не для чего.

译文1：

当时我约莫有二十五岁光景（Н. Н. 开腔了），现在您已经很清楚，这些都是很久以前的事了。我刚摆脱监护就去国外，不是为了去

文学翻译：意义重构

"完成我的学业"，就像当时人们所说的，而只不过是为了想去见见世面。那时我身体健康、年轻、快乐，我的钱用不完；我还没有什么需要操心——总而言之，我的日子过得无忧无虑，要干什么就干什么，这是我一生中的黄金时代。当时我也没有想到，人非草木，他的黄金时代是不能持久的。年轻时吃的是金色的蜜饼，就以为这是最起码的食粮，但是乞讨面包的日子会到来的。不过这样讲是无济于事的。

译文2：

那时候我大概二十五岁（H. H. 开始说），你们看，我说的都是陈年旧事了。当时我刚摆脱掉家里的束缚，就动身到国外，我出去可不是像当年人们常说的那样，是为着"完成学业"，而仅仅是渴望去看看外面的世界。那时我健康、年轻、快乐，我的钱花不完，各种烦恼也还没有找上门来，所以我生活得无忧无虑，想干什么，就干什么，总而言之，我过得满足、阔绰。那时候根本就没有想到：人不是植物，不可能永存青春。在青春年少的时候，吃着像抹了金似的黄灿灿的蜜饼，以为这就是家常便饭；殊不知竟会有那么一天——你得为一口面包而去苦苦乞求。不过现在又何苦说这种话呢。

译文3：

我那时二十五岁左右（H. H. 开始说），你们看，是正值韶华易逝的青春时光。我刚离家自由了，即去了国外，不是像当时人们说的，为了去"完成学业"，而只是想去异国逍遥一游，看看而已（посмотреть на мир божий）。我当时健康、年轻、快乐，不愁没有钱花（деньги у меня не переводились），各种烦恼还没找上门来（заботы ещё не успели завестись），我的日子过得随心所欲，轻率自在，总之是正值盛年，满爽心的。我当时何曾想过：人不是植物花草，不能长留青翠芳香（человек не растение и процветать ему долго нельзя）。青春吃的是像抹了金的蜜糖饼，就以为这是起码的饭食了；但总有一天，会为了一口饭而去乞讨。可现在说这些又有什么用呢。

300

第六章　文学翻译中的语境与意义问题

这是屠格涅夫《阿霞》开篇的一段话，为整部小说定下了一种基调。开篇即知，主人公想必已过盛年，可以想见，他在青春岁月里挥霍了光阴，颇有光阴易逝，人生无常之叹。年少时，风华正茂，想干什么就能干成什么，机会唾手可得，包括爱情。然而，他却沉迷于玩乐，无所事事，没有目标。等到青春不再，爱情逝去了，才又想着要寻找回来，颇伤心了一段时间。作者为自己的主人公取名为 Н. Н.，恐怕是有深意的。Н. 是俄语"начать（开始）"的第一个字母，窃意喻况主人公的人生，仿佛只有开始，没有美满的结果。从小说《阿霞》来看，Н. Н. 是一个什么样的人物呢？他毫无目的地漂泊，过着闲散疏懒的生活，没有事业上的追求，他认为在一生中做出什么有意义的事业是不可能的。Н. Н. 是屠格涅夫创作的众多多余人画廊中的一个人物形象。对于这种人物产生的社会原因，车尔尼雪夫斯基在为《阿霞》所写的评论文章《幽会中的俄罗斯人》曾作过深刻的剖析："一个人生活在除了渺小的生活盘算以外，别无任何向往的社会里，他的思想就不能不浸透渺小卑微的东西。""凡是遇到需要巨大的决心和高尚的冒险精神的事情，他便胆怯心虚，他便软弱无力地退缩，其原因同样是生活只训练他在各方面去应付那些渺小的事物。"[①] 男主人公是这样的一个人物，屠格涅夫描写了阿霞的爱情悲剧，而这悲剧与 Н. Н. 息息相关。远在异国他乡，阿霞与 Н. Н. 邂逅相遇，并爱上了他，Н. Н. 也热烈地爱着阿霞。可是当阿霞主动提出与他约会向他表白自己的感情时，他却惊得目瞪口呆，畏惧地退缩了。阿霞决定与他诀别，躲起来永远不再见面。当 Н. Н. 意识到自己与幸福擦肩而过时（因为自己的无知和偏见），他自责、后悔，追怀不已。作者在小说《阿霞》结尾交代说，命里注定无家无室，孤苦伶仃的"我"，长期度着枯寂的岁月，然而我始终像保护圣物一样珍藏着她写的便条和那朵已经干枯的天竺花——当年她从窗口给我抛下来的那朵小花。这花儿至今还散发着淡淡的芳香。小小的花草会无声无息地干枯，而它留下的淡淡芳香却比一个人的诸多欢乐、百般哀愁留存得更长久——甚至比人本身的

---

① 屠格涅夫：《初恋》，奉真、敬铭译，时代文艺出版社2002年版，译序第4页。

文学翻译：意义重构

存在更悠长。主人公 H. H. 虽然曾经想要寻找回自己在最美好时期所认识的那位少女，但他也承认，他为她伤心的时间不算太长，甚至认为，若娶了这样的妻子，未必会有幸福，这想法使他得到宽慰。看来，上面这一段俄文中的"дела давно минувших дней, как видите"，"человек не растение и процветать ему долго нельзя"等语句，具有丰富的蕴意。译者如不充分考虑整个小说的主题和文学语篇的语境，对于渗透在作品中的叹息无奈的情绪，对于那略带玩世不恭的口吻，就不能充分地发掘和传达出来了。

前面三个译例的汉语应该说都是规范的，是地道的汉语，语言流畅，生动感人，如果不从整个文学语篇和全文的语境看，三个译文难分伯仲，均为佳译。但我们仔细对照，译文1和译文2中套话比较多，这可能是一个小小的瑕疵。例如译文1中的"见见世面"，"我的钱花不完"，"这是我一生中的黄金时代"，"人非草木"，"在青春年少的时候"，等等。译文2中也有脱口即出的套语，例如"陈年旧事"，"摆脱掉家里的束缚"，"去看看外面的世界"，"我的钱花不完"，"在青春年少的时候"，"殊不知竟会有那么一天"，"你得为一口面包而去苦苦乞求"。译者的确带有主观色彩在解读原文，对于原文本身的语言特点和情绪语境有所忽略。而译文3单从语言上看不算最好，但从原作的整个语境出发，着意再现了文学语篇的语言特点，对于语言背后的含意或言外之意把握得更加准确一些，达到了更好的翻译效果。

一个文学作品，尤其是经典作品，没有终极意义，意义的感悟与理解具有不确定性，可常读常新。文学翻译的过程，乃是追索作品的意义"踪迹"，从不同的角度将作品中的新意发掘出来，补充出来，文学翻译不可避免地带有译者的主观理解，与译者的个人语境密切相关。然而，语言的使用与一定的语境联系在一起，译者在解读文学作品时，根本离不开语境，并且只有从具体的上下文及其反映出来的情景、情绪语境出发，才能把握作品的深层意蕴，也才能重新书写出更贴近原文的译文。译者深入领会文学作品，再现原作中的语言特点，重构意义感悟的语境因素，这是成功翻译之途。

在第五章，我们论述了文学翻译行为中的意义的筹划与突显。意义是在译者的意向中实现的,与译者的个人语境密切相关。但是,严格意义上的文学翻译,不是译者随意的阐释,也不是译者任意的主观理解。没有共性,就没有个性,译者只有在深刻领会文学作品的基础上,才能有所发现,有所创新,译文才能精彩。译者的个人语境须服从于作品的上下文,以及其中反映出来的情景语境和情绪语境,译者通过重构原作中的各种意义"踪迹",重建起原文中的情节、细节、艺术意境以及各种语言结构特点和表意方式,尽可能地建立起译文中的意义关系网络,让译语读者从中去感悟意义,从而获得与原语读者相近的审美感受和意义感悟。

第七章
结　语

　　文学翻译中的意义丢失不可避免，绝对的"信"和"等值"是达不到的，翻译变异已成为翻译学界普遍的共识。自20世纪80年代以来，我国翻译界有了"发挥译语优势"，翻译标准"多元互补论"，"在差异和对立中创造和谐"等新译论。随着翻译学学科地位的确立和发展，翻译研究进入了一个新的阶段，目前翻译研究已进入建构主义阶段。文学翻译与非文学翻译被区分开来，文学翻译学亦成为一门新兴学科，出现了翻译的文化研究、哲学研究、文学研究等方向。文学翻译中的意义问题越来越成为一个现实的课题，一个亟待解决的问题。

　　可以说，"译意"自古以来就是翻译中的基本思想，美国当代翻译理论家奈达明确提出"翻译即译意"（Translation means translating meaning）的观点。但"意义"是什么？文学翻译中的意义生成是怎样一个过程？这是需要深入研究的问题。文学翻译可归属于文学艺术范畴，只有懂得语言表现的艺术，才能形成自由活泼、意境深远的译文，才谈得上译文与原文之间在精神气质上保持一致，以及保持译作的文学性和艺术价值。中国古代文论中的得意忘言，形神统一，虚实相生，以意逆志，以情自得等创见，对于我们研究文学翻译颇有启发，可见译者的审美情趣和情感意志参与翻译再创造的价值。文学翻译中意义通过意象、意境、形象的再现而得到深度的表达，译作也可以像原作一样成为艺术品。译者应像一个文学艺术家那样去驾驭语言，使文学译本成为一个新的作品。

维特根斯坦的语言的"意义即用法",将意义与语境和人们对语言符号的使用联系起来。尤其是"意义—意向性内容"这一原理,揭示了日常语言在人的意向性作用下生成意义的秘密。这为我们解释文学翻译行为中的意义问题,解释意义在文学翻译中的变异和异化现象,提供了一种强有力的理论依据。文学译者在重塑语言文本的过程中,不可避免地带有译者的意向性,或者说"情感意志语调"(巴赫金的术语)。文学翻译渗透了译者的意向性,从而会改变意义的方向和维度,译者的意向性成为意义重构和创新的一个因素。

文学翻译涉及复杂的对话语境,是一种跨语境接受与对话的审美交际行为。意义的生成,除了与语境有关外,还与翻译主体问题有关。对文学翻译行为的主体和译者主体性问题进行阐述,这是对翻译行为中的意义问题的一种间接阐明。译者是文学翻译中当之无愧的翻译主体,意义生成的关键在于译者,译者主体性的种种表现,如主观性、创造性、选择性等,均会对文学翻译行为中的意义生成发生决定性的作用。但是,在文学翻译行为的意义生成中,译者并不是唯一的主体,作者是文学原作的创作主体,译者是翻译中的审美主体和再创作主体,他是一个必不可少的媒介,透过译者主体的意识"屏幕",促成读者与作者的交流与沟通,缔结文学姻缘。作者和读者的主体性只是一种潜在的主体性,必须通过译者的主体性才能表现出来。通常文学翻译行为中只存在译者的主体性,而不存在作者和读者的主体性,后者的主体性只能经由前者间接地表现出来。可以说,译者集作者、读者、译者多种身份于一身,在自身的意识活动中实现多个主体之间的对话,将文学译本呈现于读者面前。不同的译者,便会有不同的意义呈现,同时也反映出不同的主体之间的对话关系。这种对话关系的微妙变化,则影响着意义的最终生成。

文学译者的根本任务,就是重建文学原作的语言艺术空间,重塑意义感悟的空间,使译文读者能够通过译文获得与原文读者相同或相近的意义感受和审美情趣。文学原作中的一字一句都不能忽略,译者须从字里行间体会到

文学翻译：意义重构

作品的意义和情趣，融会于心之后完整地重塑文学译本的语言空间，将文学原作中的思想和情趣完整地传达出来。作家运用各种表意方法，例如构思情节、细节，设置意象、意境，塑造典型（形象），而且作者将自己的声音渗透在作品之中，将自己的思想渗透进作品中，诸如此类，将所要表达的思想、情感、趣味等艺术地表现在文学原作中，字里行间承载着奇思妙想、精神情趣，以供读者欣赏、玩味与思索。总之，作家在文学原作中设置了意义域，留下了意义踪迹，译者沿着作者的笔迹，探索字里行间的意义，然后用相同或相近的语言将作品中的意义艺术地再现出来，这就是译者重构意义的过程，即文学翻译行为中的意义再生。字面—语言意义是容易确定的，一般不会发生歧义，但随着时代的发展和空间的转移，文学文本中的语言意义可能会变得难以理解，难以确保不会发生歧义。字里行间的意义除了字面—语言意义外，更多的是意蕴—人文意义（联想意义、社会意义、情感意义等），值得细心探索和欣赏品味。译者为了正确理解和忠实传达原作中的字面—语言意义和意蕴—人文意义，应当追寻意义的踪迹，从作品的情节、细节、意象、意境中，从作者声音中深有体会，然后振笔而书优秀的文学译作。译者对作者的用意应深有领悟，对于原作中的各种表意手法应有所会心，否则难以创获意义，或轻意地就会丢失意义。

实际的文学翻译的状况是怎样的呢？文学原作中的意义能否原封不变地再现于译本之中？回答是否定的，翻译不可能是对作者的创作过程的完全唤起和复现，作者已悄然隐去，译者只能追寻作者的笔迹，细致地摹仿作者的语言艺术重塑文学译本，翻译变异、"失本"在所难免。然而译者应该忠实于原作，去追索作者的本意和作品的深意，并且力求完美地再现原作的语言艺术，使译作无愧于原作的"化身"和"转生"，亦成为一个艺术作品。正是在对文学语言的艺术体验和多义感受中，存在很大的想象自由和创造空间，意义因此不断地延伸着、改写着和创生着。在文学翻译中，不管译者如何设身处地理解原作者，渗入作家的思想感情中，都不可能纯粹是作者原始心迹的重新唤起，而是对文本的再创造。同样，文学翻译涉及的是意义重构和新的语言表述，而不只是重现原文。对于读者而言，文学译本中重构起来的意义域,不仅有来自原文的意蕴和情趣,而且有来自译语的创造意义和译者的再创造的光辉。翻译即变异,而非趋同,不同的表达就是不同的表意方式,作品通过翻译而产生新意,文学译作是文学原作的"来世"和"转生"。我们以金人先生翻译的《静静的顿河》为个案,结合对金人先生的《静静的顿河》译本与力冈先生的重译本的有限的对比分析,进一步阐明了文学翻译行为中的意义重构,并且简约地勾勒了金人先生的翻译艺术特点。剖析了译者对情节、细节、作者声音的再现,对意象、意境等艺术至境的重塑,以及探讨了意义重构中的意义变异和衍生新意等情况。

  译者根据文学文本的意义踪迹,可以在一定程度上确定意义。但是,文学译本的意义重构,是在译者的意向性中实现的。我们探究译者的意义—意向性,提出了文学翻译在译者意向性中的意义—实现这一命题。文学翻译作为形象的翻译和审美的翻译,不可避免译者的主观理解和自我理解,是在译者的意向性中实现意义的。译者的意向性背景(结构)对于翻译具有很大的影响。一个社会和时代的翻译理念必然会影响译者的翻译行为,在译者的意向性解读和重构意义的活动中留下痕迹,翻译理念是译者意向性结构中的重要因素。此外还包括译者主体的语言能力、才能、倾向、习惯、性情等,译者的审美心理结构和审美心理能力,对于文学译者的审美感知和语言再现至关重要,不可忽视译者的文学功底和艺术修养。文学翻译作为译者的意向性行为,译者的意向性指向作者和文学原作,着力建构与表现原作中的意义世界,这构成译者的根本任务。通过对译者的意向性背景(结构)的分析和对翻译过程中译者的意向行为的考察,揭示出译者的翻译行为,实际上是依靠自己敏锐的聪明才智、思想情感、文学修养、诗学主张与作者和读者进行对话交流,与历史文本对话,并重写文学译本的过程。若要真正保持原作的"本来面目",翻译学最终要悬置译者的意向性,但取消了译者的意向性,对原作的解读和译本的创建皆不可能。文学翻译有时不可避免"隐微写作",但是严谨的文学译者,应有意识地去探寻作者的意向性(意图)和作品的意义踪迹,将其再现于译作之中。

  文学翻译是在艺术领域里的再创造,是跨语境的语言审美活动和意义重

文学翻译：意义重构

构，译者需要发挥创造性从文学文本中发掘意义，译者总是从一定的文化语境出发在筹划意义。意义不会从文本中自动"走"出来，它是在译者主体的意向性中逐渐呈现出来的。这里使用"筹划"这个概念，来表示文学翻译行为的理解过程。"筹划"一词，在很大程度上强调了译者的意义—意向性，即译者的意向性对文学翻译中意义生成的贡献。意义生成与译者对意义的期待直接有关，译者的期待意义与文学文本中的意蕴达到契合，便是译者对意义的合理筹划。意义筹划首先是一种创造性的理解，是译者个人视域与作者视阈和读者视阈的交融，是视阈融合后的再创造与发现。译者筹划意义，不可否认有时会出现意义误读，但必须是有根有据，富有创新地有所发现，能够筹划到原作中蕴涵的人文意义和精神意义，就是合理的。翻译的任务则是符合文学文本事实，循着文本的意义踪迹（意象、意境、作者意图等）把人文意义和精神意义筹划出来，这就是意义的合理筹划和预期出现。文学翻译是选择的艺术，从译者的角度看这是一个复杂而又艰苦的意义生成过程。译者处于意义关系网络的中心，其翻译行为促使原文走向读者实现意义的传通。在这个过程中，译者的翻译行为在很大程度上是在进行意义突显。从选择被翻译作品开始，到文学译本的完成，甚至以某种特定的方式进入读者群中，都包含了意义突显。本课题论述了文学翻译中的意义突显，并以俄译汉翻译实例进一步说明这一翻译之理。意义突显是文学翻译的重要特征。意义突显包括明确—补足意义，添加—衔接意义，融合—精练意义，优序—强调意义，填充—实现意义，重点—囫囵译意，等等，可达到意义显豁明了的效果。文学翻译中的意义突显，仍需注意语言表现法和审美把握。意义的显化应该适度，保持原文的含蓄与美感，可以为译文的读者留下更多的阅读释义的空间，以确保文学译本的文学价值。

　　文学翻译离不开语境分析，翻译行为中实现的意义，归根结底是语境意义。意义的筹划与突显离不开语境，译者只有根据语境才能做出恰当的选择。语境是意义的要素，翻译中的任何意义体现都离不开语境因素。我们比较系统地研究了文学翻译中的语境问题，通过回顾、抒理语境理论的发展状况，将文学翻译中的语境分类为上下文，语用环境（情景语境和情绪语境），个人语境，时代社会语境，虚拟语境等。进行了文学翻译行为的语境分析，并以俄译汉为例（少量汉译俄）论述语境与意义实现的关系，例如阐明了以下问题：在上下文中确定词义，言外之意寓于语用环境中，译者的个人语境对翻译的影响，重构意义感悟的语境因素等。文学原作的整个上下文，以及语篇中的情景语境和情绪语境，是在译者的个人语境下被理解和再现的，必然带有译者的主观色彩。译者的（语言艺术）个性、意向和主观心理，构成其个人语境的重要方面，对翻译结果具有明显的影响。语言的使用与一定的语境联系在一起，译者在解读文学作品时，根本离不开语境，并且只有从具体的上下文及其反映的情景、情绪语境出发，才能把握准作品的深层含意，也才能产生最贴近原文的译文。译者只有深刻领会作品，才能有所发现，有所创新，译文才能精彩。译者的个人语境须服从于作品的整个上下文语境，以及其中反映的情景语境和情绪语境。译者追寻原作中的各种意义踪迹，重建原文中的细节、情节、意象、意境、语言结构特点和表意方式等，来建立起译文中的意义关系网络，重塑意义感悟的语境因素，让译语读者去感悟意义和获得审美感受。

综上所述，本书重点探讨了以下问题：作为跨语境审美交际活动的文学翻译行为；文学翻译中的主体和译者主体性；文学译本的意义重构；在译者意向性中的意义—实现；意义的筹划与突显；文学翻译中的语境与意义问题。主要观点可归纳如下：

一、文学翻译行为中的意义重构——意义感悟空间的重塑。

译者循着原作中的各种意义踪迹，重构字面—语言意义和意蕴—人文意义，重建起原文中的细节、情节、意象、意境以及各种语言结构特点和表意方式，尽可能地建立起原来的意义关系网络，让译语读者从中去感悟意义，从而获得与原语读者相近的审美感受和意义感悟。

二、文学翻译行为中的意义变异和新意衍生。

在文学译本中重构起来的意义域，不仅有来自原语的显意、蕴意和精神情趣，而且有来自译语和译者的再创造。译语的造艺功能，使译作产生新意，而译者自我的显现和创造力的发挥，又使得译作焕发出生命的光辉。

三、文学翻译在译者的意向性中的意义—实现。

文学翻译不可避免出现译者的自我理解和主观理解，文学翻译乃是在译者的意向性行为中实现意义的。译者的意向性背景对于翻译具有很大的影响。一个社会和时代的翻译理念必然会影响译者的翻译行为，在译者的意向性解读和重构意义的翻译活动中留下痕迹。翻译理念是译者意向性结构中的重要因素。此外译者主体的双语能力、才能、倾向、习惯、性情等，译者的审美心理结构和审美心理能力，对于文学译者的审美感知和语言运用至关重要，不可忽视译者的文学功底和艺术美学修养。文学翻译作为译者的意向行为，译者的意向性指向作者和原作，着力建构原作中的意义世界，这构成译者的根本任务。通过对译者的意向性背景以及在翻译过程中的意向行为的考察，揭示出译者的翻译行为，实际上是依靠自己的敏锐的思想情感、聪明才智、文学修养、诗学品位与作者和读者进行对话交流，与历史文本对话交流，并重写文学译本的过程。译者的意向性指向原作，这是为了保证译作与原作的意义关联和最佳近似，指向读者，这是为了更好地保证译作的接受与传播；至于译者不自觉地受到自身意向性背景的影响，以及主动偏离原作的意向性建构，则是译者的意向性表现（自我理解和自我表现），是翻译过程中造成意义变异的重要因素。文学翻译不可避免"隐微写作"，而严谨的文学译者，应有意识地去探寻作者的意向性（意图）和作品的本意，使其在译语读者面前充分地呈现出来。

四、意义的筹划与突显。

意义的筹划与合理性。文学翻译是在艺术领域里的再创造，是跨语境的语言审美活动和意义重构，译者发挥创造性从文学文本中发掘意义，总是从一定的文化语境出发在筹划意义。译者筹划意义，是译者个人视阈与作者视阈和读者视阈的交融，是"视阈融合"后的创造与发现。译者从文学文本中筹划意义，意味着在完成理解他者和探索自我的过程，这里强调了意义的不断创获和译者的主体性。一种筹划就是一种想象和期待，一种情感的默契和理性的思索。"筹划"一词，肯定了译者的主体性和创造性，在一定程度上肯定了译者的意义—意向性。翻译中的意义生成与译者的自我理解和对意义的期待有关，译者的期待意义与文学文本中的意蕴达到契合，便是译者对意义的合理筹划。意义筹划首先是一种创造性的理解，是译者个人视阈与作者视阈和读者视阈的交融，是视阈融合后的再创造。不单纯是译者的期待，还包括作者和读者的期待，这三者期待的遇合如达到和谐统一，可以认为是合理的。译者筹划意义，不可否认有时会出现意义误读，但必须是有根有据，富有创新地有所发现，能够筹划到原作中蕴涵的人文意义，就是合理的。翻译的任务则是符合文学文本事实，循着文本的意义踪迹（意象、意境、作者意图等）把人文意义和精神意义筹划出来，这就是意义的合理筹划和预期出现。

意义突显是文学翻译的重要特征。文学翻译是在译者意向性中的意义—实现，在某种程度上讲就是意义突显。意义突显包括：明确—补足意义，添加—衍接意义，融合—精练意义，优序—强调意义，填充—实现意义，重点—囫囵译意，等等。但文学翻译的特征远非只归结为意义突显，意义突显与各种文学表现法的运用也并不矛盾。文学作品之所以成为文学作品，是与作家运用语言的技巧和艺术分不开的，与作家的诗学意图和特殊的语言偏好分不开的，总之与作品的风格和语言特色分不开。意义突显还有许多方面值得深入研究，例如意义突显与各种文学表现形式的关系。

五、文学翻译中的语境与意义生成的关系。

对文学翻译行为中的语境与意义问题进行了详细研究，论述了语境与意义实现的关系，例如阐明了以下问题：在上下文中确定词义，言外之意寓于语用环境（情景语境和情绪语境）中，译者的个人语境对翻译的影响，重塑意义感悟的语境因素等。译者的个人语境（个性、意向、心理、评价态度等）对翻译结果具有明显影响，但译者的个人语境亦须服从原作的上下文和其中的情景语境和情绪语境。

参考文献

著作类：

阿格诺索夫：《20世纪俄罗斯文学》，凌建侯等译，中国人民大学出版社2001年版。

奥格登、理查兹：《意义之意义》，白人立等译，北京师范大学出版社2000年版。

巴尔胡达罗夫：《语言与翻译》，蔡毅、虞杰、段京华译，中国对外翻译出版公司1985年版。

巴赫金：《文本、对话与人文》，河北教育出版社1998年版。

巴赫金：《周边集·马克思主义与语言哲学》，河北教育出版社1998年版。

巴赫金：《小说理论》，河北教育出版社1998年版。

巴赫金：《哲学美学》，河北教育出版社1998年版。

巴赫金：《诗学与访谈》，河北教育出版社1998年版。

白春仁：《文学修辞学》，吉林教育出版社1993年版。

鲍里斯·托马舍夫斯基：《诗学的定义》，《俄国形式主义文论选》，方珊译，三联出版社1989年版。

勃洛克：《勃洛克抒情诗选》，丁人译，湖南文艺出版社1991年版。

蔡新乐：《翻译的本体论研究》，上海译文出版社2005年版。

蔡新乐：《文学翻译的艺术哲学》，河南大学出版社 2001 年版。

蔡毅：《俄译汉教程》，外语教学与研究出版社 2006 年版。

蔡毅、段京华：《苏联翻译理论》，湖北教育出版社 2000 年版。

曹明海：《文学解读导论》，人民文学出版社 1997 年版。

常乃慰：《译文的风格》，《翻译研究论文集》（1894—1948），南开大学出版社 1984 年版。

车铭洲：《现代西方语言哲学》，四川人民出版社 1989 年版。

陈嘉映：《语言哲学》，北京大学出版社 2003 年版。

陈宗明：《逻辑与语言表达》，上海人民出版社 1984 年版。

程永生：《描写交际翻译学》，安徽大学出版社 2003 年版。

德里达：《书写与差异》，张宁译，生活·读者·新知三联书店 2001 年版。

葛里高利：《语言和情景》，徐家祯译，语文出版社 1988 年版。

丁人：《勃洛克抒情诗选》，湖南文艺出版社 1991 年版。

杜若明注释的《诗经》，华夏出版社 2001 年版。

弗朗索瓦·多斯：《〈从结构到解构〉——法国 20 世纪思想主潮》（下卷），季广茂译，中央编译出版社 2004 年版。

傅勇林：《文化范式：译学研究与比较文学》，西南交通大学出版社 2000 年版。

高秉江：《胡塞尔与西方主体主义哲学》，武汉大学出版社 2000 年版。

辜正坤：《互构语言文化学原理》，清华大学出版社 2004 年版。

辜正坤：《中西诗比较鉴赏与翻译理论》，清华大学出版社 2003 年版。

辜正坤：《译学津源》，文心出版社 2005 年版。

顾祖钊：《文学原理新释》，人民文学出版社 2000 年版。

郭建中：《当代美国翻译理论》，湖北教育出版社 2000 年版。

哈贝马斯：《交往行动理论》（第 1 卷），重庆出版社 1994 年版。

海德格尔：《存在与时间》，陈嘉映、王庆节译，三联书店 1987 年版。

韩江红：《严复话语系统与近代中国文化转型》，上海译文出版社 2006

年版。

何刚强：《笔译理论与技巧》，外语教学与研究出版社 2009 年版。

黑格尔：《法哲学原理》，范扬、张企泰译，商务印书馆 1979 年版。

黑格尔：《美学》（第 1 卷），朱光潜译，商务印书馆 1979 年版。

胡安江：《论读者角色对翻译行为的操纵和影响》，《语言与翻译》2003 年第 2 期。

胡庚申：《从译者主体到译者中心》，《中国翻译》2005 年第 3 期。

胡庚申：《翻译适应选择论》，湖北教育出版社 2004 年版。

胡谷明：《篇章修辞与小说翻译》，上海译文出版社 2004 年版。

黄宗廉：《变译理论》，中国对外翻译出版公司 2002 年版。

侯敏：《易象论》，北京大学出版社 2006 年版。

江怡：《维特根斯坦———一种后哲学的文化》，社会科学文献出版社 2002 年版。

伽达默尔：《真理与方法》（上、下），洪汉鼎译，上海译文出版社 1999 年版。

蒋凡：《叶燮和原诗》，上海古籍出版 1985 年版。

金元浦：《文学解释学》（文学的审美阐释与意义生成），东北师范大学出版社 1998 年版。

金元浦：《"间性"的凸现》，中国大百科全书出版社 2002 年版。

金元浦：《接受反应文论》，山东教育出版社 1998 年版。

卡特福德. J. C.：《翻译的语言学理论》，穆雷译，旅游教育出版社 1991 年版。

卡勒：《结构主义诗学》，盛宁译，中国社会科学出版社 1991 年版。

孔慧怡：《翻译·文学·文化》，北京大学出版社 1999 年版。

柯飞：《翻译中的隐与显》，《外语教学与研究》2005 年第 4 期。

莱辛：《拉奥孔》，人民文学出版社 1984 年版。

李学勤：《十三经注疏·周易正义》，北京大学出版社 1999 年版。

利奇：《语义学》，李瑞华、杨自俭等译，上海外语教育出版社 2005

年版。

林煌天：《中国翻译词典》，湖北教育出版社1997年版。

刘宓庆：《新编当代翻译理论》，中国对外翻译出版公司2005年版。

刘宓庆：《中西翻译思想比较研究》，中国对外翻译出版公司2005年版。

刘宓庆：《翻译美学导论》，中国对外翻译出版公司2005年版。

刘宓庆：《翻译与语言哲学》，中国对外翻译出版公司2001年版。

刘士聪：《汉英·英汉美文翻译与鉴赏》，译林出版社2003年版。

杨自俭、刘学云：《翻译新论》，湖北教育出版社1994年版。

罗杰·贝尔：《翻译与翻译过程：理论与实践》，秦洪武译，外语教学与研究出版社2005年版。

罗新璋：《翻译论集》，商务印书馆1984年版。

吕俊、侯向群：《翻译学——一个建构主义的视角》，上海外语教育出版社2006年版。

吕凡、宋正昆、徐仲历：《俄语修辞学》，外语教学与研究出版社1988年版。

吕萍：博士论文《文学翻译的语境与变异问题研究》，2004年。

马祖毅：《中国翻译简史》，中国对外翻译出版公司1998年版。

马尔蒂尼：《语言哲学》，牟博、韩林合等译，商务印书馆1998年版。

M. 麦金：《维特根斯坦与〈哲学研究〉》，李国山译，广西师范大学出版社2007年版。

茅盾：《为发展文学翻译事业和提高翻译质量而奋斗》，《翻译研究论集（1949—1983）》，外语教学与研究出版社1984年版。

毛荣贵：《翻译美学》，上海交通大学出版社2005年版。

怒安：《傅雷谈翻译》，辽宁教育出版社2005年版。

任继愈：《皓首学术随笔·任继愈卷》，中华书局2006年版。

戚雨村：《语用学说略》，《外国语》1988年第4期。

钱钟书：《谈艺录：补订重排本》（上卷），生活·读书·新知三联书店

2001年版。

钱钟书：《译事三难》，《翻译论集》，商务印书馆1984年版。

钱钟书：《钱钟书选集》（散文卷），海南出版公司2001年版。

钱钟书：《毛诗正义·河广》，《管锥编》第一册，中华书局1979年版。

钱钟书：《管锥编》第三册，中华书局2007年版。

秦文华：《翻译研究的互文性视角》，上海译文出版社2006年版。

沙夫：《语义学引论》，罗兰、周易合译，商务印书馆1979年版。

斯坦纳：《通天塔》，庄绎传编译，中国对外翻译出版公司1987年版。

思果：《翻译新究》，中国对外翻译出版公司2004年版。

什克洛夫斯基：《艺术作为程序》，《西方二十世纪文论选》（胡经之、张首映主编），中国社会科学出版社1989年版。

孙艺风：《视角·阐释·文化》，清华大学出版社2004年版。

谭载喜：《新编奈达论翻译》，中国对外翻译出版公司1999年版。

陶东风：《文学理论基本问题》，北京大学出版社2004年版。

童庆炳：《文学概论》，武汉大学出版社1999年版。

童庆炳：《文学理论教程》（修订版），高等教育出版社2000年版。

童庆炳：《文学理论教程》（修订二版），高等教育出版社2005年版。

涂纪亮：《语言哲学名著选辑》，商务印书馆1988年版。

屠格涅夫：《初恋》，奉真、敬铭译，时代文艺出版社2002年版。

托尔斯泰：《战争与和平》（上），周煜山译，北京燕山出版社2000年版。

瓦尔特·本雅明：《翻译者的任务》，《本雅明文选》（陈永国、马海良），中国社会科学出版社1999年版。

瓦尔特·本雅明：《译者的任务》，陈永国译，《翻译与后现代性》，中国人民大学出版社2005年版。

王宏印：《中国传统译论经典诠译——从道安到傅雷》，湖北教育出版社2003年版。

王秉钦：《20世纪中国翻译思想史》，南开大学出版社2004年版。

参考文献

Basil Hatim：《话语与译者》，王文斌译，外语教学与研究出版社 2005 年版。

王思火昆：《中国古代文学理论教程》，南京师范大学出版社 2007 年版。

王东风：《连贯与翻译》，上海外语教育出版社 2009 年版。

王寅：《认知语言学术探索》，重庆出版社 2005 年版。

汪正龙：《文学意义研究》，南京大学出版社 2002 年版。

维特根斯坦：《维特根斯坦全集》第 8 卷《哲学研究》，涂纪亮译，河北教育出版社 2003 年版。

维特根斯坦：《维特根斯坦全集·哲学评论》，丁冬红等译，河北教育出版社 2003 年版。

维姆萨特、比尔兹利：《意图谬见》，《新批评文集》（赵毅衡编），中国社会科学出版社 1988 年版。

威廉·冯·洪堡特：《论人类语言结构的差异及其对人类精神发展的影响》，姚小平译，商务印书馆 2004 年版。

吴克礼：《俄苏翻译理论流派述评》，上海教育出版社 2006 年版。

西槇光正：《语境研究论文集》，北京语言学院出版社 1992 年版。

夏忠宪：《巴赫金狂欢化诗学研究》，北京师范大学 2000 年版。

夏廷德：《翻译补偿研究》，湖北教育出版社 2006 年版。

肖洛霍夫：《静静的顿河》（第一、二、三、四部），金人译（贾刚校），人民文学出版社 1997 年版。

肖洛霍夫：《静静的顿河》（第一、二、三、四部），力冈译，漓江出版社 1986 年第一版。

谢天振：《译介学》，上海外语教育出版社 1999 年版。

谢天振：《翻译研究新视野》，青岛出版社 2002 年版。

许钧：《文学翻译的理论与实践——翻译对话录》，译林出版社 2001 年版。

许钧：《译道寻踪》，文心出版社 2005 年版。

许钧：《翻译论》，湖北教育出版社2003年版。

许钧、袁筱一等：《当代法国翻译理论》，湖北教育出版社2001年版。

许渊冲：《翻译的艺术》，五洲传播出版社2005年版。

亚里士多德：《诗学》，陈中梅译注，商务印书馆1996年版。

余三定：《文学概论》，南京大学出版社2004年版。

约翰·塞尔：《心灵、语言和社会》，李步楼译，上海译文出版社2001年版。

杨金海：《人的存在论》，广西人民出版社1995年版。

姚小平：《洪堡特——人文研究和语言研究》，外语教学与研究出版社1995年版。

张思永：《文学译者理解过程审美心理结构研究》，《四川外语学院学报》2005年第4期。

张会森：《修辞学通论》，上海外语教育出版社2002年版。

张隆溪：《二十世纪西方文论述评》，三联书店出版社1986年版。

张冰：《陌生化诗学——俄国形式主义研究》，北京师范大学出版社2000年版。

张伯伟：《中国古代文学批评方法研究导言》，中华书局2002年版。

赵艳芳：《认知语言学概论》，上海外语教育出版社2001年版。

郑海凌：《文学翻译学》，文心出版社2000年版。

郑海凌：《译理浅说》，文心出版社2005年版。

《圣经》（简化字现代标点和合本），中国基督教两会，2000年版。

周振甫：《周振甫讲〈管锥编〉〈谈艺录〉》，江苏教育出版社2005年版。

周光庆：《中国古典解释学导论》，中华书局2002年版。

朱志荣：《中国古代文论名篇讲读》，北京大学出版社2006年版。

朱光潜：《西方美学史》（下卷），人民文学出版社1964年版。

朱光潜：《朱光潜美学文集》第四卷，上海文艺出版社1984年版。

朱伯崑：《易学哲学史》，北京大学出版社1986年版。

朱熹：《四书》，吉林文史出版社2004年版。

朱智贤：《心理学大词典》，北京师范大学出版社 1989 年版。

Бархударов. Л. С. Язык и перевод, Вопросы общей и частной теории перевода［М］. М. Международнародные отношения, 1975.

Виноградов В. В. О Художественной прозе［М］. М.—Л., 1930.

Виктор Пелевин, 《 Священная книга оборотня 》, М.: ЭКСМО, 2004.

Гачечиладзе Г. Р. Художественный перевод и литературные взаимосвязи［М］. М.: Советский писатель, 1980.

Герд А. С. Несколько замечаний касательно понятия 《 диалект 》 ［А］.//Русский язык сегодня［С］. Сб. статей. Под ред. Крысина Л. П. РАН. Ин-т рус. яз. Им. В. В. Виноградова—М. 〈Азбуковник〉, 2000.

Ерофеева Т. И. Социолект в стратификационном-исполнении ［А］..//Русский язык сегодня［С］. Сб. статей. Под ред. Крысина Л. П. РАН. Ин-т рус. яз. им. В. В. Виноградова—М. 〈Азбуковник〉, 2000.

Кожина. М. Н. Стилистика русского языка［М］. Москва, 1993.

Комиссаров. В. Н. Лингвистика перевода［М］. М. 1980.

Комиссаров. В. Н. Теория перевода (лингвистические аспекты) ［М］. М. 1990.

Комиссаров. В. Н. Современное переводововедение［М］. Москва: ЭТС.: 1999.

Крысин Л. П. Русское слово своё и чужое: Исследование по современному языку и социолингвистике［М］. М., Языки славянской культуры. 2004.

Крысин Л. П. Социолингвистические аспекты изучения современного русского языка［М］. М., 1989.

Сдобников В В, Петрова О В, Теория перевода, учебник для

студентов лингвистических вузов и факультетов иностранных языков ［M］. Нижний новогород：Изд. НГЛУ. 2001.

Топер. П. М，Перевод в системе сравнительного литературоведения ［M］. Рос. акад. наука Ин-т，мировой литературы им. А. М. Горького М.：Наследие，2000.

Швейцер. А. Д. Теория перевода. Статус，проблемы，аспекты ［M］. Москва：Наука，1988.

Шолохов. М. А，Тихий Дон，Собрание сочинений（т. 2 – 5），Москва：изд.《Молодая гвардия》，1956 г.，1957г.

Черняховская Л. А. Перевод и смысловая структура. М. Международные отношения，1976.

Фёдоров А В. Основы общей теории перевода ［M］. Москва：2002，c. 15.

Lakoff，George& Mark Johnson. Metaphors We live by ［M］. Chicago and London：University of Chicago Press，1980.

Ungerer F. & Schmid. H. J.，An Introduction to Cognitive Linguistics，北京：外语教学与研究出版社 2001 年版。

http：//fictionbook. ru/author/cao_ syuyecin/son_ v_ krasnom_ tereme _ t_ 1_ gl_ i_ xl/read_ online. html？page = 8

论文类：

曹英华：《接受美学和文学翻译中的读者关照》，《内蒙古大学学报》2003 年第 5 期。

曹明伦：《译者应始终牢记翻译的目的》，《中国翻译》2003 年第 4 期。

查明建、田雨：《论译者主体性》，《中国翻译》2003 年第 1 期。

陈大亮：《重新认识钱钟书的"化境"理论》，《上海翻译》2006 年第 4 期。

陈大亮：《谁是翻译主体》，《中国翻译》2004 年第 2 期。

葛校琴：《作者死了吗？》，《外语研究》2001年第2期。

范祥涛、刘全福：《论翻译选择的目的性》，《中国翻译》2002年第6期。

黄汉平：《文学翻译"删节"和"增补"原作现象的文化透视——兼论钱钟书〈林纾的翻译〉》，《中国翻译》2003年第4期。

黄振定：《解构主义的翻译创造性与主体》，《中国翻译》2005年第1期。

黄四宏：《被遗忘了的创造性叛逆——文学翻译中译文读者和接受环境的创造性叛逆》，《四川外语学院学报》2005年第2期。

穆雷：《接受理论与习语翻译》，《中国翻译》1990年第4期。

林汉达：《翻译的原则》，《翻译论集》（罗新璋编），商务印书馆1984年版。

何匡：《论翻译标准》，《翻译论集》（罗新璋编），商务印书馆1984年版。

贺麟：《论翻译》，《翻译研究论文集》（1894—1948），外语教学与研究出版社1984年版。

贺显斌：《英汉翻译过程中的明晰化现象》，《解放军外国语学院学报》2003年第4期。

贺文照：《中国传统译论中的读者观照》，《外语与外语教学》2002年第6期。

金岳霖：《论翻译》，《翻译论集》（罗新璋编），商务印书馆1984年版。

林红：《文化视域下的译者、读者与可译性限度》，《四川外语学院学报》2006年第6期。

林克难：《从对意义认识之嬗变看翻译研究之发展》，《四川外语学院学报》2006年第1期。

廖晶、朱献珑：《论译者身份——从翻译理念的演变谈起》，《中国翻译》2005年第3期。

吕俊：《翻译从文本出发》，《外国语》1998年第3期。

吕俊：《文学翻译：一种特殊的交往形式——交往行为理论的文学翻译观》，《解放军外国语学院学报》2002年第1期。

穆雷、诗怡：《翻译主体的"发现"与"研究"》，《中国翻译》2003年第1期。

宋志平：《翻译：选择与顺应——语用顺应论视角下的翻译研究》，《中国翻译》2004年第2期。

唐述宗：《是不可翻译还是不可知论》，《中国翻译》2002年第1期。

田德蓓：《译者的身份》，《翻译的理论建构与文化透视》（谢天振主编），上海外语教育出版社2000年版。

屠国元、袁圆：《论文学翻译中译者的审美心理能力》，《中国翻译》2006年第3期。

王宾：《不可译性》，《中国翻译》2002年第3期。

Theo Hermans：《译者的戏讽》，《中国翻译》2005年第2期。

王宗炎：《评吕译〈伊坦·弗洛美〉》，《翻译论集》（罗新璋编），商务印书馆1984年版。

吴持贵：《文学翻译者的接受美学》，《中国翻译》1989年第6期。

夏元：《价值冲突中的〈圣经〉翻译——明末清初耶稣会传教士的翻译策略和关键译名选择》，《中国翻译》2005年第1期。

许钧：《论译作与原作的关系》，《外语与外语教学》2002年第1期。

许钧：《译者、读者与阅读空间》，《外国语》1996年第1期。

许钧：《创造性叛逆和翻译主体性的确立》，《中国翻译》2003年第1期。

徐盛桓：《格赖斯的准则和列文森的原则》，《外语与外语教学》1993年第5期。

徐盛桓：《论常规关系》，《外国语》1993年第6期。

杨恒达：《作为交往行为的翻译》，《翻译的理论建构与文化透视》（谢天振主编），上海外语教育出版社2000年版。

杨武能：《翻译、接受与再创造的循环——文学翻译断想之一》，《翻译思考录》,湖北教育出版社 1998 年版。

袁莉:《关于翻译主体研究的构想》,《面向 21 世纪的译学研究》(张柏然、许钧主编),商务印书馆 2002 年版。

张榕:《试谈语境对语言的制约》,《语境研究论文集》,北京语言学院出版社 1992 年版。

张思永:《国内翻译主体研究综述》,《中国海洋大学学报》2007 年第 2 期。

赵彦春:《关联理论对翻译的解释力》,《语用与认知:关联理论研究》(何自然、冉永平主编)。

赵小兵:《可译性问题》,《北京师范大学学报》2007 年第 6 期。

赵小兵:《文学翻译行为中的意义变异和衍生新意》,《西安外国语大学学报》2009 年第 3 期。

赵小兵:《论文学译者的创造性》,《重庆大学学报》2010 年第 5 期。

赵小兵:博士论文《文学翻译行为中的意义问题研究》,2008 年。

郑海凌:《译语的异化与优化》,《中国翻译》2001 年第 3 期。

周兰秀:《译文读者对翻译行为的影响——以晚清小说的翻译为例》,《南华大学学报》(社会科学版)2007 年第 1 期。

周晓梅:硕士论文《翻译研究中的意向性问题》,2007 年。

朱纯深:《感知、认知与中国山水诗翻译:从诗中有"画"看〈江雪〉诗的翻译》,《阐释与解构:翻译研究文集》(载罗选民、屠国元主编),安徽文艺出版社 2002 年版。

朱湘军:博士论文《从客体到主体——西方翻译研究的哲学之路》,2006 年版。

朱健平:《翻译即解释:对翻译的重新界定——哲学诠释学的翻译观》,《解放军外国语学院学报》2006 年第 2 期。

后　记

本书基本上是我在北京师范大学攻读学位所做的博士论文，今天终于付梓出版，甚感欣慰。该研究成果的出版，既是我多年心血的结晶，也是我的导师郑海凌教授多年培养教育的结果。时序如流，三年博士学习结束后，又过去了三年，在这三年里，我一边承担着高校里的教学工作，一边继续做老师的学生，脚踏实地地做人，脚踏实地地做科研。经过多年艰苦的探索撰写，该书终于完成了。写作中的困窘、迷惑与快乐，如今都化成了美好的回忆。

首先，我衷心地感谢导师郑海凌先生。您严谨的治学精神影响着我，宽广的学术视野和富有见地的理论引导，常能启发心智，照亮人生旅途。衷心感谢白春仁教授，百忙之中审读我的开题报告并主持论文开题。衷心感谢夏忠宪教授、张冰教授、吴泽霖教授，我在北师大读博期间得到过他们的指教和帮助。由衷地感谢刘娟教授，感谢您对我学业上的帮助和生活上的关切。同时，还要感谢周流溪教授、尹城教授的无私指教和帮助。感谢在北师大读博期间曾经给予我帮助的所有老师们。感谢四川外语学院的朱达秋教授，她是我的硕士生导师，她给我的影响也是长久的、美好的。

在京求学三载，得益于京师浓厚的人文气息与学术氛围，得益于学术同好的交流与友谊。同门博士郭涛、李铮等，我们曾互相关照，探讨问题和交流学习心得。读博期间，杨成虎教授也在北京师范大学攻读博士学位，同宿三年，难忘一起度过的时光。在我的亲人中，除了父母、岳父母和女儿外，

后 记

我要向勤俭持家的妻子说一声感谢。

感谢河北大学外国语学院、社会科学处以及学校相关领导的支持,感谢人民出版社专家们的支持。此时,我不知怎么想起了一位大学同学的毕业赠言:但问耕耘,不问收获。愿读者诸君不吝赐教,指出书中的错误,我有机会再来修改。

2011年6月于河北大学外国语学院